KB015263

데르다

데르다

지은이 | 하칸 귄다이
옮긴이 | 오은경

초판 1쇄 발행 | 2015년 9월 1일

발행처 | 도서출판 작은씨앗
공급처 | 도서출판 보보스
발행인 | 김경용

등록번호 | 제 300-2004-187호　등록일자 | 2003년 6월 24일

주소 | 서울시 서초구 바우뫼로 7길 64-25(우면동 77-13) 1층
전화 | (02) 333-3773　팩스 | (02) 735-3779
이메일 | ky5275@hanmail.net

ISBN 978-89-6423-179-1 03830

값은 뒤표지에 있습니다.
잘못된 책은 구입하신 서점에서 바꾸어 드립니다.

이 도서의 국립중앙도서관 출판시도서목록(CIP)은 서지정보유통지원시스템 홈페이지(http://seoji.nl.go.kr)와
국가자료공동목록시스템(http://www.nl.go.kr/kolisnet)에서 이용하실 수 있습니다.
(CIP제어번호: CIP2015012900)

데르다

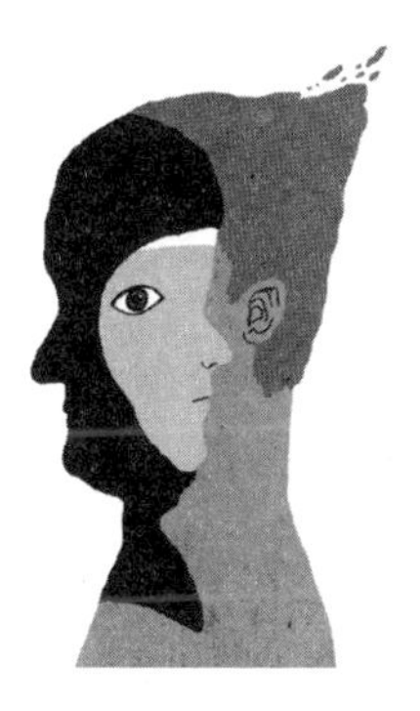

하칸 귄다이 지음 | 오은경 옮김

작은씨앗

네즈바트 첼릭을 위하여

우리는 분명히 많지 않다.
우리는 다수의 편에 있지도 않다.
우리는 영원히 다수에 있지 않을 것이다.

—저항의 두 가지 요구, 네즈바트 첼릭

차례

소녀 9
소년 191

소녀

소녀는 벌레에서 눈을 떼지 못했다. 천장은 해바라기 밭처럼 드넓었지만 소녀의 눈에는 오직 벌레만 보였다. 해바라기 씨만한 벌레였다. 벌레의 날카로운 다리는 털로 덮여있었고 더듬이는 속눈썹만큼 얇았다. 시커먼 암흑 속에 미동도 없는 모습이 회색 콘크리트 위에 새까만 갈탄 반점으로 착각할 수 있었다. 소녀는 담요를 턱이 있는 데까지 끌어당겨서 땀에 젖은 손으로 꼭 붙잡았다. 여차하면 그 벌레가 얼굴 위에 떨어질지 몰랐기 때문이다.

소녀는 사다리가 없는 이층 침상의 위층에 누워 있었다. 천장과 불과 0.5미터정도 떨어져 있었다. 잠이라도 들면 입은 슬며시 벌어질 것이고 그러면 곤충은 소녀의 입 속으로 미끄러져 들어올 것이다. 아니면 벌레가 담요에 떨어져 얼굴 위를 기어다니다가 콧구멍 속으로 들어가 닥치는 대로 물어뜯을지 모른다. 소녀는 재빨리 몸을 굴려서 자기가 방바닥에서 얼마나 떨어져 있는지 가늠해보려 침상을 훑어보았다. 소녀는 바닥을 알아볼 수 없어서 천장 쪽으로 몸을 돌려 벌레를 바라보았다.

물론 벌레를 처음 본 것은 아니었다. 소녀의 집 벽에 붙은 벌레를 수없이 보았다. 그리고 남의 집 벽에 붙은 벌레도 보았다. 벽에 벌레 한 마리 붙어있지 않은 집에는 발을 디뎌본 적이 없을 정도였다. 아버지는 벌레들이 시냇물에서 왔다고 했다. 소녀는 시냇물에서 기어왔던 커다란 벌레들도 진짜로 본 적이 있었다. 그것들은 천장으로 기어 올라갔으나 너무 무거워서 난로 위로 떨어지곤 했다. 이처럼 작은 벌레도 있었다. 벽 속으로 도망쳐 사라져 버리는 벌레들도 있었고 사탕무 자루 아래서 죽여주길 기다리는 인내심 있는 벌레도 있었다. 심지어 쥐까지 보았다.

언젠가는 늑대도 보았다. 검은 눈을 한 늑대는 벌레보다 백배나 컸지만 소녀는 무서워하지 않았다. 떨거나 울어본 적이 없었다. 혼자 있어본 적이 없었기 때문이다. 그러나 지금은 혼자였다. 기숙사에는 35명의 아이들이 있었다. 하지만 그들은 없는 거나 마찬가지였다. 소녀는 그 애들의 이름도 몰랐다. 그 애들의 이름을 지금 와서 찾기에는 이미 늦었다. 그 애들은 모두 잠들었다. 아이들은 이리저리 뒤척거리며 쌕쌕 자고 있었다. 그러면서 시원한 곳을 찾으려고 베개를 뒤집거나 다른 아이들의 뒤꿈치로 자기 발을 긁어대기도 했다. 벌레 따위에 신경 쓰는 애는 아무도 없었다.

소녀는 벌레가 얼굴 위로 떨어지기 전에 침상에서 내려가고 싶었다. 그런데 어떻게 내려가야 할지 몰랐다. 사다리도 없었다. 아래 층 침상을 쓰고 있는 애가 소녀를 위로 밀어 올려주면서 다음번에는 혼자 올라가야 된다고 짜증스럽게 말했다. 그녀는 담요를 얼굴 위로 끌어 올렸다. 그러나 여러 해 동안 써서인지 담요가 찢겨져 있었다. 찢겨져 있는 부분들이 마치 가시처럼 소녀의 볼을 따끔거리게 했다. 어쨌든 소녀는 담요로 얼굴을 덮은 게 실수라는 걸 알았다. 이제 소녀는 벌레를 볼 수 없었다. 그래도 벌레는 여전히 제자리에 있었던 것이다. 볼 수 없다고 없어진 것은 아니니까. 적을 볼 수 없는 곳으로 숨어야 될 까닭이 없지 않은가? 그게 훨씬 더 위험한 짓이다. 그 벌레가 무슨 짓을 꾸밀지 어떻게 알 수 있단 말인가? 감시의 눈을 닫아 버린 상태에서 말이다.

얼굴에 진땀이 맺혔다. 양 관자놀이에 난 수두의 두드러기들이 근질거리기 시작했다. 소녀의 가슴이 마구 뛰기 시작하여 숨을 가눌 수 없을 정도였다. 이 자리에서 벗어나야 했다. 벌레로부터 빠져나와야 했다. 소녀는 침대 아래로 내려가는 길을 찾다 마침내 결심했다. 무슨 일이 벌어지든 말든 재빠르게 뛰어내리는 거였다. 소녀는 담요를 내던지고 허공에 자신의 몸을 밀었다.

소녀의 이마가 바닥에 부딪혔을 때 쿵 소리가 났다. 소녀의 목이 부러지는 소리를 아무도 듣지 못했다. 소녀가 콘크리트에 부딪혔을 때 벌새의 날개처럼 파닥거리던 심장은 차갑게 멈췄다. 두려움에 차있던 소녀에게 천장에 갈라져 있던 틈이 검은 벌레로 변신했던 것이다. 그것은 밤마다 벌레로 변했다. 복도 불이 켜지고 기숙사 방문이 열리면 천장에 나있는 틈으로 돌아올 뿐이었다.

쿵 소리가 나자 데르다의 눈이 휘둥그레졌다. 누군가가 바닥에 목이 뒤로 부러진 채 누워있었다. 캄캄하여 얼굴을 확인할 수 없었지만 누구인지 짐작이 됐다. 몇 시간 전에 데르다의 눈을 빤히 쳐다보며 침상 꼭대기에서 잠을 자야한다고 말한 소녀였다. 데르다는 소녀가 올라가는 것을 도와주며 만약 그녀가 투덜거리면 혀를 잘라버리 겠다고 말했다. 모두 다 들을 수 있을 정도로 큰 소리로 말했다. 그런데 바로 그 소녀가 바닥에 쓰러져 있는 것이다. 이렇게 쓰러져야만 했는가? 아니면 뛰어내린 건가?

데르다는 베개 밑에서 손을 빼서 소녀의 팔을 쿡 찔러보았다. 아무 반응이 없었다. 어깨도 찔러 보았다. 위를 올려다보고 깨어있는 사람이 없나 침상의 철제 봉 사이로 방안을 훑어보았다. 누구도 고개를 내밀고 있지 않았다. 안심이 되어서 천천히 침상에서 나와 소녀 곁에 무릎을 꿇고 앉았다. 데르다는 소녀의 어깨를 붙잡고 몸을 뒤집었다. 소녀는 고양이처럼 가벼웠다. 소녀의 작은 얼굴은 피투성이였다. 데르다는 머리를 들고 주위를 둘러보았다. 아무도 깨어있지 않은 것이 확실했다. 그녀는 울음이 터져나왔으나 소리를 죽이려고 아랫입술을 깨물고 있었다. 데르다는 아무도 깨지 않게 조용히 흐느꼈다.

작은 소녀는 야트르자 출신이었다. 야트르자는 국가가 지원하는 민병과 밀고자로 악명이 높았다. 애들은 야트르자를 스파이들의 마을이라 불렀고 스파이들은 개새끼들이라고 했다. 그 누구든 야트르자에서 온 사람들을 돕는 것은 금기시되었다. 설사 그들이 죽었다하더라도 도움을 줘서는 안 되었다. 데르다는 당직 선생에게 말을 하지 않았을 뿐 아니라 그날 밤 아무 것도 하지 않았다. 울기만 했다. 데르다는 천천히 소녀의 몸에서 떨어져 나와 조용히 자신의 침상으로 돌아갔다. 그녀 자신도 야트르자에서 왔으며 학교 애들이 이 사실을 잊어버리는데 만 4년이 걸렸다.

담요는 꼭대기 침상에서 삼각형 모양을 하며 늘어져 있었으며 그 끝이 바닥에 살짝 닿아있었다. 어둠 속에서 데르다는 담요가 돛이고 침상은 배라는 상상을 해보았다. 밤을 항해하는 돛단배였다. 그런 배를 언젠가 그림책에서 본 기억이 있었다. 거기서 깊고 푸른 바다를 하얀 돛을 단 화려한 배가 항해를 하고 있었던 것이다. 갑판 위에서는 노란 우비를 입은 여자 애들이 까르르 웃으면서 서있었다. 그 애들은 수평선을 향해 가고 있었다. 모든 여자 애들이 행복해 보이는 그림책이었다. 하지만 그것은 책에 지나지 않았다. 그냥 멍청한 책이었다. 어쩌면 허풍이 잔뜩 들어간 세상에서 가장 터무니없는 책인지도 모른다. 실제로 그런 여자애들은 존재하지 않았다. 만약 존재했다면 그 책은 가짜

수채화 그림들이 아니라 행복해하는 그 애들의 사진들로 꽉 차 있었을 것이다.

"하느님, 나를 꿈속에서 죽게 해주세요." 데르다가 속삭였다. 그녀는 자기가 한 말을 바로 잡았다. "아니, 잠을 자는 동안요." 그러나 그녀의 침상이라는 배는 잠 속으로 가라앉아 버렸다. 그녀는 11살이었다. 열하고 하나였다.

***

"야트르자에서 온 여자애가 죽었네!" 이때 데르다는 잠이 들면 죽게 해달라고 빌고 있었다. 그녀는 눈을 떴다. "얘가 침대에서 떨어져 머리가 깨져버린 거야! 그런데 저 우둔한 데르다는 여전히 잠을 자고 있다니! 야, 일어나! 어서 일어나!"

데르다는 그게 누구의 목소리인지 알았다. 나제닌이었다. 나제닌의 아버지는 6년 전에 죽었다. 경찰서 습격 사건 때 총에 맞았다. 온 도시 사람들이 그의 시체를 돌려달라고 요구했으나 특수부대 탱크가 시내로 투입되자 시위대는 해산하지 않을 수 없었다. 그래서 그의 시체를 찾아오는 일을 조직이 떠맡았다. 밤이 지나고 나자 이들은 로켓포를 쏘았다. 그러나 이게 왠 운명의 장난인지 끔찍한 일이 벌어졌다. 로켓포는 원래의 목표물인 헌병대 본부에 떨어지지 않고 그 옆 건물인 나제닌의 집에 떨어진 것이었다. 조준하는 과정에 약간의 오류가 생긴 나머지 오히려 희생자의 집을 명중시켜 두 개의 벽면이 날라가버리고 잠자던 어린 애가 산산조각이 나버렸다. 결국엔 아무도 시체를 돌려받을 수 없게 되었다. 희생자의 시신은 경찰서 근처에 매장되었다.

조직의 지역담당 지부장이 나제닌의 가족에게 크게 사과를 했지만 이들은 피해자 가족들에게 약속된 돈의 반 밖에 지불하지 않았다. 나머지 절반은 지역 사람들이 지불했다. 나제닌의 가족은 지라아트 은행에서 대출받아 두 개의 무너진 벽면을 다시 세우는데 보탰고 나중에는 거기다 두 개의 방을 더 추가했다. 그 비용은 테러 희생자 가족들에게 주는 보상금으로 처리한 것이다. 장녀인 나제닌은 이러한 명성 덕분에 기숙사에서 반장으로 선출되었다. 마을 사람들은 나제닌이 여자니 유혈의 복수극은 없을 거란 사실에 안도했다.

데르다는 나제닌이 흔들어 깨우자 눈을 떴다. "야트르자에서 온 애가 어제 밤에 떨어져 죽었어. 어서 일어나. 예심 선생님이 널 부르셔." 데르다는 말을 할 수가 없어 그저 고개만 끄덕였다. 데르다는 앉은 채로 다리를 바닥에 올려놓았으나 곧바로 다리를 치웠다. 데르다는 고개를 들어 나제닌이 바라보며 그녀가 무슨 말을 할지 귀 기울였다. "저걸 깨끗이 닦아!" 그녀의 발바닥에 피가 묻어있었다.

***

"그 애가 아래쪽 침상에서 자야한다고 내가 말했잖아." 예심은 5개월 전에 이 지역기숙학교에 부임했다. 거대한 학교건물을 본 순간 그녀는 끔찍한 마음이 들었다. 430명의 학생들을 네 명의 선생이 책임져야 한다는 말을 듣는 순간 그녀의 발이 그 자리에 그대로 얼어붙었다. 그러나 어찌하랴? 그녀는 다른 학교로 전근가기까지 5년을 기다리는 수

밖에 없었다.

"선생님이 말하는데 안 들리니?" 그녀가 '너의 부모님한테 다 말할 테다!'라고 할 수 있는 학교에서 근무했다면 얼마나 좋았겠는가. 그러나 이곳은 그녀가 학생들의 보호자를 찾기만 하면 학교 경비대원들이 AK-47소총을 끌고 와 그들의 경비에 무슨 문제가 있느냐며 원한다면 언제든 '학생들을 돌보길' 멈출 수 있다는 말투로 '존경하는 선생님에게' 물어보았다. 이 학교에는 품행이 나쁘거나 나태한 학생이 없었다. 학부모들은 교사들을 자기 아이들을 세뇌시키는 국가의 요원으로 간주했다. 부모들은 오히려 교사들에게 자기네 집으로 와서 아이들을 데려 가달라고 요구할 정도였다. 자기네 아버지들이 반정부 무장투쟁을 하다 죽은 경우에 그 자식들은 사회, 과학, 수학, 터키어 수업을 들어야 하는 고역을 치렀다. 숙제와 필기시험은 일종의 학대행위였다.

도대체 결혼 적령기하곤 거리가 먼 14세 소녀가 왜 남자 선생하고 어울려야 하는가? 그 소녀들은 그 나이 또래의 남자와 결혼해서 집에 있어야 되었다. 게다가 이런 학교들은 그들의 종교적 신념을 자랑스럽게 여기고 있었다. 그렇지만 그것 이외에 내세울 게 뭐가 있단 말인가? 조직은 언제나 조직원들을 보살펴줄 처지가 안 되었다. 누군가가 버려지면 국가 이외에 기댈 곳이 아무 데도 없다. 똥투성이 집 앞에서 미친 개들과 노는 애들은 모두 다 예심에게 맡겨졌다. 예심은 두 팔 벌려 그 애들을 받아주었다. 그러고 나서 그녀는 아이의 양어깨를 부여잡고 흔들었다.

"데르다, 내 말에 대답해! 네가 무슨 짓을 했는지 알고 있는 거니?" 그런데 질문에 대답할 데르다가 아니었다. 그녀에게 남아있는 게 뭐가 있던가? 그녀의 다리, 손톱, 푹 꺼진 뺨 그 어디도 열한 살 아이처럼 보이지 않았다. 시냇물 줄기처럼 머리끈에서 빠져나온 머리카락, 영원히 치유되지 않는 쫙쫙 금이 간 발바닥 그 어디도 말이다. "좋아, 데르다. 됐어. 그럼 식당에 가서 아침이나 먹어. 그리고 손과 얼굴을 깨끗이 씻어라."

데르다가 영락없는 아이였던 것처럼 26세의 예심은 천생 선생이었다. 그녀는 데르다의 부서질 듯한 어깨를 잡은 손을 풀었다. 그러다 마지막으로 데르다의 턱을 잡고 고개를 들어올렸다. 그녀의 눈을 들여다볼 속셈이었다. 밑에서는 집 고양이 한 마리와 길 고양이 한 마리가 한 뼘 사이를 두고 서로를 노려보고 있었다. 예심은 포기해버렸다. 데르다의 꾹 다문 입이 결국 승리한 것이다. "나중에 얘기하자."

예심은 이 조그만 소녀가 문 밖으로 사라지는 것을 바라보다 책상 제일 위 서랍을 열어 담배 갑을 꺼냈다. 그녀는 담배 한 가피와 라이터를 꺼내 불을 붙였다. 담배연기가 그녀의 입에서 뿜어져 나와 얼굴을 덮었다. 그녀의 눈은 화가 나있었다. 처음 한 모금을 빨면서 도망가 버릴까 하고 생각했다. 건물 밖으로 나가 정원을 통과하고 철문을 지나 마을까지 달려가 그곳에서 미니버스를 붙잡아 타고 이곳에서 탈출하는 상상을 해보았다.

담배를 몇 모금을 빨다가 그녀는 생각을 멈췄다. 유리 재떨이에 담배를 짓눌러 끄려했지만 담뱃불이 꺼지지 않고 짓이겨진 꽁초에서 계속 연기가 올라왔다. 그녀는 다시 끄려했다. 연달아 시도하다 보니 손가락 끝이 검게 그을렸다. 담뱃재가 손톱 밑에 끼었다. 그러나 여전히 담배연기가 솟아올랐다. 그녀는 더 이상 연기에 신경 쓰지 않았다. 지

그시 눈을 감고 앉아 기다렸다. 이제 무슨 일이 벌어지든 상관없다는 태도였다. 지진, 화재, 산사태, 그 어떤 재앙이든 벌어질 테면 벌어지라는 식이었다. 모든 것에 종지부를 찍을 수 있는 신의 팁이 달린 펜을 쥔 심정이었다. 그녀는 기다렸다.

마침내 일이 벌어졌다. 부서질 것 같은 그녀의 사무실 문이 아무런 노크도 없이 열렸다. 교감노릇을 하는 네지흐였다. 그는 사무실 안으로 고개를 쑥 들이밀곤 안경 너머로 의자에 푹 주저앉아 근무시간 중인데도 눈을 감고 앉아있는 젊은 여선생을 바라보았다. "예심 선생, 지금 잠을 자고 있는 건가요?" 그녀는 번쩍 눈을 떴다. "그 여자 애의 부모는 지금 올 수 없어요. 마을길이 봉쇄되었어요. 당분간 시체를 부엌의 소고기 냉장고에 보관해두어야 될 것 같소. 헌병이 오기 전까지 말이요. 좋소, 이 문제는 이렇게 마무리 짓기로 하고 어서 식당으로 가 봐요. 감독받지 않는 상태로 애들을 그냥 놔두면 안 되니까요."

이것은 그녀가 지금껏 생각해왔던 재앙과는 사뭇 성격이 달랐다. 고기 냉장고에 보관된 죽은 아이의 시신은 재앙이라 할 만큼 허옇게 될 것이다. 그녀가 가슴 속에 무엇을 품고 있던 그녀의 위와 복부는 돌덩이처럼 굳어졌다. 그녀의 몸은 마치 돌을 삼킨 것처럼 무거워졌다. 그녀는 일어서지 않았으나 네지흐가 밀어붙일 것을 알고 있었다. 실제로 그는 밀어붙였다. "예심 하님, 당신을 기다릴 여유가 없어요. 어서 갑시다."

담배연기가 여전히 재떨이에서 표류하고 있었다. 그녀는 퍼져나가는 연기를 지켜보며 사람들이 왜 자제심을 잃어버리는지 알겠다고 생각했다. 곧 생각을 멈추고 유리재떨이를 들어 그것을 네지흐에게 던졌다. 재떨이는 문에 맞았다. 네지흐는 이미 복도로 물러나 있었다. 예심은 무거운 호치키스를 움켜쥐고 네지흐를 향해 던졌다. 그러고 나서 펜 받침대, 노트받침, 500쪽 짜리 책을 차례로 던졌다. 그러자 시험지들이 마치 들새처럼 방안에서 나부끼기 시작하며 바닥에 가라앉기 전까지 허공에서 마구 뒤죽박죽 엉겼다. 네지흐는 문 바깥에서 그녀를 불렀다. "예심! 예심! 어이!"

그러나 예심은 아랑곳하지 않았다. 그녀의 눈길은 어머니의 선물이었던 책상 문방구 세트에 고정되었다. 만년필과 볼펜, 편지봉투 칼이 있었다. 그녀는 편지봉투 칼을 높이 들어 자신의 배를 찔렀다. 죽는다 해도 더 이상 미련은 없었다. 그러나 불행히도 그녀는 살았다.

***

학생이 죽고 교사가 자살시도를 했던 날 학교는 방문한 손님에게 위장으로 환영하는 시늉을 했다. 헌병들은 농담을 걸어왔지만 학생들은 웃질 않았다. 대위가 교장의 말을 듣는 척했다. 네지흐는 자신의 관자놀이를 비볐으나 두통이 있었던 것은 아니었다. 데르다는 음식을 씹고 있었으나 그것을 삼킬 수는 없었다. 예심은 양호실의 유일한 휴대용 침대에 누워 죽길 원했지만 아주 멀쩡하니 살아있었다.

결정이 내려지고 명령이 떨어졌다. 헌병대가 예심과 아이의 시체를 시내로 데려가 그곳에서 전문가에게 넘겨주기로 했다. 그것은 흔치 않은 상황이었다. 아이들이 감독을 받지 않은 상태가 되자 학교의 중심추가 바뀌었다. 갑작스런 파도에 의해 좌초된 배처럼 학교의 중심추가 좌우로 왔다 갔다 했다. 그러나 학교에서 데르다만 유일하게 멀미를 하였다. 나머지 애들은 나름대로 균형을 잡고 있었다. 데르다만이 자기가 바다 한 가운데로 떨어진 것 같은 느낌을 가졌다. 아이들은 물에 빠진 것 같이 축 늘어진 데르다를 거꾸로 들고 양호실에 데리고 왔다. 그 바람에 데르다는 축 늘어진 혀를 삼킬 수가 없었다. 그녀는 쓰러져 있는 것 같지 않았다. 마치 스스로 누워 있는 것처럼 보였다.

데르다가 양호실에 들어왔을 때 예심의 냄새가 났다. 그녀는 자신의 선생을 찾아보려고 고개를 들었다. 양호실은 비어있었다. 그녀는 예심이 누워있었던 휴대용 침대에 누웠다. 그녀는 오랫동안 고개를 가눌 수가 없었다. 머리를 비벼 베개 속에 밀어넣으며 머리카락을 쑤셔넣으려 했다. 그러나 아무런 소리도 들리지 않았다. 어떤 소리가 나더라도 데르다는 눈물 때문에 듣지 못했을 것이다.

하루 동안에 데르다는 죽음과 자살을 야기시킨 것이다. 그녀는 눈물을 꼭 쥐어짜며 눈을 감았으나 여전히 예심과 야트르자에서 온 계집애가 보였다. 데르다의 콩팥은 남아나지 않았을지도 모른다. 하지만 저들과 함께 찾아온 양심과 고통은 두개씩 가지고 있었다. 그녀는 두 개의 양심을 가진 최초의 인간으로 역사에 남지는 않을 것이다. 하지만 어린 몸에 두 개의 양심은 부담이 클 수 있다. 그녀는 결코 침대 밖으로 나갈 수 없을 것만 같았다.

"나를 감옥에 가두어 놓겠지." 그녀는 혼잣말로 속삭였다. "헌병들이 무슨 일이 벌어졌는지 다 파악해내고 나를 감옥에 가두려 할 거야." 하지만 헌병들에게 불려가기 전에 가야할 두려운 곳이 또 하나 있었다. 이 세상에서 가장 오래된 집단 즉 가족이었다. 적어도 어머니는 두려운 대상이었다. 그녀는 아버지가 없었다. 아버지는 어머니를 임신시키고 난 뒤 사흘 후에 이스탄불로 가서 감감 무소식이었다. 그게 12년 전이다.

부모님은 신과 종교 지도자 이맘, 두 명의 증인 앞에서 결혼했다. 그러고 나서 다른 사람들은 모두 떠났다. 어머니는 오직 신과 함께 남아 있었다. 어머니는 신에게 유일무이한 기도를 했다. "신이시여, 제발 제가 구원받을 수 있게끔 제 목숨을 가져가 주세요!"라고. 궁극적으로 신은 그녀의 기도를 들어줄 것이다. 죽음은 우리 모두에게 찾아오기 때문이다. 하지만 그녀는 인내심이 많은 여인이 아니었다. 그녀는 데르다의 젖 몽우리가 나오기도 전에 데르다를 결혼시켰다. 인내심이 소진되었기 때문이다. 무려 11년을 기다렸던 것이다. 데르다를 낳은 후 2년 동안 모녀는 아들을 낳지 못했다고 저주를 퍼붓는 시댁에서 머물렀다. 나머지 기간은 시내의 교사 숙소를 청소하는 곳에서 보냈다. 그녀는 데르다를 데리고 그곳으로 피신했다. 그러나 그녀는 그곳이 더럽다고 느꼈다. 그녀는 뒤틀린 몸으로 양동이를 들고 3층이나 되는 교사숙소를 오르락내리락 하고 무릎을 바닥에 비벼대고 청소를 하는 바람에 무릎에 병이 났으며 표백제는 손을 갉아 먹고 있었다.

그녀는 마을로 되돌아가고 싶었다. 거기서 집도 짓고 약간의 가축을 키우고 싶었다. 데르다는 더 이상 학교에 있고 싶지 않은 것이 분명했다. 만약 원했다면 학교 정원에서 실신을 했을까? 교감이 학교로 와서 그녀의 딸을 보라고 부르지 않았을 것이다. 쓰레기 같은 교감은 미니버스 값이 얼마나 되는지 알기나 아나? 교사들의 화장실을 박박 문지르는 자가 교감이 아니던가? 기침 한방으로 그동안 들여 마신 염산을 폐 바깥으로 배출하는 자가 교감이 아니던가?

그녀는 당장이라도 딸을 학교에서 데리고 나오고 싶었다. 사람들이 그렇게 못하게 막는다면 납치라도 해서 데리고 나와야겠다고 생각했다. 그녀는 방법을 찾아낼 것이다. 그러면 모녀는 고향 마을로 돌아갈 것이다. 그녀는 궁핍했지만 데르다라는 재산을 소유하고 있었다. 누군들 11세의 순진무구한 여자애를 원하지 않겠는가? 누구든 집 한 채와 가축 몇 마리를 내준다면 데르다와 맞바꿀 것이다. 데르다가 결혼해준다면 어머니는 호강하는 것이다. 결국 그게 자식 된 도리가 아니겠는가. "사니에 자매!" 그녀는 미니버스 차창에서 고개를 떼었다. 모든 상념을 털어내고 운전수에게 요금을 주었다. 이들이 탄 차가 학교 정문을 통해 들어가자 그녀는 돌아오는 길에는 데르다를 무릎에 앉혀 차비를 내지 않겠다고 마음먹었다.

"자매, 당신 딸이 아파요. 하지만 그리 심각한 건 아니니까 걱정일랑 마시오. 자매를 학교까지 오라고 한 점 용서하시오. 헌데 아이가 어머니를 보면 무척 반가워 할거요." 네지흐는 사니에에게 말했다. 이번에는 사니에의 차례였다. "교감 선생님, 우리 딸을 집으로 데려가게 해주세요. 일주일만 집으로 데려갈게요. 걔는 좀 쉬어야 해요. 그렇게 해서 몸이 좋아지면 다시 데려오겠어요." 네지흐의 마음은 예심에게 가 있었다. 그는 어떤 사람은 이런 지방에 도저히 정을 붙이지 못하리라고 생각했다. "분명히 그래. 그녀는 부임한 첫날부터 뭔가 이상한 점이 있었어. 분별력을 잃어버린 거야. 왜 사람들이 자살을 시도하겠어?" "뭐라고 하시는 거죠, 교감 선생님?" 사니에가 물었다. "무슨 얘긴가요?" "우리 딸을 일주일간 집에 데려가게 해주세요." "집이라니요? 야트르자 말이지요? 그런데 길이 다 봉쇄되지 않았나요?" "아니, 쿠루데레로 데려갈 거예요." 네지흐는 사니에의 말에 관심이 없었다.

그의 생각은 예심에게 꽂혀 있었다. 좀 더 정확히 말하자면 예심의 가슴에 꽂혀 있었다. 그녀의 가슴을 건드렸던 날 밤이 생각났던 것이다. 그날 밤 그는 예심의 침대 옆 의자에 앉아있었다. 이때 그는 한쪽 손으로 그녀의 입을 틀어막고 다른 손으로 그녀의 가슴을 주물렀다. 그날 밤 그는 예심의 눈을 들여다보며 속삭였다. "난 당신을 총으로 쏴 죽일 거야. 아무도 당신의 시체조차 찾을 수 없게 말이야!" 예심은 몸이 얼어붙은 채 벌벌 떨었다. 그는 처녀의 얼굴을 바라보며 겁탈하지 않고 떠날 테니 걱정하지 말라고 했다. 그러나 예심은 가버렸다. 이제 누구를 건드리나? 이제 누가 괜찮은 아가씨 노릇을 할까? 누가 얼굴을 씻고 아무 일 없다는 듯이 행동할 수 있을까? 누가 예심보다 더 비겁한 역을 맡을 수 있을까? 나이가 찬 처녀들인가? 아니면 어린 여자애들인가? 나제닌이 그의 곁을 지나갔다. 나제닌은 금발을 하고 있었다. 바로 얘야. 얘가 안 될 이유가 없겠지. 그는 기분이 한결 좋아졌다. "좋소. 그럼 애를 데려가시오. 근데 꼭 일주일 있다가 데려와야 해요." "교감선생님에게 신의 가호가 있길 빌겠어요." 네지흐는 자기 손에 키스를 하는 것을 별로 좋아하지 않았다. 그는 사니에의 어깨를 붙잡고 그녀를 일으켜 세웠다. 그는 이렇게 생각했다. '꽤나 예쁜데, 몸에서 표백제 냄새만 안 나도 괜찮을 텐데.'

***

데르다는 이해가 되지 않았다. 그녀는 재차 물었다. "일주일 내내라고요?" 사니에는 기숙사 방의 옷장에서 딸의 옷가지들을 다 꺼내어 그것을 두 개의 가방에다 나누어 담았다. 그녀는 데르다를 쳐다보았다. "교감선생님이 허락을 해주셨단다." "그런데 난 숙제가 있는데요." 사니에는 데르다의 눈을 빤히 바라보았다. "학교로 돌아오면 다 따라잡을 수 있을 거다." "그러니까 오늘부터 일주일 후에 오는 거지요?" 사니에는 데르다의 눈을 더욱 깊숙이 들여다보았다. "그렇단다. 근데 우리 마을에 가서 뭘 하면 좋겠니? 나도 일주일 휴가를 얻어놨는데." 붙잡혀 가는 것보다 잘 됐지 뭐. 데르다는 이렇게 생각했다. 헌병들한테 끌려가는 것보다 낫지. 데르다는 교과서들을 바라보았다. 그녀는 분수를 푸는데 약간의 어려움을 느끼고 있었다. 마을로 가면 그 문제들을 해결할 수 있겠지. "잠깐만요. 교실에 가서 책 좀 가져올게요." 이때 사니에는 침묵에 잠겼다. 그녀는 단지 딸이 나가는 모습만을 바라볼 뿐이었다. 길게 딴 딸의 머리채가 발을 뗄 때마다 달랑거리며 왔다 갔다 했다. "애가 그 사람들 마음에 쏙 들 거야." 그녀는 이렇게 뇌까리며 미소를 지었다.

교실은 텅 비어있었다. 데르다는 자기 책상을 열고 거기서 책과 노트들을 꺼내 그것들을 조심스럽게 가방에다 밀어넣었다. 그녀는 책들의 모퉁이가 찌그러지는 것이 싫어서 가방을 싫어했다. 나제닌이 교실로 들어왔을 때 그녀는 수학책을 넣으려던 참이었다. "어디로 가려는 거냐?" 나제닌이 물었다. "우리 어머니가 오셔서 고향 마을로 가려고 해." 데르다가 말했다. 나제닌과 단 둘이 있을 때면 언제나 이마 한가운데로 쏠린 두려움이 벌렁벌렁했다. 그녀는 두려움이 폭발하기 전에 재빨리 책을 챙겨넣으려 했다. 서두르다보니 책들을 구겨넣고 있다는 사실마저 알아채지 못했다. "그래, 언제 돌아오기로 했니?" "오늘부터 일주일 후에."

나제닌은 이상한 행동을 하고 있었다. 그녀의 목소리에는 늘 있어왔던 폭력적인 말투가 들리지 않았다. 보통 그녀가 말할 때는 주먹으로 맞는 듯한 느낌이 들었다. 그래서 나제닌은 구태여 주먹을 써야할 필요가 없었다. 그런데 지금 그녀는 지켜보고만 있을 뿐이었다. 그것도 조용히. 데르다는 책을 잔뜩 쑤셔넣은 가방의 지퍼를 올리려 했다. 나제닌은 여전히 지켜보고 있었다. 그녀는 열다섯 살이었다. 어떤 곳에서 열다섯 살은 스물다섯 살이나 마찬가지였다. "너 돌아오는 거지?" 그녀가 물었다. 데르다는 그녀의 난데없는 관심을 어떻게 받아들여야 할지 몰랐다. "돌아오고말고. 우리 엄마가 그렇게 말했어. 다음 주에 돌아와."

데르다는 어깨에다 가방을 걸쳐 메고 발걸음을 떼었다. 그러나 나제닌이 길을 막았다. 그녀는 따귀 한 대 때리기에 아주 적합한 위치에 서 있었다. 나제닌은 두꺼운 책의 두께만큼 데르다보다 키가 컸다. 그러나 데르다는 그 차이를 메꿀 수 있을 만큼 높이 서있었다. 데르다는 나제닌을 보는 순간 잠시 심장이 뛰었다.

나제닌이 지금껏 본 바로는 학교를 떠난 여자애들은 한결같이 데르다처럼 말을 했다. 그렇게 말하곤 한 명도 돌아오지 않았다. 그리고 그 어떤 애도 자기가 돌아오지 못할 거라는 걸 몰랐다. 그날이 오면 자신도 그렇게 떠나리다. 떠나게 되면 영원히 돌아오지 않을 것이다. 나제닌은 길을 비켜주었다. 데르다가 걸어나갔다. 데르다는 고개를 돌려 손을 흔들어줘야 할지 망설였다. 그러나 두려운 생각이 들어 그러질 못했다. "얘, 야트르자에서 온 애야!" 데르다는 얼어붙었다. 그녀는 주위를 둘러보았다. 허공 속에서 손 하나가 보였다. 나제닌의 손바닥이었다. 그녀를 보고 손을 흔들고 있었다. 데르다는 그날 처음으로 미소를 지었다. 어쩌면 일주일 만에 처음 지어보이는 미소였다.

학교 밖은 눈이 와서 길이 진창이었다. 데르다는 찔끔찔끔 발을 떼어 미끄러지지 않았다. 다리는 욱신거리고 귀는 추워서 벌써 빨갛게 되었다. 그녀의 어머니가 짜증스럽게 말했다. "네가 원하는 책을 모두 가지고 가니까 지금 제대로 걷지 못하고 있는 거 아냐!" "우린 쿠루데레로 가는 건가요?" "너네 이모 집으로 가는 거란다. 너 뮈바렉 이모 기억나지? 우린 지금 그 이모 집으로 가는 거야." 그들은 대로로 나가 미니버스를 타야했다. 곧 살을 에는 듯한 추위가 그들의 머리를 얼어붙게 할 기세였다. 사니에는 추위에서 벗어나기 위해 말을 했다. "오늘 학교에서 무슨 일이 있었니? 사람들이 뭔가 계속 얘기를 해대더구나. 나는 도통 무슨 얘긴지 모르겠다만." 데르다는 자기 앞쪽을 바라보았다. 그녀는 어머니의 가슴에 얼굴을 묻고 싶었다. 창피하기도 하고 추워서 그렇기도 했다. "우리 고향에서 온 여자 애가 있었는데요, 걔가 침상에서 떨어져 죽었어요. 헌병이 왔어요. 그리고 예심 선생님이…."

그러나 추위에서 벗어나기 위해 말을 하는 사람들은 남의 말을 듣지 않는 법이다. 사니에는 우둔한 새가 날갯짓 하듯 하늘을 향해 두 팔을 흔들어 대면서 지나가는 미니버스를 세웠다. 문이 열리자 사람들의 온

기가 이들 모녀의 얼굴을 때렸다. 데르다는 어머니 무릎에 앉지 않아도 되었다. 운전수가 그녀에게는 요금을 청하지 않았기 때문이다. 운전수는 사니에의 먼 친척이었다. 수없이 많으면서 아무 짝에도 쓸모없는 친척들 중 하나였다.

모녀의 옷깃에 수북이 쌓인 눈이 녹아 이들의 등으로 흘러 들어갔다. 조그만 미니버스를 꽉 채운 15명이 내쉬는 따뜻한 입김 냄새에 모녀는 잠이 왔다. 이들의 눈꺼풀은 아래로 쳐지고 얼었던 속눈썹은 녹아서 부드러워졌다. 데르다는 버스 맨 뒷좌석에 엄마와 어떤 노인 사이에 앉았다. 그녀의 머리는 이들의 어깨를 지탱하는 베개가 되었다. 조그만 여자 애는 잠이 들었다. 잠이 들자 그녀는 더욱 작아졌다. 그녀는 작아지면서 악몽을 꾸었다. 그녀는 야트르자에서 온 죽은 여자 애를 두 손으로 안고 잠에서 깨어날 때까지 울고 있었다. 그러다 막상 잠에서 깨니 아무것도 기억나지 않았다. "사니에 자매!"

그들은 쿠루데레에 왔다.

***

쿠루데레는 마을이라기보다 바위가 울퉁불퉁하고 기복이 심한 땅이라 하는 편이 낫다. 창문이 달린 삐죽삐죽 솟은 곳으로부터 연기가 올라와 하얀 하늘을 얼룩지게 만들었다. 쿠루데레에는 도로가 없는 관계로 번지수가 없었다. 그곳은 추위로부터 보호하기 위해 사람들이 만들어 놓은 길쭉한 혹 같은 것들이 옹기종기 모여 있을 뿐이었다. 마흔 세 가구가 서로 코를 맞대고 있고 사람들은 그 안에서 겨우겨우 살았다.

알레이잠 족에서 나온 켄데르 사람들이었다. 이들은 다 깨져버린 아무짝에도 쓸모없는 집단이었다. 이곳은 그저 개미시체를 쌓아두는 것 이외에 그렇다 할 게 아무 것도 없는 곳이다. 셰이크가지조차 들러볼 생각을 하지 않는 곳이다. 시냇물조차 말라 비틀어져 있었다. 너무 말라서 그곳에 물이 흘렀는지 알 수 없었다. 어쩌면 물이 아예 없었는지도 모른다. 아니면 마을을 바라보면서 물길을 바꿨는지 모른다. 쿠루데레 사람들은 말을 하지 않는다. 그들은 화가 나면 그저 투덜댔고 기도를 할 때면 웅얼거리기만 할 뿐이었다. 그렇지 않을 때는 침묵만 있었다. 그리고 까마귀 소리와 회교사원에서 틀어주는 확성기 소리가 들릴 뿐이었다.

"쿠루데레 주민 여러분, 존경하는 종단 지도자 셰이크가지 선생께서 기린티 마을을 방문하실 예정입니다. 우리 모두 선생을 환영합시다. 미니버스가 내일 아침 아홉시에 출발할 예정입니다." 확성기에서 칙칙거리는 소리와 성직자의 기침 소리가 한두 번 가량 흘러나왔다. 그러고 나면 다시 침묵이 깔렸다. 마치 아무 것도 존재하지 않는 것 같았다. 모두들 숨을 죽이고 있는 것 같았다. 마흔 세 가구였다. 마흔 세 가구가 모두 미스터리로 가득 차 있는 금이 간 항아리 같았다.

"사니에, 나야 나." 뮈바렉이 사니에를 바라보자 데르다는 뮈바렉을 쳐다보았다. 뮈바렉은 너무 뚱뚱해서 그녀 뒤에 있는 대문이 보이지 않았다. 쿠루데레에 있는 대문들은 매우 작아서 그곳을 통해 안으로 들어가려면 등을 굽혀야 했다. 뮈바렉 뒤에서 머리 하나가 삐져나왔다. 이 뚱뚱한 여자의 가슴으로 달려온 데르다 또래의 여자애였다. "무슨 일이야, 사니에?" 뮈바렉이 말했다. 아니, 말했다라기 보다 툴툴거렸다.

"집 안으로 좀 들어가도 될까? 좀 들어갈게. 잠깐 앉았다 가려고." 뮈바렉이 문을 열어주는 것처럼 자리를 이동해주어, 네 사람이 혹같이 생긴 집들 중 하나로 들어갔다. 그 모습이 마치 산 채로 매장당하는 것 같았다. "그동안 애가 많이 자랐네." 사니에가 페히메의 머리를 쓰다듬어주며 말했다. 그 애는 뮈바렉의 막내딸이었다. "얘가 11살이야." 뮈바렉이 말했다. "데르다도 열한 살인데."

뮈바렉이 핵심을 찔렀다. "사니에, 무슨 일 때문에 여길 온 거지?" 사니에는 준비가 되어있었다. 미니버스를 타고 오면서 무슨 말을 해야 될지 생각해두었다. "나는 교사 숙소에서 쫓겨났고, 얘는 지금 몸이 아파. 의지할만한 사람이 아무도 없어서 그런데, 누구를 찾아갈 수 있겠어. 언니밖에 아는 이가 없는 처지라고." 뮈바렉의 대답도 이미 준비되어 있었다. 그녀의 대답은 수년 동안 너무 많이 써먹어 케케묵은 것이었다. "넌 야트르자에서 온 그 작자와 결혼하기 전에 생각을 했어야 됐어. 그 개 같은 인간에게 무슨 소식이라도 있는 거니?" "없어, 언니. 아무 소식도 없어. 그 사람 죽었을 거야." "제발 그렇게 되기라도 했으면!" 그들은 말문을 닫았다. 그들은 서로 서로 바라보았다. 주로 페히메를 바라보았다. 페히메는 사니에를 바라보다, 데르다를 바라보았다. 그들은 차가 나올 때까지 서로를 동물 바라보듯 바라보았다. 페히메가 차를 따르는 동안 뮈바렉이 다리를 바꿔 앉았다. 한쪽 다리를 깔고 앉았더니 그 다리가 마비되는 모양이었다. 그녀가 말했다.

"엡제트가 집에 올 때까지 기다려 보지 뭐. 어쩌면 그 사람이 교사 숙소에 있는 사람을 알지 모르니까." 사니에가 페히메를 바라보고 있을 때 페히메는 찻잔을 만지며 손을 따뜻하게 덥히고 있었다. "페히메야,

데르다에게 마을 구경 좀 시켜주렴." 페히메는 그녀의 어머니가 그렇게 하라며 고개를 끄덕이는 것을 보고 문 쪽으로 걸어나갔다. 데르다도 뒤쫓아 나섰다. 이들이 문을 닫고 나가자 사니에가 말문을 열었다. "난 저 애를 시집보냈으면 해. 마땅한 사람 없어? 저 애를 여기 데려온 이유가 다 이래서지." 뮈바렉의 입이 웃음을 터트리느라고 쩍 벌어졌다. 그녀는 마치 하마 같이 보였다. 마침내 그녀가 입을 닫고 말을 하기 시작했다. "그래서 어쩌자는 거니? 처음에는 저 애를 학교에다 보내놓고 이제 와서 저 애의 남편감을 구한다니! 학교에 다니는 여자애를 누가 데려가느냐 말이야? 불쌍한 것 같으니라고. 걔는 끝장난 거야!"

사니에는 이런 말이 나올 줄 이미 예측하고 있었다. 그러나 그녀가 달리 할 수 있는 방법이 없었다. 이들 모녀는 가진 게 아무 것도 없었다. 그래서 딸을 공립기숙학교에 보내는 수밖에 달리 선택의 여지가 없었다. 제 앞가림이라도 할 능력이 있었다면야 딸을 공립학교에 보냈겠는가? "내가 뭘 할 수 있겠어, 언니? 난 그 애를 보낼 수밖에 없는 처지였잖아. 그렇지만 이제 와서 어떻게 해? 내가 그 앨 다시 데려왔잖아. 걔는 더 이상 학교에 돌아가지 않을 거야. 이곳 사정은 어때? 이곳에 마땅한 사람이 없을까? 가진 것도 좀 있는 사람 말이야."

뮈바렉은 양탄자를 걸어 둔 벽에다 등을 기댔다. 그녀는 천장을 응시하며 엡제트가 사니에를 원하면 어떻게 하지라고 생각했다. 사니에가 여기에 평생 머물면 어떻게 하지라는 생각도 했다. 사니에가 다른 곳으로 갈 금전적 형편이 안 되면 어떻게 해라고 생각하기도 했다. 데르다가 괜찮은 사람과 결혼하면 사니에가 신부의 몸값을 받고 떠나겠지. 그때가 되면 자기가 천장을 바라보며 생각했던 것을 사니에에게 다 털어놓고 말하고 말거다. 페히메는 데르다의 외투 아래로 흘러나온 교복의 밑단을 보았다. 그녀는 그 색깔만 봐도 알고 있었다. 그건 학교의 색깔이었다.

"너는 책을 읽을 줄 아니?" 데르다는 두 손에 눈을 움켜쥐고 그것을 꽁꽁 뭉쳐 덩어리로 만들어 두 개의 혹 같은 집 사이로 던졌다. "물론이지. 난 책을 읽을 줄 알아. 이래 뵈도 난 5학년이야. 너는 학교에 안 다니니?" 페히메는 부러진 나뭇가지로 고무장화 밑에 붙어있는 눈을 긁어내려 하고 있었다. "안 다녀." 이들은 말을 멈췄다. 달리 할 말이 없었다.

"그렇게 될 수 있단 말이지?" 사니에가 흥분된 목소리로 말했다. 그녀는 실질적으로 약간의 가축과 집 한 채를 이미 염두에 두고 있었다. "물론 그렇게 될 수 있지. 몇 주만 지나면 봄이야. 그때면 저들이 모두 온단 말이네. 모두들 셰이크가지의 손에 키스를 하러 오지." 이 말에 사니에는 더욱 흥분하여 말했다. "남자들이 그 먼 곳에서 온단 말이지?" "물론이고말고. 잠자코 기다리기만 해. 내가 엡제트에게도 말해볼게. 그러면 무슨 방법을 찾아낼 거야."

사니에는 가슴이 뛰었다. "진짜 그렇다고 맹세할 수 있지?" "맹세해. 그 사람들은 해마다 와. 마을에서 여자 애들을 데려가 버리곤 하지. 게다가 돈도 많이 지불해. 그런데 묻고 싶은 게 있는 데 그 돈을 받아 뭘 할 셈이냐?" "언니, 용서해. 난 여기 머물지 않을 거야." 뮈바렉은 그녀의 동생이 오고 난 이후 처음으로 마음이 놓였다. 그녀는 너무 기분이 좋아서 서있는 채로 사니에의 빈 찻잔에 차를 채워 주었다. "난 토무르주크로 갈 거야. 가축들하고 집이 있는 아주 멋진 곳이지." 뮈바렉은 듣지 않았다. 그녀가 무슨 말을 하든 더 이상 관심이 없었다.

***

엡제트는 첫 번째 담배개비를 꺼내 물면서 갑자기 나타난 손님들을 꼼꼼히 살펴보았다. 뮈바렉과 사니에는 마치 바퀴벌레들처럼 어두운 방구석에 자리를 잡고 자기네들끼리 소곤거렸다. 데르다는 페히메에게 이름 쓰는 법을 가르쳐주고 있었다. 엡제트는 생각했다. '이들 모녀가 하필이면 왜 이때 왔을까. 젠장. 식솔이 둘이나 더 생겼잖아.' 그는 자기 밥벌이도 제대로 할까 말까한 처지였다. '이 여편네와 이 여자의 막돼먹은 딸을 바깥으로 내쫓아버리면 마을 사람들 눈에 망나니로 비쳐질 텐데. 셰이크가지가 뭐라고 가르쳤던가? 아버지 없는 자들에게 아버지가 되라고 하지 않았던가.' 구멍가게가 잘 돌아가지 않았다. 헌병들이 밀수품 담배들을 단속하기 시작한 이래 물건들이 영 팔리지 않았다. 마을의 그 누구도 가게를 해서 재미를 보는 사람이 없었다. 이런 저런 생각을 하다 보니 걱정이 앞서서 그는 자리에서 일어섰다. 모두 다 입을 다물고 있었다. 뮈바렉만 예외였다.

"당신 뭐 하고 싶은 말 있어요?" "나 좀 따라와 봐." 뮈바렉은 남편을 따라갔다. 부부는 집안에서 나와 한데로 나갔다. 엡제트는 피우던 담배를 버리고 새 담배에 불을 붙였다. "저 사람들은 언제 떠나?" "바로 그것 때문에 하고 싶은 말이 있는데." 뮈바렉이 말했다. "사니에가 데르다를 시집보내길 원해. 당신이 셰이크가지의 아들에게 이 말을 해보면 어떨까? 누군가 나타나지 않겠어?" 엡제트는 담배 연기를 내뿜다 말고 어둠 속에서 뮈바렉의 얼굴을 바라보았다. 신이 도우신거야! 그는 입에서 빠져나오는 담배연기와 함께 자신의 모든 두통거리를 다 내뱉었다. "좋아. 그럼 내가 그 사람한테 말해 볼게. 그 여자애는 몇 살이지?" "열한 살이에요." "세상에, 그렇구나!" 엡제트가 말했다.

기린티 마을로 가는 길은 흡사 주차장 같았다. 도처에서 사람들이 셰이크가지를 보러왔다. 그들은 마을 광장에 함께 모여 노인들의 손에 키스를 하고 서로서로 담배를 권했다. 그들은 한담을 나눌 시간도 없어 보였다. 이때 6살 난 사내아이가 소리쳤다. "그 사람들이 오고 있어요!" 4대의 자동차 대열이 보통 차보다 두 배나 길게 무리를 지어 마을로 들어오고 있었다. 마을 사람들은 이미 누가 먼저 가지의 발에 키스를 할지 순서를 정했다. 그렇게 선정된 사람들이 자동차의 문이 열리기를 기다리고 있었다. 어떤 차에 셰이크가지가 타고 있을까? 누가 제일 먼저 그의 발에 키스를 하는 행운을 잡을까? 어떤 자동차 문에서 나올까? 빌어먹을 선팅을 해 놓은 바람에 누구도 차 안을 들여다 볼 수가 없었다.

엡제트가 "알라!"를 외칠 때 가지의 발에 키스를 하려고 기다리던 모든 사람이 맹목적인 질투심으로 그를 노려보았다. 그 순간 이들은 차 문에서 내려오려고 하는 사람을 까맣게 잊어버렸다. 셰이크가지는 차에서 천천히 내렸다. 그의 나이가 81세였으니 그럴 만도 했다. 다리가 먼저 내려오자 엡제트는 다리가 땅에 닫기도 전에 키스를 했다. 옷자락 끝인지 구두코에다 키스를 했는지 볼 수 없었다. 이때 그는 자기의 머리 위에 놓인 손을 느낄 수 있었다. 셰이크가지의 손이었다. 엡제트는 여전히 무릎을 꿇고 있었다. 노인은 마치 지팡이에 의지하듯 엡제트의 머리에 몸을 맡기고 천천히 차에서 나왔다. 그러나 엡제트의 임무가 다 끝난 것은 아니었다. 그는 일어서서 셰이크가지의 손을 쥐고 그 손이 그의 이마를 건드리기 전에 거기다 키스를 했다. 두 손에 그랬다. 그의 눈에서는 눈물이 흘렀다. 다시 한 번 신이 그의 불쌍한 종에게 미소를 짓는 구나! 그는 모두가 그를 바라보고 있다는 것을 알고 있었다. 그들은 모두 엡제트처럼 되길 바랐다. 알레이잠 부족, 히크메트 종파 부족이 다 그랬다. 몇 초 동안 시간이 멈췄다. 이때 같은 손이 엡제트의 머리 위로 내려왔다. 셰이크가지는 입술을 엡제트의 이마에다 갖다 대었다. 엡제트의 미간에서 장미가 피어났다.

61세 된 기도 아아는 알레이잠 족장이었다. 그는 이란 국경에서 이들 부족이 밀수해오는 경유의 상당 부분을 통제하고 있었다. 그는 노망이 난 셰이크가지를 신뢰하지 않았지만 어쩔 수 없이 참고 넘겨야 했다. 알레이잠 부족은 원래 정부를 공격하는 테러리스트들이었지만 입장을 바꿔 5년 째 정부가 후원하는 민병대 역할을 하고 있는 사람들이었다. 그들은 당시의 정치적 기후에 따라 자신들의 입장을 바꿨다. 기도 아아는 이들을 이끄는 목자였다. 그는 보통 집 열배가 되는 빌라에서 살았다. 이 마을 여느 집과 마찬가지로 그의 빌라에는 귀한 손님을 맞이하기 위한 방이 마련되어 있었다.

셰이크가지는 손님방에서 하얀 옷에 터번을 벗지 않고 졸고 있었다. 그는 매우 연로했다. 말을 거의 하지 않았고 어떤 것에도 귀를 기울이지 않았다. 그의 기능은 깃발과 같은 것이었다. 그는 마을을 방문할 때 그곳의 저명한 곳에 숙소를 지정했고 그 숙소는 사람들을 집결시키는 상징적 장소로 이용하였다. 셰이크가지가 바람에 부풀어 오르는 동안 그의 아들 흐드르 아리프는 종파 문제를 다루고 있었다.

타야르는 방안에서 유일하게 앉지 않고 서있었다. 그의 온몸은 살과 뼈 대신 힘줄과 근육인 유도 사범이었다. 그는 셰이크가지의 뒤에 서있었다. 두 눈은 마치 두 대의 카메라처럼 모든 것을 기록하고 있었다. 그의 빈틈없는 시선을 보면 공기 속의 먼지 입자까지 다 잡아낼 듯했다. 그는 키가 190센티 가량 되었고 몸무게는 90킬로그램이나 되었다. 양팔은 옷에 꽉 차서 비집고 튀어나올 듯 했으나 그의 이마는 얼굴에 비해 매우 좁아 보였다. 코는 짓이겨져 있었으며 손가락은 권총의 손잡이만큼이나 두툼해 보였다. 그는 두 손을 허리띠 안쪽에 끼고 있었다.

타야르는 셰이크가지의 양아들이며 일곱 살 이후로 쭉 그와 함께 지내왔다. 그는 팔레스타인 사람이었다. 어머니와 아버지 그리고 네 명의 누이는 이스라엘의 폭격으로 사망했다. 6일 전쟁의 여파로 300만 명의 팔레스타인 사람들이 난민이 되었을 때 히크메트 종파 부족이 그를 도와 터키로 국경을 넘어가게 해주었고 그를 셰이크가지에게 소개시켜 주었다. 일곱 살짜리의 까만 두 눈이 셰이크가지에게 깊은 인상을 주었다. 그는 소년에 말했다. "울고 싶으면 지금 맘껏 울렴. 더 이상 네 눈에서 눈물 날 일이 없을 테니 말이다."

그날 이후로 타야르는 셰이크가지의 비호를 받으며 그의 보금자리에서 자랐다. 이렇게 해서 그는 자신의 정신적 아버지인 셰이크가지의 눈과 입과 주먹이 되었다. 셰이크가지를 따라 모든 도시와 시골 읍내를 방문하며 그의 말을 히크메트 종파 부족들에게 속삭여주었고 명령과 요구사항들을 전달하였다. 세월이 지나감에 따라 셰이크가지는 더욱 더 노쇠해졌다. 그러자 타야르는 노인의 유일한 메신저가 되어 다시는 울지 않기 위해 온 세상을 누비고 다녔다.

히크메트 종파 부족은 이 지역의 다른 종파들과 달랐다. 그들의 족장은 집이 없었다. 이들 부족은 이슬람 학교도 없고 수도원 같은 곳도 방문하지 않았다. 거처가 없었던 셰이크가지는 이 세상에 난민으로 태어나 난민으로 죽을 것이다. 그는 집을 소유하지 않았으며 공식적으로 어느 곳에도 거주등록이 되어있지 않았다. 3개월마다 신봉자의 집을 옮겨다니며 사람들이 바치는 것으로 먹고 살았다. 거처를 두지 않는 것이 히크메트 종파 부족의 기본 원칙이었다.

그들의 시각에서 국경은 허구적인 것이었다. 그들은 민족국가라는 것을 믿지 않았다. 신자와 비신자만 있을 뿐이었다. 그들의 부족원들은 온 세상에 흩어져 있었다. 집이 없는 채로 말이다. 집을 보유하지 말라고 재산까지 보유하지 말라는 말은 아니었다. 흐드르 아리프의 명의로 된 부동산 권리증이 적지 않았다. 흐드르 아리프는 대부분의 세월을 이스탄불에 있는 체멘다으에서 살았다. 그는 이 마을에 있는 226채의 건물 중 221채를 소유했다. 나머지 5채는 시당국의 허가 없이 불법으로 건축된 것이다. 그는 시당국에 압력을 행사해서 그 다섯 채를 가능한 빠른 시일 내에 철거시킬 계획이었다. 체멘다으에는 이슬람 사원까지 있었다. 그러나 흐드르 아리프는 히크메트 종파 부족들이 그 사원에 출입하지 않게끔 최선을 다했다.

무엇보다 중요한 것은 흐드르 아리프가 비즈니스맨이라는 사실이었다. 그는 런던에 슈퍼마켓 체인과 함부르크 근교 어딘가에 가축을 소유하고 있는 사업가였으며, 이스탄불에서는 건설 사업을 벌이고 있었다.

그는 바쁜 사람이었다. 그래서 이런 일을 팽개치고 아버지를 마치 서커스단의 동물처럼 사람들에게 보여주기 위해 여러 마을을 돌아야 한다는 것이 짜증스러웠다. 그러나 신자들은 그들의 깃발을 보기 전까지 쉽게 마음의 안식을 취할 수 없었다. 신자들은 마음이 안정되지 않으면 불평을 토로하기 위해 흐드르 아리프에게 전화를 걸어 말했다. "마지막 할부금까지 다 냈는데 우리집은 왜 아직 완공되지 않나요!" 그들은 시종일관 불난투성이였다. 불평은 끝이 없었다. 지금 그의 앞에 무릎 꿇고 있는 엡제트 같은 사람들은 그를 성가시게 굴지 않았던 적이 없다. 저 바보들이 대체 무엇을 원하는 거지?

"저에게 조카 처녀애가 있어요. 걔는 열한 살인데요. 적절한 배필이 있는지요?" "사진이 있는가?" 흐드르 아리프가 물었다. 엡제트는 자신이 해야 할 말에 몰두해 있어 그가 무슨 말을 하는지 이해하지 못했다. "뭐라고요?" 흐드르 아리프는 한숨을 쉬며 다시 한 번 말했다. 사업가는 인내를 할 줄 알아야 한다. "그 애 사진을 구해서 나한테 보내라고. 한번 볼 테니까 말이야." "감사합니다. 신의 가호가 있을 겁니다." "좋아."

흐드르 아리프가 말했다. 그는 눈을 들어 방안을 둘러보았다. 기도아아의 얼굴에 마치 칼자국이 난 듯 주름살이 패여 있는 것을 보았다. 그리고 자기 아버지의 입술에서 침이 흘러내리는 것을 보았다. 그는 사람들이 아버지 앞에서 굽실거리며 자기네들끼리 귀엣말을 하고 있는 것을 바라보고 있었다. 흐드르 아리프는 44살이었다. 그에게는 세 명의 아내와 8명의 자식이 있었다. 그는 프린스턴 대학에서 경제학을 공부했다. 16년 전 미국으로 떠나며 다시는 터키로 돌아오지 않겠다고 다짐했다. "왜 돌아오지 않으려고 했을까? 기린티와 같이 지저분한 곳에서 기도 아아처럼 아무짝에도 쓸모없는 인간 곁에 빈둥거리며 지내야 하나? 아냐, 난 이런 동네와 이런 동네인간들하곤 안 맞아. 나는 모든 것을 런던으로 이전시키고 다신 돌아오지 않을 테다." 그는 이렇게 생각했다. 이때 그의 마음은 런던에 있는 자신의 사무실에서 템스 강을 내려다보며 미소 짓고 있었다. 기도는 이를 눈치 채고 흐드르 아리프의 무릎을 거세게 내리쳤다. 하지만 거기엔 친근감이 배어있었다.

얼굴을 두 손에 묻고 땅바닥에 쪼그리고 앉아있는 페히메는 데르다가 사진 찍히는 모습을 보며 입술을 깨물었다. 그녀는 남들이 하는 일을 바라보는 것에 익숙했다. 그것 때문에 평생 욕을 먹었다. 그녀는 넋이 나갈 정도로 데르다를 구경했다. 페히메의 두 눈은 그저 태어났을 때 열렸다가 죽을 때야 감기는 눈에 불과했다. 그녀의 입과 목소리는 있으나 마나했다. 주위에 아무도 없다는 것을 확인한 엡제트가 말했다. "머리에 쓴 것을 벗어봐라." 데르다는 머리에 쓴 검은 스카프를 풀어 그것을 목 주위에 걸쳐놓았다. 길고 검은 머리 타래가 먼 나라에서 본 뱀처럼 그녀의 등위로 미끄러져 내렸다.

엡제트는 시내에 있는 가게에서 카메라를 사왔다. 판매원은 그에게 주의를 주었다. "이건 빛이 충분해야 돼요. 빛이 없으면 작동이 안돼요." 날씨가 흐릿해서 그는 빛이 있는 방향으로 데르다를 서게 했다. 동시에 그는 속으로 데르다의 구매자가 이 카메라를 어떻게 보상해줄지 계산해보았다. 데르다를 사가는 자는 카메라 값을 지불해야 될 뿐 아니라 열한 살 소녀의 머리를 드러나게 한 죄를 짊어져야 했다. 물론 그러한 죄에 대한 대가로 보다 많은 돈을 내야 한다. 데르다는 사진을 찍는 것이 처음인지라 웃어야 할지 말아야 할지조차 몰랐다. 그러나 결국은 웃어야 한다는 것을 알고 피식 웃어보았다. 엡제트도 어찌할 바를 몰라 그냥 셔터를 누르고 말았다. "넌 나를 죄인으로 만드는 구나! 어서 안으로 들어가!" 페히메가 참지 못하고 웃음을 터뜨리자 엡제트가 소리쳤다. "너도 마찬가지야!" 여자애들은 즉각 문 뒤로 사라졌다. 엡제트는 혼자 중얼대며 두 손으로 카메라를 돌려 보았다. "이 빌어먹을 것을 어떻게 끄지'?"

사진을 찍는다는 것이 죄에 젖어있다는 생각은 오래전에 사라졌다.

***

"그만 울어라. 나도 아프다는 걸 알지 않니? 그런 건 조금도 신경 쓰지 않는 구나. 자, 여기 수프가 있으니까 그걸 좀 먹어보렴. 어서." 사니예는 데르다 곁에 대접을 놓아주고 방에서 나갔다. 그녀는 뮈바렉이 난로 바닥의 재 속에다 감자를 파묻어 두었다는 것을 알고 말했다. "우리 애가 제대로 병이 난 거야." "잘 적응할 텐데 뭘." "애는 너무 말라서 죽을 거야. 도통 먹질 않으니." "먹게 될 거야. 먹어야만 해. 이제 남은 시간이 별로 없어. 사람들이 다음 주면 온 대. 그럼 넌 안정을 찾을 거야." 그녀는 잠시 말을 끊었다가 계속했다. "나도 안정을 찾겠지."

사진을 찍은 지 한 달이 지나갔다. 봄이었다. 눈이 녹기 시작하고 시골 길에는 군데군데 땅이 드러나고 있었다. 어느 날 아침 데르다는 잠에서 깨어 이제는 학교로 돌아가야 할 때가 되었다는 것을 알아차렸다. 그녀는 일찍 일어나 물건들을 챙기고 나서 어머니가 눈을 뜰 때까지 1시간가량 기다렸다. 그 시간에 그녀는 야트르자에서 온 여자 애와 예심 선생님을 생각했다. 학교에서 떠날 때 나제닌이 손을 흔들어주던 모습을 떠올리니 목이 메어왔다. 하지만 꿈같은 생각은 사니에가 눈을 뜨고 그녀를 목격한 순간 끝이 났다. "넌 어딜 가려는 거냐?" 그녀가 쏘아 붙였다. "우리 학교로 돌아가는 거 아닌가요?" 사니에가 "너는 앞으로 학교에 갈 일이 없을 거다."라고 말하자 데르다는 마치 죽었다 깨는 듯한 기분이었다. 사니에가 일어섰다.

사니에는 데르다의 방으로 들어가 수프 그릇이 비어있는 것을 보았다. 그녀는 기뻐했다. 딸이 굶어 죽을 걱정을 하지 않아도 되었기 때문이다. 그러나 이때 그녀는 벽에 있는 얼룩을 보았다. 그 얼룩은 벽에서 흘러내리는 모양새를 하고 있었다. 딸이 수프를 벽에다 뿌린 것이었다. 어머니는 손등으로 딸을 찰싹 때렸다. 이제 이 여자 애는 죄수처럼 갇혀 있어야 했다. 그녀의 발목에 쇠사슬을 걸고 그것을 방울과 연결했다. 쇠사슬이 당겨지면 벽에 고정시킨 방울이 울렸다.

데르다는 네 번이나 도망치려 했다. 그러나 매번 그녀는 붙잡히고 말았다. 모두들 그녀가 말썽을 부리는 게 성가셨는지 그녀를 벽에다 묶어 놓았다. 그녀는 자기를 혼인시키려 한다는 말을 들었다. 페히메가 질시를 하는 또 다른 무언가가 있었던 것이다. 페히메는 데르다가 결혼을 하면 어디로 간다는 것을 알고 예전보다 더 강하게 자신의 입술을 깨물었다. 그러한 장소가 있다는 것조차 그녀는 알지 못했었다. 단지 거기는 이곳에서 멀다는 사실만 알았다.

사니에는 딸을 때렸던 것에 죄책감이 들었다. 그녀는 데르다를 교육시킬 날이 일주일 밖에 남지 않았다는 것을 알고 있었다. 만약 데르다가 남편한테 거칠게 굴면 그녀는 쫓겨서 돌아오고 말 것이다. 사니에는 조그만 딸 옆에 무릎 꿇고 앉아 그녀를 껴안았다. "무서워 말거라, 얘야. 난 너만 생각하고 있을 거다. 이게 다 너 잘되라고 하는 거란다. 지금 우리가 어떤 상태인지 보렴. 내가 지금 어떻게 네 뒷바라질 해주겠니? 나도 네 나이 때 결혼했단다." 하지만 그녀는 거짓말을 하고 있었다. 그녀는 13세에 결혼했다. "어머니." 데르다가 말했다. "난 어머널 다신 보지 못할 거예요." "아니란다. 내가 널 찾이기면 된단다. 네가 먼저 가고나면 내가 나중에 너한테 갈게."

그 말은 사실이었다. 사니에는 적어도 그 정도는 할 수 있다고 믿었다. 이들은 함께 울었다. 그러고 나니 도움이 되었다. 데르다는 수프 그릇을 더 이상 벽에다 던져 버리지 않았다. 거기다 빵도 얻어 먹기까지 했다. 뮈바렉이 옳았다. 데르다는 적응해갔던 것이다. 이 세상 여느 사람과 마찬가지였다. 모두들 자신들이 죽을 거라는 사실을 극명히 알면서도 살고 있지 않은가.

다음 날 데르다는 사슬에서 풀려났다. 발목 주위에 난 사슬 자국에 연고를 발로 비벼주었다. 이틀 뒤에 뮈바렉은 그녀의 치수를 재어 엡제트가 가져다 준 검붉은 천으로 드레스를 만들어 주었다. 페히메는 다소곳해졌으며 다시는 말문을 열지 않았다. 사흘 뒤에 데르다는 머리를 풀었다. 어른들이 그녀의 머리를 감겨주고 빗질해주었다. 나흘 뒤에 데르다는 그녀의 노트와 책들을 난로에 넣고 다 태워버렸다. 닷새 뒤에는 엡제트가 담배를 밀매한 혐의로 헌병들에게 체포되었다 엿새 뒤에 풀려났다. 일곱 번째 되는 날 오후 늦게 문을 두드리는 소리가 났다.

* * *

종교 의상을 갖춰 입은 젊은이와 노인이 집안으로 들어왔다. 노인의 수염은 가슴까지 내려왔으나 젊은이는 턱밑까지만 살짝 내려와 있을 뿐이었다. 엡제트는 노인의 손에 키스를 했다. 두 사람은 서로 인사를 나누었다. 젊은이는 아무 말이 없었다.

"이 사람은 말을 안 하네." 노인이 말했다. 그들은 낮은 나무 탁자에 앉았다. 뮈바렉과 사니에가 수프를 내왔다. 남자들은 여자들이 나갈 때까지 대화를 시작하지 않았다. 노인의 이름은 우베이둘라였고 그의 아들인 젊은이는 베지르였다. 우베이둘라가 주로 얘기를 했으며 엡제트와 베지르는 듣기만 했다. "우린 오래 머물 수가 없네, 엡제트. 신의 허락을 받아 우리는 색시를 데리고 이스탄불로 가겠네. 결혼식은 거기서 치러질 걸세. 그리고 다시 여기로 돌아오겠네. 우리가 자리를 비우는 사이에 가게들을 돌봐주는 이들이 아무도 없어서 그러는데 될 수 있으면 빨리 거길 가봐야 해."

데르다를 불러서 그녀를 이들에게 보여주어야 되나? 이들이 대체 돈을 얼마나 지불할까? 엡제트는 가능한 액수를 계산해보더니 고개를 끄덕였다. 하지만 우선 사회적인 범절에 따른 인사를 나누어야했다. "그쪽의 셰이크 어른은 어떠십니까? 자주 그분을 뵈러가시나요? 어른의 건강은 괜찮으신가요?" "건강이 아주 좋으시다네. 이 아이의 신분증은 있는 거지, 맞지?" 이 말은 엡제트를 안심시켰다. 우베이둘라 역시 그에 못지않게 이 일을 성사시키고 싶어 함이 분명했기 때문이다. "네, 이미 합의한 대로 모든 게 다 되어있습니다. 색시를 부를까요?" "아니, 잠깐.” 우베이둘라가 말했다. 그는 자기의 옷 속에서 봉투를 꺼내 그것을 엡제트에게 내밀었다. “우선, 이걸 받게.”

엡제트는 봉투를 받았다. 이걸 어떻게 한담? 여기서 직접 돈을 세어 볼까? 여자 아이를 팔아보기는 이번이 처음이다. 두 명의 친딸은 7년 전에 자살했다. 그것도 같은 날 아침에, 나란히 똑같은 총으로. 처음에 한 명이 총을 쏘고 그 다음엔 자기를 쏜 것이다. 페히메의 차례는 아직 오지 않았다. 우베이둘라는 그가 주저주저하는 것을 보고 웃음을 터트렸다. “자, 어서 열어보게. 어서 열어봐.” 이처럼 세속적인 인물과 비즈니스를 한다는 게 얼마나 쉬운 일인가! 엡제트는 봉투를 열고 손을 바꿔가며 지폐를 세었다. 그는 돈을 세어보느라고 숨이 가빠졌다. 모든 것이 그의 손에 쥐어져 있었다. 카메라 경비, 그가 지은 속죄의 대가, 사니에의 몫 그리고 자신의 몫이 다 있었다. 그는 무슨 말을 해야 할지 몰랐다. 그는 중얼거리기 시작했다. “신의 뜻대로 하게 하소서.”

우베이둘라가 자리에서 일어나자 베지르가 그의 뒤를 따랐다. “우린 떠나야 해. 앞으로 갈 길이 멀다네.” 우베이둘라가 동작을 마치기 전에 엡제트는 안쪽 방을 향해 소리쳤다. “뮈바렉, 색시를 데려와!” 문이 활짝 열리고 데르다가 방으로 걸어 들어왔다. 뮈바렉이 그녀의 어깨에 손을 얹고 있다가 그녀를 앞으로 밀었다. 데르다는 눈만 보일 뿐이었다. 제일 처음에 그녀는 우베이둘라를 보았다. 속으로 겁이 덜컥 났다. 그 다음에 베지르를 보았다. 그러자 겁이 두 배로 났다. 그녀는 고개를 돌려 옆에 서있는 자신의 어머니에게 손을 뻗었다. 사니에는 딸의 손을 잡았다가 놓아주었다. 데르다는 몇 가지 물건을 챙겨넣은 책가방을 가지고 있었다. 자주 빛 드레스, 내의 그리고 한 켤레의 신발을 싸넣은 것이다. 베지르가 그 가방을 사니에에게서 받아들고 우베이둘라를 따라 대문까지 갔다. 그는 즉각 데르다를 보지 않았다. 뮈바렉은 데르다를 앞으로 밀어내곤 고개를 돌려 사니에를 바라보았다. 이들 두 자매는 울고 있었으나 이제 눈물을 흘린다고 바뀌는 것은 아무 것도 없었다.

베지르는 자동차의 뒷문을 열고 우베이둘라가 엡제트에게서 데르다의 신분증을 받아오길 기다리고 있었다. 데르다는 몇 발자국 앞으로 가다가 차에서 한팔 가량 되는 곳에서 넘어졌다. 그녀는 온 몸에 검은 차도르를 걸치고 있어서 아무도 옷에 묻은 얼룩을 눈치채지 못했다. 그것은 열한 살 데르다의 초경이었다. 피가 너무 심하게 나와 혈압이 떨어지는 바람에 그녀는 현기증이 났다. 우베이둘라와 베지르는 기린티에 있는 친척 집에서 머무르다 이틀 후에 돌아가려 했다. 사니에가 데르다를 씻겨주고 그녀를 자리에 눕혀 재웠다. 엡제트는 우베이둘라에게 사과를 할 준비를 했다. 그는 이 불행한 사건을 노인이 불쾌하게 여겨 이 계약을 파기할지 몰라 걱정이 되었다. 그러나 노인은 "그건 길조라네." 라고 말했다. 엡제트는 안심을 하고 돈이 가득 찬 봉투를 베개 밑으로 밀어넣었다.

두 번째 방문은 첫 번째보다 짧았다. 그들은 집에 오자마자 데르다를 데리고 가버렸다. 그녀는 지금도 피를 흘리고 있었다. 눈에서는 눈물 한 방울도 나오지 않았다. 이렇게 데르다는 마지막으로 어머니를 바라보았다.

* * *

이스탄불까지 가는데 15시간이나 걸렸으며 거기서 체멘다으까지 한 시간 더 가야 했다. 그들은 도중에 세 번이나 쉬어갔지만 데르다는 그 사이에 아무 것도 입에 대지 않았다. 그들은 총 16시간동안 가는 길에 16단어 이외에 일체 말이 없었다. 데르다는 좀처럼 잠이 오지 않았다. 그녀는 창밖을 내다보며 자신의 검은 장갑을 만지작거렸다. 앞에 있는 남자들은 아랑곳하지 않고 줄곧 장갑을 벗었다 꼈다했다. 주먹을 쥐었다가 장갑을 꼈다가 맨 손가락들을 툭툭 쳐 보곤 했다. 마침내 문이 열리자 데르다는 차에서 나왔다.

그들은 아파트 건물 4층으로 올라갔다. 데르다는 처음으로 엘리베이터를 타보았다. 그들이 4층으로 올라가자 두 개의 문이 빼끔히 열려있었다. 그 문 뒤에서 몇 사람이 이들을 지켜보고 있었다. 여인들이 우베이둘라의 손에 키스를 하고 베지르의 가방들을 받아가지고 안으로 사라졌다. 남자들과 여자들이 각자 별개의 아파트로 나뉘어 들어갔다. 사람들은 잠시나마 데르다가 엘리베이터 곁에 서있다는 것을 잊어버린 듯 했다. 그런데 한 부인이 그녀를 보고 안으로 데리고 들어갔다. 데르다는 그 부인의 아파트로 들어갔다.

부인들이 데르다를 둘러싸고 그녀의 차도르를 벗겨 몸을 살펴보았다. 데르다는 완전히 벙어리가 된 기분이었다. 어느 부인이 그녀에게 이름을 물어보자 데르다는 그건 당신이 알 필요가 없다고 말했다. 부인들이 까르르 웃었다. 하지만 그 부인은 데르다가 화장실을 가자 앙갚음을 했다. 데르다를 따라 들어가 얼굴 한 가운데를 찰싹 때렸다. 데르다는 화장실 문을 잠그려고 했으나 자물쇠 구멍에 열쇠가 달려있지 않았다. 히크메트 종파에서 문은 바깥에서만 잠글 수 있었다. 열쇠는 집 주인만이 가질 수 있었다.

우베이둘라와 베지르는 밤새도록 차를 타고 와서 정오 기도시간까지 잠을 잤다. 데르다는 피곤하지는 않았으나 부인들이 성가시게 굴었다. 그들은 데르다에게 침실을 안내해주곤 바깥에서 문을 잠갔다. 데르다는 눈을 감았다. 그녀가 눈을 뜬 것은 문에서 열쇠를 돌리는 소리가 났을 때였다. 누워서 천장을 올려다보았다. 그녀는 천장 시멘트의 무늬로 분수 셈을 할 수 있었다. 거기에 더하기와 빼기를 해보려 했다. 그러다 어머니 생각이 나자 즉각 눈을 감았다. 데르다는 그 침대에서 어머니를 포기해버렸다.

우베이둘라와 레가이프는 체멘다으의 간선도로를 걸어내려와 아파트 건물로 들어갔다. 그들은 4층으로 올라가 남자들 아파트로 들어갔다. 남자들은 거실에서 무릎 꿇고 앉아 이맘이 코란을 낭송하는 소리에 귀를 기울이고 있었다. 우베이둘라는 레가이프에게 베지르 곁에 앉으라고 했다. 베지르는 고개조차 돌리지 않고 있었다. 문을 노크하는 소리가 들리더니 누군가가 문을 열었다.

데르다가 그녀 또래 여인과 함께 들어왔다. 그녀는 데르다에게 앉으라고 했다. 이맘의 목소리가 고요한 방안을 채웠다. 그러다 그는 낭송을 멈췄다. 혼인명부를 열어서 그 안에 빈 페이지를 찾아 데르다의 이름을 기입했다. 그는 레가이프를 올려다 보았다. 우베이둘라가 "레가이프."라고 말했다. 이맘은 그의 이름도 기입했다. 그러고 나서 이맘은 증인들의 이름들을 추가로 올리고 신랑 베지르의 이름을 마지막으로 써넣었다. 이맘은 의례적인 이슬람의 미사여구를 사용해 이들 가족에게 약속했던 돈을 요구했다. 우베이둘라는 이맘에게 그가 이 여자 애한테 얼마를 썼는지 말해주었다. 이맘은 레가이프를 바라보았다. 레가이프는 수긍하듯이 고개를 끄덕거렸다. 그러자 이맘은 갑자기 레가이프를 바라보고서는 코란에 있는 시를 낭송하기 시작했으며 길다란 문장으로 시작하는 노래를 불렀다.

"신의 지시에 따라 그리고 우리 예언자의 법과 치령에 따라 이 여인의 대리자가 그대는 데르다를 그녀의 구혼자인 베지르에게 그의 아내로서 보내는 것을 찬성하는가?" 레가이프는 "네."라고 대답했다. 이맘은 그 질문을 두 번 반복했고 두 번의 대답을 들었다. 이맘은 베지르에게 고개를 돌려 "그대는 이 여자를 맞이하겠는가?"로 끝나는 또 하나의 긴 문장을 낭송했다. 지난 며칠 동안 처음으로 베지르가 입을 열었다. 그는 말을 많이 하지 않고 오로지 "네."라는 대답을 세 번이나 했을 뿐이다. "나는 지금 그대들을 신랑과 신부로 선언하노라." 이맘이 선언했다. 그는 목소리를 가다듬고 코란에 나오는 시를 더 낭송하기 시작했다.

이 모든 일이 벌어지고 있는 동안 데르다는 검은 옷으로 둘러싸인 그녀의 무릎을 멀거니 바라보다 무릎 아래 깔린 양탄자에 수놓아진 사자의 눈을 유심히 들여다보았다. 사자는 세 그루 나무 근처에 누워서 그녀를 바라보고 있었다. 데르다는 아까 그 부인이 그녀 뒤로 다가와 어깨를 건드릴 때까지 사자의 눈을 뚫어져라 쳐다보고 있었다. 사자가 양탄자에서 벌떡 뛰쳐나와 여기 있는 모든 사람들을 집어 삼키는 꿈을 꾸다가 고개를 들어보니 그녀의 입술에 뻗힌 손이 보였다. 그것은 레가이프의 오른 손이었다. 우베이둘라가 말했다. "자, 너의 아버지의 손에 입을 맞추렴."

그녀는 그 손에 키스를 하고 자기의 이마에 갖다 대며 그녀가 방금 들은 말이 진짜인지 의아해 했다. 레가이프가 진짜 그녀의 아버지란 말인가? 그녀는 그를 생전 본 적이 없었기에 그에게서 눈을 뗄 수가 없었다. 하지만 레가이프는 관심이 없었다. 레가이프는 베지르 뒤에 있다가 방에서 나갔다. 그녀가 "아버지, 나도 데려가줘요!"라고 울부짖으려 하는데 또 다른 손이 그녀의 입술에 와 있었다. 그녀가 우베이둘라의 손에 키스를 마쳤을 때 그녀의 아버지는 이미 떠나버렸다. 그녀는 몇 차례나 더 손에 키스를 해주고 그 손을 이마에 갖다 대어야 했다. 데르다가 그러는 동안 37.8도가 넘는 열이 난다는 것을 아무도 눈치 채지 못했다. 이 작은 소녀의 이마가 불덩이처럼 달아오르고 있었다.

이틀 동안 데르다는 여러 관청 사무실을 이끌려 다녀야 되었다. 그녀는 더 많은 사진을 찍었지만 더 이상 웃음은 없었다. 열은 이틀 밤 동안 땀을 뻘뻘 흘리고 난 이후에야 멈췄다. 다음 날 아침 부인이 그녀를 깨워서 자줏빛 긴 트렌치코트를 입고 머리는 스카프로 두르라고 했다. 사람들은 그녀를 차에 태웠다. 베지르가 운전을 하고 우베이둘라가 조수석에 앉았다. 그들은 좁은 길과 대로를 따라 가고 있었으며 자동차가 버스정거장에서 속도를 늦추자 데르다는 차문을 열고 뛰쳐나가고 싶었다. 그러나 행동으로 옮기기 전에 문이 홱하고 열리더니 레가이프가 차 안으로 들어와 그녀 곁에 앉았다. 그녀가 레가이프를 보는 것은 이번이 네 번째였다. 데르다는 그녀의 아버지를 말없이 바라보았다. 그는 허공을 응시하고 있었다. 데르다는 그녀의 입술을 그의 귀에 대고 속삭였다. "아버지." 레가이프는 그의 집게 손가락을 그녀의 입술에 가져다 대었다. 데르다는 포기하지 않았다. 그녀는 다시 속삭였다. "나를 여기서 데려가 줘요."

우베이둘라가 고개를 돌려 말했다. "무슨 말을 해야 되는지 아는 거지?" 레가이프는 앞쪽으로 머리를 갖다 대고 몸을 꼿꼿이 한 채 말했다. "네, 네. 알고 말고요." 데르다는 포기할 의향이 없었다. 그녀는 다시 귀엣말을 했다. "아버지, 그동안 왜 한 번도 안 오셨어요?" 레가이프는 청소차가 그들 주위에서 빠져나갈 때까지 기다렸다. 길이 막혀 있었다. 청소차가 기어를 걸어 부르릉 소리를 낼 때 그는 기침하는 척하며 소녀의 귀에다 말했다. "나는 너의 아버지가 아니다." 데르다는 더 이상 속삭이지 않았다. 그녀는 베지르가 앉은 가죽 시트의 뒷모습을 뚫어져라 쳐다보았다. 그녀는 이 차가 다음 번 교차로에서 정지할 때 뛰어내릴 계획을 하고 있었으나 문열림 방지 장치가 되어있어 열리질 않았다.

데르다는 우베이둘라의 지시에 따라 머리에 둘러싼 스카프를 풀었다. 그들은 천장이 높은 건물의 대기실에 있었다. 이름이 호명되자 그들은 일어서서 지정된 문을 나섰다. 경비원 한 명이 이들을 데리고 복도를 걷다가 어떤 문 앞에 멈춰서서 벽에 있는 버튼을 눌렀다. 2분 후에 버튼 아래에서 초록빛이 번쩍 거렸다. 경비원이 문을 열고 그들을 안으로 데려갔다. 세 남자와 한 명의 여자 애였다. 안에는 양복을 입은 남자가 거대한 책상에 앉아있었다. 그는 웃음 지으며 일어서서 우베이둘라에게 손을 내밀었다. 다른 사람들과는 악수를 하지 않았다. 그가 제 자리에 앉자마자 어설픈 터키어로 질문을 던졌다. "서류는 준비가 된 거지요?" 우베이둘라는 모든 것이 다 준비되어 있다고 대답했다.

그러고 나서 우베이둘라는 이 회사의 미래 종업원인 레가이프를 소개하고 그의 딸인 데르다를 영국 상무관에게 소개시켜 주었다. 상무관은 데르다를 보고는 영국에는 아주 좋은 학교들이 있다고 말했다. 서류 양식들을 다 채우고 몇 가지 질문에 대답을 했다. 아버지와 딸은 5년짜리 비자를 신청했다. 영국 상무관은 지시를 내리기 위해 전화기를 들면서 방문객들에게 마실 것을 제안했다. 우베이둘라는 거절했지만 상무관은 그의 책상에 있는 단지에서 초콜릿 한 조각을 꺼내 그것을 데르다에게 권했다. 이 조그만 여자 애는 그것을 받아들고 우베이둘라의 눈치를 살폈다. 노인이 고개를 끄덕이자 그녀는 초콜릿 포장지를 벗겨 그것을 입에다 넣고 씹기 시작했다. 그러다 갑자기 인상을 찌푸리더니 상무관 책상 앞에 있는 커피 테이블 위의 세권의 잡지 중 한 권의 표지에다 초콜릿을 토역질을 했다. 3일이 지났건만 고열로 인해 속이 여전히 메스꺼웠기 때문이다. 잡지의 표지에는 영국 여왕이 화려한 모습으로 있었다.

우베이둘라가 화를 내었다. 그가 26년 전 영국시민이 되었을 때 영국여왕에게 충성서약을 가장 열정적으로 했던 것을 고려한다면 그렇게 화를 낼만도 했다. 베지르와 상무관은 애초에 영국 시민이었기에 그다지 화가 나진 않았던 모양이다.

* * *

레가이프가 데르다를 부축해서 영사관 밖으로 데리고 나가며 그녀의 젖은 눈썹과 미간을 훔쳐주었다. 그녀가 태어나기도 전에 그녀를 버렸던 아버지가 되기라도 한 듯 자신의 가슴으로 그녀의 머리를 끌어당겨 안아주었다. 어쩌면 데르다가 그런 이유에서 희망을 가졌는지 모른다. 그녀는 눈을 뜨고 "아버지."라고 말했다. 이 순간 레가이프는 자기는 그녀의 아버지가 아니라는 말을 하지 못했다. 그리고 그러한 사실을 인정하지도 않았다. 그는 두 손으로 데르다를 데리고 차로 뛰어가면서 한 마디도 하지 않았다.

그들은 체멘다으에 도착해서 셰이크가지의 병원에 들러 병원 정원의 작은 이슬람 사원에서 벌어지는 정오 기도를 올리기 전에 데르다를 여의사들에게 맡겼다. 기도를 하고 일어서면서 우베이둘라가 레가이프에게 말했다. "이제 자네가 할 일은 여기서 다 끝났네. 자넨 이제 자네 갈 길로 가고 우린 우리 갈 길로 가겠네." 그러나 레가이프는 그 어느 곳으로도 떠나 갈 생각을 하지 않았다. "저도 함께 데려가 주시죠!" 우베이둘라는 이렇게 나오리라고는 예상하지 못했다. 그는 레가이프가 만족할 만큼 돈을 치렀다고 생각했다.

"어디로 말인가?" 놀란 우베이둘라가 물었다. "가시고자 하는 어디든 상관없어요." 레가이프의 말투를 듣고 베지르가 두 발 앞으로 나왔다. 기습적인 동작이어서 그가 레가이프의 팔을 부러뜨릴 수도 있었다. 그러나 우베이둘라가 손을 뻗어 만류했다. 노인은 레가이프를 빤히 쳐다보며 느린 어조로 말했다. "계약을 하지 않았나. 우린 이 여자애를 데려가는 거고 자네는 그냥 남아있는 거로 말이야." 레가이프는 아버지의 공격 신호를 기다리고 있는 베지르를 살펴보며 물었다. "제가 경찰서로 간다면 어떻게 하실 거죠?" 그는 천천히 그리고 차분하게 말했지만 분명 위협조는 아니었다.

"자네가 원하는 게 뭔가? 말해보라고." 우베이둘라는 도무지 자제할 수 없어 큰 소리로 외쳤다. 그는 오랫동안 서 있다 지쳐 베지르의 어깨에 몸을 의지했다. 가장 좋은 쪽으로 협상을 했건만 그의 목소리는 떨리고 있었다. 보통 그는 그 무엇으로도 그리고 그 누구와도, 설사 악마나 신이라 하더라도 어떤 협상이든 성사시킬 수 있었다. "저도 함께 따라 가게 해주세요. 도착하면 사라져 버리겠어요. 그게 다입니다. 그것 말고는 아무 것도 바라는 게 없어요. 저를 영국으로 함께 데려가 주세요. 영국에 도착하면 제 갈 길을 가겠어요." "그럼 자네 항공료는 자네가 부담해."

우베이둘라가 말을 가로 막았다. 그는 더 이상 레가이프의 입을 막을 방도가 없었다. 그만큼 지쳐 있었다. 지금 우베이둘라가 신경 써야 할 것은 아들을 위해 방금 사가지고 온 신부의 건강이었다. 그는 가게라고 부르는 자신의 공장들이 걱정되었다. 자꾸 떼를 쓰는 이 빌어먹을 인간 때문에 기진맥진한 상태에다 이러한 고민거리가 자기 아들에게 미치지 않을까 하는 생각에 도달했다. 레가이프의 머릿속엔 무슨 생각이 들어있을까? 이 돼지 같은 놈이 우리와 함께 가면 분명히 골치 덩어리가 될 것이다. 여자 애가 성년이 될 때까지 이놈이 나를 쫓아다니지 않을까? 내가 이놈에게 일자리를 주어야 되나? 이 녀석의 꿍꿍이를 파악하려면 가까이 붙잡아 두는 편이 낫겠지. 하지만 이 녀석의 비행기표까지 사줄 수는 없어. 지가 사라고 하지! 빌어먹을 자식 같으니라고. 교활하기 짝이 없는 놈이네. 그는 생각을 멈추고 말했다.

"자네가 말썽피우지 않는다는 것을 내가 어떻게 아나? 말썽이나 피우려면 올 수 없어. 자넨 내 시야에서 벗어나면 안 돼. 영원히 내 밑에서 일해야 돼. 알겠나?" "그러면 함께 가는 걸로 하겠습니다." "자넨 지금 직업이 뭔가?" 우베이둘라가 물었다. "아무 직업도 없어요. 저는 정부 민병대원 출신입니다." 능숙한 협상가였지만 우베이둘라의 인내심에 한계가 왔다. "그럼 지금껏 이스탄불에서 자넨 뭘 한 건가?" 레가이프는 입술을 일그러뜨려 쓰디쓴 미소를 지었다. 그의 혀는 이빨 사이에서 면도날처럼 쓱싹거렸다. "저는 사람들을 죽였어요. 제가 감옥에서 나오자마자 어르신의 부하들이 저를 찾았던 것입니다." 킬러들은 우베이둘라를 능가하지 못했다. 오직 폭력에 관해서라면 레가이프의 뺨을 칠 만한 부하들이 수백 명이나 되었다. 우베이둘라는 도둑들만 당해낼 수 없었다. 그는 더 이상 한 순간도 주저하지 않았다.

"좋아 그렇다면 자네는 보디가드를 해." 그가 말했다. "생각해 보겠습니다." 레가이프는 이 사람들을 더욱 짜증나게 만들려고 작정한 듯 했다. "그럼 먼저 거기 도착해서 결정하는 걸로 하지요." 베지르는 180센티미터가 넘는 키에 90여 킬로그램이나 되는 거구였다. 그는 오른손으로 레가이프의 목을 과녁에 꽂힌 칼처럼 붙잡고 허공으로 그를 홱 밀어버렸다. 레가이프는 간신히 발끝으로 몸의 균형을 유지하려 하며 숨을 헐떡였다. 병원의 정원에 있던 사람들이 시선을 이쪽으로 돌려 바라보았지만 우베이둘라가 "베지르!"라고 소리치자 그는 재빨리 잡았던 목을 즉시 풀어주었다. 레가이프는 기침을 하면서 억지로 웃음 지으며 말했다. "네가 나를 죽이려는 거냐? 그러면 너는 장인을 살해하는 거다. 안 그러냐?"

레가이프는 모두들 함께 출발하기를 고집했다. 그래야만 이들이 도망갈 수 없기 때문이었다. 그러나 그가 비행기 좌석을 예약할 수 없었던 관계로 다음 날 출발하기로 했다. 우베이둘라는 취소한 항공권에 대해 위약금을 물어야 했다. 이제 이들 일행은 하루를 더 낭비해야 했다. 우베이둘라는 베지르에게 자동차를 타고 공동묘지에나 가자고 했다. 그곳에 있는 셰이크가지의 형 야쿱 호자 선생의 무덤에서 우베이둘라는 코란의 시구를 낭송했다. 야쿱 역시 그의 동생과 마찬가지로 평생 이곳저곳 이동하며 유목민 생활을 하다가 결국 본인이 죽은 곳에 매장되었다. 그의 무덤 곁에는 목조분수가 있어서 마치 작은 능처럼 보였다. 그렇게 보이게끔 만들어진 것이다. 이들은 의도한 대로 무덤을 만들 수만 있다면 셰이크가지에게도 형의 무덤과 같은 무덤을 만들어 줄 것이다.

데르다는 무덤을 뒤덮고 있는 잡초를 뽑아야 했다. 차가 공동묘지 안으로 진입하자 데르다 또래의 어떤 사내애가 공동묘지에 나있는 도로로 차가 오는 것을 지켜보다가 두 통의 물을 들고 이들에게 다가섰다. "물 좀 뿌려줄까요, 아저씨?" 우베이둘라는 그 애를 보고 눈살을 살짝 찌푸리곤 계속해서 큰 소리로 코란을 낭송했다. 사내애가 이들 곁을 떠나려 하지 않는 것을 눈치채고 고개를 들어 무덤 쪽으로 눈짓을 보냈다.

그 애는 무덤 쪽으로 걸어가더니 데르다가 이미 잡초를 제거한 쪽에다 물을 뿌리며 물이 땅 속으로 스며들어가는 것을 보고 있었다. 데르다는 화가 나서 계속 잡초를 뽑았고 사내애는 땅속에 난 구멍에다 물을 부었다. 일행은 조용히 무덤 주위를 돌았다. 또 다른 히크메트 종파 부족들이 자신들의 친척의 묘지들을 보러 왔으며 베지르는 말없이 그들의 이야기에 귀를 기울이고 있었다. 그들이 무슨 말을 해주건 그에게는 별로 흥미롭지 않았다. 그의 관심은 그가 살펴보는 어깨 너머 주위에 있었기 때문이다.

사내애는 무덤에 물주기를 끝마치고 무덤 아래쪽에 있는 대리석 샘에다 물을 채워 넣으러 내려갔다. 샘에서 새들이 물을 마시는 것을 거의 보진 못했지만 사내애는 팁을 제대로 받기 위해 자신의 임무를 성실히 이행하는 모습을 보여주려 했다. 그는 두 번째 물통을 얻고 대리석 샘에다 물을 채우기 시작했다. 그는 물통 꼭지로 내민 두 손을 보았다. 마치 수갑에 채운 것처럼 가지런히 모은 손이었다. 그 손엔 흙이 묻어있었다. 사내애는 고개를 들었다. 그의 눈이 처음으로 데르다의 눈과 마주쳤다. 그는 물통의 방향을 바꿔 그녀의 손에다 물을 뿌려주기 시작했다. 데르다는 흘러내리는 물로 자신의 하얀 두 손을 씻었다. 이렇게 둘은 서로 서로 가까워질 수 있었다. 사실상 지나치게 가까워진 것이다.

"고마워." 데르다가 말했다. 사내애가 괜찮아라고 말하려는 순간 어떤 손이 그의 목덜미를 잡아끌었다. 베지르가 사내애를 번쩍 들어 올려 돌멩이처럼 그를 던져버렸다. 우베이둘라가 고개를 들어 자기의 아들을 바라보다 더욱 더 크게 코란을 낭송하기 시작했다. 베지르는 그 의미를 이해했다. 그는 주머니에서 동전을 몇 개 꺼내 먼지를 털고 일어나는 사내애에게 주었다. 사내애는 일어서서 물통을 들었다. 그는 먼저 베지르를 쏘아 보다가 데르다에게로 시선을 옮겼다. 그러고 나서 몸을 돌려 걸어나갔다. 우베이둘라는 여전히 중얼거리면서 손에 있던 코란을 덮고 모두가 들으라고 분명한 소리로 "아멘."이라고 말했다.

우베이둘라는 손가락으로 염주를 굴리며 미로처럼 놓여있는 공항의 철제 벤치사이를 걸으며 런던에 있는 그의 집에서 기도를 올리고 있는 상상을 했다. 베지르와 레가이프는 트렁크를 들고 데르다는 지긋지긋한 검은 차도르 위에 학교 가방을 메고 뒤를 쫓아갔다. 방대한 건물 안으로 들어가자 그녀는 놀라서 입이 벌어질 지경이었다. 공항이란 데를 와본 것은 처음이었다. 하지만 그녀가 살아온 짧은 생애 동안 자신이 알고 지냈던 사람들 하나하나를 얼마나 경멸하고 있는지 떠올려 보니 놀라움은 싹 가시어버렸다.

지금 보니 온통 그러한 사람들이었다. 그녀 곁을 서둘러 지나가는 모든 사람들이 다 그렇게 보였다. 그들은 쏜살같이 그녀를 앞질러 같은 방향으로 가면서 검은 옷을 두른 이 소녀를 보지 못하고 있었다. 데르다는 사람들이 자신을 왜 보지 못하는지 이해할 수 없었다. '자기네들과 함께 여기 있는데 아무도 눈길조차 보내지 않네. 장님들 아냐? 아니면 나의 이 검은 옷이 투명 망토가 아닐까?' 생각했다.

세 시간 후에 여자승무원이 데르다의 얼굴 중에서 노출된 곳만 내려다보며 가엾다는 듯이 미소를 지은 후 그녀가 안전벨트를 매는 것을 도와주었다. 반시간 후에 비행기의 바퀴는 그것의 하얀배 속으로 사라져버렸다. 데르다는 이스탄불을 내려다보았으며 비행기는 철새처럼 날아갔다.

잠시 동안 그녀는 야트르자에서 온 여자애와 예심 선생님을 떠올렸다. 마치 이들이 눈앞에 있기라도 한 것처럼 말이다. 한 사람은 울고 다른 한 사람은 그녀에게 말을 하고 있었다. 그러다가 이들의 얼굴이 점점 희미해졌다. 그녀는 나제닌이 하던 욕을 배운 게 있었다. 그 욕은

이 순간 데르다의 상황에 딱 어울렸다. 숨을 날카롭게 내쉬며 속으로 그 욕을 내뱉었다. “씨발!” 기분이 좋아졌다. 그래서 다시 욕을 해봤다. “씨발, 씨발, 씨발!” 그러자 어렴풋한 미소가 얼굴에 스쳐갔다. 아무도 데르다의 말을 들을 수 없었다. 특히 그녀가 생각하고 있던 사람들은 못들을 것이다. 그 사람들은 나를 보지도 못하고 내 말을 들을 수 없어. 그 사람들에게 이 욕지거리를 천 번이나 해줘야겠다. “씨발, 씨발, 씨발, 씨발, 씨발, 씨발, 씨발, 씨발, 씨발, 씨발.” 그 대상 중 어떤 이들에게는 커다란 속삭임으로 외쳐주었다. 그녀의 욕설을 듣지 못하는 사람들을 조롱하기 위해서였다. 그녀는 ‘발’ 자에 약간 더 힘을 주어 속으로 외쳤다. 그녀 곁에 앉아있던 우베이둘라는 그녀의 입이 움직이고 있는 것을 알아챘다. 그는 데르다가 두려움에 기도를 하고 있거나 코란의 시구를 낭송하고 있는 것으로 착각하고 기뻐했다. 그러잖아도 엡제트가 데르다는 다섯 살 때 이미 코란 학교에 다녔다고 한 적이 있지 않았던가.

천 번 정도 욕설을 낭송하고 나서 그녀는 머리를 뒤로 기대고 그녀의 위에 있는 버튼들을 보았다. 그녀는 천장 등에 둥그런 반점을 발견했다. 자세히 바라보니 아직 살아있는 파리였다. 어떻게 해서 등의 내부로 들어가 거기에 갇혀 버렸던 것이다. 파리는 도망치려고 애를 쓰며 조그만 플라스틱 덮개 안에서 무기력하게 앵앵 거렸다. 데르다는 아무런 동정심도 느끼지 못하고 등의 스위치를 켰다.

***

데르다는 호기심에 가득 찬 눈빛으로 모든 것을 보았다. 그들은 히드로 공항에서 미니밴을 타고 순환도로를 달렸다. 데르다는 창가에 앉았다. 비록 차를 타고 다녀 본 적은 없었으나 그곳이 가장 좋은 자리라는 것을 이미 깨달았기 때문이다. 바깥 경치를 볼 수 있어서가 아니었다. 창가 좌석은 한 사람이 채 앉을 수 없기 때문이었다. 데르다는 배워나가고 있었다. 적으면 적을수록 좋다는 것을.

바깥의 풍경이 새로웠다. 데르다는 푸르른 들판을 바라보며 놀라워했다. 모든 것이 그녀가 언젠가 읽었던 책에 있는 모습 그대로였다. 그녀는 이 모든 것을 바라보았다. 표지판들, 지나가는 자동차 안에 타고 있는 사람들, 구름들, 거대한 발전소들이 눈에 들어왔다. 그녀의 눈은 순식간에 너무 많은 것을 담느라 눈이 시었다. 차는 시속 90킬로미터로 달리고 있었으나 그녀는 단 하나의 이미지도 뒤에 남겨 놓기가 싫었다. 독수리 같이 부릅뜬 그녀의 눈을 피할 수 있는 것은 아무 것도 없었다.

이따금씩 그녀는 자동차가 속도를 내서 건물이나 다리를 지나가면 그것들이 그리워지기도 했다. 하지만 즉각 고개를 원위치로 돌렸다. 데르다는 얼굴에 걸친 차도르를 느슨하게 해 두었다. 턱밑의 핀을 조정하여 옷을 빰 주위로 팽팽하게 끌어당기려 했으나 지나치는 풍경들을 볼 수 없을 것 같아 그렇게 할 수 없었다. 눈에 들어오는 모든 것은 환상적이었다. 그녀의 눈은 놀라움과 기쁨으로 젖은 채 깜박거리지도 않았다.

그들이 런던에 도착했을 때 교통체증이 심해졌다. 데르다가 길에서 구걸하고 있는 펑크족과 눈이 마주치자 베지르가 데르다가 앉아있는 차창 위에 있는 차단막으로 손을 뻗었다. 데르다는 거기에 그런 것이 붙어있다는 것조차 알지 못했다. 베지르는 검게 칠한 플라스틱 커튼을 홱 잡아당겼다. 온 세상이 보이질 않았다. 데르다는 고개를 떨구고 무릎을 내려다보았다. 그녀는 눈을 감고 공항에서부터 지금까지 보아왔던 모든 것을 생각해보았다. 그녀는 마음속에 비쳐진 대로 그 이미지들을 상상해보았다.

그들은 런던에 있는 히크메트 종파 부족의 본부인 핀스베리 파크에 도착했을 때 낮잠에 빠진 데르다를 깨웠다. 핀스베리 파크는 체멘다으의 영국식 버전이었다. 무슬림 이민자들이 늘어나자 부동산 값이 폭락한 곳으로 영국인들은 빈곤해지는 반면 인종차별주의자들과 무슬림들이 인근 동네를 잠식해가며 재산을 불린 곳이었다. 미니밴은 레가이프를 태운 채 자리를 떠났다. 나머지 사람들은 12층짜리 아파트 건물로 들어갔다. 그곳의 절반은 히크메트 종파 사람들이 차지하고 있었다. 일행이 11층에 도착하니 셀 수 없이 많은 사람들이 모여들어 우베이둘라의 손에 입을 맞췄다. 그러고 나서 우베이둘라는 자신의 손을 베지르의 어깨에 올려놓았다. “너는 너의 아파트로 가봐라. 색시를 그리로 보내줄 거다.”

우베이둘라의 아내 라히메와 몇몇 부인이 데르다를 화장실로 데려갔다. “너는 몸을 어떻게 세정하는지 알고 있니?” 그녀가 물었다. “네.” 부인들은 못미더워 했다. 데르다에게 씻는 방법을 알려주고 싶어했다. 바로 그 자리에서 말이다. 데르다는 옷을 벗고 뮈바렉이 가르쳐준 대로 히크메트 종파식으로 목욕재계를 했다. 부인들은 안심하고 좋아했다. 그중 한 부인이 말했다. "얘, 나는 라히메 자매란다. 내가 여기 왔을 때도 너만 했었으니까 두려워하지 말렴." 그녀는 데르다의 손을 붙잡고 12층에 있는 두 개의 집 중 한 곳으로 데려갔다. 그녀는 나선형으로 나 있는 계단에서 가장 가까운 아파트의 도어 벨을 누르고 다시 계단을 내려가기 시작했다. 문이 열리는 소리를 듣고 그녀는 꿈쩍도 않고 잠시 서 있다가 문 안으로 들어가는 데르다를 올려 보았다.

베지르의 아파트는 방이 세 개였고 벽마다 양탄자가 걸려있었다. 사자들이 수놓아져 있는 양탄자였다. 거실에는 소파와 두 개의 안락의자, 백년 남짓 되어보이는 성서(聖書)대가 있었고 검은 테두리를 한 카바(역주: 메카에 있는 성단)의 포스터가 걸려있었다. 방 하나는 완전히 비어있었고 다른 하나에는 커다란 옷장만 있을 뿐이었다. 집안에 거울은 화장실에만 있었다. 침실 하나가 다른 두 방을 합한 것보다 컸다. 거기에는 한쪽 방향에서만 갈 수 있게끔 벽에다 붙여 놓은 더블 침대가 있었다. 바닥에 깔린 카펫 자국으로 보면 그것은 극히 최근에 들여놓은 것이 분명했다.

베지르는 카바의 포스터 쪽으로 걸어갔다. 바닥에는 기도를 하기 위한 두 개의 작은 양탄자가 나란히 깔려있었다. 그는 한쪽 양탄자 위에 서서 데르다에게 오라는 신호를 보냈다. 이 작은 여자애는 다른 양탄자 위에 베지르처럼 벽에 있는 카바의 그림을 향해 섰다. 메카를 향해 붙여져 있는 이 그림을 보며 이들은 함께 기도하기 시작했다. 두툼한 커튼이 창문을 가리고 있었다. 이때 런던은 자정이었다. 데르다는 곁눈질로 베지르를 바라보며 그녀가 진심으로 기도하지 않고 있다는 것을 그가 눈치 채지 못하길 기원했다.

베지르는 여유 있게 양탄자를 둘둘 만 다음 그것들을 소파 위에다 올려놓았다. 그러고 나서 데르다의 손을 잡고 그녀를 침대로 데려갔다. 이 조그만 소녀에게서 한시도 눈을 떼지 않은 채 자기의 가운을 어깨 위로 벗어 버리고 데르다의 차도르를 가리키며 벗으라고 했다. 그녀는 시키는 대로 했다. 그는 그녀에게 침대에 누우라고 하며 벽을 가리켰다. "여기로 와." 그는 데르다를 보며 서있는 채로 제 자리에 있었다. 그녀는 부들부들 떨고 있었다. 그들은 둘 다 떨고 있었다. 베지르가 그날 밤 마지막으로 말했다. "비스미라히르라흐마니르라힘."

그리고 그는 런던의 동이 틀 때까지 데르다를 유린하다시피 성관계를 맺었다. 런던의 역사상 가장 긴 밤이었다. 태양조차 떠오르기 가혹했는지 그날 아침은 늦게 왔다.

* * *

베지르는 자기의 두 손에 이빨자국이 나있는 것을 살펴보며 엘리베이터를 타고 가버렸다. 데르다는 피에 물든 욕조에 누워서 간신히 숨을 쉬었다. "네 몸을 깨끗이 해."라고 베지르가 말했다. 그는 발가벗은 데르다를 들어서 욕조에 내려놓고 나갔다. 마치 무덤 속에 눕혀 놓기라도 한 것 같았다.

데르다는 너무 겁이 나서 피가 어디에서 나오는지 조차 알 수 없었다. 어쨌든 모든 힘이 다 소진되어 머리조차 까딱할 수 없었다. 그녀는 밤새도록 저항했다. 베지르는 그녀의 비명을 막으려고 입을 틀어막은 손을 당겨보았다가, 밀어보았다가, 물어뜯기까지 해보았다. 그러나 소용이 없었다. 그녀의 손톱 밑에는 피가 말라붙어 있었다. 그녀의 팔과 다리는 멍투성이였다. 그녀의 팔과 다리에 나있는 멍들을 보노라면 그녀가 마치 표범처럼 보이기까지 했다. 그렇게 무너져 내린 밤이 이제 한번 지나간 것이다. 짓밟히고 쭈그러든 밤이었다. 울음마저 나오지 않았다. 문 앞에서 인기척이 들렸다. 누군가가 자물쇠 구멍에다 열쇠를 꽂고 돌리는 모양이었다. 마침내 문이 열리고 부인이 들어왔다. "데르다! 데르다!"

라히메가 화장실 안으로 들어와 소녀를 보았다. 그녀는 상대방이 놀라든 안 놀라든 개의치 않고 수도꼭지를 틀어 물 온도를 시험해보았다. 데르다는 두 눈이 마치 눈구멍 속으로 함몰이라도 된 듯한 눈으로 그리고 그녀의 육체 깊은 곳에서 세상을 바라다보는 듯한 표정으로 쳐다보았다. 그녀는 말을 할 수 없었다. 말을 만들어 혀끝으로 내뱉을 기운조차 없었던 것이다. 단지 바라볼 뿐이었다. 망원경을 거꾸로 바라보듯 철철 쏟아지는 물 아래에 있는 라히메의 손을 바라보고 있었다. 라히메는 물이 따뜻하다는 것을 확인하고 손을 빼내서는 손가락 끝에 묻은 물방울들을 튕겨서 털어내었다. 그러곤 샤워기를 틀었다. 데르다는 자기의 다리로 물이 떨어지고 있다는 것을 느꼈다. 그녀는 신음을 했다. 이게 그녀가 할 수 있는 모든 것이었다. 따뜻한 물이 빗물처럼 그녀의 몸 위로, 다리 위로, 팔과 손, 목 위로 쏟아져 내렸다.

"눈을 감아봐라." 라히메가 미소를 지으며 말했다. 데르다는 그녀의 말을 이해하지 못했다. 물방울이 그녀의 입속으로 들어오고 있는데 마지못해 눈을 감아 주었다. 물줄기가 그녀의 얼굴을 때렸다. 수백 개의 낚시 줄처럼 채찍 같은 물줄기들이 샤워꼭지의 구멍들 속에서 흘러나왔다. 마치 그녀가 울고 있는 것 같았다. 하지만 그렇진 않았다.

물이 피를 씻겨 내리자 그녀의 상처들이 선명해졌다. 그녀의 가느다란 다리 사이에서 피가 흘러나왔다. 다리 사이에서 무언가 훼손된 것이며 찢어지고, 죽어버린 것이었다. 혈흔은 물에 씻겨 버렸지만 자주 빛 문신들이 데르다의 몸 전체에 남아있었다. 그녀의 몸 중 일부가 다치고 부서졌지만 어떤 것은 새로이 탄생했다. 그녀는 자주 빛 눈을 하고 있었다. 이제 데르다는 뒤에도 눈을 가졌다. 물론 그것을 아직 사용할 수는 없었다. 때가 되면 그 눈을 뜨는 법을 배우게 될 것이다.

그녀는 앞에 놓여 있는 수프 세트를 먹고 싶었으나 먹을 수가 없었다. 라히메가 그녀에게서 수저를 뺏어서 수프를 뜬 뒤 입으로 불어 식힌 후 그녀의 입술 사이로 넣어주었다. 몇 숟갈 가량 떠먹여주고 나니 그녀의 입에서 "아." 하는 소리가 나왔다. 그러다가 더 큰 소리로 "아." 라고 외쳤다. 그 후에는 연달아서 "아~아~아."라고 외쳤다. 그러다가 잠시 중간에 숨을 고르느라 멈추는가 싶더니 울부짖기 시작했다. "아아아아~ 아아아아아~ 아아아아~." 데르다의 입술은 다물어질 줄 몰랐다. 4층에 사는 울비에가 올라와 디아제팜이라는 주사를 놔주고 나서야 다물었다. 그녀는 자신의 울부짖음을 알지 못했다. 그녀의 열한 살은 통곡 속에 압축되었다.

그녀가 눈을 떴을 때 16세가 되어있었다. 소파에 누워서 따뜻하고 고요한 오후의 천장을 올려다보고 있었다. 그녀는 문 뒤에서 나는 소음에 흠칫 놀랐다. 일어나서 검은 차도르로 자신을 가렸다. 그녀는 문구멍을 통해 밖을 볼 수가 없었다. 문구멍의 렌즈가 뒤틀어져 있었기 때문이다. 그래서 살짝 문을 열고 훔쳐보았다.

제일 먼저 눈에 들어온 것은 나뭇잎이었다. 커다란 화분 속에 있는 화초나무의 큼직한 잎사귀였다. 그 다음에는 키가 크고 마른 남자가 보였다. 그는 유리로 된 커피 테이블을 복도 옆으로 밀어 푸른 작업복 차림의 사내가 자신의 새 아파트로 두 개의 박스를 나를 수 있도록 길을 터주었다. 그는 낮은 테이블을 옆으로 밀어넣고 일어서서 곁에 있는 가구를 바라보다 문 뒤에서 그를 바라보던 이웃 여자 데르다의 머리와 어깨를 보았다. 미소를 짓거나 "헬로."라는 인사말을 건네지 않았다. 새까만 옷에 둘러싸인 흑옥 같은 검은 눈을 응시했을 뿐이었다. 데르다는 뒤에서 누군가가 그녀를 잡아끌기라도 한 것처럼 즉각 사라졌다. 그녀는 마치 피난처로 들어가듯 문을 닫았다.

5년 동안 비어있던 아파트의 세입자를 찾은 것이 명확했다. 이것은 데르다가 문지방을 쓸거나 아침에 베지르를 엘리베이터로 바래다 줄 때 자신의 몸을 가려야 한다는 것을 의미했다. 외간남자에게 자신이 보이지 않도록 자신의 몸을 감싸야 했던 것이다. 그녀는 무릎을 꿇고 앉아 문에다 귀를 대고 생명의 소리를 들으려 했다. 소음이 들렸다. 부드러우면서 요란하며 갑작스런 소음들이었다. 그녀는 그 소음들을 여러 가구들과 대조하면서 식별했다. 그녀의 추측이 아무것도 적중하지 않았다는 것을 그녀가 알았다면 과연 문에다 몸을 기대고 바깥의 문이 닫히고 복도가 조용해질 때까지 그 자리에 머물러 있었겠는가. 어쩌면 그녀는 아무 것에도 관심을 쏟지 않을 수도 있었을 것이다. 그러나 데르다는 아무 것도 할 일이 없었다. 그녀는 5년 동안 12층의 이 아파트에서 살았다. 이 아파트와 쿠루데레에 있는 그녀의 방의 차이는 더 이상 그녀의 발 복숭아뼈 주위에 쇠고리를 채워 두지 않는 것이다. 이제 그 고리는 그녀의 몸 전체에 채워졌다.

그녀는 금요일마다 집에서 나올 수 있었다. 라히메가 문을 열어두고 있는 11층까지 정확히 16발자국이다. 그곳에 있는 모든 여인들은 히크메트 종파의 구성원들이었다. 그들은 소흐벳이라는 일종의 종교적 '대화'를 듣기 위해 그곳을 찾았다. 처음에 데르다는 그것을 왜 대화라고 부르는지 이해하지 못했다. 그녀가 아는 바로 대화란 쌍방향이어야 했다. 그러나 어느 정도 시간이 지나고 나서 그녀는 그따위 것에 신경 쓰지 않았다. 단지 웨지르 노인 곁에 앉지만 않으면 된다고 생각했다. 그 노인은 입에서 침을 질질 흘리며 선지자의 언행록을 콧소리로 읽어내려 갔다. 노인은 말할 때마다 침이 끓는 고약한 소음을 냈다. 그는 그렇게 세 시간이나 이어가다 나중에는 눈을 감곤 했다.

부인들은 여유 공간을 내주려고 바닥에 옹기종기 모여 앉아있었다. 데르다는 커다랗고 노란 안락의자와 벽 사이에 앉는 것을 좋아했다. 숨어있는 느낌이 좋았다. 그녀는 항상 소흐벳이 시작하기 몇 분 전에 내려가곤 했다. 지난 2년 동안 소흐벳에 참석할 때 그녀는 투피스로 된 검은 차도르를 입었다. 집에서는 위아래가 붙고 허리에 고무 밴드가 달린 차도르를 선호했지만. 투피스를 입은 것은 자신의 펑퍼짐한 샬바르 바지춤에 왼손을 찔러넣기 위해서였다. 그리고 가운데 손가락을 음부에 몰래 넣었다. 방에 있는 부인들은 열심히 경청하며 흑흑거리기도 하고 종종 히스테릭하게 울음을 터뜨리기도 했다. 데르다는 설교하는 세 시간동안 최소한 세 번 절정에 도달했다. 그럴 때마다 그녀는 신음을 했다. 그녀는 군중 속의 모든 사람과 다를 바 없어보였다. 그녀의 목소리는 사람들의 웅얼거림에 묻혔다.

그녀는 십여 명 이상의 낯선 사내들에 붙잡혀 강간당하는 상상을 하며 손가락을 구부려 질 벽을 마구 자극했다. 그러나 쾌락의 절정으로 결코 서둘러 들어가지는 않았다. 그녀의 마음 깊은 곳에서는 베지르가 몸을 움직일 수 없길 바랐다. 그 상태에서 데르다가 쾌락의 희열로 얼굴을 일그러뜨리고 있는 모습을 바라보고 분노에 휩싸이는 것이다. 소흐벳이 있을 때마다 그녀는 베지르를 움직이지 못하게 할 수 있는 색다른 방법을 상상해보았다. 어떤 때는 그가 병으로 온 몸이 마비되기도 하고, 어떤 때는 그의 손과 발이 포승줄에 묶여 있고, 또 어떤 때는 그가 세 명의 남자에 의해 꼼짝없이 붙잡혀 있기도 했다. 데르다는 쾌락의 신음을 하며 고통스러워하는 베지르의 얼굴을 빤히 바라보았다. 그러면 대화는 끝이 나고 모두들 자기네 아파트로 돌아갔다. 베지르는 두 시간 후에 집으로 와 데르다와 함께 낮은 목제 탁자 근처 바닥에 앉아 있었다. 그는 저녁을 씹지 않고 먹었다. 데르다를 위해 그의 이빨을 아껴두기 위해서였다.

다른 십대 소녀 같았으면 소흐벳과 같은 대화가 진행되는 동안에 자기의 눈썹을 뜯거나, 피가 나도록 입술의 살을 벗겨 내거나, 뺨의 안쪽을 깨물었을 것이다. 그러나 데르다의 저항은 고통을 통한 것이 아니었다. 타인들에 의해 충분히 고통을 받았기 때문이다. 너무 많은 사람들이 그녀에게 해를 끼치기만을 원했다. 그녀는 그들과 같은 사람이 되지 않을 것이다. 그래서 그녀는 자신의 고요한 비명 속에서 쾌락을 발견했다. 그것이 그녀의 유일한 복수였다. 그녀는 고통의 세계 속에서 자신을 즐겁게 했다. 그것이야 말로 그녀가 희생자라는 사실을 부정하는 유일한 길이었다.

우베이둘라는 베지르가 데르다를 때리고 있다는 사실을 몰랐다. 라히메는 욕조에서 보았던 광경을 남편에게 말하지 않았다. 사실 우베이둘라는 데르다에게 호감을 갖고 있었다. 그는 그녀에게 연민을 느꼈다. 드문 경우지만 그가 집으로 찾아올 때면 그녀를 자기의 딸이라고 불렀다. 그러나 그는 그녀의 차도르 안을 볼 수 없었다. 그녀의 무릎이 부어있는 것(무릎을 묶어둔 버클자국)하며 어깨에 나있는 멍들(주먹 자국)을 볼 수 없었다.

베지르는 그녀의 말이 너무 난해하다고 구타했다. 킥복싱만으로는 자신의 화를 제어할 수 없었기에 그는 또 그녀를 구타했다. 그가 잠깐 다니던 학교의 교사가 그의 내면을 다스리도록 킥복싱을 권했지만 16년 동안 짐승 같은 그의 본성을 길들이지는 못했다. 그는 세월이 가도 그녀가 임신을 하지 않는다고 구타했다.

데르다는 홀 건너편의 문이 열리는 소리를 듣고 펄쩍 일어나서 눈을 감은 채 문에다 귀를 갖다 대었다. 짧은 머리에 호리호리하고 키가 큰 남성이 그녀의 마음 속에 나타났다. 그 남자의 눈은 파란 색이었던가? 그녀는 말할 수 없었다. 그러나 그녀는 환상 속 남자들이 다음 번 '대화'에서는 얼굴을 갖게 될 것이라는 사실을 알고 있었다. 적어도 그것만큼은 확신했다.

***

베지르는 나흘 동안 이스탄불에 다녀와야 했다. 데르다는 단 며칠 동안이나마 혼자 남게 된다는 생각에 날아갈 듯 기뻤다. 하지만 그러한 기쁨은 일순간이었다. 잠잘 때를 빼놓고는 항상 시어머니 곁에 있어야 한다는 말을 들었기 때문이다. 시어머니 라히메는 늘 미소를 띠고 있었다. 마치 그녀의 얼굴이 접착제로 고정된 것 같았다. 그녀는 식사를 할 때나 심지어는 기도를 할 때조차 웃고 있었다. 데르다를 바라볼 때도 웃었다. 그녀의 얼굴에 미소가 영원한 딱지처럼 꼭 붙어있었다. 그녀는 데르다에게 할 말이 있었다.

"베지르가 왜 이스탄불에 갔는지 아니?" "사업 때문이겠지요." 라히메는 웃음의 크기를 줄였다. "걔가 너한테 그렇게 말하든?" "네." 데르다가 대답했다. 라히메의 웃는 입이 더욱 커지기 시작했다. "아이고, 얘야. 그걸 알아야지. 나한테 이 얘길 들었단 말을 아무한테도 하지 말렴. 걔는 여자애를 구하러 간 거란다." 데르다가 갑작스런 반응을 했다. "그럼 그 이가 나를 떠난다는 말인가요?" "넌 그렇게 하길 바라니?" 그녀는 이 물음에 대한 대답이 중요하다는 사실을 알고 있었다. 나흘 후에 이 대답 때문에 무지막지하게 얻어맞을 게 뻔했기 때문이다. "아녜요, 아녜요." 데르다가 말했다. 그러자 라히메는 웃음을 터뜨렸다. 웃음 짓는 그녀의 입모양은 더욱 찢어졌다. "덜떨어진 것 같으니라고! 걔가 왜 다른 여자애를 찾고 있겠냐? 제 아내가 오죽했으면 그렇겠니. 이 얼간이 바보야!"

데르다는 고개를 돌리고 실눈을 떴다. 그녀는 손으로 입을 가리고 웃음을 참고 있는 라히메를 바라보았다. 분명한 것은 라히메가 제대로 된 사람이 아니라는 것이었다. 그녀는 정신이 돈 여자였다. 32세인 라히메가 정상이 아니란 사실을 첫 번째로 간파한 사람은 데르다였다. 우베이둘라 사이에서 낳은 그녀의 첫째 딸을 아자메트의 세 번째 아내로 시집보냈을 때가 겨우 14살이었다. 아자메트는 그곳 아파트 단지에서 최고 연장자였다. 라히메는 자신의 딸을 다시는 볼 수 없으리라는 것과 설사 본다하더라도 딸을 알아볼 수 없으리라는 것을 알고 있었다. 그녀는 세상 어떤 일에 대해서도 이해해보려는 노력을 포기했다.

데르다는 저녁 기도시간까지 라히메의 수다를 들어주어야 했다. 자신이 신과 대화했다는 내용이었다. 그녀는 웃으면서 데르다에게 속삭이듯 말했다. "다른 사람은 그 누구도 들을 수 없는 거란다. 그분은 오직 나하고만 말을 한단다. 그분이 말씀하시길 나를 당신의 천국으로 데려가시겠대." 그녀가 마치 무언가를 기억해내었다는 듯이 주기적으로 말을 멈추면 그녀의 미소는 잠시얼굴에서 얼어붙었다. 그러다 다시 말꼬리를 이어갔다. "라히메야, 너는 나의 충실한 종이다. 나는 네가 하는 기도의 순수함만 믿을 뿐이다. 나머지 사람들은 다 거짓말쟁이란다." 라히메는 데르다에게 자신이 신과 나눈 대화에 대해 남들에게 절대로 얘기하지 않겠다는 맹세를 반복하게 했다. 거의 두 시간 간격으로 맹세를 받았다. "아무한테도 말하지 않을 거지, 그렇지?" 그녀는 자신의 성경책을 내왔다. "너의 손을 여기에 얹고 맹세해 봐!"

이들은 함께 저녁을 먹었다. 데르다는 잠을 자러 자기의 아파트로 돌아갔다. 자신의 감방 문 열쇠를 목에 감아 채운 채 그녀는 천천히 계단을 올라갔다. 그녀가 문을 열고 있을 때 엘리베이터가 14층에 도착했고 데르다는 당황했다. 열쇠가 아직 자물통 속에서 돌려지지 않았기 때문이다. 엘리베이터 문이 스르르 열리자 데르다는 어깨 너머 그곳으로 눈길을 돌리지 않을 수 없었다. 가죽 코트를 입고 눈언저리에 검은 분을 칠한 스탠리가 엘리베이터에서 걸어나왔다. 그는 무릎까지 올라오고 쇠장식이 박힌 거대한 닥터마틴 슈즈를 신은 채 그녀 쪽으로 오며 그녀를 바라보았다. 그의 푸른 눈은 검은 구름 뒤에 있는 창공과 같았다.

데르다는 열쇠를 구멍에 꽂은 채 검은 유령처럼 천천히 고개를 돌려 스탠리를 쳐다보았다. 천장의 누런 백열구가 갑자기 나가버렸다. 이들은 순식간에 암흑에 감싸였다. 둘은 서로 보이질 않았다. 데르다는 그에게 달려가 두 팔을 던지는 상상을 해보았다. 스탠리는 그녀의 포옹에 대꾸하여 함께 엘리베이터 속으로 뛰어 들어가 영원을 향해 여행할 것이다. 그러나 데르다가 새까맣게 잊어버린 것이 있었다. 암흑 속에서 도망친다는 것이 불가능하다는 사실이다. 스탠리가 한 발 앞으로 걸어나오자 동작센서가 작동하여 복도의 불이 켜졌기 때문이다. 그들은 2미터도 안 되는 거리에서 여전히 서로를 응시하고 있었다. 불이 다시 꺼졌다. 이때 데르다는 한발 앞으로 잽싸게 발을 내디디었다. 그녀의 빠른 발걸음에 스탠리는 차도르가 사각거리는 소리를 확실히 들을 수 있었다. 데르다 보다 몇 살 더 연상인 스탠리는 냉담하게 고개를 끄덕이고 그의 집 문 쪽으로 향했다. 그는 술에 취해 있었으나 빠른 동작으로 열쇠를 꽂아 넣고 문을 열어 안으로 사라져버렸다. 복도는 다시 어두워졌다. 불이 다시 켜졌을 때는 그의 문이 이미 잠겨 있었다.

그날 밤 데르다는 문 옆의 바닥에서 잤다. 행여나 복도에서 무슨 소리가 나지가 않을까 하여서. 아침에 일어나서 문밖으로 걸어나가며 스탠리의 문을 쳐다보았다. 문 안쪽에 아무 것도 없는 성벽처럼 느껴졌다. 그녀는 고개를 수그린 채 아래층으로 내려갔다. 딩동 거리는 초인

종소리가 끝나기도 전에 라히메가 문을 열어 주었다. "너 울비에라고 알지?" 라히메가 물었다. 데르다가 고개를 끄덕였다. "그 여자도 신과 말을 했다더구나. 며칠 전에 나한테 그런 말을 하지 않겠니. 그 거짓말쟁이 개 같은 년이!" 데르다는 맹세를 잊지 않았다는 것을 강조하기 위해 시어머니가 한 말을 음절마다 또렷이 발음하며 따라했다. "개 같은 년!" 라히메는 데르다가 이 말을 따라하는 것이 기분 좋아 입이 귀밑까지 찢어지도록 웃었다.

데르다는 시어머니의 아파트에서 12시간 동안 세정과 기도를 하고, 음식을 장만해 함께 먹고, 시어머니의 말을 들어주는 척했다. 계단을 한발자국씩 걸어 올라갈 때마다 그녀는 멈춰서서 엘리베이터에 귀를 기울였다. 고요했다. 그녀는 세발자국 위로 올라갔다가 두 발자국 내려왔다 50까지 세어보고 다시 올라가 보았으나 엘리베이터에서 아무런 소리도 들리지 않았다. 여덟 발자국까지 걸어올라가고 난 뒤 그녀는 기다리기를 포기하고 스탠리의 문조차 보지 않고 자기의 아파트로 서둘러 들어가 버렸다. 이날 밤 몇 시간 동안 그녀는 안락의자를 창가로 끌고 와서 어둠 속의 런던을 바라보았다. 그런 후에 일어서서 천천히 옷을 벗었다. 완전히 벗은 채로 그녀는 손가락 끝과 젖꼭지로 창에 몸을 기대 런던 시내를 굽어보았다. 나체 상태의 데르다는 12층의 불 꺼진 아파트 창가에서 두 팔을 쫙 벌리고 서있었다. 그녀의 미간 역시 창문 유리에 밀착되어 있었다. 그녀는 먼 곳에서 반짝이는 불빛을 바라보고 있었다. 처음에 그녀는 누가 그녀를 보지 않을까 걱정했으나 그것도 한순간이었다. 오히려 누군가 자기를 보았으면 하는 마음으로 금방 뒤바뀌었다. 그날 밤 데르다는 자신의 침실 창문에 기대어 하얀 깃발처럼 서있었다. 데르다는 암흑 속의 절규처럼 벗고 있었다. 그러나 아무도 그녀의 절규를 듣지 못했다. 창은 방음유리로 되어있었기 때문이다. 사정없이 맞은 그녀의 육체를 아무도 볼 수 없었다. 아무도 경찰에 신고하지 않았고, 노출을 함으로써 자신을 보여주려는 그녀의 의도조차 눈치채지 못했다.

검은 실루엣이 덮치자 반짝 거리던 그녀의 눈꺼풀이 커졌다. 누군가 방안에 있다는 것을 의식한 순간 그녀는 눈을 번쩍 뜨고 베개로 자신의 가슴을 꼭 가린 채 재빨리 앉았다. 라히메가 침대 모퉁이에 앉아 데르다의 벗은 어깨를 바라보고 있었다. 우선 데르다는 그녀가 어떻게 방안에 들어와 있는지 납득이 가지 않았다. 그러다가 자기가 과연 어디에 있는 것인지 혼란스러웠다. 라히메가 열쇠를 가지고 있었다는 사실을 떠올리자 마치 누군가가 증오에 차서 던진 돌멩이에 얻어맞은 느낌이었다. 도대체 라히메는 언제부터 이렇게 있었을까? 아침이어서 커튼이 햇빛에 비치어 약간 환해졌다. 어쩌면 이 여자가 어제 저녁에 있었던 일을 다 보지는 않았을까?

“나도 한때는 너처럼 예뻤단다.” 데르다는 안도의 한숨을 깊이 내쉬었다. 라히메는 손바닥으로 데르다의 어깨를 쓰다듬어주며 계속 말을 했다. “그런데 지금의 내 모습을 봐라. 내 꼴이 이게 뭐니?” 라히메는 그녀의 차도르를 깔고 침대 위에 자신의 몸을 눕혔다. 그녀는 자신의 고개를 데르다의 가슴에 파묻고 흑흑거렸다. 데르다는 시어머니의 머리를 감싸고 있는 천을 쓰다듬었다. 그것이 시어머니를 위로할 수 있는 유일한 제스처였다. 이 날은 매우 고요했다. 아무도 기도를 올리지 않았다.

저녁 무렵이 되어서 라히메가 구두박스를 들고 데르다를 보러왔다. 그녀는 나직한 목소리로 말했다. "너 이 안에 뭐가 들었는지 아니?" 데르다의 대답이 나오기도 전에 라히메는 그 박스를 열어 스카프로 싼 물건을 꺼냈다. 그녀는 스카프를 풀어 데르다에게 조그만 금속 라디오를 건네주었다. 그녀는 라디오를 켜고 속삭였다. "누구한테도 말하면 안 된다. 절대로!" 수지와 반쉬(역주: 영국 록밴드)가 'Peek a Boo'를 부르고 있었다. 라히메가 웃으면서 말했다. "난 뭐가 뭔지 도통 이해기 안 되지만 아주 좋구나. 그렇지 않니?" 데르다 역시 웃었다. 그들은 음악을 들으며 자정이 될 때까지 자기네들 스타일로 춤을 추었다. 그들은 줄곧 손을 잡고 위아래로 뛰어 올랐다가 서로의 주위를 빙글빙글 돌다 부딪히곤 했다. 그들은 포고(Pogo) 놀이를 했지만 아무도 그것을 몰랐다. 그러나 데르다는 30분마다 코란에 손을 얹고 맹세를 해야 되는 것이 짜증났다. "나는 아무에게도 라디오에 대해 말하지 않겠습니다."

* * *

데르다는 목에 혹 같은 것이 걸린 채 잠에서 깨었다. 그것은 좀처럼 없어지질 않았다. 마치 목구멍에 걸려있는 조그만 쇠구슬 같아 숨쉬기가 몹시 거북할 정도였다. 그날은 베지르가 돌아오기 바로 전날이라 도무지 긴장을 풀 수가 없었다. 매순간, 매초 끝을 향해 다가가고 있었다. 그것이 그녀의 목구멍에 혹이 생긴 이유였다. 그녀는 옆집 남자의 푸른 눈을 생각하고 있었다. 그 남자의 동공 주변에 퍼진 푸른 기를 상상해 보았다. 그 푸른 기는 바로 그녀 앞에서 맴돌고 있었다. 그러다 그의 창백한 얼굴이 그의 눈 주위에 집중되었고, 그의 얼굴이 더욱 뚜렷해짐에 따라 베지르의 검은 얼굴이 사라져 갔다. 동시에 목구멍에 걸려있던 혹 같은 것이 사라졌다.

그녀는 옆집 남자의 문을 두드려보는 것을 상상해보았다. 내가 그 남자에게 날 데려가 달라고 말할 수 있을까? 나를 납치해가라고 사정할까? 그런데 그녀가 어떻게 그에게 말한단 말인가? 어떤 나라 말로? 그러자 그녀는 그림으로서 그와 소통할 수 있다고 생각해냈다. 그녀는 자신의 생각을 그림으로 표현해낼 수 있었다. 모든 것을 말이다. 그녀가 5년전 이 아파트에 어떻게 오게 되었는지. 그리고 베지르가 그녀에게 어떤 고문을 가하고 있는지를. 어떻게 하면 이들이 함께 아파트를 떠나서 영원히 돌아오지 않을 수 있을지. 이들은 손을 잡고 태연히 정문으로 걸어나가는 것이다. 그녀는 그에게 하트 그림을, 그것도 거대한 하트 그림을 그려줄 수 있었다.

그녀는 침대에서 벌떡 일어나 거실로 뛰쳐나갔다. 베지르의 독서대 위에 그의 노트와 만년필이 있었다. 그는 아랍어를 공부하고 있었다. 그녀는 노트와 펜을 들어 바닥에 펼치고 노트의 빈 페이지를 열어 자신의 모습을 그렸다. 어렵지 않았다. 온통 검은 눈사람처럼 그리면 되었기 때문이다. 그러고 나서 자기 옆에 있는 베지르를 그렸다. 수염을 기른 하얀 눈사람 모습이었다. 그들 곁에는 이들이 사는 아파트 건물을 그려놓았다. 그리고 그녀는 년도를 썼다. 그녀가 처음으로 영국에 온 해였다. 그 다음에는 이 두 인물 밑에 직선을 그려넣었다. 그림으로 그리는 그녀의 두 번째 이야기 장면이 시작된다는 표시였다. 거기서 하얀 눈사람은 손에 두툼한 몽둥이를 쥐고 있었으며 검은 눈사람은 땅바닥에 뒹굴고 있었다. 그녀는 피를 그리기 위해 빨간 펜이 필요했으나 집 안에서는 찾을 수 없었다. 그녀는 부엌으로 뛰어가 빵을 자르는 칼을 집어 들었다. 자기의 손가락을 톱질하듯 칼을 앞뒤로 움직이자 피부 표면에 붉은 선이 나타났다. 다시 거실로 돌아가 검은 눈사람 위에다 자신의 피를 문질렀다. 세 번째 장면에서는 데르다를 아파트 건물 밖으로 데리고 나가는 푸른 눈의 사나이를 세심하게 그렸다. 그리고 마지막 장면에서는 하트를 그려놓고선 그것을 손가락에서 짜낸 마지막 핏방울로 채색했다. 그녀는 노트에서 이 그림들을 찢어낸 뒤 옷을 입고 나서 아파트를 나왔다. 라히메가 문을 열어 주었다. 손에는 여전히 코란을 들고 있었다.

"무슨 일이냐?" 라히메가 물었다. 그녀는 모든 것을 잊고 있었다. 베지르가 집에 없다는 것하며 그 사이에 이들이 한데 어울려 시간을 보냈다는 것을. 라히메는 전날 밤 둘이서 함께 들었던 노래하며 모든 것을 새까맣게 잊어버렸다. 데르다는 부드럽게 이 순간을 넘기려 그저 빵을 얻으러 왔노라고 말했다. "그런 거 전혀 없다." 라히메가 퉁명스럽게 말했다. "난 너처럼 빈둥거리며 누워있는 개 같은 년에게 줄 게 아무 것도 없다!" 라히메가 문을 쾅 닫아버리자 데르다는 미소를 지었다. 그녀는 서둘러 위층으로 올라갔다. 그녀는 자기 계획에 너무 들뜬 나머지, 그것에 대해 단 한 순간이라도 생각하길 멈춘다면 모든 일을 그르치지 않을까 두려워할 정도였다. 그런 일은 벌어지지 않았다.

그녀는 곧바로 옆집 남자의 문 앞으로 뛰어가서 초인종을 눌렀다. 그녀는 발자국 소리를 들었다. 문이 활짝 열렸다. 스탠리는 방금 잠에서 깨었다. 그는 지난밤 투약한 필로폰 때문에 눈 밑에 심한 다크써클

이 나있었다. 그는 가죽 팬티 한 장만 걸치고 있었다. 그것도 맨 위엣 단추는 풀어져 있는 상태였다. 몸은 온통 타투로 덮여 맨살이 거의 보이지 않았다. 데르다는 한발 뒤로 물러섰다. 그녀의 손에서 그림들이 떨리고 있었다. 그녀는 타투에 새겨져 있는 온갖 악마 같은 형상들이 두려웠다. 그러나 베지르를 생각해보았다. 그가 곧 돌아온다는 생각에 그녀는 그림들을 내밀었다. 스탠리는 그것들을 받아 쥐고 문을 닫았다. 그녀는 어찌해야 할 바를 몰랐다. 닫힌 문 앞에서 잠자코 서서 몇 분 간 기다리다 자신의 아파트로 들어갔다. 그러면서 그녀의 어깨 뒤로 스탠리가 걸어나오던 문을 마지막으로 흘끔 되돌아보았다.

런던에 밤이 찾아왔다. 데르다는 침실 창문 아래로 경주하듯 불이 켜지고 있는 도시의 거리들 모습을 볼 수 있었다. 그녀는 가슴에다 무릎을 대고 안락의자에 앉아 런던을 굽어보고 있었지만 실제로는 아무것도 보지 않고 있었다. 그녀는 두려웠다. '만약 그 남자가 그림들을 베지르에게 보여주면 어떻게 하지?' 그녀는 뺨의 안쪽 살을 깨물며 생각하고 있었다. 그녀는 여러 시간 동안 유리창에 비친 자신의 모습을 바라보며 자살을 생각해보았다. 창문을 열고 뛰어내리면 되었다.

그녀는 일어섰다. 자신이 차도르를 벗지 않았다는 것을 새까맣게 잊어버렸다. 차도르는 마치 제 2의 피부처럼 여전히 그녀의 주위를 감싸고 있었다. 그녀는 장갑마저 벗지 않았다. 누구에게도 제지받지 않는 상태였다. 한 발 앞으로 다가서 창문을 열었다. 그녀는 자신의 얼굴에 떨어지기 시작하는 빗방울들을 느낄 수 있었다. 12층 아래를 내려다보고 나서 눈을 들어 먼 곳을 바라보았다. 갑자기 문을 쾅쾅 두드리는 소리가 들렸다. 초인종이 망가져 있었다. 쓸쓸한 심정으로 데르다는 열린 창문을 뒤로 하고 거실을 통해 좁은 복도를 지나 천천히 문 쪽으로 다가섰다. 그녀는 누가 왔는지 보고 싶지도 않아 고개조차 들지 않은 채 문을 열어주었다. 그러나 바닥에는 닥터마틴 슈즈가 보였다. 그녀는 천천히 고개를 들면서 검은 가죽에 쌓인 다리와 검은 티셔츠를 보았고 마침내는 스탠리의 얼굴과 마주쳤다. 그녀의 눈은 그의 푸른 눈동자를 바라보고 있었다. 푸른 눈은 그녀의 깜깜한 아파트 내부를 들여다보며 데르다를 살펴보았다. 마치 아파트 안에 누군가 다른 사람이 있지 않을까 의심하는 듯한 눈초리였다. 그는 양쪽 문가에 손을 대고 앞으로 몸을 기울인 채 데르다 너머를 바라보았다. 마치 집안의 내부를 더 잘 들여다보려는 듯한 의도 같았다.

"안에 아무도 없소?" 그는 영어로 물었다. 데르다는 자기도 모르게 안쪽으로 고개를 돌려 아파트 안을 바라보았다. 그러자 그녀는 이해했다. 그녀는 다시 고개를 돌려 손바닥을 펴며 아무도 없다는 것을 강조하듯 터키어로 말했다. "아무도 없어요." 스탠리는 그녀의 그러한 동작에 다소 놀라는 기색이었지만 곧 이해했다. 그는 데르다의 손목을 붙잡아 문 바깥으로 끌어당겼다. 그녀가 그려준 그림 그대로 행동하는 것 같았다. 데르다는 그에게 이끌려 나가며 간신히 문을 닫았다. '이제 떠나는 구나.' 그녀는 속으로 생각했다. '마침내 나는 떠나는 구나.' 그러나 이들은 멀리가지 않았다. 이들은 계단과 엘리베이터를 지나 스탠리의 아파트로 들어갔다.

이들은 텅 빈 입구와 좁고 컴컴한 복도를 지나 커다란 침실로 걸어 들어갔다. 데르다는 이곳에 와본 적이 전혀 없었지만 이 아파트 구조를 잘 알고 있었다. 그녀는 자신의 손바닥처럼 환히 알고 있던 터였다.

이 아파트는 그녀가 지난 5년 동안 살았던 아파트와 구조가 똑같았기 때문이다. 그녀의 침실은 베지르가 침대를 벽에다 붙여 놓았다. 스탠리의 침실에는 검은 커텐이 걸려있고 바닥에는 더블 매트리스와 나란히 검정 가죽의 안락의자가 있었다. 그가 처음 이사 오던 날 데르다가 보았던 것이다. 벽면은 '고문'이라는 잡지에서 오려낸 포스터들로 덮여 있었다. 그 포스터들을 가까이 들여다보니 남녀가 서로에게 무슨 짓을 하고 있는지 알 수 있었다. 그녀는 스탠리의 손을 뿌리치고 한발 물러섰다. 그녀는 본능적으로 여기서 빠져나가려 했다. 스탠리는 찬찬히 한 손을 들어 그녀에게 그냥 있어달라는 손짓을 했다. 그러고 나서 그는 데르다의 머리를 쓰다듬어주었다. 그녀가 얼굴을 감싸고 있는 옷을 풀기 시작하자 스탠리가 만류를 했다. 키가 큰 이 사내는 고개를 저었다. 그는 그녀의 얼굴을 보고 싶어 하지 않았다. 데르다는 이해했다. 하지만 이 남자가 원하는 것이 무엇일까? 그녀는 곧 알아낼 수 있었다.

스탠리는 티셔츠를 벗었으며 매트리스 위에 있는 베개 중 하나를 들어 올린 후 그 밑에서 플라스틱 방망이를 집어 들었다. 그는 침대바닥에 무릎 꿇고 앉아 그 방망이를 데르다에게 주었다. 그녀는 방망이를 받아 쥐었고 스탠리는 눈을 아래로 깔았다. 그는 바지의 지퍼를 풀어 바지를 무릎까지 내렸다. 그러곤 매트리스 위에 개처럼 손발을 짚고 엎드린 후 데르다를 올려다보았다. 데르다는 그의 사타구니로부터 삐져나온 딱딱한 살 한 점을 볼 수 있었으며, 그의 부어오른 척추 주변에 멍자국을 발견했다. 스탠리는 무릎의 균형을 잡고 자신의 다리 사이로 튀어나온 물건을 만지작거리며 데르다를 올려보았다. 그의 눈은 애원하고 있었다. 그는 빨리 때려주기를 기다렸다. 그녀는 돌연히 그 방망이로 그의 등을 내리쳤다. 그녀의 눈은 두려움으로 캄캄해졌다. 그녀는 방에서 뛰쳐나왔다. 그러나 세 시간 후에 그녀는 다시 스탠리를 때리기 시작했다. 너무나 많이 때린 나머지 방망이에 칠해진 페인트가 벗겨질 지경이었다.

스틱은 런던의 언더그라운드 광인과 퇴폐 층이 득실거리는 캠던 가의 깊숙한 뒷골목 한 구석에 위치한 술집이다. 스탠리는 바 뒤에서 멍하니 맥주 머그잔을 걸레처럼 불결한 행주로 닦으면서 맞은편 손님석에 앉아있는 미치와 얘기를 나누고 있었다. 미치는 미국인이었다. 그가 런던에 온 까닭은 그의 고장에서는 S&M을 사이다의 브랜드쯤으로 알고 있었기 때문이다. 그는 '고문'의 인물들 중에서 세베린을 발견하고 즉시 자신을 그녀의 노예로 만들려고 했다. 그러나 뜻대로 되지 않았다. 어느 날 그녀는 잠에서 깨어나자마자 그에게 자기는 레즈비언이라고 밝혔다. 이렇게 그녀의 속박에서 자유로워진 미치는 현실에 대한 감각을 잃어버리고 깜깜한 진공 속으로 가라앉았다. 그는 손등으로 자신의 턱에서 맥주를 훔치며 왼쪽에 낀 외눈안경을 교정하면서 스탠리의 이야기에 귀를 기울이고 있었다. 외눈안경의 체인이 그의 왼쪽 귀걸이에 걸려있었다.

"그런데 너도 그 여잘 봐야 해. 그 여잔 예뻐. 설명하기 어렵지만 나도 모르겠다. 아랍 여자들은 모두 검은 옷을 입고 다니잖니. 우린 그 여자들의 눈만 볼 수 있지. 이 여자도 그런 여자들 중 하나지. 아마 터키 여자일거다. 내가 알기로는 그 건물에 그런 여자들이 많이 있어. 아파트 관리인이 나한테 그렇게 말했지. 내 생각에 그 사람 역시 터키 남자야. 어쨌든 그 여자는 남편인지 오빠인지 수염을 기르고 다니는 남자와

내 아파트 맞은편에 살지. 난 그 아가씨를 이전에 두 번 가량 본적이 있지만 말 한번 섞어보지 못했지. 그런데 어제 그 아가씨가 오더니 우리 아파트 문을 두드리는 거야." "그 여잔 몇 살쯤 됐냐?" 미치가 물어보았다. "내가 어떻게 알겠니? 하지만 상당히 어려 보이더군. 적어도 겉으로 보기엔 어려 보여."

이 정도면 미치를 흥분시키기에 충분했다. 하지만 아직까지 자기의 바지주머니 구멍을 통해 자기 것을 쓰다듬기 시작할 만큼 확신이 서진 않았다. 스탠리가 그런 모습을 보면 역겨워할 수 있을 것이다. 그는 그런 충동을 억제하고 맥주를 한잔 더 주문했다. 스탠리는 그의 지저분한 컵을 받아 거기다 맥주를 채워주곤 그것을 미치 앞에 놓아주었다. 시간은 오전 10시였다. 미치는 '스틱'의 유일한 손님이었다. 그들은 계속해서 이야기를 나누었다. "그래서 어떻게 되었냐고? 글쎄, 그 여자가 내 아파트로 오더니 문을 두드렸어. 이 그림들을 가지고서 말이야. 난 그것들을 받아 쥐고 훑어보았지. 분명히 그 여자가 직접 그린 거였어." 미치는 이미 약간 취해있었다. 그는 흥분이 되었다. "그래서 안으로 들어오라는 말은 안했니?" "기다려 보라니까." 스탠리가 말했다. "내 말 좀 들어봐. 노트에서 찢은 종이에다 이 모든 걸 그려놓은 거야. 여자를 때리는 남자에다, 여기 이상한 것은 붉은 색으로 칠한 하트였어. 근데 그게 뭔가 추측해봐. 내 생각엔 진짜 피로 그려 넣은 거야." "우라질." 미치가 신음을 했다. 그는 세베린을 생각해봤다. 그녀는 피를 보면 언제나 메스꺼워 했다. "우라질." 그는 다시 이 말을 토해냈다. 스탠리는 피식 웃으며 계속 이어갔다.

"진짜 그랬다니까. 어쨌든 난 저녁때까지 기다렸다가 그 수염 난 자식이 주위에 없는지 확인을 했어. 아파트 문구멍으로 계속 지켜봤지. 그 놈이 나타나질 않더라고. 그래서 내가 나가서 그 집 문을 두드린 거야. 그 여자가 문을 열어 주길래 난 아파트 내부를 들여다봤지. 그 여자 혼자만 있는 것 같더라고." "그 여잔 아무 말 안 하던? 내 말은 너희 둘이서 아무 말도 안했냐는 거야." 미치가 물었다. "아니, 아니, 그 여잔 영어를 몰라. 어쨌든 난 그 여자를 우리 집으로 데려왔지. 미치, 넌 믿지 않겠지만 마치 꿈같았다. 믿을 수가 없었어." "그 여자 얼굴은 봤니?" "미쳤니? 내가 그 여자 얼굴을 보면 그게 재미가 있겠냐? 그 여자 얼굴을 전혀 보지 않았어. 손도 쳐다보질 않았지. 그 여잔 검은 장갑을 끼고 있더라고." "아 그래, 나도 알아." 미치가 말했다. "우리 동네 술집 테스코에서 있었던 일인데. 다섯 명의 여자들이 모두 검은 옷을 입고 왔는데 말야, 이 여자들이 복도를 마치 유령들처럼 위 아래로 걸어다니는 거야. 난 그때 카운터 근처에서 그중 한 여자 뒤에 있었는데 그 여자도 팔목이 긴 검은 장갑을 끼고 있었지."

미치는 조용해졌다. 그는 이 세상의 모든 무슬림 여성들을 상상해보려 애썼다. 심지어는 가려진 얼굴을 포함하여 그녀들의 몸 구석구석까지. 그러다가 이렇게 말했다. "네가 나한테 묻는다면, 그 여자들이 어쩌면 이 세상에서 가장 섹시할지도 몰라." "누가 그렇단 말이냐?" "무슬림 여자들 말이야. 그 여자들은 엄청 섹시한 게 틀림없어. 그러니까 자기네들 몸을 그렇게 가리고 다니지. 그들이 주는 메시지가 뭔지 아니? 말하자면, 우리가 몸에 두른 것을 벗으면 너희 남자들은 뿅 가버리고 만다. 알겠니? 그들이 남자들에게 말하려는 게 바로 그거야. 우리가 이 옷을 벗어버리면 너희 남자 놈들은 정신을 못 차리고 말거다! 맞아,

바로 이거라니까. 안 그러면 여자들이 왜 자기네 몸을 가리고 다니겠냔 말이다. 그 여자들은 자기네들이 언제 강간당할지 모른다고 두려워하는 거야. 이런 식으로 생각해보면 될 거다. 미인이 언제 벗고 있는 걸 본 적이 있냐? 그런 미인은 한 명도 없지. 무슬림 여성들은 마치 폭탄 같다는 생각이 든다. 아주 치명적인 폭탄 말이야. 너무나 치명적이라 자기네 몸을 감싸고 다니는 거라고. 그 여자들은 핵폭탄 같아. 한 번도 발사한 적은 없지만 그들이 있다는 사실만으로도 만족해. 만약 그 여자들이 옷을 벗고 다닌다면 그건 세상의 종말이나 마찬가지지. 그 여자들이 모든 남자들을 노예로 만들어 버린거야. 실제로 무슬림 여성들은 아마존 전사일지 몰라. 그들이 노예화가 되었지만."

이들은 웃음을 터트렸다. 그러다 갑자기 스탠리가 진지해졌다. "그 여자가 진짜 나에게 그 검은 차도르를 입히더라니까. 이건 내가 꾸며낸 환상이 아니라 진짜 벌어진 일이라니깐! 낮에는 다림질한 스커트를 입고 밤에는 얼굴에 고무 가면을 쓰고 이 주위를 어른거리는 여자들은 등신이나 다름없어. 그런데 여기 이런 여자들은 항상 검은 옷을 걸치고 다녀. 이들은 몸을 감싸고 있는 걸 자랑스럽게 여기지. 이들은 걸어다닐 필요조차 없다는 거야. 그냥 미끌어지듯 가는 거야. 안 그러니?" "맞다." 미치가 다시 한 번 세베린을 생각하며 말했다. 세베린은 어떤 거지 같은 은행에서 정장 나부랭이를 입고 일했다. "그래서 어떻게 됐냐? 그 다음에 어떤 행동으로 들어갔니?" 그는 스탠리에게 물었다.

스탠리는 티셔츠를 벗고 뒤로 돌았다. 그의 등은 데르다의 등처럼 검보라색 멍으로 덮여있었다. 미치는 알코올중독으로 떨리는 손을 뻗어 스탠리의 등을 만져보았다. 스탠리는 그의 등을 보고 미치가 놀라움에 입이 쩍 벌어지는 모습에 쾌감을 느꼈다. 스탠리는 출입문을 잠그고 그의 미국친구와 함께 여자 화장실로 들어가서 그의 성기를 친구의 입에 넣었다. 그는 아직 남자 화장실 청소도 하지 않았다.

그가 바의 문을 다시 열었을 때 레가이프가 제일 먼저 들어왔다. 스탠리는 그를 본 순간 의자들을 마구 어지르면서 뒷문으로 나가 빗장을 질렀다. 그는 방금 미국인의 무릎을 꿇게 했던 화장실 안에서 빗장을 잠그고 있으면 될 줄 알았다. 그러나 잘못 생각한 것이었다. 레가이프는 강한 발길질로 문을 부수고 스탠리의 목덜미를 움켜쥐고 그의 머리를 변기 속에다 처박았다. 스탠리의 머리 위로 변기 물이 쏴하고 쏟아지는 동안 이들은 꿈쩍 않고 있었다. 그러고 나서 레가이프는 스탠리의 머리를 변기 밖으로 확 잡아 당겨 벽에다 밀어 붙였다. 스탠리는 허공 속에다 자신의 손을 흔들며 말했다. "알겠어요, 알겠다고요."

레가이프는 한 발 뒤로 물러나서 기다렸다. 스탠리는 그의 뒷주머니에서 200파운드를 꺼내 그것을 레가이프에게 건네주었다. 그것은 이번 달 레가이프에게 빚진 필로폰 대금의 절반이었다. 레가이프는 그 돈을 낚아채면서 영어로 말했다. "다음 주 중에 다시 오겠다." 그는 뒤돌아서서 술집에서 나가려 하고 있었다. 그가 바 뒤에서 빈 위스키 병을 애처롭게 허공에 휘두르는 미치를 보자 혹시 이 자가 그 병을 누군가에게 던지지나 않을까 하여 버럭 터키어로 소리를 질렀다. "에이, 역겨운 호모새끼들 같으니라고!" 그러고는 술집 밖으로 걸어나갔다. 그러나 골목길에 서서 갑자기 그는 발을 멈추고 등을 돌려 다시 주점으로 걸어 들어갔다. 그의 목소리가 이번에는 더욱 크게 울렸다. 여전히 터키어로 말했다. "네 놈이 그걸로 날 때리려는 거지, 이 양아치 같은 놈아!"

미치는 레가이프가 다시 그를 향해 돌아오는 것을 보고 눈썹이 치켜 올라갔다. 그 바람에 그의 외눈 안경이 얼굴에서 떨어져 그의 귀걸이에 우스꽝스럽게 대롱대롱 매달려 귀를 찢을 듯 했다.

***

베지르가 한 번 더 그녀에게 물었다. "지금 무슨 말을 한 거니?" "쇼핑이라고요. 라히메 자매하고 같이 가면 안 될까요?(역주: 가족 관계 내에서 '자매'로 부르는 것은 터키에서 매우 드문 현상이다. 이 글에서는 터키 특정 종단의 성향을 표현해주고 있어 그대로 옮겼다.) 저분들이 우리를 위해 쇼핑을 해오면 항상 뭔가를 빠트리잖아요." 베지르가 그녀에게 다시 물었다. 이번에는 세 마디로 잘라서 물었다. "네가? 네가 밖에 나가겠다고? 라히메 자매하고?" 그 정도로 말하면 무슨 말인지 충분히 이해가 갔다. 데르다는 더 이상 고집하지 않았다. 그는 요점을 찔러 말한 것이다.

"안 갈래요." 그녀가 말했다. "상관없어요. 그 분들이 우릴 위해서도 항상 물건들을 사다주니까요." 베지르는 한쪽 다리를 꼬고 소파에 등을 기대어 앉았다. "안락의자가 어떻게 된 건지 말해주지 않을래?" "무슨 안락의자요?" 데르다가 말했다. "저거 말야. 네가 저기로 옮겼었잖아." 그는 데르다가 그가 없는 4일 낮과 4일 밤사이에 창문 밑으로 갖다 놓은 안락의자를 가리켰다. 이제 그것은 다시 소파 맞은 편 원래 자리에 옮겨져 있었다. 데르다는 뭐라고 말해야 좋을지 몰랐다. 그녀는 더듬거리며 말했다. "아...아..마도 내가 진공청소기로 바닥을 청소할 때 옮겨둔 모양이에요." 베지르가 씩 웃었다. "그래서 옮겼단 말이지?"

그는 발을 잡아 당겨 일어서서 그의 한 손을 천천히 데르다의 목 뒷덜미에 올려놓고 꽉 조이기 시작했다. 그러나 그리 심하게 조이지는 않았다. "날 쫓아와봐라." 그가 말했다. 그는 데르다를 창가로 데려갔다. 커튼이 쳐져 있었다. 그녀는 무슨 영문인지 알 수 없었다. 갑자기 두려움이 밀려왔다. 이때 그녀는 목 뒷덜미에서 밀려오는 하중을 느끼며 무릎을 꿇지 않을 수 없었다. 베지르는 그녀 옆에 무릎을 꿇고 데르다를 바닥에 납작 엎드리게 하며 그녀의 얼굴을 카펫 바닥으로 짓눌렀다. 그는 물었다. "그러면 이 빌어먹을 건 뭐냐?" 데르다는 아무 것도 볼 수 없었다. 단지 카펫에 있는 실 가락만 보일 뿐이었다. 베지르가 그렇다는 것을 알고 그녀의 머리를 약간 들어 올렸다. 그래도 그녀는 카펫 이외에 아무 것도 볼 수 없었다. 아무 것도 안 보였다.

"내 눈에 뭐가 보인다고 그래요?" 그녀는 간신히 말했다. 베지르는 톱니자국이 난 작은 종이를 가리켰다. "이걸 보라고! 이걸!" 그는 30인치 오른쪽에 있는 또 다른 종이 쪽으로 이 소녀의 머리를 끌어당겼다. "네 눈에도 보이잖아!" 이때 또 하나의 톱니자국 난 종이가 보였다. "여기도 있잖아!" 그리고 마지막 종이가 더 있었다. "여기 또 있네!" 그는 데르다를 무릎을 꿇게 한 채로 그 종이를 보게 했다. 그것은 안락의자를 옮겼던 자리에 남아있었다. 베지르는 그곳에다 그녀의 얼굴을 비볐다. "난 몰라요." 데르다는 울부짖었다. "난 정말로 모른다니까요." 그녀는 울기 시작했다. 베지르는 그녀가 우는 걸 몹시 혐오했다. "그럼 누구야? 누구 다른 사람인가? 누가 여기에 왔었나? 누군가 안락의자를 여기다 옮겨 준거잖아! 그 자가 바깥 구경하라고 커튼을 연거 아냐? 네가 누군가를 여기로 들어오게 했지? 그래서 나한테 그렇게 말한 거지?

네가 쇼핑 가게 해달라고 한 것도 그래서지? 그 새끼를 보려고 수작을 피우는 거 아니냐 말이다?"

베지르는 더 이상 소리치지 않았다. 그는 나지막하고 딱딱한 소리로 말했다. 우베이둘라가 바깥에까지 자꾸 시끄럽게 한다고 지적했기 때문이다. 게다가 우베이둘라는 베지르에게 대체 이 소녀에게 무슨 짓을 하는 거냐고 물어보기까지 했다. 그때 갑자기 베지르는 그녀의 목덜미를 잡은 손을 풀어주었다. 더 이상 지체할 수가 없었기 때문이다. 이러다 직장에 지각할 판이었다. 그는 현관으로 가서 미끄러지듯 신발을 신고 집에서 나왔다. 데르다는 한동안 카펫에 엎드린 채로 가만히 있었다. 그녀가 마침내 고개를 들었을 때 베지르의 성서대가 보였다. 그녀의 눈은 그림을 그렸을 때 찢어 썼던 노트를 찾고 있었다. 그러나 노트는 제자리에 없었다. '베지르가 눈치 챘을까?' 그녀는 일어서면서 생각했다. 그녀는 남편이 집에 돌아오던 날 저녁을 떠올려 보았다.

그녀는 정오가 될 때까지 이리저리 거실을 서성대다가 아예 아파트에서 나왔다. 그녀는 옆집 문을 두드렸다. 그날 스탠리는 일을 하지 않았다. 데르다는 그의 얼굴은 쳐다보지도 않고 그의 아파트로 쑥 들어가 곧바로 스탠리의 침실로 향했다. 스탠리가 쫓아갔다. 데르다가 그의 침대 위로 허리를 굽히더니 베개 밑에서 플라스틱 몽둥이를 끄집어내었다. 스탠리는 그의 검지를 들어 잠깐 기다려달라는 시늉을 했다. 그는 천장에 걸려있는 체인 중에서 세 토막으로 되어있는 목줄을 빼서 그것을 데르다의 목에 채워주었다. 이제 그는 한발 뒤로 물러나 사디스트&마조히스트들이 사용하는 고문용 목줄을 두른 데르다를 볼 수 있었다. 그의 기분은 더할 나위 없었다. 그는 여유 있게 옷을 벗고 새로운 자세를 취했다. 이때 그는 두 손을 그의 머리 위에 얹은 채 서있었다. 눈은 감고 있었다. 딱딱한 고무 방망이가 그의 등과 종아리에 떨어질 때마다 그의 페니스는 더욱 더 발기가 되어갔다. 발기된 페니스 끄트머리에서 반투명한 액체가 뿜어져 나올 때까지 그는 꼼짝 않고 서있었다. 그러다 그가 눈을 뜨고 자신의 손바닥을 데르다에게 열어보이자 그녀는 때리기를 멈췄다. 스탠리는 상체를 구부리고 못들을 박아 놓은 팔찌를 끄집어내어 그것을 정액에 젖은 자신의 성기에 뒤집어서 씌웠나. 그가 위 아래로 팔찌를 움직일 때마다 안쪽으로 향하고 있는 못들은 그의 살을 스치곤 했다. 그는 데르다를 올려보았다. 그녀는 스탠리가 그녀에게서 무엇을 원하는지 곧 눈치 챘다. 검은 장갑을 낀 그녀의 손이 그 팔찌를 움켜쥐고 그것을 정확히 12번 위 아래로 움직였다. 그러자 정액은 피와 범벅이 되었다.

데르다는 플라스틱 몽둥이를 침대 위에 던져 놓고 집안을 뒤져보기 시작했다. 그녀는 무언가를 찾고 있었다. 책이었다. 어떤 책이든 상관없었다. 그러고 나서 곧 자신이 찾던 것을 발견했다. 그것은 책이 아니라 잡지였다. TV가이드 책자였다. 그녀는 손에 잡히는 대로 책자를 열어 스탠리에게 보여주었다. 그는 옷을 입고 나서 열심히 데르다를 쫓아다니며 거들었다. 그녀는 일부러 소리 내어 "잉글리쉬."라고 말했다. 그녀의 목소리를 확실히 들을 수 있게 하려는 시도였다. 그녀의 목소리는 항상 차도르에 가려 들릴 듯 말 듯 전해진다는 것을 알고 있었기 때문이다. 그녀는 잡지에 있는 그림들을 가리키며 다시 말했다. "잉글리쉬!" "무슨 말인지 모르겠네. 원하는 게 뭐야?" 스탠리가 물었다.

데르다가 무언가를 허공에다 쓰는 척 하자 스탠리가 펜을 가져왔다.

잡지 뒷면에는 핸드백 광고가 있었다. 광고 속에는 벗은 여자가 정강이에 얹은 손과 광고하고 있는 백으로 가린 가슴, 그리고 그녀의 두 다리를 모은 곳에 정확히 쓰여 있는 브랜드 명칭 쪽을 굽어보고 있었다. 데르다는 백 위에다 펜을 놓고 긁적거렸다. 그러고 나서 그 여인의 눈에다 동그라미를 치고 몇 글자 더 긁적거렸다. 그러면서 줄곧 "잉글리쉬!"라고 말했다. 그녀는 곧 자기가 무언가를 빠트렸다는 것을 깨닫고 자기가 끄적거린 글 맨 뒤에다 의문부호를 첨가했다. 그제서 스탠리는 이해를 했다. 그는 데르다에게서 잡지를 뺏어 들고 벗은 여자를 손가락으로 가리키며 영어로 수차례 "woman."이라고 반복해주었다. 데르다는 그를 따라서 발음을 했다. 그날 스탠리는 두 번이나 사정을 했으며 데르다는 36개의 새 단어를 배웠다.

* * *

"저게 그 유명한 영국 국회의사당의 시계와 시계탑입니다." 흐드르 아리프가 말했다. 그러나 기도 아아는 듣지 않고 있었다. 그는 방금 헤로인 조직을 사들였기 때문에 다른 아무 것도 생각할 겨를이 없었다. 헤로인을 밀수하는 것은 디젤유를 밀수하는 것보다 8배나 이득이었다. 그가 런던에 온 목적은 오랫동안 이곳에서 살고 있는 그의 터키인 교포들과 협상하기 위해서였다. 그가 생판 들어보지 못한 고장에서 온 사람들과 협상한다 해도 그는 그들을 자기 사람들로 간주했다. 이들 모두 쿠르드족 어머니의 젖을 먹고 자라나지 않았던가. 하지만 그는 여자들과는 사업얘기를 하지 않았다. 그는 런던의 동포 조직에게 자신이 직접 불가리아에서 헤로인을 가져오지 않겠다고 했다. 이들 조직이 적임자라고 생각했다. 자신은 그곳의 운반책에 개입할 수 없었기 때문이다. 동포 조직은 그의 제안을 수락했으나 그 비용이 너무 나가서 그에게 줄 몫이 적을 것이라고 말했다.

기도 아아는 기분이 썩 좋지 않았다. 영국 국회의사당 건물이 눈에 들어올 리가 없었다. 그가 진짜로 관심 있었던 것은 그가 소유했던 빌딩들이었다. 그러나 이때 흐드르 아리프도 그날 이들이 빌린 작지 않은 보트를 타고 템스 강에 떠있는 것이 유쾌하지 않았다. 하지만 이들은 서로 모르는 사이가 아니라는 것을 가장할 수 없었다. 이들은 자신들의 모국에서 수천 킬로 떨어진 곳에 있었기 때문이다. 이들의 처지는 매우 비슷했다. 아마 서로 간의 공통점이 20만 가지나 되었을 것이다. 그 공통점은 이들이 각자 지배했던 터키 남부의 광대한 대지에 사는 사람들이다. 흐드르 아리프는 그의 아버지로부터 기도 아아의 사업에는 개입하지 않는 것이 최선의 길이라는 말을 들었다. 그는 기도 아아가 무슨 일을 하는지 알고 있으면서도, 그에게는 일체 모르는 척 했다. 마찬가지로 기도 역시 히크메트 종파 사업에 자신을 개입시키지 않았다.

그들은 사람들을 공유했다. 이들의 피와 살은 알레이잠 부족에, 혼은 히크메트 종파에 속해 있었다. 백년 전으로 거슬러 올라간다면 모든 것이 공정한 거래였다. 기도는 조직의 사업문제를 담당했으며, 흐드르 아리프는 반군 전사들에게 합류하러 산으로 올라오는 자들의 리스트를 관리했다. 흐드르 아리프는 그의 땅에 어떤 깃발이 나부끼는지 따위는 신경 쓰지 않았다. 그는 신앙이 없는 사람들은 그저 산송장이 된다는 사실을 매우 잘 알고 있었다. 그래서 히크메트 종파의 지배는 중국이 이 땅을 점령해도 계속될 것이라고 믿었다. "'쿠르디스탄'이라 하든 '터키 공화국'이라 부르든 '중국 공화국'이라 하든 그게 무슨 상관이에요?" 그는 그의 아버지 셰이크가 귀먹을 때까지 그렇게 말하곤 했다. 흐드르 아리프는 프린스턴 대학에서 교육을 받은 세계 시민이었다. 그는 종교 간의 경계 이외에는 아무런 경계를 두지 않고 살았다. 만약 국경을 가리지 않고 온갖 무슬림들이 모이게 된다면 자신이 그들의 지도자라고 생각했다. 그러나 여전히 그는 특정 민족들을 선호했다.

흐드르 아리프는 아랍인들의 허세를 흠모했다. 아랍인들이 메카에 있는 카바를 금으로 씌우길 원했을 때 그 프로젝트를 제일 먼저 지지한 사람 중 하나였다. 그는 허세를 좋아했다. 언젠가 믿기진 않지만 카바의 일부라고 하는 검은 돌 500그램을 50만 달러나 주고 산 적이 있었다. 그는 자기 서재를 방문하는 손님들이 모두 그것을 보았다고 확신하고 있다. 세계지도가 새겨진 유리 지구본의 한 가운데에 그럴싸하게 매달려있는 새까만 돌이었다. 이 세상 한 가운데에 마그마 대신 돌이 놓여 있는 것이다. 지구본은 철제 원기둥 위에 올려져 있어서 사람들이 방으로 들어오면 제일 먼저 눈에 띄었다. 마치 정성스럽게 꾸며놓은 조명기구로 빛을 받고 있는 것 같았다. 흐드르 아리프는 지구본의 색깔을 리모컨으로 선택할 수 있었다. 그가 제일 좋아하는 색깔은 녹색이었다. 그것은 이슬람 능의 전형적 색깔이었다. 그들이 워털루 다리로 다가갔을 때 기도 아아가 말했다. "저기 남자 하나가 있는데 혹시 아는 사람인가요?" "누구지요?" 흐드르 아리프가 물었다. "베디르인가 베지르라고 하던데. 여기 사는데 그가 무슨 일을 하는지 알고 있나요?"

템스 강에 있는 다른 배들과 워털루 다리에는 관광객들로 가득 차 있었다. 그들 대다수가 카메라를 들고 주변의 모든 것을 사진에 담으며 찰칵거리고 있었다. 다시는 보지 않을 사진들을 말이다. 다리 밑에서는 이슬람 식 옷을 입고 터번을 두른 수염 난 노인이 화려한 요트 앞에 서서 출항하려 하고 있었다. 다리 위에 있는 어떤 사람이 그 노인을 카메라로 잡아 찍었다. 그는 이 노인이 중동의 어느 나라에서 온 정치 지도자라고 판단했다. 다리 위에 서 있던 옆에 사람이 말했다. "저 사람은 잊어버려. 저 사람이 누군지 내가 다 알고 있어. 그러지 말고 우리가 쫓아가는 사람 사진이나 찍자고."

트렌치코트를 입은 두 남자는 M15, 영국 국내정보부 요원들이었다. 그들은 현재 런던의 최고급 호텔에 머무르고 있는 기도 아아에 대한 정보를 수집하라는 지시를 받았다. 기도는 여느 관광객처럼 영국에 왔다가 다시 나갈 수 있었지만 그가 만나는 인물들은 수개월 동안 M15의 관찰대상이었던 터라 새로운 용의자 선상에 올라와있다. 때문에 지금 그 역시 치밀하게 감시를 받고 있는 것이다. 덥수룩한 붉은 수염과 킬트 치마를 입은 스코틀랜드 인이 투덜거리면서 M15 요원들을 방해하며 팔꿈치로 건드렸다. "여기서 비키쇼. 내가 일하는 구역인지 안 보이는 거요!" 그러면서 스코틀랜드 인은 자신의 백파이프를 요란하게 불어대는 바람에 요원들은 그에게 길을 비켜줄 수밖에 없었다.

이들이 거리 쪽으로 물러서자 새로운 제임스 본드 영화 광고를 선명하게 새겨넣은 이층버스가 이들을 칠 듯이 질주해 지나갔다. 제임스 본드는 턱시도를 입고 있었으며 머리는 오토바이 헬멧처럼 날리고 비키니를 입은 아가씨가 그의 어깨를 감싸고 있었다. 두 요원은 그 광고 포스터와 서로의 얼굴, 입고 있던 검은색 트렌치코트 그리고 해마다 숱이 줄어드는 그들의 머리카락이 바람에 날리는 모습을 바라보았다. 그들은 그동안 과다한 업무로 눈이 충혈 되어있었다. 스코틀랜드 백파이프 소리가 계속 들렸다. 편안하게 들려오는 스코틀랜드의 선율이 이들에게는 악마의 소리처럼 다가왔다. "엿 먹어라, 제임스 본드야!" 그중 한 명이 욕설을 내뱉었다. 이들은 사라져 버렸다.

그러는 사이에 흐드르 아리프는 이름을 기억해내려고 애썼다. 그는 좀 더 상세한 정보를 알고 싶어 했다. "그 사람은 어떤 조직인가요?" 그가 물어보려는 것은 어떤 부족 또는 종파 출신이냐는 것이다. 좀 더 자세히 말하자면 그 남자가 누구에게 충성하고 있는가를 물어보았던 것이다. "그 사람은 당신네 식구요." 기도가 말했다. "오, 신의 축복이 있길." 흐드르 아리프가 고개를 끄덕이며 말했다. "그 사람 이름을 알 것 같은데, 출신은 어디지요? 그런데 그 사람한테 무슨 일이라도 있는 건가요?" "그건 묻지 마시오." 기도가 템스강의 흙탕물을 향해 눈을 내리깔며 말했다. 흐드르 아리프는 더 이상 묻지 않았다.

어차피 그는 몰랐던 일이지만 베지르는 런던에 조그만 무슬림 킥 복서 조직을 설립하여 수백 명의 비무슬림 교도를 헤로인 복용자로 끌어들였다. 그러면서 베지르는 신의 부름 아래서는 그 어떤 성전도 허용된다고 자신의 행위를 정당화했다. 흐드르 아리프는 더 이상 물어보지 않았다. 어차피 흐드르 아리프는 베지르가 헤로인 밀매로 벌어들인 돈을 몽땅 재투자하고 있다는 사실을 알아내지 못했다. 베지르는 그 더럽고 죄에 물든 돈을 건드릴 수 없어서 킥복싱 조직을 발전시킨 것이다. 그렇게 해서 무슬림들에게 마약을 파는 자들을 일거에 무너뜨릴 수 있다고 생각한 것이다. 흐드르 아리프가 꺼림칙해 하는 기도 아이에게 물어본다 해도 베지르에 관한 정보는 얻어낼 수 없었다. 기도 자신도 이 모든 것에 관해 아는 바가 전혀 없었다. 단지 그의 부하들이 그에게 성깔이 대단히 센 히크메트 종파 출신의 남자가 있다고 귀띔해 주었을 뿐이다. 그들은 기도에게 그 남자를 조심하라고 일러주었다. 그들은 이 말을 둘루한에게서 들었다. 둘루한은 영국으로 들어오는 헤로인의 75퍼센트를 장악하고 있는 것을 자랑스러워하는 4형제 중 하나였다. 그들은 런던의 건달이었다.

이들과 베지르 사이에 문제가 생긴 것은 베지르가 헤로인을 러시아인들로부터 구입하고 있기 때문이다. 바꿔 말하자면 그들에게 속하지 않은 25퍼센트로부터 구입하는 것이 문제였다. 기도가 이들에게 말했다. "우리가 그 자를 주의 깊게 관찰해야 된다." 이때가 바로 M15 요원들이 그의 사진을 처음으로 찍었을 때였다. 사진은 웨스트민스터 자치구에 위치한 이들 건달조직본부 건물 맞은 편 4층 아파트에서 찍었다.

그들은 요트의 뒤 쪽으로 이동한 뒤 거기 앉아서 식사를 했다. 흐드르 아리프가 말했다. "맞아! 이제 그 친구를 기억하겠어요. 베지르입니다. 우베이둘라의 아들이지요. 괜찮은 녀석이에요. 자기 아버지의 가구공장에서 일하고 있어요." 5년 전 그가 베지르의 중매쟁이 역할을 하며 11살짜리 여자애를 그의 아내로 팔아먹었던 일은 입 밖에 꺼내지 않았다. 조심스럽게 말을 이었다. "맞아요. 그 친구는 쿠루데레 출신의 여자애와 결혼했어요. 이제 기억하겠어요. 그런데 그 친구한테 무슨 볼일이라도 있으신가요?" 기도는 식사 반주로 터키 전통술 라크가 나오지 않아 기분이 상했다. 그는 고개를 들며 말했다. "그 사람 주소나 줘 봐요. 그 사람 쓸모가 있나요?" 흐드르 아리프는 그런 질문이 나오리라고 예측했다. 이 개자식 기도가 그를 해칠 것이다. 그는 머릿속으로 재빨리 계산을 해보니 베지르의 손해였다. 하느님 용서하시길. 그는 혼잣말을 했다. "아녜요. 그 자는 아닙니다." "좋소." 기도가 말했다. 그는 이 말을 듣고 훨씬 기분이 좋아졌다. 그러고 나서 위를 쳐다보았다. "뭔가 큼지막한 것이 이 주변에 있다고 했는데 그게 뭐라고 했지요?" 흐드르 아리프는 혼자 소리로 욕을 하곤 말했다. "우린 벌써 지나왔는데요. 그건 빅벤이라고 하는 국회의사당 시계탑이었지요."

이들이 막 음식을 먹으려 할 때 그들 사이에 놓인 긴 나무 식탁 위로 어떤 여자가 쿵 소리를 내며 떨어졌다. 막 타워 브리지 아래를 지나는 참이었다. 이들 사이에 있던 식탁은 두 동강났고 그 가운데에 라히메가 조그만 라디오를 손에 쥔 채 피투성이가 되어 바닥에 나자빠졌다. 라디오에서는 '그게 너의 뜻이라면(If It Be Your Will)'이 여전히 흘러나오고 있었다. 그것은 인간의 살보다 더 질겼다. 라히메는 차도르를 입고 있지 않았다. 그녀는 삶의 마지막 날에 그녀의 모습을 모두 드러내었다. 어쩌면 그녀에게는 숨길 것이 아무 것도 없었는지도 모른다.

다음날 M15 요원 중 하나가 신문의 헤드라인 기사를 읽고 "좆같은 제임스 본드 새끼!"라며 욕지거리를 했다. 자살한 자의 피로 덮인 배 위에서 여러 각도로 잡힌 당황한 기도의 얼굴 사진들이 신문의 전면을 온통 장식했다. 또 다른 신문은 흐드르 아리프와의 인터뷰 내용을 실었다. "우린 이 나라에서 안전하게 살 수 없어요. 만약 그 여인이 우리 위로 곧바로 떨어졌다면 어떻게 되었냐고요? 당국은 다리 밑에 안전망을 설치해둬야 하는 거 아닌가요? 당국은 우리에게서 혈세만 거둬갈 뿐이라고요! 나는 이 사건의 책임자를 고발할 의사도 있어요. 하지만 신이 우리를 구해주셔서 오늘 우리는 안전하게 생존할 수 있었지요. 나는 우리 무슬림 형제들에게 우리는 괜찮고 우리에 대해 걱정할 필요가 없다고 말하고 싶어요."

***

1842년 카슈카틀리 세이트 무히렘이 지은 시 〈히크메트 해의 기원〉은 히크메트 종파의 설립취지가 되었다.

너의 시련은 너의 약속된 죽음과 함께 끝이 날지어다.
너의 약한 마음 상태를 버리고 죽음을 무시하라.
너는 자기방어를 하며 다른 생명들을 가져갈 수 있으나
네 자신의 생명을 잃어서는 아니 된다.

네가 존재하는 동안 너는 마음의 평화 속에 살아가리라.
잔인함도 신성모독도 강간도 아닌 자살이 이 세상에서 가장 큰 죄이니라.

너의 숨이 누구에게 속해 있는지 아는가?
지하에 들어갈 때까지 너는 엎드려있지 않는가?
거짓말도 위선도 음욕도 아닌 자살이 신에 대한 유일한 배신이니라.

네가 부름 받았을 때 이승에 왔듯이
너는 부름 받는 날 이승에서 나가게 되리라.

네가 여기에 반항하고 스스로의 목에 밧줄을 건다면
너는 석탄보다 더 검은 진공 속으로 사라져 버리리.
그러니 너의 시련을 이겨낸 첫 승리를 잊지 말지어다.
너의 약속된 죽음이 올 때까지 인내할지어다.

자신들의 힘을 대중으로부터 얻어서 그들을 다스릴 수 있는 기능적 규칙들을 만들어내는 모든 조직들과 마찬가지로 히크메트 종파는 자살하는 것은 영원한 저주라고 주장한다. 이 종파의 존재와 보존은 구성원들의 생존에 달려있었기에 대의가 아닌 자신의 이름으로 죽은 자들은 아무짝에도 쓸모없는 존재들이었다. 이러한 이유로 히크메트 종파 사람들은 라히메의 시신을 거부했다. 자살을 한데다가 마지막 순간에 얼굴을 세상 사람들에게 노출시켜버렸기 때문이었다. 그러나 무엇보다 저주할 만한 것은 그녀의 이기적 행동으로 최고의 지존인 흐드르 아리프가 죽을 뻔 했다는 사실이었다.

종단은 여러 가지 이유로 라히메를 거부하겠다는 결론을 내리기까지 오랜 시간이 걸리지 않았다. 그러나 우베이둘라는 고인이 된 그의 아내를 존중해주었다. "장례 기도를 해줄 테다. 필요하다면 내가 직접 거행할 것이다." 그는 이렇게 혼잣말을 했다. 그를 떠받쳐주던 사람들이 모두 그의 곁을 떠났기 때문이다. 라히메의 자살로 인해 사람들과 바삐 보냈어야 할 그의 세계는 갑작스레 차갑게 식어버렸다. 베지르는 우베이둘라와 함께 병원 영안실에 라히메의 시신을 인수하러 갔다. 그녀는 런던 북쪽에 있는 무슬림 공동묘지에 묻혔다. 베지르는 아버지의 환심을 사기 위해 모든 것을 도맡아 처리했다. 장례용 수의에서 시신을 세척하는 일까지 모든 것을 무슬림 전통에 따라 처리했다. 장례가 끝난 후 우베이둘라는 자신의 집에서 마음의 평온을 유지할 수가 없었다. 심장이 아파오며 새롭게 숨이 차왔다.

데르다가 베지르에게 자기도 장례식에 데려가 달라고 간청했다. 베지르는 노발대발하며 그녀의 따귀를 때렸다. 너무 세게 때려서 그녀는 바닥으로 쓰러졌다. 데르다는 울었다. 여대껏 이처럼 서럽게 울어본 적이 없었다. 그녀는 울부짖으며 자신의 손바닥으로 카펫을 내리쳤다. 그녀는 이런 압박감을 참아낼 힘이 남아있지 않았다. 그녀는 일어나서 창문으로 뛰어갔다. 그녀는 창문을 열고 소리쳤다. "난 뛰어내릴 테야. 맹세코 난 뛰어내릴 거야!"

베지르는 조용히 그녀를 쳐다보고 있었다. 그러다가 그는 등을 돌려 바깥으로 나가려했으나, 문가에서 잠시 머뭇거리다 다시 거실로 돌아와 문지방에서 데르다를 바라보았다. 그녀의 한쪽 다리가 건물 바깥에 걸려있었다. 침묵이 흘렀다. 마치 그는 데르다가 투신을 해서 죽기를 기다리고 있는 것 같았다. 갑자기 그의 육중한 몸이 휘청거렸다. 우베이둘라가 그의 뒤에서 나타났다. 노인이 아들의 등을 소리 없이 가격했다. 베지르는 몸을 비틀며 바닥으로 쓰러졌다. 느닷없이 맞는 바람에 힘을 못 썼거나 아파서가 아니었다. 자신의 아버지한테 맞았다는 사실 때문이었다. 그는 어깨를 구부리고 고개를 떨구었다. 베지르는 90킬로가 넘는 거구였지만 바닥에 구겨진 작은 공처럼 보였다.

우베이둘라는 어린 애처럼 울고 있었다. 그는 라히메를 사랑했다. 첫 번째 부인은 유방암으로 잃었다. 베지르는 외아들이었다. 자기가 라히메보다 36살이나 더 먹었지만 그녀를 극진히 사랑했다. 그가 모든 인간을 사랑했던 식으로 그녀에게 연민 어린 사랑을 했다. 우베이둘라는 라히메를 아내이자 어린이로서 사랑했다. 그녀를 자살하게 만든 장본인이였지만 그녀를 사랑했다. 우베이둘라는 그녀가 없는 삶을 알지 못했다. 이 여자가 아닌 다른 여자를 대하는 법을 모를 정도로 그녀만 알고 있었다. 이제 그는 오로지 울면서 떨리는 손으로 베지르를 때릴 뿐이었다. 마치 베지르가 그녀를 다리 아래로 던져버려서 자기가 그에 대한 복수를 하고 있는 것처럼 말이다.

"다시 이러면 안 돼!" 그는 숨을 헐떡이며 울먹였다. "네가 다시 이 아이를 건드리면 널 죽여 버리겠다. 내 말 듣고 있냐? 하느님을 증인 삼아 말하지만 너를 죽여 버릴 거다! 내 아들이지만 널 죽일 테다!" 그는 계속해서 아들에게 주먹질을 해댔다. 그러다가 바닥에 쓰러지고 말았다. 베지르가 벌떡 일어나서 아버지를 붙잡았다. 그는 아파트 밖으로 뛰쳐나갔다. 데르다도 그의 뒤를 쫓아갔다. 베지르는 계단의 난간을 붙잡았다. 그는 엘리베이터가 있다는 것을 새까맣게 잊고 있었다. 그는 아버지를 끌어당겨 붙잡고 있었다. 아버지가 임종 직전에 있다는 것을 외아들인 그만이 알 수 있다는 표정이었다. 노인은 지금처럼 숨을 쉬기가 힘들었던 적이 한 번도 없었다.

"하느님!" 베지르가 울부짖었다. "오, 하느님!" 그의 찌푸려진 눈에는 눈물이 가득 찼다. 그의 아래 입술에서 턱까지 침이 흘렀던 흔적이 살짝 보였다. 그는 데르다가 자기 뒤에 있다는 것을 의식하지 못했다. 아무 것도 볼 수 없었다. 오로지 문밖에 보이지 않았다. 그것은 아파트 건물로 들어오는 이중문이었다. 베지르는 발로 차서 문을 열고 정원을 가로질러 주차장으로 달려갔다. 데르다는 이 문이 5년 전 자신이 들어왔던 바로 그 문이라는 것을 어렴풋이 알아챘다. 5년 만에 처음으로 이 문을 나서게 된 것이다. 그녀의 눈에도 눈물이 고였다. 왜 눈물이 나는지는 몰랐다. 아마도 모든 것 때문일 것이다. 지난 5년 하며 우베이둘라, 라히메, 그리고 자기 자신 때문일 것이다.

한 순간 그녀는 베지르를 쳐다 볼 수가 없었다. 그녀의 주변이 혼란스러웠기 때문이었다. 확 트인 하늘은 그녀의 머리를 핑핑 돌게 만들었다. 그러나 재빨리 빛에 적응하고 나서 남편이 주차장에 있는 것을 발견하고 그에게로 달려갔다. 베지르는 자동차의 뒷좌석에서 아버지에게 안전벨트를 매주고 있었다. 데르다는 앞문을 열어보려 했지만 열리지 않았다. 어떻게 여는지 몰라서였다. 잠시 자동차의 지붕을 사이에 두고 둘의 눈이 마주 쳤다. 베지르와 데르다의 눈이었다. 그들은 울고 있는 서로의 모습을 보았다. 데르다의 눈이 커졌다. 그녀는 남편이 우는 모습을 처음 보았기 때문이다. 베지르는 뒷문을 닫고 차 주위를 돌아왔다. 데르다는 두발자국 뒤로 물러나서 자신을 방어하듯 두 손으로 눈을 가렸다.

"타." 베지르가 말했다. 눈을 뜨고 보니 베지르가 차문을 열어 주었다. 그녀는 차에 올라탔다. 베지르가 그녀 옆 운전석에 앉아서 시동을 걸고 있었다. 그들의 차는 거리로 나왔다. 뒤 좌석에 있는 우베이둘라는 의식을 되찾으면서 신음을 했다. "약속을 해다오, 베지르!" "아버지!" 베지르가 말했다. "제발요!" 그는 앞으로 데르다를 때리지 않겠다고 맹세를 할 수 없었다. 그는 못이 박힌 자신의 손바닥으로 운전대를 두드렸다. "아버지, 제발요." 그는 계속 이렇게 말했다. 우베이둘라는 집요했다. "나는 맹세할 수 없어요!" 그는 훌쩍이며 말했으나 우베이둘라는 아들의 말에 귀를 기울이지 않고 계속 밀어붙였다.

"맹세하거라. 다시는 이 애를 때리지 않겠다고 말이다! 맹세해." 그는 말을 하다 멈췄다. 그의 분노와 삶과 모든 것이 갑자기 짤막하게 끊어졌다. 그의 심장은 더 이상 뛸 수 있는 힘을 소진하고 마치 그의 살에 총탄이 박힌 듯 멈춰버렸다. 그 총탄은 분명히 그를 관통한 것 같았지만 아들은 인정하지 않았다. 베지르는 총탄이 파고들지 못하게 하려했다. 우베이둘라는 두 번째 교차로에서 숨을 멈췄다. 병원까지 4개의 교차로를 남겨둔 채였다. 데르다는 그가 죽었다는 것을 알았다.

"아버님이 움직이질 않아요!" 그녀는 굳어버린 노인의 몸을 흔들며 울었다. 베지르가 급브레이크를 밟자 뒤에서 택시가 차의 꽁무니를 받았다. 데르다도 앞이마를 계기판에 박았다. 베지르는 차 밖으로 뛰쳐나가 뒷문을 열고 그의 아버지를 차에서 끌어내렸다. 우베이둘라는 땅바닥으로 담요처럼 구겨졌다. 베지르는 자동차 곁에 무릎 꿇고 앉아 그의 아버지를 양팔로 껴안았다. 그의 목소리가 교차로의 빌딩들 사이로 메아리쳤다. "하느님!"

베지르는 아버지가 죽은 후 데르다를 40일 동안 건드리지 않았다. 데르다가 자기 곁에 있다는 것조차 몰랐다. 그는 40일 동안 집에서 나가지 않았다. 그는 자기의 몸을 거의 의식하지 않았다. 아무 것도 먹지 않고 오로지 물만 마셨다. 킥복서 친구들이 집으로 찾아왔을 때 그는 데르다를 침실에 가두고 거실에서 친구들과 만났다. 밤이면 방구석에 쪼그리고 앉아 두 손으로 얼굴을 감싸고 울었다. 그러는 사이에 데르다는 최근에 배운 영어로 짤막한 편지를 써서, 그것을 일곱 번 접어 스탠리의 아파트 문 밑으로 밀어넣었다. do not come이라는 말을 편지 마지막에 썼다.

데르다는 베지르를 동정해야 할지 그냥 경멸해야 할지 갈피를 잡을 수 없었다. 어느 날 아침 그녀는 동정심 같은 것이 생겨 침대 위에서 조용히 흐느끼고 있는 베지르에게 다가갔다. 그녀는 그의 어깨 위에 한 손을 올렸다. 그러자 차도르의 소매 자락이 약간 위로 말려 올라갔다. 손목 위로 짙은 갈색 피부가 드러났다. 그녀는 상처자국을 보았다. 베지르의 손이 그렇게 만들어 놓은 것이었다. 그녀는 지금까지 베지르가 그녀에게 했던 모든 짓을 떠올리곤 그의 어깨에 얹었던 손을 내려놓았다. 베지르는 여전히 흐느꼈으며 데르다는 신경 쓰지 않겠다며 제자리로 돌아갔다.

41일째가 되자 베지르는 외출복을 입고 집을 나갔다. 그의 상중 기간이 끝난 것이다. 이제 분노의 시간이 온 것이다. 헤로인 거래로 벌어들인 돈으로 그는 아프가니스탄 사람들에게 폭탄을 만들어 달라는 주문을 할 것이다. 그리고 사람들이 붐비는 시간에 지하철역에다 그 폭탄을 설치할 것이다. 불경한 자들의 본고장인 영국을 욕보일 것이다. 이것이 그가 지난 40일 동안 애도하면서 짜놓은 계획이다. 영국을 욕되게 하는 계획이다. 그는 아버지의 죽음에 대한 복수를 하려 했다. 자신에게서 속죄를 해보려는 생각은 하지 않았다. 아버지의 죽음에 대한 책임을 이 세상에다 뒤집어 씌워야 했다. 사실은 아버지의 죽음에 진짜로 유일하게 책임져야 할 사람은 다름 아닌 베지르였다. 이런 점에서 베지르는 아버지와 닮았다. 그는 자기 자신을 때릴 수 없어 자기 자식을 때리는 우베이둘라와 다를 바가 없었다.

***

스탠리는 데르다에게 문을 열어주었다. 그는 데르다가 안으로 들어오는 것을 보고 미소를 지었다. 그녀는 곧바로 거실로 들어가 스탠리 쪽을 바라보며 말했다. "money!" 스탠리의 표정이 시무룩해졌다. 그는 "난 한 푼도 없어."라고 말했다. 데르다는 고개를 저으며 창으로 걸어가 손가락으로 가리켰다. 그녀는 런던을 가리켰다. 그녀는 그곳에 사는 모든 사람들을 가리켰다. "나는…." 그녀는 귀신을 때려서 쫓아내듯이 한 손을 흔들었다. 이때 그녀는 다시 가리키며 말했다. "저 사람들은…." 그리고 허공에서 무언가를 잡아당기는 듯한 시늉을 하며 말했다. "돈 좀." 마침내 스탠리는 이해했다. 그리고 나서 이제는 자신의 스승이라고 간주하는 데르다에게 주었던 첫 번째 선물을 기억했다.

"기다려!" 이렇게 말하고 그는 침실로 달려갔다. 그는 영어-터키어/터키어-영어 사전을 들고 왔다. 데르다는 이 작은 책을 보고 그게 어떤 책인지 알고 좋아서 돌고래처럼 뛰어올랐다. 그녀는 자기가 하려던 말을 이렇게 적어보았다. "나는… 남자를… 때리고… 그러면… 돈을… 받아야지… 왜냐하면… 나는…." 그녀는 자신이 원하는 정확한 단어를 찾아낼 수가 없었으나 마침내 적절한 단어를 발견했다. "여왕이다."

데르다의 발상을 미루어보면 그녀가 과연 고립된 세계 속에서 살고 있는 사람이 맞는지 착각할 정도였다. 그녀는 베지르가 그녀의 뺨을 때리듯이 스탠리의 뺨을 때렸다. 그러고 나서 그 뺨을 어루만져 주고 자기보다 거의 머리 하나 높이 솟은 그의 어깨 위에 손을 얹었다. 그리고 아래로 꾹 눌렀다. 그의 얼굴의 절반은 이제 옅은 붉은 색으로 바뀌었다. 스탠리는 저항하지 않고 무릎을 꿇어 자신을 낮추고 데르다를 올려다보았다. 하지만 그것으로 충분하지 않았다. 그녀는 그의 이마가 바닥에 닿을 때까지 강하게 밀었다. 스탠리의 아파트에는 카펫이 없었다. 그녀는 그의 코를 쪽모이 세공을 한 마루 바닥에다 밀어붙였다. 그러고 나서 데르다는 왼발을 들어 스탠리의 목덜미를 밟고 그가 온몸으로 그녀의 밑으로 기어가게 만들었다. "나는." 그녀는 원하는 동사가 떠오르지 않자 사전을 뒤지기 시작했다. "돈을… 받은 뒤… 당신에게… 해줄 거야."

스탠리는 살짝 고개를 움직였다. 그러자 데르다는 그녀의 발로 그의 목을 위 아래로 비볐다. 스탠리는 어설픈 자세를 취하고 있음에도 불구하고 바지를 내릴 수 있었다. 그는 두 손을 사타구니 아래로 가져가 옆으로 누워 전혀 털이 없는 그의 항문을 데르다 쪽으로 벌렸다. 처음에 데르다는 손가락 하나를 삽입하다가 다른 손가락으로 바꿨다. 마침 집에 세 짝의 검은 장갑이 있어서 다행이었다. 지금 끼고 있는 장갑이 곧 더러워질 것이기 때문이다.

데르다는 5년 동안 돈이라곤 만져본 적이 없었다. 베지르는 집에다 돈을 놔두는 법이 없었으며 그 자신은 지갑에다 신용카드와 동전만을 넣고 다녔다. 영어를 배우고 나서 데르다에게 가장 필요한 것은 돈이었다. 만약 런던에 스탠리 같은 사람들이 더 있다면 그녀는 분명히 돈을 벌 수 있었다. 그녀는 이들이 원하는 대로 괴롭혀 줄 수 있었다. 이들이 원하는 만큼 찍어누르며 굴욕을 줄 수 있었다. 이런 종류의 일이라면 이젠 그 누구보다 이골이 나있었기 때문이다. 그녀 자신이 평생 고통을 받아오지 않았던가.

게다가 일을 하면서 차도르를 벗을 필요조차 없었다. 데르다의 생각이 맞았다. 결국 그런 이들은 런던에 살고 있었다. 아마 스탠리와 같은 사람들이 수천 명은 있을 것이다. 그들은 매일 출근했다 저녁때 퇴근하며 버스 정거장 근처 그들 곁에 있는 사람들이 꿈도 꾸지 못하는 것들을 상상하곤 했다. 그런 이들 중에는 우체부도 있고 귀족도 있다. 이들은 모두 단 30분이라도 온통 검은 옷을 차려 입고 그 검은 옷 사이로 눈만 빠끔히 내놓은 16살 소녀의 노예가 되고 싶어했다.

데르다의 첫 번째 고객은 미치였다. 처음 그가 스탠리의 집으로 왔을 때는 두려워하는 빛이 역력했다. 그러나 두려워할수록 성적 흥분은 더해갔다. 데르다는 거실 창문 앞에서 양손으로 뒷짐을 지고 서있었다. 통자로 된 검은 차도르를 입은 그녀는 검은 곤봉 같았다. 그녀는 미치가 상상했던 것보다 더 키가 작았다. 거의 어린애 같은 그녀의 체격은 그의 환상에 불을 붙였다. 그는 릴리푸트의 난장이에게 고문당하는 걸리버를 상상해 봤다. 미치는 베지르만큼 거구였다. 몸무게가 90킬로 이상 나갔지만 그냥 뚱뚱보에 불과할 뿐이었다.

데르다 역시 흥분되었다. 그녀는 스탠리의 몸에 익숙해 있었기 때문에 가죽 자켓에 꽉 끼어있는 붉은 머리 뚱보를 어떻게 다루어야 할지 망설였다. 미치의 이마에서는 땀이 뚝뚝 떨어졌고 두려운 듯이 방안을 훑어보았다. 데르다는 그녀의 얼굴이 가려져 있다는 것과 자신이 아무리 자극을 받는다 하더라도 누구도 말할 수 없다는 것을 알고 있었다. 이때 그녀는 쿠루데레의 사슬을 생각해 보았다.

미치는 거실 문가에서 스탠리 곁에 서있었다. 이들은 완전히 미국의 2인조 희극배우 로럴과 하디의 조합이었다. 그러나 데르다가 그런 2인조를 알 리가 없었다. 그녀는 이들의 얼굴은 쳐다보지도 않고 침착하게 둘 사이로 걸어나갔다. 미치와 스탠리는 깜짝 놀라서 서로의 얼굴을 바라보았다. 데르다는 복도를 따라 가다 침실로 들어갔다. 그들이 데르다가 천장에 걸려있는 체인 중의 하나를 움켜쥐고 있는 것을 보았다. 그녀는 이들을 기다리고 있었다. 그녀는 풀어 놓은 가죽 허리띠를 사슬 끝에다 매달았다. 그녀는 미치를 가리켰다. 미치는 하디가 갈팡질팡하며 걸어가듯이 데르다 앞으로 기어 올라갔다.

데르다는 손 주위로 채찍을 단단히 묶어 미치를 한 시간 내내 채찍질했다. 미치의 다리는 채찍으로 묶여져 있었다. 스탠리의 펑크 록 그룹 크램프가 찍혀진 티셔츠가 그의 머리 위에 씌워져 있었고 금속 단추가 박힌 숨 막힐 듯한 깃이 그의 목을 졸라매고 있었다. 데르다는 미치의 손이 아직 자유롭다는 것을 발견하고 두 손 역시 쇠사슬로 묶었다. 그녀는 완전히 프로가 되어 가고 있었다.

데르다는 물개처럼 퉁퉁한 미치와 같은 사람을 첫 번째 고객으로 맞아들인 것이 행운이었다. 그는 공기 중에서 가벼운 냄새만 맡아도 흥분했다. 데르다는 그의 이러한 반응과 희망사항을 재빨리 파악했다. S&M 게임에서는 우유부단하게 학대를 가하면 안 된다. 굽히지 않는 철의 의지를 가져야 노예를 만들 수 있는 것이다. 사실상 그것은 실제로 벌어지는 삶과 같다. 그것은 하루하루의 시나리오에 근거를 둔 즉흥적 연기이다. 그것은 적군의 점령에서 도시가 해방되는 것과 다름없다. 이와 같은 놀이에서 주인은 온갖 잔인성을 다해 실제의 삶을 구현시키고 노예는 외로운 인간의 모습을 재현한다. 결국 모든 인간은 삶에 의해 구타를 당하면서 거의 보상받지 못한다. 사실 인생은 그처럼 단순한 것이다.

스탠리의 침실 벽은 고통과 쾌락의 외침으로 메아리쳤다. 그러나 거기에 있는 가죽과 금속 액세서리는 그저 소품에 불과했다. 피학대자들이 무드에 젖을 수 있게끔 도와주는 소품들이다. 진짜 세상에는 전화카드, 서류가방, 넥타이가 있고 공짜 향수 샘플, 멋져 보인다는 이유에서 착용하는 선글라스, 칼라 콘택트렌즈, 머리 염색제, 탈모제 선전 책자들을 집어넣은 핸드백들, 집에서 몰래 살을 빼려고 구입해놓았지만 침실에 숨겨둔 스포츠 장비가 있다. 못된 짓을 하는 아이들의 귀, 그 귀는 하지 말아야 할 짓을 하면 할수록 세게 잡아당긴다. 방사선 수치의 증가, 30년 상환 융자로 구입한 방 두 개짜리 아파트, 할부 없이 못사는 모든 물건들, 법률, 경찰봉, 암을 유발하는 음식들, 온갖 간접흡연은 말할 것도 없고 역시 똑같이 암을 유발시키는 담배, 성스럽게 파안대소하는 정치나 종교 지도자의 치아에 씌워진 도재관이 일상의 소품들이다. 진짜 세상에서 'please' 'thank you' 그리고 간청이나 사과 같은 말은 실제 폭력 뒤에 항상 따라붙는다.

그래서 삶과 자신의 관계를 아주 고통스럽게 그리고 별로 유쾌하지 않게 받아들이며 그러한 법칙에 따라 게임을 즐기는 것은 건전하지 않은 것이 아니다. 어느 정신과 의사가 밤이면 S&M 게임에 빠져드는 자신의 환자에게 그것은 단순히 세상사를 이해하는 것에 지나지 않을 뿐이라고 맥없이 말하듯이, 이러한 경향들은 어린 시절 겪었던 괴롭힘이나 폭력의 결과에 의해서만 빚어진 트라우마가 아니다. 삶 자체가 트라우마이다. 모든 게 재수 없게도 트라우마이다. 특히 겉으로는 정말로 상처 난 것처럼 보이지 않는 것이 다 그렇다. 마치 이 세상에 태어나는 것이 그렇듯이. 달리 말해서 산후 우울증은 특히 초산인 산모에게 정신과적 병이 아니다. 우울증 상태가 삶 자체이다. 그것은 살아있음에도 불구하고 강제로 살아가야 하는 것이다.

스탠리는 더 이상 버틸 수 없을 때까지 미치와 데르다를 바라보고 있었다. 스탠리는 일어서서 옷을 벗고, 타투가 새겨진 기름이 번들거리는 미치의 등을 향해 엎드리고 그의 안에다 자신의 것을 밀어넣었다. 데르다는 이 두 남자를 동시에 때리기 시작했다. 그녀는 미치를 무작위로 때려 일을 마친 뒤 그는 제대로 걸을 수 없을 정도였다. 미치는 옷을 입고 가죽 자켓에서 20파운드 지폐를 꺼내 그것을 스탠리의 침대에 내던졌다. 데르다는 별로 유쾌하지가 않았다. 방안의 칙칙하고 볼품없는 장식에도 불구하고 미치의 그러한 제스처가 역겨웠다. 여왕에게 그런 식으로 돈을 던지는 게 예의 바르다고 생각하지 않았던 것이다. 이제부터는 달라져야 한다고 생각했다. 그녀는 마침내 제정신이 돌아온 스탠리를 바라보았다.

"당신의 이름이 뭐요?" "스탠리." 이렇게 해서 그녀는 베지르에게서 자신을 구해줄 수 있다고 꿈을 꾸어온 푸른 눈의 남자의 이름을 알게 되었다. 스탠리는 처음에 그녀가 상상한대로는 아니지만 그녀를 구해줄 수 있었다. '이제부터 스탠리는 돈을 모으게 해주겠지만 난 그 돈에 손끝 하나 까딱하지 않을 테다.'라고 그녀는 생각했다. 상상력이 풍부한 대부분의 사람들이 흔히 그렇듯이 데르다는 돈에 대한 개념이 없었다. 붉은 머리 바다사자가 아파트를 떠나고 나서 그녀는 스탠리에게 약속한 대로 2장의 10파운드 지폐 중에서 한 장을 건네주었다. 데르다는 집으로 가서 그 은행권 지폐를 살펴보았다. 그녀는 지폐에 그려진 왕관을 쓴 여인이 누구인지 궁금했다. 그 여인을 본 적이 있었다. 언젠가 그 여인의 얼굴에 구토를 한 적이 있었다.

* * *

6일 후에 미치가 돌아왔다. 이번에는 카메라를 가지고 왔다. 그들은 데르다에게 미리 그들의 계획을 설명해주었다. 그들은 데르다를 베지르의 성서대 앞에 무릎 꿇게 했다. 그녀 앞에 펼쳐진 코란과 무겁게 테두리를 한 메카의 성단 사진이 두드러지게 보이게끔 의도적으로 연출하기 위한 것이었다. 그러고 나서 스탠리는 온몸에 꽉 끼는 라텍스 소재의 의상을 입은 채 거실로 갔다. 거기서 필름 촬영을 하기 위해서였다. 그들은 계획한 대로 일을 시작했다.

데르다는 성서대 앞에서 몇 분간 무릎 꿇은 채로 꼼짝도 않고 있었다. 그러다가 그녀는 입술을 움직이며 몸을 좌우로 천천히 흔들었다. 그녀는 무슨 말인지 알아들을 수는 없었지만 마치 코란을 암송하는 척했다. 이때 스탠리가 방으로 들어왔다. 그의 양손은 뒤로 수갑이 채워져 있었다. 그는 성서대에서 두발자국 떨어진 곳에 멈춰섰다. 데르다의 눈은 천천히 그를 맞아들였다. 그녀는 코란을 덮고 일어섰다. 일어나면서 코란 곁에 놓아둔 40센티미터 길이의 고무호스를 들어올렸다. 데르다가 접근하자 스탠리는 자신의 라텍스 의상에 이리 저리 나있는 여러 지퍼 중 하나를 풀었다. 포경수술을 받지 않은 살 한 점이 삐져나왔다. 스탠리는 그 살이 축 늘어진 상태로 남아있게 하려고 안간힘을 썼다. 데르다가 축 늘어진 그 살의 끝자락을 채찍으로 살짝 올리자 미치가 데르다의 눈을 클로즈업 시켰다. 데르다는 고개를 저으며 차갑게 말했다. "안 돼, 안 돼, 안 돼." 그러고 나서 그녀는 두 손가락을 가위처럼 만들어 공기를 자르는 시늉을 했다. 그녀는 손가락을 세 번 오므렸다 폈다.

스탠리의 살은 피가 맺혀 부풀어 올랐으며, 데르다는 채찍 끝으로 그 살점을 찰싹 때렸다. 그러고 나서 그녀는 실눈으로 미치 뒤에 있는 안락의사 위쪽의 표지판을 바라보았다. 그녀는 커다란 종잇장에다 몇 마디 적어놓고 그것을 스탠리와 함께 반복해서 연습했다. 완전 터키어식으로 영어를 발음하는 통에 그녀가 무슨 말을 하는지 겨우겨우 알아들을 정도였다. "내가 너에게 할례를 시켜주겠다." 그녀는 이렇게 말했다. 그녀의 심한 터키식 억양의 영어는 오히려 섹시하게 들렸다.

그 이후로 야트르자 출신의 데르다도 런던 출신의 스탠리도 말을 하지 않았다. 둘은 그저 신음만 할 뿐이었다. 한 사람은 위협을 했고 다른 사람은 두려움에 신음을 했다. 동과 서 사이에 벌어지는 일이 데르다와 스탠리 사이에서 벌어졌다. 그것은 위협과 간청, 징벌과 보상, 무심함과 폭력, 사디즘과 마조히즘이었다. 미치는 촬영한 것을 자신의 비좁은 아파트에서 CD로 구워냈을 때 걸작이 탄생했다고 직감했다. 그의 생각이 옳았다. 일주일 사이에 온몸에 차도르를 두른 무슬림 여성이 한 남성에게 할례를 해주는 44분짜리 필름은 런던에 있는 언더그라운드 나이트 클럽들을 뒤집어 놓았다. 모두들 데르다에게 나가 떨어졌다. 미치는 언젠가 스탠리에게 했던 자신의 말을 기억하고 그것을 CD에다 그대로 써먹었다. "무슬림 여자는 핵폭탄이다."

필름의 제목이 약간 길다는 것은 인정하지만 이 첫 번째 필름에서 데르다가 챙긴 수입은 500파운드에 불과했다. 사실 미치와 스탠리가 챙겨간 액수는 4300파운드였다. 공연 세계에서 그녀가 처음으로 바가지를 쓴 셈이었다. 실제 세계에서 그녀는 기만당했지만 전혀 알아채지 못했다. 500파운드만으로도 그녀는 세상에서 가장 부유한 여인이 된 느낌이었다. 그러나 헤로인을 더 많이 구입하기 위해 자신의 주인을 기만하는 것이 스탠리에게는 마음에 걸렸다. 그는 양심의 가책을 잠재우기 위한 보다 강력한 것이 필요했다. 헤로인이 필요했다.

***

3주 사이에 데르다는 미치의 필름에 4번 더 출연했고 스탠리가 주선해준 16명의 새로운 고객을 맞이했다. 그녀는 이들에게 평생 잊지 못할 30분을 제공해주었다. 그녀는 자신이 런던을 빛내주는 스타가 된 것을 눈치채지 못했다. 사람들은 런던의 도처에서 그녀를 찾느라고 혈안이 되어있었다. 그녀는 신비에 싸인 여인이었다. 사람들은 혹시 그녀일지 모른다는 기대감에 거리에서 차도르를 두른 여성만 보이면 한결같이 그들의 뒤를 기웃거렸다. 사람들은 그녀를 찾아내고야 말겠다는 계획을 세웠다. 하지만 데르다는 신경 쓰지 않았다. 그녀가 바라는 단 하나의 꿈은 레인지 후드 속에 감춰둔 3600파운드와 그녀의 기억 속에 보관중인 약 400단어에 이르는 영어 어휘를 가지고 런던 속으로 사라져 버리는 것이었다.

그녀는 아파트 건물에서 도망쳐야 했다. 준비가 되어있었다. 그 시간이 온 것이다. 나가버리면 그만이었다. 그녀는 두렵지 않았다. 설마 지금 그녀 자신의 집에서 벌어지는 것보다 더 위험한 일이 벌어질 수 있으랴? 그러나 신중하게 계획을 세워야 했다. 첫째, 스탠리와의 관계를 청산해야 했다. 베지르가 옆집 남자에게 가서 모든 걸 털어놓게 할 수 있는 상황에서 만약 베지르가 그녀의 소재를 안다면 모든 것이 물거품이 되어 버린다. 스탠리로 하여금 모든 것을 털어놓게 하기는 그다지 어렵지 않다. 그래서 그녀는 스탠리나 미치에게 아무 말도 하지 않았다. 그녀는 이들에게 단 한 가지 부탁을 했을 뿐이다. 2주 전에 이들에게 옷 한 벌과 구두 한 켤레를 사다달라고 부탁했다. 그것이 전부였다.

데르다는 이제 집을 나오려 했다. 어딘가 머물 곳을 찾는 데는 어려움이 없으리라고 믿었다. 또한 직장도 얻을 수 있다고 생각했다. 어쩌면 베지르로부터 멀리 떨어진 영국의 다른 도시나 다른 나라로 갈지도 모른다. 사실상 어디로든 갈 수 있다. 그러는 사이에 베지르는 완전히 변해 있었다. 그는 데르다를 멀리 했으며 말수도 더욱 적어졌다. 더 이상 데르다를 구타하지 않았다. 그는 결코 데르다를 위에서 찍어누르는 법이 없었다. 어떤 때는 며칠 동안 집에 들어오지 않았다. 이렇게 되자 데르다는 언제 도망쳐야 할지 걱정이 되었다. 제일 좋은 방법은 될 수 있는 한 빨리 사라지는 것이다.

그날 밤 그녀는 잠을 잘 수 없었다. 아침기도가 시작되기 2시간 전 그녀는 뱀처럼 살며시 침대에서 미끄러져 나왔다. 베지르가 움직이는 조짐이라도 있을까봐 그쪽을 바라보며 살며시 방에서 뒷걸음질 쳐 나왔다. 다른 방에서 지금 입고 있는 잠옷 위에 검은 차도르를 걸치고 부엌으로 나갔다. 그러곤 레인지 후드에서 돈과 사전을 꺼내 마지막으로 시커먼 아파트 실내를 쳐다본 뒤 문을 열고 바깥으로 살짝 빠져나왔다.

문은 반쯤 닫아둔 채였다. 조금이라도 문 닫는 소리가 들릴까 걱정이 되어서였다. 그녀는 엘리베이터를 타는 법을 몰랐다. 마지막으로 스탠리의 아파트 문을 바라보고 발끝으로 걸어 계단을 내려갔다. 이때 그녀는 무엇인가를 기억했다. 12층으로 다시 올라가 바로 엘리베이터 맞은편에 있는 소화전을 열었다. 전날 소화전의 경첩에다 기름을 발라놔서 삐걱거리는 소리가 나지 않았다. 그녀는 단단하게 말려져 있는 두툼하고 붉은 호스 위에 얹혀 있는 백을 꺼냈다. 그녀는 이것이 있다는 것을 거의 잊어버릴 뻔했다. 새로 산 옷을 거기에다 놓아둔 것이다. 그때서야 그녀는 뒤돌아서서 다시는 돌아오지 않기 위해 걸어나갔다.

12층을 내려오니까 이 아파트 건물의 출입구가 있었다. 베지르가 우베이둘라를 두 손으로 안고 그 뒤를 데르다가 쫓아가며 지나갔던 바로 그 출입구였다. 그 문을 열기까지 10분이 걸렸다. 벽에 있는 하얀 버튼만 누르면 문이 자동으로 열리게 되어있었는데, 그녀는 무거운 자물쇠를 철커덕거리다가 결국 무거운 출입문을 열고 재빨리 바깥으로 빠져나갔다. 그녀는 캄캄한 정원 길을 따라 내려가다 골목길로 들어섰다. 이게 어떤 길인가? 길은 매우 길어보였다. 그녀는 오른쪽 왼쪽을 번갈아 바라보았다. 멀리서 희미한 물체가 보였다. 상의 주머니에 손을 쑤셔넣고 이쪽으로 다가오는 사내였다. 데르다는 왈칵 겁이 났다. 그녀는 방향을 돌려서 오던 길로 달려가기 시작했다.

그 사내는 정원 길과 골목길이 만나는 지점에서 멈췄다. 그는 데르다에게 되돌아서 가도 된다는 식으로 팔을 흔들고 아파트 건물을 올려다보았다. 그는 정원 길을 택했다.그는 아파트 건물 출입구 앞으로 오자 주머니에서 종이쪽지를 꺼내 라이터를 밝혀 들고 주소와 동 번호를 맞춰봤다. 그는 출입구의 보안 키패드에 네 자리 수를 입력했다. 그러자 찡하는 금속소리가 났고 문이 열렸다.

엘리베이터가 일층에서 기다리고 있었다. 그는 안으로 걸어 들어가 12층 버튼을 눌렀다. 12층에 내려서 양쪽 아파트 호수를 체크했다. 계단 쪽 문으로 다가가 그의 상의 안주머니에서 드라이버를 꺼냈다. 드라이버를 열쇠구멍으로 넣으려는 순간 문이 약간 열려있었다는 걸을 알았다. 그는 지긋이 문을 밀어 열고나서 컴컴한 아파트 내부를 들여다보았다. 드라이버를 다시 안주머니에다 넣고 권총을 꺼낸 뒤 아파트 안으로 들어갔다. 그는 기어가듯 좁은 복도로 들어가 거실과 부엌을 지나갔다. 두 군데 다 비어있었다. 화장실 역시 텅 비어있었다. 복도 끝에 잠기어진 문이 보였다. 손을 뻗어 문고리를 쥐려 했으나 문이 열어젖혀있었다. 그는 정면에서 베지르를 볼 수 있었다.

레가이프는 전광석화처럼 방아쇠를 당겨 베지르를 즉석에서 살해했다. 아주 조금 두려운 마음이 들었다. 그가 총을 쏠 수 있었던 것은 한때 정부 민병대에서 근무를 해봤기 때문이다. 그때 총격전을 벌였던 기억이 떠올라서 약간이나마 두려워했던 것이다. 당시에 그는 질식해서 죽을 뻔 했었다. 하지만 데르다를 찾을 수 없자 그녀의 소재를 아는 유일한 정보원을 죽인 것을 후회했다. 베지르는 그녀가 어디에 있는지 당연히 알고 있었을 테니까. 레가이프는 기도 아아를 만족시켰을 뿐만 아니라 이제는 미망인이 되어 사라진 자신의 딸을 찾을 수도 있었던 것이다. '그 애를 곧 찾아내고 말테다. 우리의 운명은 이런 식으로 끝나지 않아.' 그는 이렇게 생각했다.

레가이프는 앞으로 다른 사람들도 그와 똑같은 말을 하리라고 상상하지 못했다. "이렇게 끝나게끔 운명 지워지지 않았어." 그가 또 몰랐던 사실은 열 명의 사내가 킥복싱 클럽에 모여서 그들의 계획을 포기하기로 결심한 것이다. "베지르가 죽었다. 우리 사업은 이제 끝난 거다." 그들은 이렇게 말했을 것이다. 그 계획은 가장 인파가 붐비는 4개의 지하철역에 폭탄을 설치하는 것이었다. 계획은 취소되었고 준비한 폭탄은 템스 강에 버렸다. 레가이프는 이러한 계획을 꿈에도 몰랐다. 그것은 이들 킥복서들이 몇 년 후 어느 런던 지하철역과 2층 버스 한 대가 4명의 알카에다 요원에 의해 폭파되어 하늘까지 치솟아오를 것이라는 사실을 몰랐던 것과 같다. 그들은 자살폭파범들에 의해 2005년 7월 7일 52명이 목숨을 잃고 700명이 부상당할 것이라는 사실을 알 수 없었다.

결과적으로 영국을 욕보이는 일은 다른 사람들의 몫으로 남겨진 셈이었다. 자기 자신에게 화가 났다는 이유로 런던을 날려 보낼 환상을 가졌던 베지르의 몫은 아니었다.

***

데르다는 있는 힘을 다해 달려갔지만, 어느 방향으로 가야할지 알 수 없었다. 그녀는 베지르에게서 목숨을 다해 도망쳤다. 그가 죽은 몸이 되었다는 사실은 몰랐다. 그녀가 달려가는 또 다른 이유는 지난 5년 동안 달려본 적이 없었기 때문이다. 그녀가 빨리 달려가면 갈수록 그녀의 다리는 더욱 더 가뿐해지는 느낌을 받았다. 그녀는 가로등이 비치는 샛길에서 불빛이 비치는 면을 따라 질주를 했으며, 황량하기 짝이 없는 뒷골목으로 들어가기도 했고, 그녀를 지켜보기 위해 평생 런던에 멈춰 서있는 듯한 동상들을 지나쳐가기도 했다. 그녀가 빨리 달릴수록 과거에 느껴보지 못했던 느낌이 밀려왔다. 자유였다.

차가운 밤공기에 살은 에이는 듯 했으며 눈에서는 눈물이 솟아올랐다. 그러나 데르다는 속력을 늦추지 않았다. 이제 16살이 된 그녀의 심장은 전승을 축하하는 군악대의 요란한 연주처럼 쿵쾅거렸다. 눈물이 입술 위까지 흘러내렸지만 그녀는 웃었다. 이 기쁨을 함께 나눌 사람은 아무도 없었다. 전에 스탠리가 묘사했던 바와 같이 그녀는 걷는 것도 뛰는 것도 아니었다. 그녀는 미끄러져 갔고 도시의 불빛 아래 화려한 나비의 시커먼 그림자처럼 날아갔다.

크라우치 힐 교차로에 당도하고서야 그녀는 가던 길을 멈췄다. 5거리 교차로에서 어느 방향을 선택할까 고민이 되어서 선 것이 아니었다. 자신의 심장이 뛰는 소리를 듣기 위해서였다. 그 소리는 너무나 크게 들려서 마치 그녀의 입에서 쏟아져 나오는 것 같았다. 그녀는 자기가 왔던 곳을 뒤돌아보았다. 아파트 건물은 보이지 않았다. 베지르의 흔적도 없었다. 이제 모든 것이 역사가 되었으며 모든 것이 과거가 되었다. 그녀는 두 손을 활짝 펼치며 무릎을 꿇었다. 눈을 들어 구름 뒤에서 반짝이는 별들을 올려다보았으며 5년 전에 그랬던 것처럼 절규를 토해 내었다. "아, 아, 아, 아, 아!" 지금은 행복의 절규였다. 행복의 "아!"였다. 그녀는 근처 아파트에서 한 집 두 집 불이 켜지고 있는 것을 보자 일어서려고 했다. 다시 어느 길이든 달려야 했다. 여유가 된다면 한 번도 가보지 못했던 모든 거리들을 보상한다는 차원에서 다섯 갈래 길을 다 가고 싶었다. 하지만 하나의 길만 선택해야 했다. 그것은 다른 사람이 아닌 자신의 선택이었다. 그녀는 말했다, "나는 이 길로 갈 거야." 그러고 나서 자신이 원하는 길을 택하고 방향을 바꾸어 왼쪽 세 번째 길로 들어섰다.

그쪽에는 집들과 도로변에 접한 정원들이 점점 줄어들고 있다는 것을 깨닫고 그녀는 발걸음을 늦추었으며 얼굴에 있던 미소도 거울 위에 서린 입김처럼 사라졌다. 그녀는 피곤에 지쳐있었다. 아침까지 쉴 수 있는 안전하고 따뜻한 장소가 필요했다. 길 귀퉁이에 유리로 감싸여진 빨간 공중전화부스가 보였다. 한 사람이 들어가 있을 수 있는 빨간 전화 부스였다. 데르다는 런던에서의 첫 번째 밤을 전화 부스에서 그 공간을 최대한으로 이용하며 보냈다.

아침에 누군가의 손이 그녀의 어깨 위에 얹어진 것을 느낄 수 있었다. 그녀는 즉각 눈을 뜨고 자신의 두 손으로 얼굴을 가렸다. 베지르가 그녀를 굽어보며 손을 치켜 올리고 있을라치면 항상 반응하던 버릇이었다. 이따금 베지르가 찬장에 있는 컵을 꺼내려고 손을 뻗어도 데르다는 움찔하며 펄쩍 물러서며 두 손으로 얼굴 쪽을 가렸다. 그러나 이번에는 따귀가 날아오지 않았다. 그녀는 천천히 손가락들을 벌리며 그 사이로 바라보았다. 다섯 살도 채 안된 사내애가 보였다. 그 애는 웃고 있었다. 두 개의 앞니가 없었다. 갑자기 그 애 엄마가 애의 손목을 잡고 전화 부스에서 끌어냈다. 모자는 한바탕 소동을 피웠다. 애는 눈물을 흘리고 있었으며 엄마는 낯선 사람에게 말을 걸었다고 그 애를 혼내고 있었다.

데르다는 일어서려 했으나 잠을 자서 다리가 너무 마비가 되었는지 쥐가 났다. 그녀는 일분 간 다리를 비비다가 일어서보려고 애를 썼다.

전화 부스 밖으로 첫 번째 걸음을 디디자마자 그녀의 차도르가 미풍에 날렸다. 슈퍼 인간 데르다는 용기가 넘쳐났으며 그녀에게 최악의 적인 미래를 대처할 준비가 되어있었다.

크라우치 엔드는 인근의 위성 마을 중 하나였다. 시내 중심지까지는 소수의 버스 노선만이 연결되어 있을 뿐이었다. 여기에 있는 오래되고 잘 가꾸어진 집들과 정원들은 대로들과 일렬로 닿아있었다. 샛길들은 무척이나 한가했으며 거리를 따라 나있는 담장들은 이끼로 덮여 있었다. 가수 밥 딜런이 한때 크라우치 엔드에 살았던 적이 있었다. 이 동네는 실직자들이 미래를 꾸려나갈 수 없는 자녀들과 함께 살며 하루 종일 벤치에 앉아서 서로에게 독설을 퍼붓는다거나 반대편 거리를 멍하니 바라보며 시간을 허비하곤 했다.

하지만 그날 크라우치 엔드는 데르다가 레스토랑을 발견하여 그곳에서 옷을 갈아입고 음식을 요기할 수 있었던 곳이다. 그녀는 벤치에 앉아있는 나이가 지긋한 남자에게 다가갔다. 그 남자의 금발은 이제 막 은발로 변하고 있었다. 그는 고개를 들어 데르다를 올려다봤다. 이 여성이 바로 그녀라는 것을 알아본 순간 남자의 등이 뻣뻣해졌다. 하지만 그는 노화되어 가는 자신의 눈을 완전히 믿지 못하고 데르다가 좀 더 가까이 다가올 때까지 기다렸다. 그녀가 자가 눈 위로 다가오자 그녀의 눈을 주의 깊게 살펴보았다. 그는 이 눈을 알고 있었다. 그가 바라보고 있는 검은 눈동자는 비디오 필름의 클라이맥스에서 재생을 정지시키고 넋이 빠져 있을 때 보았던 바로 그 눈동자였다.

자기 눈앞에 다름 아닌 데르다가 서있는 것을 보고서 그는 손을 뻗어 그녀의 팔을 끌어당기지 않을 수 없었다. 데르다는 팔을 뿌리치고 펄쩍 뒤로 물러섰으나 제자리에서 서서 고개를 돌려 잿빛이 도는 금발의 늙수그레한 남자를 바라보았다. 그는 일어서서 두 손을 하늘 쪽으로 들며 손바닥을 데르다에게 보여주었다. 마치 이렇게 말하는 듯 했다. '내가 항복할게.' 그리고 '미안해! 내가 너의 제일가는 팬이라서 그랬던 거야. 정말 미안해.' 그녀의 집에서는 지금껏 누구도 그녀에게 사과를 한 적이 없었으나 스탠리의 집에서 사과의 의미를 충분히 만끽했다. 거기서 그녀가 했던 일 중 일부는 사람들을 강제로 사과하게 만들어 그녀 앞에서 설설 기어가게 하는 것이었기 때문이다.

그녀는 계속 그 남자의 말을 들었다. 그는 일어서 있었으며 그녀가 팔을 뻗으면 있는 거리에 있었다. 그는 악수를 청하기 위해 그녀에게 손을 내밀었다. "내 이름은 스티븐이다. 너를 만나서 정말로 기쁘구나." 데르다는 삐쩍 말라 주름 잡힌 그의 손과 얼굴을 차례로 보았다. 그녀는 그의 손을 잡아 주지 않았다. "너하고 잠깐 말 좀 해도 되겠니?" 남자가 물었다. "물론 시간이 있다면 말이야. 우리 어디 가서 커피라도 한 잔 할까?"

데르다는 비디오에 있는 모습 그대로 보였다. 그녀는 키가 작았으나 어찌 된 영문인지 남들보다 커 보였다. 그녀는 줄곧 입을 다물고 있었으나 그것은 속으로 노여워하며 저주를 하고 있는 것이었다. "네가 비디오 필름에 출연할 걸 알고 있다." 남자가 말했다. "아주 화끈해!" 데르다는 '필름'이라는 말을 알아들었다. 그녀는 차도르 아래서 피식 웃었다. "5분 만이라도 시간 좀 내주지 않을래? 저기 모퉁이에 괜찮은 데가 있단다. 약속하지만 절대로 오래 붙잡고 있지 않을게." 데르다의 목소리는 갈라져 있었다. 그녀가 재탄생하고 나서 처음으로 말을 했다.

"좋아요." 남자는 진짜 신사처럼 상반신을 굽혀 인사를 하며 손을 내밀어 데르다에게 가야 할 방향을 가리켰다. "자, 이쪽 길로 가자." 데르다는 그보다 세발자국 앞에서 걸어갔다.

그들은 크라우치 엔드에서 가장 오래된 주점 중 한 곳으로 갔다. 한 무리의 노인 은퇴자들이 검은 차도르를 뒤집어쓰고 있는 데르다를 마치 다른 별에서 온 외계인처럼 얼빠지게 바라보고 있었다. 곧 여종업원이 다가오지 데르다는 성급하게 화장실이 어디 있나고 물어보았다. 여종업원은 주점의 뒤쪽을 향해 몸짓을 했다. 데르다는 가방을 들고 그곳으로 갔다. 화장실에서 그녀는 좁은 거울을 통해 자기의 모습을 잠깐 들여다보고 차도르와 그 속에 입은 잠옷을 벗었다. 그녀는 그것들을 접어서 가방에다 쑤셔넣었다. 그러고 나서 청바지, 시커먼 크램스 티셔츠에 검은 가죽 자켓을 입었다. 분명 스탠리의 고스 풍의 록 스타일을 따라 한 것이다. 마지막으로 새로 구입해 놓은 빨간 닥터마틴을 신었다.

그녀는 완전히 변신을 했다. 머리를 등허리까지 치렁치렁 날리는 새로운 여인이었다. 그녀는 자신의 머리를 만지더니 눈살을 찌푸렸다. 화가 났다. 청바지나 티셔츠는 꺼림칙하지 않았으나 머리를 모두 드러내는 것은 너무 많은 것을 너무 빨리 보여주는 게 아닌가 하는 의문이 들어서였다. 가방은 등에다 메고 가죽 재킷은 팔에다 걸쳐 놓고 나서 그녀는 깊은 한숨을 쉰 뒤 화장실 문을 열었다. 스티븐은 자기 눈을 믿을 수 없었다. 만감이 교차하는 순간이었다. 이 소녀는 자기가 상상했던 것보다 훨씬 더 아름다웠다. 하지만 그녀의 가슴은 상상 이하였다. 그런데 그녀의 얼굴은 왠지 낯이 익었다.

남자는 커피 한잔을 주문했으며 데르다가 메뉴를 보여 달라는 소리에 안심했다. 적어도 5분 이상은 함께 있을 수 있다는 계산에서였다. 데르다는 어떻게 주문을 해야 할지 잠시 망설이다가 그냥 눈에 띄는 메뉴를 가리켰다. 그녀의 선택은 버섯 소스가 들어간 스테이크와 프렌치 프라이였다. 그녀에게 이날은 운이 좋은 날이었다. 그녀는 왜 그런지 이유조차 모르고 있었다.

"이렇게 말해서 미안하지만 우린 서로를 이해하지 못할 것 같지 않니?" 데르다는 손톱 사이에 낀 때를 훑어보며 자신의 몸의 일부가 이젠 완전히 노출된 것에 대해 신기하게 여겼다. "그럴 수도 있겠네요." 그녀는 고개를 들고 말했다. 그녀는 어렴풋이 이 남자를 본 기억이 떠오르는 것 같았다.

"그럼 이걸 하나 물어볼게. 혹시 우리 예전에 만난 적이 있었나?" 데르다는 무슨 말인지 이해하지 못했다. "넌 어디서 왔니? 어떤 나라에서 왔지?" 그녀는 여전히 이해하지 못했다. "스페인? 이탈리아? 루마니아? 아니면 그 밖의 다른 곳?" 데르다는 그저 상긋 미소를 지었다. 그녀는 단 한 마디도 이해할 수 없었다. 이때 여종업원이 스티븐의 커피와 이 주점의 역사가 인쇄된 종이 깔개, 냅킨, 데르다가 사용할 포크와 스테이크, 칼을 가져다주었다. 남자는 계속 여러 나라들을 열거했다. "그리스? 터키?" 데르다는 갑자기 귀가 쏠렸다. 그녀는 남자가 정확히 뭐라고 하는지 알아들을 수는 없었지만 "터크(Turk)."라고 하는 말은 분명히 들었다. 남자는 그런 표정을 알아차리고 "튀르키에(Türkiye)?"라고 터키 말로 물었다. 데르다는 고개를 끄덕였다. 그는 계속해서 터키어로 말했다. "맞아, 맞아, 이제 너를 기억하겠구나. 그때 너는 아주 어린

애였지. 이스탄불에서 너의 아버지와 함께 비자를 신청했었어."

데르다는 스테이크 칼의 손잡이를 꽉 쥐어봤다. 방금 이 순간 그녀는 아주 중대한 결심을 한 것이다. 지난 5년 동안 겪었던 지옥의 문을 열어준 개자식이 바로 자기 앞에 앉아있다니! 그녀는 스티븐을 알아보았다. 그날 이 자가 준 역겨운 초콜릿의 맛이 그녀의 기억 속에서 아직까지 맴돌고 있었다. 그녀는 스테이크 칼로 이 자의 가슴을 깊숙이 찔러볼까 아니면 테이블에 올려놓은 가늘고 주름진 손목을 내려찍을까 상상해봤다. 하지만 행동으로 옮기진 않았다. "이게 몇 년이나 지난 일이냐? 5, 6년? 여기서 이렇게 만나다니 믿어지질 않는구나. 그렇지 않니?" 데르다는 고개를 끄덕이며 살짝 억지웃음을 지었다. "너도 날 기억하는 거지?" 데르다는 다시 한 번 고개를 끄덕였다. "그럼 우리 집에 종종 놀러와라." 데르다는 마지막으로 고개를 끄덕이곤 스테이크를 잘랐다.

그녀는 언젠가 이 자에게 복수를 하리라고 생각했다.하지만 지금은 그녀가 런던에 정착할 수 있게끔 도와줄 사람이 필요했다. 그가 바로 그녀가 아는 터키어를 구사할 수 있는 유일한 영국인이었다. 그래서 적어도 지금은 그를 죽일 수가 없었다.

***

스티븐의 분리형 단독주택에는 완벽하게 다듬어진 정원이 있었다. 거기에는 빨갛고 하얀 장미꽃이 멋지게 피어있었다. 그 집은 주점에서 겨우 몇 블록 떨어진 곳에 있어서 데르다는 지나가는 사람마다 그녀의 머리를 쳐다본다는 느낌을 받았다. 그런 사람의 눈을 어떻게 도려낼까 잠시 상상하다보니까 스티븐에 대한 증오심을 잃어버렸다. 스티븐은 자기 아파트의 목재로 된 초록색 문을 열었다. 둘은 안으로 들어갔다.

집은 아늑하면서도 깔끔하고 산뜻하게 정리되어 있었다. 이런 곳에서는 행복한 가족이 살 것 같았다. 스티븐은 데르다에게 소파에 앉으라는 몸짓을 했다. 그것은 정원에 만개해 있는 장미들처럼 빨갛고 하얀 장미꽃 디자인을 하고 있었다. 데르다는 소파 곁에 있는 흔들의자에 앉았다. 자기가 소파에 앉으면 그 옆에 스티븐이 앉을 거라는 것을 알고 있었기 때문이다. 그러나 흔히 그러듯 그는 다른 구상을 하고 있었다. 그는 데르다에게 그녀가 등장하는 영상을 보여주고 싶었다.

스티븐은 리모컨을 집어 들고 디브이디 플레이어를 켰다. 그러고 나서 흔들의자 끝에 넘어질 듯 앉아있는 데르다에게 고개를 돌려 말했다. "네 집처럼 편히 생각해." 그러면서 덧붙여 말했다. "가방을 바닥에 내려놓을래?" 데르다는 지금까지 가방을 끌어 앉고 있었다. 그녀는 가방을 천천히 바닥에 내려놓다 티브이 화면에 나온 그녀의 모습을 보고 화들짝 놀랐다. 그는 아무 감정이 없었다.

곧 필름은 급속히 폭력적인 장면으로 넘어갔다. 데르다가 그녀를 굽어보며 서있는 스티븐을 바라보고 있었다. 그의 표정으로 짐작해볼 때 그는 모든 것을 의도적으로 따라하고 있었다. 그의 얼굴에는 온갖 감정이 교차하고 있었다. 처음엔 시무룩했다가 그 다음엔 즐거워하기도 했으며 나중엔 좌절하는 모습이었다. 간간히 피식거리며 웃음을 터뜨리기도 했다. 이 노인은 스탠리나 미치와는 전혀 다른 사람이었다. 하지만 데르다가 보기에 그는 라히메 같이 실성한 이였다. 데르다가 다시 티브이 화면을 돌아보았을 때 자신의 두 눈동자가 바로 그녀를 응시하고 있어서 충격을 받았다. 얼어붙은 틀에 갇혀있는 얼어붙은 시선이었다. 이처럼 그녀의 눈이 클로즈업 되었을 때 스티븐은 비디오를 일시 정지시켰다. 그는 리모컨을 살며시 소파 위에 올려놓고 얼굴에 야릇한 미소를 띠며 말했다.

"네가 입었던 옷 있지? 그걸 좀 보여줄래? 그 옷을 뭐라고 부르지?" "차도르." 데르다가 말했다. 그는 두 손가락으로 딱 소리를 내며, 발끝으로 몸을 앞으로 기울였다가 뒤로 몸을 흔들었다. "맞아, 그거야!" 그가 외쳤다. "차도르야! 그게 어디 있지?" 데르다는 그의 놀라움에 무감각하게 반응하면서 그녀의 닥터마틴 신발과 함께 바닥에 놓여 있는 가방을 툭 찔러 보였다. "이 안에 있어요." 스티븐은 60세였지만 아이의 체구를 하고 있었다. 어린 시절에 중병을 치른 탓에 발육장애를 겪은 것 같았다. "정말?" 그는 이렇게 말하곤 다짜고짜 그녀의 가방으로 달려들었으나 곧 제자리에 멈춰서서 데르다를 쳐다보았다. 그녀는 매우 궁금한 표정을 짓고 있었다. "내가 좀 봐도 되겠니?" 스티븐이 허리를 굽혀 그녀의 가방에서 검은 차도르를 꺼내는 동안 데르다는 시종일관 침묵을 지키고 있었다. 그는 지나치리 만큼 자신을 낮추는 듯한 태도를 취했다. 마치 왕가 소유의 신성한 보물을 다루듯 행동했다. "완벽해!" 그는 영어로 이렇게 말하곤 곧 터키어로 계속 말을 이어갔다. "이걸 어떻게 입는 거냐?"

4시간 후에 스티븐과 데르다는 소파 앞의 테이블에 앉아 파스타를 먹고 있었다. 스티븐은 데르다의 검은 차도르를 입고 있었다. 데르다는 말을 하면서 게걸스럽게 먹고 있었다. 그녀는 이렇게 마음이 편해

본 적이 없었다. "지금 얼굴이 다 보여요. 먹고 있으니까 그런 거에요. 조금 있으면 얼굴이 가려질 거예요. 눈만 보일 거예요." "알았어." 스티븐은 거의 속삭이듯 말했다. "허락을 받아야 해요." 데르다가 나무랐다. 이 말은 그녀가 가장 최근 찍은 비디오의 캐치프레이즈였다. 스티븐은 그 말에 동의하려 했으나 잠시 머뭇거리다가 한 손으로 입을 가리고 수줍은 몸짓을 하며 오토만 터키의 여인처럼 애교 있게 웃었다. "오늘밤 난 여기서 묵을게요." 데르다가 말했다. 스티븐은 승낙의 표시로 고개를 끄덕였다. 그는 계속해서 끄덕거렸다. "어쩌면 내일도 머물러야 할지 몰라요." 그녀는 말을 이어갔다. 스티븐이 매우 순종적으로 나오니까 데르다는 더욱 더 대담해졌다. "어쩌면 난 떠나지 않을 거예요. 그러니까 나한테 영어를 가르쳐 줘요. 좋아요. 그럼 내일부터 시작하는 거예요."

그녀는 스티븐의 빈 접시를 흘끗 보고 언성을 높여 말했다. "자, 이젠 됐어요. 이만치 해줬으면 해줄 만큼 해준 거라고요. 어서 일어나 테이블을 치워요!" 스티븐이 테이블을 치우느라고 분주한 사이에 데르다는 집안을 둘러봤다. 그녀는 초승달과 별을 음각해 넣은 호두나무 장식장 앞에 멈춰 섰다. 이것은 분명 터키에서 온 것이었다. 크리스털 위스키 잔 세트와 기념품 접시들을 포개놓은 사이에서 그녀는 카멜 담배 한 갑을 보았다. 스티븐은 담배를 끊으려고 애쓰는 중이었다. 그는 얼마 동안 담배를 입에 대지 않고 있었지만 장식장에다 마치 전쟁포로처럼 카멜 담배 한 갑은 여전히 보관하고 있었다. 데르다는 장식장 문을 열어 담배 갑을 꺼냈다. 담배 한가피를 꺼내고 나서 외쳤다. "라히메!" 이제 스티븐은 라히메로 불렸다. 그는 라히메라는 이름을 듣는 순간부터 그 이름에 푹 빠져버렸다.

데르다는 미치의 대본을 통해 많은 것을 배웠다. 한 인간의 자아의식을 지우는 첫 번째 방법은 그의 이름을 부정하는 것이다. 몽둥이나 방망이로 때려서 지우는 것보다 훨씬 더 효과적이다. 그래서 노예는 새로운 이름으로 살아가는 것이다. 노예에게 새로운 작명을 해주는 자가 주인이다. 아이가 애완동물에게 이름을 지어주는 것과 같다. 아니면 미국인이나 유럽인들이 자기네들 멋대로 광대하게 펼쳐진 땅에 '동양' 이라고 딱지 표를 붙이는 것과 같다. 오직 자기네들 국경에서 동쪽에 있다는 이유로 그 이름을 받아들이라고 생떼를 쓰는 것과 같다.

스티븐은 차도르에 걸려 넘어지지 않으려고 그것을 치켜들고 총총걸음으로 데르다 쪽으로 갔다. 그녀가 그에게 라이터를 가져오라고 시켰던 것이다. 스티븐은 얼른 부엌으로 뛰어갔다가 성냥갑을 들고 돌아왔다. 데르다는 자신의 두 입술 사이에다 담배를 물고 스티븐이 담뱃불을 붙여주는 모습을 지켜보고 있었다. 스티븐은 너무나 흥분해서 손이 덜덜 떨릴 정도였다. 처음에 그는 어설프게 성냥을 반쯤 그어대다 마침내 그의 주인의 담배에다 불을 붙여주었다. 데르다는 자신에게 가장 생소한 환경에서 담배를 피우기 시작했다.

그녀는 첫 모금을 빨아들이고서는 두 번이나 콜록거렸으나 두 번째로 흡입을 하고서는 단 한번 콜록거렸다. 그 이후에는 한 번도 콜록거리지 않았다. 장식장 내부에는 거울들이 가지런히 놓여있었다. 데르다의 눈에는 낚시에 해초들이 걸려있는 것과 같은 자신의 긴 머리가 영 꺼림칙했다. 그녀는 거울 속에 비친 자신의 긴 머리에서 눈을 뗄 수 없었다. 그녀는 들여다보고 또 들여다보았다. 그녀는 암스테르담의

풍차가 그려진 기념품 접시를 향해 담배연기를 코로 내뿜고 부엌으로 향했다.

그녀는 화장실 거울을 통해 스티븐을 바라보고 있었다. 가위가 쥐어진 그의 손 모양을 쳐다보고 있었다. 그녀의 땋은 머리가 바닥으로 떨어지자 스티븐은 나머지 머리를 쳐내었다. 스티븐의 눈과 그녀의 눈이 거울에서 마주쳤다. 그 눈은 이 정도면 괜찮으냐고 묻고 있었다. 하지만 그녀의 머리는 여전히 거추장스러웠다. 그녀의 머리카락이 머리에 붙어있는 한 그녀는 공개적으로 발가벗겨져 있는 느낌을 받을 것이다.

"다 쳐내요. 그러고 나서 면도로 밀어버려요."

스티븐은 가위질을 마친 뒤에 면도기 작업을 다 끝냈다. 그는 데르다의 반짝이는 두피 위에 남아있는 면도크림을 수건으로 훔쳐냈다. 젊은 소녀의 눈에는 눈물이 잔뜩 고여 있었다. 그러나 그녀는 스티븐이 우는 모습을 보지 않게 강한 표정을 지었다. 어쨌든 그녀가 그의 주인이 아니던가. 스티븐 앞에서 눈물을 참고 울지 않았다. 그녀는 삭발한 자신의 머리를 두 손으로 쓰다듬어 보았다. 거울 안에서 완전히 다른 사람이 그녀의 뒤를 쳐다보는 것 같았다. 어머니가 이 모습을 보면 뭐라고 할까. 그녀는 잠시 이런 생각을 하다 말고 몸을 곧게 펴고 담배를 피워 물었다. 그녀는 거울 속 삭발한 자신의 모습을 바라보는 것을 중단할 수 있어도 깨끗이 삭발한 자신의 머리끝에 대한 생각을 중단할 수는 없었다.

그날 밤 데르다는 담배 한 갑을 다 피웠다. 담배 연기를 뿜어내는 순간마다 기분이 약간씩 좋아지고 있음을 느낄 수 있었다. 마치 그녀가 다시 태어난 듯 했고 그녀의 어깨 위에 새로 태어난 아이의 벗겨진 머리를 얹어놓은 듯 했다. 그녀는 더 이상 머리카락이 없었고 자신의 머리를 가려야 할 필요성을 느끼지도 않았다. 그녀는 수년 전부터 머리를 삭발해버리고 싶었다.

스티븐은 몇 주 동안 라히메 역할을 했으며 데르다는 주로 주먹을 통해 소통하는 베지르가 되었다. 스티븐과 데르다는 좀처럼 외출을 하지 않았다. 내심 그들은 자신들의 모습이 창피하기도 했지만 그런 말을 입 밖으로 꺼내진 않았다. 이들은 간접적으로 새로운 역할에서 더욱 독립적인 인물이 되라고 서로를 격려하면서 마뜩잖게 바깥세계로 나가는 모험을 해보았다. 동네 슈퍼마켓을 갔다. 스티븐은 새로운 정체성을 띤 자신의 모습이 자기가 생각한 것보다 훨씬 더 편안하게 다가왔다. 사실 눈에 띄는 것은 자신의 푸른 눈밖에 없지 않은가. 사람들은 그가 말하는 것을 듣고 남자라는 사실만 알아차릴 수 있었다. 그가 슈퍼마켓에서 봉투를 하나 더 달라고 요청하거나 식료품의 유효기간을 몰라서 슈퍼마켓 종업원에게 물어볼 때였다. 그러나 사람들이 스티븐을 쳐다보는 또 다른 이유가 있었다. 그것은 비행기와 관련이 있었다. 정확히 말하자면 미국 땅에 있는 건물로 비행기가 돌진하여 뉴욕시에서만 수천 명이 사망한 사건이다. 9월 11일에 일어난 테러사건이다. 이런 이유로 그가 사람들의 주목을 끌었다. 특히 이웃 사람들이 바짝 주목했다.

그가 라히메가 되어 이웃들의 눈총을 받아온 이후부터 그는 이웃과 거의 접촉을 하지 않았다. 그들은 처음부터 라히메를 경멸했으나 자신들의 감정을 좀처럼 표현하지 않는 원칙을 가지고 있었다. 어쨌든 크라우치 엔드 주민들은 동성애자이든 이성의 옷을 즐겨 입는 복장 도착자든 개의치 않았다. 온갖 계층의 삶이나 삶의 방식에 대한 그들의 자유주의적 시각이나 관용은 이들에게는 일종의 자부심이었다. 그들은 자신들을 모든 인류의 귀감으로 여겼다. 그들은 스티븐이 어린 소녀차림으로 다닌다 해도 따돌리지 않을 것이다. 하지만 이곳 주민들 역시 뭇사람들과 마찬가지로 누군가를 추방시켜야 했다. 희생자가 필요했던 것이다. 바야흐로 그러한 근본적 필요성이 요구되던 시기에 비행기가 돌진해버린 것이었다. 특히 이때는 마녀사냥의 먹잇감이 전혀 남아있지 않았다. 게다가 이들은 이방인에 대한 존경과 관용이 바닥을 드러냈으며, 남녀를 불문하고 외모를 트집 잡아 매도해버릴 수도 없는 역사적으로 불편한 시기였다. 그들은 라히메를 본 순간 그를 증오했다. 얼굴을 보면 다 씌어있었다. 무슬림들을 조롱하는 것은 영국에서 일종의 스포츠가 되어버렸다. 그것은 9.11 이전에도 크리켓보다 더 인기 있는 게임이었다. 모두가 무슬림 조롱하기 게임에 직간접적으로 참여하길 바라고 있었다. 더욱 가관인 것은 이 게임의 승리자들은 가장 저열한 충동을 부추기어 투쟁을 유발시킨 것에 대해 특별상과 더불어 그들의 민족주의 고취에 대한 보너스 메달까지 받는다는 것이다. 이런 자들이 인종주의자이면서 진보주의자이다. 누가 그런 자들을 마다하리?

스티븐이 검은 차도르를 입기로 결심한 시기는 그런 이들에게는 역사상 가장 이상적인 시점이었다. 하지만 스티븐은 그따위 것에 개의치 않는 법을 재빨리 배웠다. 데르다 역시 그녀의 대머리와 흡연에 이골이 나있었다. 낮에 그녀는 영어를 배웠고 밤에는 스티븐과 함께 그녀가 출연한 비디오 필름 아니면 그와 비슷한 장르의 다른 영화를 보았다. 그 외의 나머지 시간에 이들은 서로 모르는 사람들처럼 지냈다.

스티븐은 오래전에 쇠구슬 사용을 중단한 몸이다. 그의 성욕은 수년 전부터 침대에 홀로 누워 멍하니 천장을 바라보는 것으로만 해소되었을 뿐이다. 그래서 데르다는 런던 전체를 통틀어 어쩌면 영국 전체를 통틀어 가장 훌륭하다고 볼 수 있는 생활환경과 맞닥뜨린 것이다. 그녀는 음식문제를 해결하고, 잠자는 문제도 해결하고, 영어까지 배우면서 자기의 노예를 부리며 살고 있지 않은가. 그녀는 지나간 그녀의 운명에 치명적 결과를 안겨주었던 영국 심무관을 더 이상 악에 받혀 혐오할 필요가 없어졌다. 그에게 복수를 하겠다던 그녀의 결심은 눈 녹듯이 사라졌다. 달리 말하자면 모든 것이 너무나 순조롭게 진행되어서 믿겨지지 않을 정도였다. 그러던 어느 날 문을 노크하는 소리가 들렸다.

데르다가 문을 열어보니 스탠리가 서있었다. 그녀의 눈은 갑작스런 충격에 휘둥그레졌다. 몸이 마비가 되는 것 같았다. 스탠리는 자기 집에서 나오는 어린 처녀의 모습을 보고 의아해하며 그녀에게 물었다.

"너는 누구냐? 아버지는 어디 계시지?"

***

"안에 있어요." 데르다는 속삭이듯 말했다. 입이 잘 떨어지지 않았다. 스탠리 뒤에는 푸른 작업복 차림의 남자가 손에 종이박스용 판지더미를 들고 안으로 들어갈 차비를 하고 있었다.

"모든 작업은 2층에서 해요." 스탠리가 말했다. 그러더니 그는 데르다를 한층 가까이서 들여다보았다. 그는 그녀가 입고 있는 펑크록그룹 크램프 사진이 찍혀 있는 티셔츠를 보았다. 그는 눈을 가늘게 뜨고 잠시 생각을 했으나 곧 머리를 설레설레 흔들곤 안으로 들어갔다. "아버지! 아버지, 어디계세요?"

스티븐이 층계 위에서 나타나자 스탠리는 고개를 돌려 데르다를 충격적인 표정으로 바라보았다. 그는 어떻게 말해야 되고 어떻게 이걸 해석해야 될지 몰랐다. 이중 누가 한 달 전까지 자신의 이웃이었는가? 자신이 기억하는 똑같은 눈에 낯익은 몸매를 가진 이 삭발녀인가? 아니면 검은 차도르를 둘러 쓴 이 인간인가? 스티븐이 말문을 열었을 때야 알아차렸다. "아니 왜 나한테 말하지 않았어요?" 스탠리는 몇 발자국 앞으로 내디디고 말했다, "아버지? 지금 이 모습이 아버지 맞아요?" 그는 데르다에게 고개를 돌렸다. "그리고 너도? 네가…." 스티븐은 층계 아래로 내려와 둘 사이에 섰다. 마치 그의 우상과 판박이였다.

"이 여자는 우리들 사이에서 신비로운 정부(情婦)로 통했어요." '신비로운 정부'라는 말은 데르다의 첫 번째 동영상이 재생되는 화면에 떠오른다. 그것은 스탠리의 발상이었다. 그가 지어낸 말이었다. 지금 그는 고개를 숙이고 그의 앞에 서있는 소녀를 바라보았다. 지옥 같은 우연의 거미줄로 얽혀있는 게 인생이구나. 그는 이렇게 생각했다. 데르다는 그것을 부인할 수 있는 입장에 서있지 않았다. 그녀는 고개를 끄덕이며 자신의 별명을 받아들였다. 그러자 스탠리는 웃기 시작했다. 그는 곧 깔깔대며 큰 소리로 웃었다. 스탠리는 원래 자기의 집으로 거처를 옮겼다. 그는 아버지 집의 2층에 있는 그의 낡은 방으로 돌아와 크라우치 엔드에서 영원히 성장하지 않는 또 한 명의 시큰둥한 아이가 되었다.

데르다로 변신한 아버지 때문에 받은 충격을 극복한 스탠리는 그러한 변신이 아주 부질없는 짓이라는 걸 알고 그냥 웃어 넘겼다. 그는 이들에게 핀스베리 파크에서 베지르가 살해되었다는 것하며 그 이후에 벌어진 모든 것에 대해서 얘기해줬다. 하지만 그가 스틱에서 해고되었고 헤로인을 하는데 있는 돈을 다 날려버려 아파트를 떠나야 했다는 사실에 관해서는 언급하지 않았다. "겁이 나요. 아버지." 그가 말했다. "거기는 아주 생지옥으로 변해버렸어요. 한번 생각해봐요. 나의 이웃이 총에 맞아 죽었다니까요!" 스티븐은 고개를 저으며 말했다. "그럼 차라리 여기서 살렴. 거기에 있어봤자 속수무책이잖니."

그러고 나서 데르다를 가리키며 스티븐은 아들에게 말했다. "너희 둘이 만나고 있던 사이였지, 맞지?" "맞아요." 스탠리가 웃으면서 말했다. 그는 데르다에게 고개를 돌려 말했다. "우리 예전에 만났던 거 맞잖아." 과거에 보여주었던 주인에 대한 흠모와 존경은 사라져버렸다. 그녀는 더 이상 몸을 가리고 있지 않았기 때문이다. 과거의 감정은 바람에 날리는 한주먹의 먼지처럼 날아가 버렸다. 그녀는 런던의 여느 소녀와 마찬가지로 보였다. 거리에서 하릴없이 쏘다니는 머리가 텅 빈 아이들 중 하나처럼 보였다. 그는 아버지의 로맨틱한 이야기에 귀를 기울였다. 이스탄불 영사관에서 데르다를 처음 만났다가 크라우치 엔드의 골목 벤치에서 극적인 재상봉을 하게 된 사연이었다. 아버지는 이 모든 것이 운명이라고 확신했다. 스탠리는 데르다가 이 집을 선호하는 까닭을 알 수 있을 것 같았다. 부엌에서 그는 데르다에게 경찰이 지금 그녀를 찾고 있다고 말해주었다. 그는 이 사실을 아버지도 알아야 된다고 생각했다. 아버지가 사실을 알고 그녀를 멀리하길 바랐기 때문이다. 그러나 지금 라히메가 되어버린 그의 아버지는 런던 경시청 따위에는 콧방귀도 뀌지 않았다.

스탠리는 그의 아버지가 지금 차도르를 입고 있는 것하며 데르다가 아버지를 노예로 취급하는 것에 대해서도 개의치 않았다. 아직까지 그의 기억 속에서 드물게나마 과거의 행복한 나날들과 그의 어머니가 연상되었기 때문이다. 하지만 그 시절이 정말 행복했던 것일까? 우선 그의 어머니는 사실상 스탠리가 8세 때 집을 떠났다. 스티븐이 준 결혼 9주년 선물을 뜯어보고 난 후 그녀는 자리를 박차고 나갔다. 스티븐이 선물한 끈으로 엮은 쇠구슬들을 처음에는 목걸이로 착각해서 고맙다고 말을 한 뒤 불과 30분이 지나서였다. 25분이 지나서야 스티븐은 아내에게 "그런데 저 구슬은 당신이 아니라 나를 위한 거야."라고 말했다. 그 후 그녀는 남편이 "당신이 이 구슬들을 내 안에다 하나씩 두 개를 쑤셔넣어."라는 말을 들었다. 그녀는 몇 년간 아들 스탠리를 데려가기 위해 온갖 노력을 다 쏟았다. 그러나 이들의 이혼 심리를 맡은 판사가 스티븐의 친구였다. 그들은 스티븐이 주말마다 자신을 채찍질했던 런던 감옥에서부터 알고 지내는 사이였다. 재판은 신속히 진행되었으며 판결문은 결국 스티븐에게 유리한 쪽으로 나왔다. 그때 판사는 그의 사무실 문의 열쇠 구멍으로 8살 스탠리가 지켜보고 있는 가운데 스티븐에게 쇠구슬들을 밀어넣어 주곤 했다.

그 이후 스탠리에게 무슨 일이 벌어졌다. 무언가 이상한 화학적 반응이 생긴 것이었다. 그의 성기가 더이상 자라지 않았고 심한 통증만 유발했다. 그러한 삶으로 고통 받는 여느 사람들처럼 스탠리는 자기만의 환상 속에서 살았다. 하지만 그가 수렁에 빠져 현실과 부딪혔을 때 그는 진짜로 고통 받기 시작했다. 그는 자라야 할 것이 실제로 자라지 않는 상태에서 나이를 먹어갔으며 통증은 더욱 심해졌다. 그래서 그는 이러한 간극을 헤로인으로 채우기 시작했다. 헤로인은 블랙 티라는 14살 소년에게서 샀다. 그 애의 진짜 이름은 티무르라고 했다. 스탠리는 핀스베리 지하철 역 입구에서 배회하곤 했다. 그것은 현실과 타협하지 않고 심장처럼 그의 육체의 어느 부분을 파열시키고 싶었기 때문이었다.

14살. 정신과학에서 이 시기는 사춘기로 알려져 있다. 사춘기는 다리가 흔들거려 부서질 수 있는 책상에서 터득한 개념이다. 교수들이 정의하기를, 이 시기에는 간헐적으로 분노가 표출되고, 부적절한 반응과 과장된 행동이 터져 나오는 징후가 포착된다. 사춘기와 관련된 모든 책들은 사춘기 청소년이 자신과 자신의 환경에 익숙해지는 문제와 사회적응을 하는데 어려움을 겪는 문제를 다루고 있다. 그런데 이러한 과학 논문의 저자들은 블랙 티가 무엇인지 전혀 모르는데다, 자신들이 14살 때 대체 무엇을 했는지 기억조차 할 수 없다는 것이다. 이 모든 것이 솔직히 말해 다 맞는 말이다.

우리는 태어나서 15세 이전에 이 세상이 어떤 곳인지, 그리고 우리가 삶과 죽음 사이의 어딘가에 빠져 꼼짝 못하고 있다는 사실을 깨닫는다. 실질적인 지식보다도 느낌을 통해서 말이다. 이때 첫 번째 반항을 하게 된다. 목이 터져라고 고함을 지르는 것이다. 하지만 그것은 어느 누군가가 군중의 무리 속에서 지갑을 소매치기 당한 것을 알고 필사적으로 소리쳐 봤자 소용없는 것과 다름이 없다. 처음에 군중들은 그런 이를 경멸적으로 보거나 무관심하게 바라보다 그의 성가신 소음에 피로감을 느끼고 그들의 대표를 보내 이렇게 말하라고 시킨다. "그래서 당신이 지갑을 잃어버렸다면 어떻다는 건데? 우리 역시 지갑을 잃어버렸소. 헌데 우리는 당신처럼 이렇게 난리치지 않아요." 실질적인 과학적 개입을 위해서 학위가 있는 사람을 보내는 편이 나을 것이다. 군중의 무관심에 처한 소동꾼은 점차 큰소리를 줄여 나간다. 그는 현실을 받아들이고 자신의 공허를 사람들로 채우기 시작한다. 그것을 성숙해진다거나 성인이 되는 거라고들 한다. 하지만 더욱 정확히 말하자면 그것은 성인 식 규정준수 또는 성인 식 유순성이라 할 수 있다. 그것은 존재의 인위적 모드이다. 조작되어진 것이다. 계획된 계산에 의해 성인의 모습이 만들어지고 디자인 되어지는 것이다.

성인 식 준수라는 기본원칙은 다음과 같은 믿음에서 나왔다. 즉 사회에서는 누구나 어떤 면에서든 쓸모 있는 인간이 되어 사회가 존립할 수 있게끔 기여해야 된다는 믿음이다. 그런데 주목할 만한 것은 세상이 극도로 혼란스러워질수록 누가 성인으로서의 원칙을 제대로 준수하는지 극명하게 밝혀진다는 것이다. 하지만 14살 아이가 그것을 준수하는 것은 어린 나무가 땅바닥으로 몸을 굽혀 자신의 뿌리에 키스를 하는 것만큼이나 어려운 일이다. 물론 14살짜리의 격노한 행위는 눈살이 찌푸려지거나 청소년의 분노로 규정되지만 자연스러운 현상이다. 그의 눈은 세상의 끔찍한 공포로 휘둥그레졌고, 그는 세상의 온갖 고약한 비즈니스를 본인이 떠맡고 있다는 것을 알아챘다. 그는 자신을 방에 가두었다. 바깥세상으로부터 자기를 가둬 두려는 것이다. 아니면 있는 힘을 다해 소리 질러 그를 가둬둔 문과 벽과 장애물을 파괴하려한 것이다. 그것은 불을 뿜는 사악한 용에게 우리가 필사적으로 반응하는 것과 똑같은 것이다. 그러한 반응은 우리가 살아있고 사악한 용이 존재하는 한 사라지지 않는다. 하지만 성난 청소년들을 모두 그와 같은 자연 상태로 내버려 둔다면 사회조직은 당연히 붕괴하고 만다. 따라서 성인으로서의 원칙을 준수해야 되는 것은 인류에게 필수불가결한 것이다. 그것은 사회적 요구조건이다. 하지만 누군가는 완고하고 우둔해서 단말마의 순간까지 고함치기만 한다. 왜냐하면 삶은 폭력의 과정이고, 세계는 폭력의 장소인지라, 누군가는 삶과 세계 속에서 극히 폭력적이고 치명적인 린치를 당하고 있기 때문이다. 그래서 사춘기의 반항이란 살인을 하려고 누군가를 60번이나 칼로 찌르는 것이다. 정말로 눈을 뜨게 된 14살짜리는 입에서 불을 내뿜고 있는 최소한 60마리의 거친 용에 의해 둘러싸여 있다는 것을 이해한 것이다. 아무리 덜떨어진 인간에게도 사춘기는 가장 자유로운 시기이다.

그들이 사는 삶과 세계가 유순해지면 청소년의 사춘기가 유순해질 거라 기대하지만, 그때까지 가지 않는다. 스탠리는 14살에 빠져서 헤어나오지 못하는 덜 떨어진 아이들 중 하나였다. 따라서 록그룹 크램프 포스터가 붙여진 원래의 자기 방으로 되돌아오는 그가 백치처럼 보일 수 있다. 하지만 그는 세상이 그에게 지불한 것을 완전히 되갚아 주기 위해 적어도 최선은 다하고 있었다. 그가 이 세상 삶에 얽힌 어느 것이든 다 알고 있어서가 아니었다. 그는 뉴스도 시청하지 않았고 자신의 양심을 따르는 정치 운동가도 아니었다. 스탠리는 여느 14살 아이라면 다 그렇듯이 세상에 대해 어떤 것도 모른 채 모든 것을 다하고 있었다. 이 세상 어딘가에서 학교를 폭파하는 인간들이 있다는 사실을 그가 알아야 할 이유가 있겠는가? 우리가 세상을 어떻게 보든 이 세계는 살이 타는 냄새로 악취를 풍기고 있다. 그리고 이 세상 어디에선가 아이들이 굶어죽고 있다는 사실을 우리가 왜 알아야 하는가? 이 세상은 항상 배가 고프기 때문에 구취를 가지고 있다. 아이들의 코는 그 악취를 끄집어 올려 사춘기의 분노의 표시로 이 세상에다 되돌려 주고 있다. 그들의 코가 성인 식 준수로 꽉 막힐 때까지 그런 짓을 계속하는 것이다. 스탠리에게도 그러한 날이 과연 올 수 있을까? 올 수 있다고 단언하기는 어렵다. 그러나 당분간 그는 채찍을 맞으면서 헤로인을 계속 복용할 셈이다. 그 자신도 납득할 수 없는 절망감에서였다. 그는 절망감의 근원을 정확히 찾아낼 수가 없었다. 14살짜리 보통 애들처럼 그는 자신의 고통을 표현해낼 수 없었다. 그는 무언가를 느끼고 있었지만 아무 것도 모르는 상태였다. 그래서 그는 자신의 주변에 있는 똥 같은 것을 볼 수 없었다. 그러나 주변은 언제나 악취로 코를 찔렀다. 그는 대부분의 사춘기 애들처럼 자신이 미쳤다고 생각하며 자신이 가지고 있는 광기에 감염당할 누군가를 끊임없이 찾고 있었다.

그는 데르다보다 더 적합한 희생자를 찾을 수 없었다. 데르다는 한 때 그의 항문의 말초신경을 자극해주면 자신의 검은 장갑을 더럽히곤 했다. 그녀의 장갑에서는 똥냄새가 났다. 그래서 스탠리는 데르다에게 첫 번째 헤로인 주사를 놓아준 남자가 되었다. 그렇게 해서 이들은 공평하게 주고받고 했다. 피장파장이었다. 데르다는 사람들이 서로서로에게 고통과 쾌락을 준다는 사실을 깨달았다. 처음에는 데르다가 스탠리에게, 나중에는 스탠리가 데르다에게 그런 짓을 해준 것이다. 자식들이 부모에게 부모가 자식들에게, 과거가 미래에게 미래가 과거에게, 자연이 인간에게 인간이 자연에게, 죽은 자가 산자에게 산 자가 죽은 자에게, 뒤에서 앞으로 그리고 고통과 쾌락도 영원히 교대한다는 것이다. 그러니까 행복하고 달콤한 인생이라고 해봤자, 개뿔!

* * *

데르다는 베지르가 살해당했다는 소식을 듣고서도 무덤덤했다. 그러나 한 시간 후에 그녀는 화장실의 거울에 비친 자신의 모습을 보더니 울음이 나기 시작했다. 울음이 멈추지 않았다. 눈물이 내부 깊숙한 곳에서부터 솟구쳤다. 그녀는 몸을 들썩였다. "왜 이러는 거야?" 그녀는 떨리는 입술 사이로 혼잣말을 내뱉었다. "왜, 왜, 왜…." 그녀는 시시히 몸을 추슬렀다. 얼굴을 가다듬으며 뺨 위의 눈물을 훔쳐냈다. 그녀는 소곤거리는 소리로 자신의 질문에 대답했다. "그 놈을 왜 내가 죽여 버리지 못했을까?" 그녀는 거울에 비친 자기를 향해 비웃었다. 그녀는 베지르가 지금의 그녀를 볼 수 있었다면 무슨 짓을 했을지 궁금했다. 그 놈이 무슨 말을 했을까? 나를 때렸을까? 죽이려 했을까? 창밖으로 던지려 했을까? 데르다는 거울을 향해 소리쳤다. "네까짓 건 나한테 개수작도 부릴 수 없었을 거다! 아무 짓도 못하지. 난 여기 있으니까. 와볼 테면 와봐, 이 개새끼야! 여기 나 있는 데로. 용을 써봐라, 깡패새끼야. 여기로 오면 본때를 보여주겠다!"

그녀는 예전에 나제닌한테 배운 욕지거리를 다 뱉어냈다. 더 이상 새로운 욕을 배울 짬이 없었기 때문이다. 거울에 비친 베지르의 이미지가 사라지고 데르다 자신만의 이미지가 남자 화장실은 고요해졌고 스티븐은 조용히 문가에서 멀어져 발끝으로 복도를 살살 걸어갔다. 데르다는 지난 5년 동안 말할 수 없었던 것을 화장실 거울을 보며 이런 상태로 털어놓으라면 앞으로 5년 동안이라도 계속 화장실에 머무를 수 있었을 것이다. 하지만 그렇게 하는 대신 그녀는 마지막으로 거울을 바라보고 말했다. "엿 먹어라!" 그리고 거기서 나왔다. 그것이 베지르와 나눈 마지막 대화였다. 베지르가 없는 대화였다.

모든 중독자들이 그렇듯이 스탠리는 계산기보다 더 빠른 숫자 놀음에 통달해 있었다. 그는 데르다가 3,000파운드 가량 지니고 있을 거라고 확신했다. 그녀가 여전히 똑같은 티셔츠를 입고 있는 것으로 보아 그동안 모아둔 돈을 거의 쓰지 않았다는 계산이 나왔다. 스탠리는 어떻게 그녀에게 접근해서 그 돈을 건드려야 할지 확신이 서지 않았다. 그래서 그는 마지막 남은 소량의 헤로인을 조금씩 조금씩 다 투약할 때까지 기다려보기로 했다. 어느 날 스탠리는 기다림 끝에 행운을 얻었다. 데르다가 담배 한 개비를 얻어 피우기 위해 그의 방으로 들어와 준 것이다.

"다 떨어졌어." 스탠리가 말했다, "내가 가진 것이라곤 이것뿐인데." 그러면서 그는 침대 곁에 있는 금속 상자에서 헤로인 봉투를 꺼내 허공에다 방울처럼 흔들어 보여주었다. 데르다는 가까이 다가가 그게 뭐냐고 물었다. 그 대답은 10분 후에 몹시 화끈하게 왔다. 그 이후로 데르다는 이와 똑같은 대답을 얻기 위해서라면 물불을 가리지 않고 돈을 썼다. 그녀는 매일 스탠리의 방을 드나들었다. 그녀는 팔에 나있는 바늘 자국 따위에는 눈 하나 까닥하지 않았다. 그것은 거의 두 시간에 걸친 스탠리의 열변을 듣고 확신한 바가 있었기 때문이다. 그는 최신식 진공청소기를 입에 침이 마르도록 선전하는 외판사원 같이 달변을 토했다. 데르다는 갇혀 있었던 시간은 5년이었으며 월수로 하면 60개월 일수로 하면 거의 2,000일이고 시간으로는 45,000시간 가량 되었다. 이 사실만으로도 그녀의 변명은 45,000가지나 될 것이다. 자신을 변명할 이유만 해도 45,000가지가 있는데 그녀의 살에 나있는 주사자국이 대수인가. 그러니 자살만 빼놓고 그녀는 무엇이든 45,000가지 짓을 할 이유가 있는 셈이다. 자살만큼은 아니다. 죽으면 안 된다. 지난 5년을 보상받기 위해 50년, 아니 500년을 더 살아야 되기 때문이다. 그러나 그녀가 계속 스탠리의 방을 드나든다면 2년만 지나도 이 세상에서 눈을 감게 될 것이었다.

그러면서도, 영어수업은 계속되었다. 그녀는 스티븐에게 절대로 터키어를 사용하지 말라 명령했다. 그녀는 책에서 배운 문법을 기억했다. 이제는 실습만 남았다. 그녀는 시승 단계에 와있었다. 고객은 시승을 한 후에도 시승했던 차를 구매하지 않고 그냥 가버릴 수가 있다. 그러나 헤로인은 달랐다. 헤로인은 시승하듯 한번 맛보기만 해도 충돌사고가 나게 되어있다. 사고 운전자는 사고의 대가를 치러야 한다. 운전자는 사고에서 생존하게 된 값을 지불해야 되는 것이다. 그러나 지금 데르다는 이미 차에 올라탄 단계에 와있다. 그녀는 차창 밖을 내다보며 경치를 즐기고 있다. 지평선에는 아무런 장애물도 없다. 그녀가 어쩔 수 없이 충돌사고를 낼 것이라는 생각은 전혀 안중에 없을 때이다. 그러나 그녀의 돈은 바닥이 나고 있었다. 어떤 면에서 그런 것은 문제가 되지 않을 수 있었다. 핀스베리 지하철역에서 블랙 티셔츠를 입은 소년이 항상 그녀를 도와주었기 때문이다. 스탠리와 데르다가 그를 보러 가면 블랙 티는 항상 데르다에게 할인을 해주었다. 이들은 이웃사촌이었다. 시간이 쏜살같이 흘렀다. 하루하루 또는 1주일, 2주일이 어떻게 흘러가는지 이 두 사람이 알아차리지 못하는 사이에 지평선 도처에서 장애물이 나타나기 시작했다.

***

모두들 저녁 식사를 위해 식탁에 앉았다. 스티븐은 입가에 미소를 띠고 그의 아들과 데르다를 바라보았다. 그는 데르다가 진짜로 누구인지에 대해 아무런 관심이 없었다. 이들 두 사람 모두 얼굴이 북유럽인들 같이 창백했다. 한때 어린 데르다의 등에 난 검보라색 멍이 이제는 호흡 곤란을 겪고 있는 그녀의 콧구멍에 있었다. 스티븐은 파스타를 건네주었다. 그는 자리에 앉아서 의기양양하게 말했다. "나한테 좋은 생각이 있다." 그의 목소리가 워낙 자신에 차있는 걸 보고 걱정이 되었는지 스탠리와 데르다가 서로 눈길을 주고받았다. "우리가 차도르를 우리식으로 브랜드화 시켜서 직접 생산해보면 어떨까? 물론 이 차도르는 지금 내가 걸친 것처럼 검은 색을 표준으로 삼는 거야. 헌데 여기 가슴 어딘가에 'Stevens' 같은 브랜드를 다는 거야. 아니면…." 스티븐은 천장을 응시하며 생각에 빠졌다 스탠리와 데르다가 그런 발상에 흥미를 보이지 않아도 스티븐은 막무가내였다. 스탠리와 데르다는 그 상황을 깨닫고 음식만 내려다보았다. 이들은 포크에다 파스타를 멍하니 감고 있었다.

"로고가 있어야 되겠지, 안 그러냐? 라코스테가 우리 차도르를 팔아준다면 바로 여기에 악어 로고를 붙이게 되겠지. 그러면 아주 멋지지 않겠니? 아니면 'Fred Perry 차도르'라고 해도 괜찮을 거야!" 스티븐은 잠시 말문을 닫았다가 다시 이어나갔다. "내가 지금 너희 둘에게 해줄 아주 중요한 말이 있다. 날 볼 수 있겠니?" 둘은 마지못해 고개를 들었다. "난 지금 수술을 하려 한다." "어디 아파요?" 데르다가 물었다. "아니!" 스티븐이 우는 표정을 지었다가 껄껄 웃었다. "물론 안 아파. 근데 어떻게 보면 환자야. 난 아파. 내가 남자니까. 그래서 난 그걸 거세해야겠다고 생각했다. 난 여자가 되기로 결심했다." 스탠리가 끼어들었다. "헌데 그렇게 할 만 한 돈이 없잖아요." "있어. 그 정도쯤은." 스티븐이 말했다. "나를 어떻게 보는 거니? 난 평생 공직에 있었던 사람이야. 너처럼 죽기만 기다리며 빈둥빈둥 살지 않았다! 파스타 좀 더 줄까?" 이들의 접시는 이미 스티븐의 파스타로 가득 차있었다. 그러나 그것은 문제가 되지 않았다. 중요한 것은 스티븐이 과연 진실을 말하는 가였다. 그가 정말로 돈이 있을까?

스탠리는 벌떡 일어나 허공에다 주먹을 휘둘렀다. "그 돈은 나한테나 줘요!" 그가 소리쳤다. 스티븐은 다시 웃었다. "안됩니다. 당신에게는 한 푼도 주지 않을 겁니다." 스탠리는 두 손을 아버지의 목 주위에 놓았다가 아버지를 후려쳤다. 그때 의자가 바닥으로 내동이 쳐졌다. 스티븐은 바닥으로 쿵하고 쓰러졌고 그의 다리가 벌렁 치켜 올라가며 식탁을 치는 바람에 두 접시의 파스타가 방안 전체로 쏟아졌다. 데르다는 갑작스런 소란에 충격을 받았다. 접시들이 바닥으로 쨍그랑거리며 떨어질 때는 벌떡 일어났다. 스티븐이 심장마비나 뇌출혈로 사망할지도 몰랐다. 그의 머리가 바닥에 쿵하고 부딪히는 소리가 났기 때문이다. 하지만 그는 깔깔거리며 웃음을 터뜨리다 지독한 기침을 해대기 시작했다. 아들은 아버지 곁에 무릎을 꿇고 아버지의 목을 조르며 외쳤다. "당신을 죽여버리고 말테야. 그 돈은 나한테 줘야 해. 죽여버릴 거야. 아버지, 내가 하는 소리 들려요? 지금 이렇게 빌고 있으니, 제발 그 돈은 내게 줘요!"

초록 목제 문 반대편에 서있는 데르다가 스티븐을 쳐다보며 그에게 마지막 명령을 내렸다. "그만 울어요, 라히메!" 노인의 눈은 눈물이 그렁그렁 고여 있었다. 그의 주인이 그를 떠나기 때문이었다. 그녀에게 협박과 애원을 해봤자 소용이 없었다. 의자에 앉아있는 스티븐을 때려 눕힌다고 해서 변하는 것은 아무 것도 없었다. 스탠리가 순간적으로 발작을 부린 결과 오히려 집에서 쫓겨나는 결과를 초래했을 뿐이다. 스티븐은 아들이 예상했던 것보다 훨씬 가혹하게 협박했다. "지금 경찰을 불러 널 체포하게 할까?" 스티븐은 아들에게 물었다. 스탠리는 경찰서에서 단 하루 밤도 버틸 처지가 아닌지라 자기 짐을 싸고는 데르다에게 같이 가지 않겠냐고 물었다. 데르다는 상으로 받은 그녀의 재산인 사전을 가지고 그를 쫓아 문밖으로 나섰다. 스티븐은 그가 처음 벤치에서 데르다를 만났을 때처럼 그녀의 팔을 붙잡았다. 그러나 그녀는 그의 손을 뿌리치고 등을 돌리며 그에게 울지 말라 명령했다. 정원 밖에 있는 대문에 이르렀을 때 데르다는 다시 한 번 뒤돌아보고 스티븐을 바라보았다. "다시 돌아와 주지 않겠니?" 차도르를 입은 사나이가 애원했다. 이런 그의 말을 들으니 데르다는 나제닌이 떠올랐다. 지금은 안녕이라고 손을 흔든다 해도 겁나지 않았다.

***

이들은 스틱으로 향했다. 캄덴헤드 주점을 지나갈 때 입구에서 어슬렁거리던 스킨헤드들이 데르다의 삭발한 머리와 닥터마틴 구두를 보고 그녀를 자기네 패거리라고 착각했다. 그들은 그녀를 불렀다. "야,

저 구닥다리 고스 록 동성애자 놈과 뭐하는 짓이냐? 여기로 와!" 데르다는 한 순간 주저했으나 스탠리가 그녀의 팔을 붙잡고 화가 난 듯 그녀를 데리고 가버렸다. 그는 80년대 파시스트 잔재들에게 참을성을 보이지 못했다. 그들을 향해 고개조차 돌리지 않았다. 이들은 비교적 빨리 스틱에 도착했다. 초록 머리의 러시아 거인이 입구에 서있었다. 둘은 안으로 들어가서 블랙 티에게 구입한 헤로인을 투약하러 곧바로 화장실로 갔다. 둘은 데르다가 가진 돈 중에서 절반 정도는 썼다. 스탠리가 먼저 끝내고 밖으로 나왔을 때 미치를 보았다. "젠장 내가 여기서 뭘 하는지 모르겠다니까." 스탠리는 이렇게 말하고 그동안 벌어졌던 일을 세 문장으로 요약해 들려줬다.

데르다가 이들에게 나타났다. 미치는 그녀를 알아보지 못했다. 스탠리가 이들을 소개했다. "여기에 너의 비디오 스타가 있잖아! 얘한테 물어봐. 우리가 지금 살고 있는 지옥이 마음에 드는지를." 미치는 허리를 숙여 희미한 주점의 불빛 아래로 데르다의 얼굴을 들여다보았다. 그는 자기 눈을 믿을 수가 없었다. "이럴 수가!" 그가 말했다. "있을 수가 없어!" 그는 스탠리를 쳐다봤다. "맞아, 그렇고말고." 그가 살며시 고개를 끄덕이며 응수했다. 미치는 데르다를 가리키며 말했다, "이 아가씨는 아직 우리말을 못 알아듣지. 안 그러니?" 데르다는 지금 영어를 꽤 잘했다. 거기에 상무관 말투까지 그대로 배어있었다. "미안하지만, 난 당신들이 하는 얘기를 완벽하게 알아듣고 있어요!" 미치가 커다랗게 웃음을 터뜨리곤 데르다에게 맥주 한 잔을 내밀었다.

데르다는 맥주잔을 밀어젖히고 주점을 둘러보았다. 그날 밤 스틱은 광인들의 집합소였다. 남자 여자 옷을 바꿔 입는 복장도착자, 고스 록 애호가, 연도 같은 걸 따지지 않는 펑크록 애호가, 지난 50년 동안 한결같이 상의를 어깨 위에 걸치고 다니는 70세의 로커빌리들, 5분마다 똑같은 빗이 아니라 두 가지 빗으로 머리를 빗어대는 테디 보이들, 바에서 술에 취해 춤을 추는 일본여자와 무거운 재킷을 들고 다니는 모드족들이 다 모였다. 디제이는 드레스덴 돌스가 연주하는 'Girl Anachronism'을 틀어주었고, 아만다 파머의 목소리가 사람들의 귀로 쏟아져 들어오자 사람들의 귀가 잠시 먹먹해졌다. 아마 이래서인지 모두들 눈을 감고 제자리에서 왔다갔다 몸을 흔드는 게 아닌가 싶었다. 아니면 스틱이 그날 밤 발 디딜 틈조차 없이 꽉 차서 진짜로 아무도 움직일 수 없었는지 모른다.

그날 이 모든 사람들이 무엇을 했는지 말하기는 어렵다. 그러나 밤이면 스틱은 그들이 서로서로에게 피난처를 제공해줄 수 있는 공간이었다. 그들은 서로에게 칼을 겨누곤 했던 과거가 있었지만 지금은 전적으로 상이한 스타일의 온갖 몽상가들이 한데 모이는 장소가 되었다. 그들은 소멸될 수밖에 없기 때문이다. 이제 그들은 더 이상 갈 데가 없었다. 모든 것이 빠르게 변화하고 있는 세계 속에서 그들은 불변 계수처럼 푹 파인 바퀴자국 속에 빠져 벗어나지 못하고 있는 것이다. 그들은 한때 자신의 집 다음으로 친숙했던 거리에서 이제는 이방인 같은 느낌을 받고 있기 때문에 그곳에 오는 것이다. 현재 그들의 유일한 집은 그들이 좁은 거리의 10분의 1 크기 밖에 되지 않는 스틱이다.

미치가 데르다를 바라보았다. "어떻게 이럴 수가! 이게 진짜 네 모습이라니! 한번 말해봐. 다시 비디오 사업을 해보고 싶지 않니?" "안 해." 데르다가 툭 쏘았다. 스탠리가 흥미로운 듯 끼어들었다. "넌 우리가 얘를 복귀시킬 수 있다고 보는 거니? 내 말은 네가 새 비디오를 찍으면 우리가 돈 좀 벌 수 있겠냐는 거야, 그런 거 아냐?" 미치는 그의 맥주를 한 모금 마시더니 잠시 생각에 젖었다. "그건 아마 다 끝난 사업일 거야. 이미 살만한 사람은 다 사갔잖아. 그런데 얘가 원한다면 아는 녀석들을 소개시켜줄 수는 있어. 걔네들이 인터넷 사이트에 올리는 게 있지. 얘가 걔네들 비디오에 출연할 수 있을 거야. 돈도 꽤 준다고 들었어." 그는 스댄드바에서 일본 이기씨를 향해 웃고 있는 두 청년을 가리켰다.

청년들은 앳된 얼굴에 스틱에 안 어울릴 정도로 아주 단정한 대학생들처럼 보였다. "어떤 비디온데 그러니?" 스탠리가 물었다. "나도 몰라." 미치가 대답했다. 데르다가 이들의 대화를 깼다. "안 해, 다시는 안 할 거야! 그런 일 앞으론 없을 걸." 스탠리는 듣는 둥 마는 둥 했다. 그는 스탠드바에 있는 청년들에게 다가가 말을 걸었다. 스탠리는 수 분 후에 되돌아왔다. "3,000 준다는 데." 그가 말했다. "생각해 봐라. 3,000 파운드라잖아." 미치가 물었다. "뭘 찍는 다는 거니?" "그냥 완전한 포르노란다. 한 남자와 여자가 30분 정도 길이의 클래식한 스타일로 말이야."

아침 녘에 데르다는 생활의 곤궁함을 깨닫고 불과 몇 시간 전에 단호하게 거절했던 것을 하겠노라고 했다. 이들은 포르노를 찍는 두 청년을 불렀다. 그들은 스탠리에게 자신들은 케임브리지 대학생들이라고 했다. 그 중 한 명이 전화로 대답하며 그날 오후에 그들에게로 와달라고 말했다. 그는 코벤트 가든에 있는 자신들의 주소를 남겼다. 그들은 아침까지 미치의 방에서 과격한 전율을 즐겼다. 그러고 나서 이들은 통증을 완화시키기 위해 신경안정제를 복용하고 첫 번째 열차로 핀스베리 파크로 가길 희망했다. 그들은 데르다의 주머니에 있는 것을 몽땅 털어 블랙 티에게 지불하는 것으로 하루를 시작했다. 이들은 지하철 근처에서 축구 용품을 판매하는 아스날 숍으로 들어갔다. 그곳 화장실에서 투약했다.

그 후 이들은 거기서 나와 블랙 티에게 지하철 표를 사야한다고 잔돈을 부탁했다. 블랙 티는 이들에게 자기가 받았던 돈 중에서 동전 몇 개를 건네주고 코벤트 가든으로 가버렸다. 그들은 주소를 두리번거리더니 앉아서 휴식을 취할만한 적절한 장소를 찾았다. 그들은 세 시간 내내 한마디도 입 밖에 꺼내지 않고 거리의 벤치에 앉아있었다. 딱 한 번 데르다가 스탠리를 바라보며 "널 죽여버릴 테야."라고 말했다. 그러자 스탠리는 "네 몸부터 추스르기나 해."라고 대꾸했다.

* * *

스탠리는 귀를 쫑긋 세우고 인터폰에다 귀를 기울인 채 데르다를 멀거니 쳐다봤다. 마침내 목소리가 들려왔다. "3층, 우측 문으로 와요. 승강기는 고장이요." 출입문이 철컥하며 열렸다. 그들은 건물 안으로 들어가 3층을 걸어 올라갔다. 짧은 머리에 안경을 쓴 남자가 문 안쪽에서 이들을 물끄러미 바라보고 있었다. 그는 벗은 상태였다. 스탠리가 안으로 발을 내디뎠으나 데르다는 발을 떼지 않고 꼼짝 않고 멈춰 있었다. "뭐해?" 스탠리가 말했다. "들어와." 데르다는 한 걸음을 떼고 나서 다시 한 걸음을 더 떼었다. 목소리들이 들려왔다. 그리고 안으로 들어가 그 목소리의 주인공들을 봤다. 51명의 벗은 남자들이었다. 데르다에게는 1,000명처럼 보였다. 그녀가 들어가자 이들은 모두 잠잠해졌다. 데르다가 뒷걸음질 치자 그녀 뒤에서 문이 닫히는 소리가 들렸다. 그러나 스탠리의 목소리가 들렸다.

“괜찮아. 이걸 해야 되는 거야. 알잖아. 이상하게 생각하지 마. 아무 것도 말이야. 그냥 네 역할만 해. 문제될게 아무 것도 없다는 뜻이지. 내 말 알겠니? 별거 아니니까. 그냥 가서 두 다리를 벌려줘. 그리고 돈을 긁어모아서 떠나면 돼.” 데르다는 말이 없었다. 문 뒤에 있는 안경 낀 남자는 그녀가 준비되어 있다고 판단하고 그녀를 앞쪽으로 천천히 밀었다. 그는 남자들 사이를 뚫고 데르다를 거실로 데려갔다. 바닥에는 투명한 리놀륨 매트가 깔려있었다. 데르다는 뒤를 돌면서 모든 남자들의 얼굴들을 최대한 자세히 들여다보았다. 거기에는 문을 열어준 남자도 있었다. 그러고 나서 그녀가 상의를 벗어 내던지자 남자들이 비명을 질렀다. 그들은 긴장한 면도 있었지만 이내 웃음을 찾았다. 그러자마자 곧 그들은 손뼉을 치기도 끙끙거리며 신음하기도 하며 온갖 얼빠진 소음을 다 냈다.

사내들은 모두 케임브리지 대학교 경제학과 1학년생들이었다. 그들은 법대생들과 내기를 했다. 1주일 전에 37명의 법대생들이 1명의 흑인 아가씨와 화끈하게 일을 벌이는 비디오를 시청했다. 그들은 비디오를 두 번이나 돌려보며 정확한 참가자 숫자를 파악하곤 기록을 깨버리자는 계획을 세웠던 것이다. 거리의 창녀들에게 계획에 동참해달라는 제안을 했지만 거절당했다. 두 명의 케임브리지 대학생들은 자기네들과 함께 놀아줄 정신 나간 여자를 찾길 기대하며 마지막 보루로 스틱에 들렀던 것이다. 돈이 절박한 누군가가 있었다. 헤로인 중독자가 여자를 찾아주겠다고 장담했다. 결국, 1년이 채 되지 않아 〈어느 꿈을 위한 진혼곡〉이 출시되었다. 영상의 일부 장면들은 학생들의 마음속에서 여전히 신선하게 다가왔다. 그들은 기숙사 화장실에서 자위를 하며 그 장면들을 생생하게 상상했다.

데르다는 완전히 알몸이었다. 안경을 낀 자가 두 손을 그녀의 어깨 위에 얹고 그녀를 아래로 밀었다. 그녀의 무릎이 바닥에 깔린 리놀륨 매트와 부딪혔다. 그러자 그는 데르다의 등이 똑바로 펴질 때까지 그녀를 바닥에다 밀어붙였다. 금발 청년이 그녀를 굽어보고 서있었다. 그는 다리 위에서 겁에 가득 찬 눈으로 강 밑을 바라보며 자살을 생각하는 사람처럼 데르다를 내려다보고 있었다. 이때 누군가가 등을 떠밀어 그가 무릎을 꿇게 만들었다. 처음에는 한 사람이, 그 다음에는 두 사람이, 그리고는 스무 명이 재촉의 박수를 치기 시작했다. 금발청년은 박수 소리에 심장박동을 고정시키곤 마치 사냥꾼이 덫을 열어 확인해보듯 데르다의 양 무릎을 벌렸다. 박수 소리가 멎었다. 침묵의 하중과 벌거벗은 몸 밖에 보이지 않는 시야에 짓눌려 금발청년은 데르다의 가슴에 시선을 고정시켰다. 그러고 나서 그는 자신의 손바닥을 그녀의 어깨 가까이에 얹었다. 방안에 있는 모든 사람들이 숨을 죽였다. 청년은 자신의 몸을 그녀의 몸 위로 눕혔다. 그러나 편치 않았다. 그는 그녀 안으로 삽입할 수 없었다. 방안의 모든 사람들이 만개를 하면서 죽음을 선택하는 꽃과 같은 데르다를 더욱 자세히 보려고 가까이 몰려 들었다. 청년의 얼굴은 새파래졌다. 처음에는 열띤 논쟁이 붙었으나 곧 박스 하나가 금발에게로 전달되었다. 그녀의 거부의사에도 불구하고 바셀린을 조금만 발라도 오래 갈 수 있다는 확신이 먹혀 들어갔다. 금발청년은 그녀의 어깨 근처를 손바닥을 바꿔 붙잡고 숨을 가다듬은 뒤 그녀 안으로 자신을 밀어넣었다. 그리고 무아지경에 빠졌다. 그의 얼굴에 일그러진 주름들이 사라지는데 4분이 걸렸다. 데르다에게는 그 순간은 마치 4년처럼 느껴졌다. 그는 채워져 있는 콘돔을 빼서 그것을 마치 샴페인 잔처럼 모두가 확실히 볼 수 있게끔 의기양양하게 치켜 올렸다. 20명은 우레와 같은 박수를 치고 30명은 비명을 질렀다.

여덟 남자를 상대하고 나니 데르다는 얼굴들이 분간되지 않기 시작했고, 그 어느 얼굴도 진짜 인간 같지 않게 느껴졌다. 그녀는 오직 눈꺼풀 아래가 깜깜해져 가는 것으로 자기가 지금 무엇을 하고 있는지 알 수 있게 되었다. 그녀는 죽고 싶었다. 더 이상 눈을 감을 수 없었으나 그녀의 얼굴 위로 땀방울을 떨어뜨리는 얼굴들을 쳐다볼 수도 없었다. 그래서 그녀는 안경 낀 애가 잡고 있는 카메라를 똑바로 바라보았다. 하지만 그는 정신없이 자리를 바꾸고 있었다. 그녀는 최대한으로 카메라 렌즈에 눈을 고정시켰다. 그것만이 유일하게 입에서 거품을 내뿜지 않고 있었다. 그녀는 포르노 배우처럼 고개를 들어 렌즈의 까맣고 작은 원을 시야에서 놓치지 않고 끝까지 쫓아갔다. 방안에 있는 움직이는 것들 중에서 그녀에게 해를 끼치지 않는 유일한 것이 생명이 없는 이 물체였다. 안경 낀 애가 자신이 천생 포르노 감독이라는 사실을 알아채고 데르다를 클로즈업해서 촬영하기 위해 그녀의 시야에서 사라지자 그녀는 그에게 버럭 소리를 질렀다. “여기로 와. 되돌아오라니깐!” 그녀는 52개의 살 조각에 의해 포위당해 있었다. 그중 하나는 그녀의 안에 들어와 있었고 나머지 51개는 손으로 할 준비가 되어있었다. 그녀가 카메라를 쳐다보기로 선택한 것은 놀랄만한 일은 아니었다. 베지르가 더 이상 그곳에서 지켜보고 있지 않았기 때문이다.

처음 스무 명 이후 또 한 명이 그녀 위로 몸을 포개는 순간부터 그녀는 이들을 때리기 시작했다. 얼굴과 어깨 등 손에 닿을 수 있는 대로 때렸다. 따귀를 때리든 주먹으로 때리든 마구 때려 댔다. 그러면서도 그녀의 눈은 카메라를 쫓아갔다. 그리고 그녀는 터키어로 귀신들에게 욕설을 퍼부었다. "이런 개 머저리 같은 것들! 엿이나 먹어라! 이 개 잡것들아! 지금 뭣들 하고 있는거냐? 이런 때 나타나서 도와줘야 할 거 아니냐? 나는 여기 있는데 너는 대체 어디있는 거냐? 어디에 있는거냐?" 마흔 명을 넘어서자 그녀는 울기 시작하며 눈으로 카메라를 보며 간청했다. 그녀는 울부짖었다. "나 좀 구해줘! 나 여기 있어. 나 여기 있어."

52명이 모두 일을 마치자 그녀는 리놀륨 매트 위에 땀과 눈물로 범벅이 되어 의식을 잃은 채 누워 있었다. 스탠리가 그녀를 흔들 때에야 비로소 정신이 돌아왔다. 그녀의 속눈썹은 아교풀 같은 눈물로 뒤범벅이 되어 떼어지지 않았고, 숨을 내쉴 때마다 콧구멍에서는 콧물이 조그만 풍선을 만들어 냈다. 그녀는 마치 아교풀로 목욕을 한 것 같았다. 52명의 남자가 그녀에게 배설한 것이다. 그들의 우윳빛 반투명한 액체를 합치면 도대체 몇 킬로나 되었을까? 그녀의 얼굴과 속 안에 무지막지하게 뿌려진 체액의 무게 때문에 그녀가 일어설 수 없었는지 모른다. 그녀가 걸어 움직일 수가 없자 스탠리가 그녀의 팔을 부축해주었다.

그들은 화장실로 들어가 그녀를 마치 무덤에 눕히듯 욕조에 뉘였다. 스탠리는 물의 온도를 조정하고 나서 그녀를 목욕을 시켜주었다. 데르다는 라히메가 자기를 씻겨주었던 것을 떠올렸다. 라히메도 스탠리가 지금 씻겨 주는 것처럼 씻겨 주었다. 그 다음에 그녀는 베지르를 생각하며 둘이서 라히메의 집에서 나누었던 대화를 떠올렸다. 그녀는 노란 안락의자와 벽 사이에 몸을 숨기고 자신의 샬바르 바지 속에 손을 집어 넣고 해봤던 상상들을 생각했다. 그때 그녀는 자주 알몸의 남성들에게 둘러싸여 있었고 베지르는 그녀를 지켜보지 않으면 안 되었다. 그녀는 무수히 많았던 그녀의 환상들을 생각했다. 하지만 그 환상 중에 하나만 실현되었다. 현실이 되어서는 안 될 환상이었다. 그녀가 과감하게 그러한 꿈을 꾸었던 까닭은 그것은 언제나 꿈으로 남아있을 거라고 확신했기 때문이다. 이때 그녀의 마음속에서 의문이 생겼다. 어떤 꿈이 실현될지 그걸 누가 선택할까? 그 꿈을 꾸는 사람일까, 아니면 그 꿈을 꾸게 만드는 사람일까?

그녀는 커다란 흰색 타월로 그녀의 젖은 얼굴을 씻겨주는 스탠리를 바라보며 물었다. "알고 있었어?" 스탠리는 침묵을 하며 계속 그녀 어깨의 물기를 닦아 주고 있었다. 그녀는 목소리를 높였다. "이렇게 많은 남자들이 있을 거란 걸 알고 있었냐고?" "응." 스탠리가 대답했다. "근데 왜 나한테 말 안 했어?" "그런다고 뭐가 달라지냐?" 거실에는 이미 옷을 챙겨 입고 리놀륨 매트를 걷어 올리는 4명의 대학생 이외에 아무도 남아있지 않았다. 다른 애들은 이미 모두 가버렸다. 아직까지 거기에 있는 학생들의 얼굴에는 뭔가 어줍지 않은 빛이 있었다. 그것은 이들을 불편하게 만들고 있었다. 후회와 같은 육중함이 고개를 치켜 들 수 없게 할 정도로 무시무시하게 무거운 하중으로 이들을 찍어누르고 있었다. 그것은 데르다에게 쏟아진 반투명한 우윳빛 액체의 짓눌림보다 몇 천배나 무거운 것이었다. 그리고 색깔도 훨씬 진한 것이었다.

데르다가 옷을 다 입고 그들 각자의 눈을 쏘아보려 했으나 그렇게 할 수 없었다. 그들이 그녀의 눈을 피해서 리놀륨 매트를 걷어 한쪽 구석에 정리하는데 여념이 없는 척을 했기 때문이다. 스탠리가 주머니에서 돈 뭉치를 꺼내곤 웃으면서 말했다. "인생은 지금부터 시작이야." 데르다는 문을 열고 나가기 전에 뒤돌아서며 스탠리를 보았다. "인생이고 나발이고 엿 처먹어라!"

* * *

3,000파운드는 32일 만에 사라졌다. 그들은 미치의 집에서 머물며 연금술사처럼 돈을 헤로인으로 바꿔버렸다. 32일 동안 집안에 갇혀 똑같은 음악앨범만 거듭해서 들었다. 크램프의 앨범 〈Off the Bone〉이었다. 그들이 유난히 좋아했던 노래는 'The Crusher'였다. 어느 날 아침 데르다는 그 시디를 꺼내 두 조각 내버리려 했다. 그러나 쪼개지지 않자 창문을 열고 그것을 바깥 거리에다 내던져 버린 후 차에 깔리길 기다렸다. 마침내는 시디는 볼보에 의해 박살이 나자 그녀는 안도를 하며 다시 자리에 앉았다. 현관에서 노크 소리가 들렸다. 문을 열자 블랙 티가 서 있었다.

두 아이는 터키에서 끌려나와 런던에 내던져진 신세지만 영어를 쓰고 있었다. 이들은 서로가 터키어를 알고 있다는 사실조차 몰랐다. 서로를 알아갈 여유가 전혀 없었기 때문이다. 이들은 오로지 헤로인에 관해서만 말했을 뿐이다. 헤로인의 질, 가격, 배급, 수명, 헤로인의 영향과 죽음. 그리고 블랙 티의 학교생활, 근교 학교들에서 헤로인을 밀매하는 일에 관해서였다. 그러나 이번에는 블랙 티가 더 많은 얘기를 나누고 싶어하는 듯 했다.

"너는 왜 머리를 삭발하는 거니?" "난 그래야만 돼. 근데 너는 언제나 헐렁한 트레이닝 바지만 입고 있냐?" "여차하면 튀어야 하니까." 블랙 티는 주머니에서 꺼낸 마리화나를 잘게 조각내어서 마치 양념을 치듯 종이에 쌓인 담배 위에다 뿌렸다. 그는 잠시 행동을 멈추고 웃었다. "사실 왜 그런지 아니? 언젠가 난 레스토랑을 오픈하려고 해. 아주 괜찮은 곳으로 말이야. 거긴 하얀 식탁보와 모든 것이 다 있을 거야. 종업원들이 모두 나이가 있는 그런 곳 중에 하나가 될 거야. 손님들은 왕실에서 오게 되지. 하지만 그건 겉만 그렇다는 얘기야. 왜냐하면 헤로인이 소금과 후춧가루 통에 있거나, 헤로인은 소금 통에 그리고 코카인은 후춧가루 통에 있는 식이기 때문이지. 어떤 손님들은 이걸 알고 종업원에게 이렇게 물을 거야. "여기 소금 있나?"라고. 물론 테이블 위에 소금 통이 있는데도 말이지. 그러면 종업원이 진짜 소금을 가져오는 거야. 그러고 나서 계산서를 가져오라고 하면 이렇게 나오게 되지. 프랑스 요리 – 40파운드, 와인 – 100파운드, 소금 – 1,000파운드. 모든 게 공개적으로 처리되는 데다 그 누구도 속이거나 하는 짓은 하지 않아. 내 말 알겠니? 나는 지금의 사업 영역을 확대하는 동시에 요리도 하는 거지. 그래서 난 요리학교에 다니려고 해. 이건 아주 좋은 생각이야. 난 요리하는 것도 좋아하니까."

그는 마리화나에 불을 붙여 깊게 빨아 마셨다. "나랑 같이 일하지 않을래?" 데르다는 블랙 티의 마리화나를 뺏어 물었다. "난 요리하는 게 지긋지긋해." 그녀는 마리화나를 흡입하며 말했다. 블랙 티가 웃음을 터트렸다. "네 여동생이 아팠니?" "아니, 그냥 엿 먹을 사건이 있었어.

걔가 학교에 처음 온 날인데 침상에서 떨어진 거야. 꼭대기 침상에서였지. 적어도 내가 듣기로는 그게 죽었던 이유라고 밝혀진 거야. 물론 기억이 뚜렷하게 나진 않아. 내가 아는 건 그 애가 침상에서 떨어져 그 놈의 학교에서 머리가 박살이 난 것밖에 없어. 개새끼들! 어린 여자애 하나 안전하게 해주지도 못하는 새끼들이었어. 걔가 몇 살이었는 줄 아니?" 데르다는 옛 생각에 잠겨 간신히 말했다. "여섯 살." "넌 어떻게 아니?" "그냥 추측. 개새끼들이였어!" 데르다는 아직까지 그 어린 여자애의 죽음에 죄책감을 느끼고 있던 터였다. 마치 블랙 티가 그러한 죄를 응징하기 위해 여기로 보내진 것과 같았다. 그녀의 꿈 중에서 어떤 꿈을 실현하게 할 수 있는지 결정하는 것이 누구이든 그 자는 블랙 티를 그녀에게 데려온 것이다. 그녀는 모든 것을 고백할 수 있었다. 자리에서 일어나 이렇게 외칠 수도 있었다. "내가 네 동생을 침상 꼭대기로 올라가게 했어! 걘 나 때문에 죽은 거야!" 그러나 데르다는 그 말을 털어놓지 않았다. 왜냐하면 누가 블랙 티를 그녀에게 데려오게 했던지, 그는 약간 늦은 것이다. 32일 늦은 것이다. 그녀는 그녀의 생애 동안 자신이 저지른 모든 범죄와 앞으로 저지를 모든 범죄에 대한 보복을 이미 당했기 때문이다. 52명의 벗은 남자들이 그녀에게 모든 것에 대한 보복을 감행한 것이다. 이제는 더 이상 보복할 게 없어졌다. 그래서 그녀는 입을 다물고 있는 것이다. 이미 형량이 결정되어 노예 선에 실린 죄수와 같은 신세였다. 장발장에서 조용히 입 다물고 있는 코제트나 마찬가지였다.

스탠리가 바로 출입문 안쪽으로 방금 지나갔다. 그러자 블랙 티는 집안으로 들어가려고 그에게로 펄쩍 뛰어 가야했다. 스탠리는 눈을 크게 뜨고 중얼거렸다. "난 고스 족이 아냐. 난 그냥 동성애자야!" 오후에 블랙 티는 스포츠 가방을 들고 돌아왔다. "이걸 받아." 그는 이렇게 말하며 데르다에게 종이쪽지 한 장을 쥐어 주었다. "이게 주소다. 여기로 가면 너한테 편지봉투를 줄 거야. 그거 열어보면 안 돼. 여기 뒷면을 봐." 그는 데르다가 바라볼 때까지 기다렸다. "넌 그 봉투를 이 주소로 가져가면 돼. 그게 다야. 알겠니?" 알만한 일이었다. 블랙 티는 현금을 꺼내서 데르다에게 주었다. "택시 타고 가." 이때 그는 데르다에게 기대어 그녀의 귀에다가 속삭였다. 그는 스탠리를 가리켰다. "저 사람에게 내가 자메이카 인에 관해 말했던 모든 걸 다 잊어달라고 말해줘. 알겠지? 그게 너에게도 해당되니까 말이야."

***

첫 번째 도착지는 노팅 힐이었다. 택시만이 그곳으로 가까이 갈 수 있었다. 해마다 트리니다드, 토고, 자메이카 사람들이 노팅 힐에서 카니발을 개최했다. 지금 카니발은 절정이었다. 이 지역의 도로들은 차량통행이 차단되었다. 데르다는 택시에서 내려 주소를 확인했다. 수백 명의 인파가 맥주를 들이키며 거리 아래쪽으로 움직이고 있었다. 아무도 그 흐름을 멈추게 하거나 방향을 제시하는 것 같지 않았다. 그래서 데르다는 군중을 향해 방향을 돌렸다. 그녀가 카니발 장소로 가까이 갈수록 북소리들이 커져만 갔다. 그녀 앞쪽으로는 빨간 티셔츠를 입고 미친 듯이 북을 두드리며 퍼레이드를 하는 그룹이 보였다. 데르다는 샛길 가장자리로 이동하며 북치는 사람들의 행렬이 지나갈 때까지 경찰의 저지선에 기대어 기다렸다. 이때 꼭대기에 대형 스피커를 매달고 서인도 제도의 팝음악을 연주하는 지붕 없는 버스가 눈에 띄었다. 버스 뒤에서는 상의를 벗은 한 무리의 아가씨들이 음악에 맞춰 뱅글 뱅글 돌고 있었다. 데르다는 미소를 지었다.

버스 뒤에 탄 사람들은 군중에게 색종이를 뿌리고 있었다. 여자들은 주기적으로 그들의 엉덩이를 요란하게 흔들기 위해 춤추기를 잠시 멈추곤 했다. 그들은 화려한 색상의 비키니를 입고 있었으며 어떤 여자들은 그들의 허리에 거대한 깃털을 감고 있어서 마치 공작새처럼 보이기도 했다. 관중들은 그들의 춤보다는 몸에 관심이 많아 보였다. 사람들의 시선은 무희들의 흔들거리는 엉덩이와 가슴, 몸에서 번쩍거리는 땀방울에 고정되어 있었다. 관중의 대부분은 남성이었지만 레즈비언들도 적지 않았다. 카니발은 눈을 위한 향연이었다. 모두들 신이 나있었다. 데르다는 문득 자기가 일 때문에 거기에 와있다는 사실을 상기하고 초조해지기 시작했다. 그녀는 군중 사이로 비집고 들어가지 않을 수 없었다. 막히지 않는 첫 번째 길로 내려갔다. 거기서도 음악이 요란하게 울렸다. 레게 밴드가 노천무대에서 연주를 하고 있었으며 사람들은 음악에 맞춰 춤을 추었고, 그들 위로 맴도는 마리화나 연기는 마치 낮게 뜬 구름 같았다. 데르다는 군중 속으로 들어갔으며 거기서 이 광경을 무심코 지켜보던 남자경관과 여자경관을 발견했다. 이들 경찰이 수행하고자 하는 유일한 의무는 누군가에게 주소를 찾아주는 일처럼 느껴졌다. 데르다는 더 이상 두려워하지 않았다. 그녀는 여자경관에게 주소를 뻗어보이며 경관의 귀를 향해 몸을 기울여 소리쳤다. 그러나 음악소리가 워낙 시끄러워서 그녀는 자신의 목소리조차 듣기가 어려

울 정도였다. 몸짓만이 유일한 대안이었다. 여자경관은 반대편 거리를 가리키며 두 손가락을 흔들며 두 번째 길에서 왼쪽으로 가라는 표시를 했다.

그 길은 비교적 한산했다. 이층짜리 타운하우스였는데 건물의 앞뒤로 출입계단이 나있었다. 데르다는 쉽게 주소지의 번호를 읽을 수 있었다. 거리는 완전히 비어있는 상태였다. 이때 그녀는 앞에 보이는 어느 집에 한 무리의 사람들이 줄을 지어 서있는 것을 보았다. 최소한 10명의 사람들이 끈기 있게 줄지어 서있었다. 데르다가 가까이 가서 보니 바로 그 곳이 그녀가 찾으려던 집이었다. '설마 저들이 이런 식으로 약을 팔진 않겠지'라고 생각했다. 그녀의 추측이 맞았다. 이 사람들은 코카인이나 헤로인을 사려고 이렇게 줄 서 있는 것이 아니었다.

줄 서있는 사람들을 무시한 채 데르다는 곧바로 정문으로 가서 집주소가 적혀있는 카드를 높이 들어 안에 서있는 자메이카 인에게 보여주었다. 그는 그녀가 뭔가 배달하러 왔다는 것을 눈치 챘다. "어서 들어와요." 그는 이렇게 말하며 사람들이 바깥에서 왜 이렇게 줄 서있는지 설명해줬다. "이 사람들은 화장실가려고 줄 서있는 거요. 한 사람당 1파운드요. 이거 괜찮지 않소? 나쁘지 않죠? 이 사람들은 짐승처럼 마시고 나면 갈 데도 없는 사람들이요. 매년 우리는 이렇게 해서 돈을 벌고 나서 후라이드 치킨을 팔아요. 어떻게 파는지 알아요? 구멍을 가지고. 알겠소? 이들에게 우린 구멍을 빌려줄 뿐이오!"

이들은 좁은 계단을 따라 올라가서 세 명의 자메이카 인과 한 마리의 핏불테리어가 곤히 잠자고 있는 방으로 들어갔다. 하지만 그들은 음악을 듣던 중이었으며 이따금씩 천장과 서로서로를 바라보거나 또는 텅 빈 공간을 응시하다가 음악 리듬에 맞춰 고개를 위아래로 재빨리 흔들어대고 있었다. 과히 빠르지 않고 과히 느리지 않게 흔들었다. 방 한가운데 있는 레코드 플레이어가 데스몬드 데커를 연주하고 있었다. 서인도 제도의 팝음악의 왕이었다. 방의 네 모서리에 있는 스피커에서 'Rude Boy Train'이 쾅쾅 울렸다.

정문에 있던 자메이카 인은 자기의 짭짤한 사업 때문에 아래층으로 다시 내려갔다. 방안에 있는 자메이카 인들은 데르다에게 별 관심이 없어보였으나 검은 핏불테리어만이 잠시 그녀를 보려고 고개를 세웠다가 다시 떨어뜨렸다. "블랙 티가 보내서 왔어요. 나한테 줄 봉투가 있다면서요." 그러면서 그녀는 블랙 티의 가방을 두 개의 안락의자 사이에 있는 낮은 커피 테이블에 올려놓았다. 자메이카 인들은 여전히 음악에 맞춰 고개를 흔들거리며 삭발한 소녀를 느긋하게 올려다보았다. 그들 중 하나가 말했다. "오랜만에 스킨헤드가 우리 집엘 찾아왔네." 다른 하나가 거들었다. "우리가 스킨헤드를 두들겨 패준지도 오래지." 세 번째 자메이카 인이 입을 떼었다. "밥, 뭐하고 있는 거냐?"

데르다가 문을 향해 펄쩍 뒷걸음질 치자 세 남자는 깔깔대고 웃었고 밥은 짖어 대기 시작했다. 그중 하나가 일어서서 말했다. "걱정하지마. 우린 너희들처럼 광견병 같은 거 없으니까." 그러면서 그는 가방을 커피 테이블에서 끌어내려 지퍼를 열었다. 데르다는 마음을 단단히 먹었다. 이 종자들이 어떤 똥개 같은 짓을 할지 파악해야 했다. 그 자메이카 남자는 블랙 티의 가방에서 3.5 킬로의 벽돌들을 꺼냈다. 그는 남은 동료들을 바라보았다. "누가 한 번 맛볼래?" 오직 밥만이 반응했다. 허리부근까지 내려오는 꼰 머리 가닥들을 데르다의 위로 휘날리며 자메이카 남자는 말했다, "넌 여기 기다리고 있어." 그는 세 개의 벽돌을 들고 방에서 나갔다. 나머지 두 명은 다시 머리를 흔들기 시작했다. 데르다는 그다지 걱정하지 않았다. 그 사람이 다시 헤로인을 가지고 돌아오리라고 확신했다. 적어도 그녀는 그렇게 믿어 의심치 않았다. 그때 남아있던 자메이카 인이 말했다. "지금 그 남자 누구냐?" "어떤 남자?" 나머지 다른 자메이카 인이 말했다. "아, 저기 앉아있던 남자 말야. 지금 방금 나갔잖아. 그 사람 누군지 아니?" "몰라." "그럼 그 치가 여기서 뭘 하고 있었던 거냐?" "글쎄, 나도 모르겠다." "뭐, 제대로 틀어박힌 자 같아." 그들은 데르다를 쳐다보곤, 그중 하나가 말했다. "블랙 티가 너를 보낸 거 맞지? 그럼 우리한테 물건을 줘야지. 야, 어디 한번 어떤 건지 보자."

데르다는 아찔했다. "내가 방금 당신들한테 줬잖아. 당신네 친구가 그걸 가지고 방금 나갔잖아." "우린 그 인간 몰라. 근데 넌 그 치를 안다고? 안 그러면 그 가방을 왜 그 치한테 준거니? 그 치를 아니까 그런 거잖아. 어쨌든 우리한테 물건을 줘봐. 그럼 우리가 확인해볼 테니까." 데르다는 가슴이 철렁 내려앉았다. "지금 무슨 말들을 하고 자빠진 거야? 내가 방금 그 사람한테 물건을 줬고 그 사람은 누구 한 번 맛보지 않겠냐고 물어보기까지 했잖아. 그런데 그 사람을 모른다고?" "모른다니까." 두 남자가 대답했다.

데르다는 전신이 부르르 떨렸다. 그녀는 이마에서 땀방울들이 맺혀오는 것이 느껴졌다. 그녀는 머리를 감싸고 울부짖었다, "그럼 난 지금 어떡해?" 두 명의 자메이카 인은 서로를 바라봤다. 하지만 이들은 끝까지 그러한 행동을 지속할 수가 없어 웃음을 터뜨렸다. "넌 정말 스킨

헤드구나." 그중 하나가 말했다. 다른 하나는 이렇게 말했다. "사람이 어쩌면 그리 멍청할 수 있냐?" 데르다는 이들의 목을 졸라 죽이고 싶었으나, 그냥 안락의자에 털썩 걸터앉아서 담배를 청했다. 낄낄거리는 자메이카 인이 마리화나를 그녀에게 건네줬다. 마리화나에 불을 붙이자 그녀의 경직된 얼굴 근육이 부드러워졌다. 이제는 그들과 어울려 함께 키드득 거릴 정도였다. 데스몬드 데커의 리듬이 방안을 가득 채웠다. 짧은 순간일지언정 이들 모두는 정말 행복해보였다. 마리화나가 방안을 한 바퀴 돌고나자 이들은 틈틈이 데르다의 흉내를 냈다. "그럼 난 지금 어떡해?"라고. 이들은 동료 하나가 세 개의 헤로인 벽돌을 갖고 돌아올 때까지 데르다의 모습을 연거푸 재연해보이며 시종일관 깔깔거렸다.

"모두 이상 없어." 라스타가 데르다에게 봉투를 건네주며 말했다. 그녀는 일어서서 그것을 받았다. 나머지 남자들도 일어나 작별인사를 했다. 데르다는 밥의 머리를 쓰다듬어 줬다. 그 개의 이름을 따온 남자만큼 부드러운 개였다. 데르다는 방을 나섰다. 1층에서 그녀는 출입문을 지키는 아까 그 자메이카 인을 봤다. 어떤 부인이 화장실에서 나오자 그는 데르다를 향해 고개를 돌리고 웃으며 말했다. "들어갈래? 숙녀에겐 특별 가격이지." 데르다는 그런 제안에 고맙다하고 집을 나왔다. 그녀는 바깥의 도로를 따라 걷다가 카니발 행사장을 거쳐 원래 왔던 길로 돌아와서 택시를 불러 첼시로 갔다. 그녀는 블랙 티의 카드에 적힌 두 번째 주소를 운전수에게 줬다. 서너 구역을 지나서 이들은 10층 아파트 건물로 다가오자 데르다는 거기서 내렸다. 그녀는 출입문 곁의 금속판에 적힌 아파트 번호를 찾아내곤 벨을 울렸다. 윙윙 울리는 목소리가 인터폰을 통해 칙칙 거렸다. "거 누구요?" "블랙 티가 보낸 배달…" 그녀가 말을 다 끝마치기도 전에 찰칵하는 날카로운 금속음이 났다. 그녀는 문을 밀고서 열린 문으로 들어갔다. 그녀는 승강기 안에서 자메이카 남자들과 얼마 전에 있었던 일들을 돌이켜 생각해봤다. 그러다 승강기는 8층까지 갔다. 그녀는 웃기 시작했다. 그녀는 33호 아파트 도어 벨을 울릴 때까지 여전히 웃고 있었다. 레가이프가 문을 열어줬다. 그녀의 눈은 충격에 휘둥그레졌다. 데르다는 웃음을 멈췄다.

레가이프는 데르다의 옷깃을 붙잡고 그녀를 안으로 끌어들였다. 그리고 문을 쾅 닫았다. "네 뒤를 쫓아오는 사람 없지?" 그는 이상한 영어 악센트를 쓰고 있었다. "없어요, 없어." 데르다는 더듬거리며 대답했다. 그의 손에 권총이 들려있는 것을 봤기 때문이다. 데르다는 그녀의 아버지 앞에 서있었다. 그것은 손에 묻은 피가 증명했다. '나만 침착히 굴면 괜찮을 거야. 봉투를 주고 떠나야지.' 그녀는 이렇게 생각했다. 그녀는 침착히 있으려고 애를 써서 평정심을 유지할 수 있었다. 레가이프는 그녀를 알아보지 못했다. 지난 15년간 그는 딸과 겨우 5일 밖에 보내지 않은 아버지였다. 그가 데르다를 마지막으로 본 것은 5년 전이었다. 데르다는 그때 이후로 머리를 삭발했다. '이 사람은 나를 알아보지 못하는 구나.' 그녀는 이렇게 생각했다. 그가 몰랐던 무언가가 있는 것이다. 바로 코카인이었다.

베지르가 살해당하고 일주일 후에 기도는 레가이프를 불러 그에게 새 아파트를 세내어 거기서 1년 치 음식을 쌓아두고 숨어 지내라고 했다. "나한테 소식이 올 때까지 거기에 꼭 박혀 있어." 이렇게 명령을 내렸다. 그들에게는 기도에게 정보를 흘려주는 경찰이 있었다. 지금 둘루한 형제가 M15를 그들에게 투입하려 한다는 내용이었다. 그 경찰의 유일한 조언은 이러했다. "일체 모습을 드러내지 마시오."

레가이프는 지시대로 했다. 하지만 그는 그의 과거를 완전히 덮어둘 수가 없었다. 특히 전과자로서 자신의 이력을 속일 수는 없었다. 레가이프는 감옥이 싫었다. 마찬가지로 우베이둘라의 가구공장 입구에 있는 경비초소가 싫었다. 그는 런던에 온 처음 3개월 동안 그곳에 갇혀있다시피 했다. 숨조차 쉴 수 없는 공간이었기 때문이다. 그래서 어느 날 다른 경비원들과 함께 마치 일을 하러 가는 것처럼 집을 떠났다. 그 대신 이들은 새로 찾은 자유를 향해 달려가기라도 하듯이 곧바로 지하세계로 들어갔다. 그는 영어의 기본 문법조차 배우지 않았으나 신속히 자신의 갱단을 결성했다. 지하세계의 생리를 아주 잘 알고 있었기 때문이다. 이들은 '늑대전사'라 불렸다. 야트르자 출신의 친척 아이들로 이루어진 지하조직이었다. 처음 몇 주 동안은 우베이둘라와 베지르가 레가이프를 사냥하려고 시도했다. 그들은 레가이프가 삼림 감시원 출신이란 걸 알고 있었으나 산 속에 숨어있을 리가 없었다. 그는 런던에 있었다. 런던과 같은 도시에서 삼림 감시원을 추적하는 것은 소용없는 짓이었다. 그들은 결국 그를 찾아내지 못했다. 할 수 있는 일이 단 하나 있었다. 우베이둘라는 이 일을 본인이 처리했다. 레가이프를 저주하는 일이었다. 그것도 만만치 않은 저주를 퍼붓는 것이었다.

아주 여러 해 동안 감옥에 있다가 지금은 첼시에 있는 자기 집에 은둔하면서 벽만 바라보고 자신의 운명을 저주하는 것 밖에 없는 레가이프는 늑대전사를 부리고 있었다. 그는 거리낌 없이 그의 수입을 코카인에 투자했다. "내가 밖에 나가 세상 속으로 들어갈 수 없다면 그 세계를 내 안으로 끌어 들이겠다." 그가 타격을 당하기 전까지 그렇게 말했다. 마약은 또 이렇게 말하게 했다. "신은 위대하나 그의 교리는 개뿔이다." 그의 마약세계에서 그는 자신의 형제에게 투약을 하거나 자신의 아내를 목 졸라 죽인 사람들을 만났다. 자기 자식조차 몰라보는 사람들도 있었다. 마약의 세계는 사람들로 하여금 서로에게 등을 돌리게 했다. 헤로인 중독자들은 이 세상의 다른 사람들에게 관심을 갖지 않는다. 그들 자신이 우주의 중심이고, 그들의 행동을 정당화시키기 위해 행성들은 존재한다는 식으로 많은 타당성을 찾아낸다. "신이여 저들을 구원 하소서."라고 레가이프는 말하곤 했다. 하지만 그는 더 이상 그 말을 뱉지 않았다. 5개월 동안 그런 말을 하지 않았다. 그는 더 이상 형제나 아내를 가지고 있지 않았다. 그의 비극은 이제 자기의 친자식을 알아볼 수 없다는 것이다. 그는 자기의 딸을 마지막으로 본이래 그녀가 은퇴한 상무관의 삶을 살았다는 사실을 꿈에도 몰랐다. 그는 그녀가 어떻게 생겼는지조차 기억할 수 없었다.

그는 가죽 자켓의 데르다를 들어오게 하며 거실로 걸어갔다. 그러면서 그는 혼잣말로 터키어를 지껄였다. "너 같이 멍청한 닭 머리가 미행을 당하는 지 어떻게 알겠냐만?" 데르다는 아파트 안으로 발을 옮기고 난 뒤 봉투를 쥔 채로 기다렸다. 거실에서 레가이프가 그녀를 불렀다. "이리 와봐라!" 데르다는 마지못해 거실로 걸어 들어갔다. 그녀가 하고 싶은 것은 오직 봉투를 전달해주고 자리를 뜨는 것이다. 레가이프는 권총자루로 앞이마를 긁으며 서있었다. 방안은 휑하니 텔레비전과 소파만 있었다. 그는 총으로 소파를 가리켰다. "앉아." 데르다는 그에게 봉투를 내밀었다. "이거 당신 거예요." 레가이프는 데르다의 얼굴에 권총을 겨누는 시늉을 했다. "앉으라고 했잖아." 데르다는 현기증이 났다. 그녀의 짧은 생애 동안 겪었던 가난과 상실, 자메이카 사람들과 방금 피웠던 풀들, 여러 해 만에 만난 아버지의 무장한 모습. 이 모든 것들을 참아내기가 몹시 힘들었다. 그녀의 목소리가 떨렸다. "난 지금 이 봉투만 전달해주려고 왔을 뿐이에요. 제발."

레가이프는 앞으로 걸어오더니 데르다의 귀를 꽉 잡았다. 붙잡을 만한 머리카락이 없었기 때문이다. 통증이 심해 그녀는 소파에 그냥 넘어질 뻔했다. 어찌 할 도리가 없었다. 레가이프는 그녀를 놔주고는 중심을 잡게 하려는 듯 그녀의 두 귀를 붙잡았다. 마치 그가 귀를 떼어내는 듯 했다. 그는 여느 아버지라도 그렇게 하듯 귀를 잡아 당겼을 뿐이다. 아버지처럼 꾸짖기도 했다. "내가 너에게 뭘 시키면 넌 그대로 해야 돼. 내가 앉으라고 하면 그냥 앉아. 일어서라고 하면 그냥 일어서. 자, 이제 내말을 들어봐라. 주의 깊게 들어야 한다. 너의 옷을 벗어." 데르다의 눈에서 눈물이 솟구쳤다. 이때 그녀는 터키어로 소리쳤다. 그의 아버지는 잠잠해졌다. "난 데르다에요. 데르다라고요. 당신의 딸이라고요!" 레가이프는 얼어붙었다. 잠시 후에 그의 몸이 축 쳐졌다. 그러고 나서 그는 터키어로 외쳤다. "이런 빌어먹을 네가 어떻게 우리 어머니의 이름을 안다고 그래?" 그는 데르다의 얼굴을 세게 후려쳤다. 그녀는 뒤로 나가 떨어져 찌그러진 깡통처럼 소파 위로 쓰러졌다. 그녀는 다친 짐승처럼 헉헉 거렸다. 마치 죽어가는 강아지 같았다. 그녀의 머릿속은 백지상태였다. 그녀는 또 다시 망원경을 거꾸로 보고 있는 것이었다.

"울면서 시간 낭비하지마라." 레가이프가 말했다. "어찌 됐던 너와 섹스를 하고 말거다. 그것 때문에 네가 여기 온 거 아니냐? 그 녀석이 말해주지 않든? 티무르 말이야." 그녀는 자기가 누구인지 아버지에게 밝힐 생각을 접었다. 데르다는 쏟아지는 눈물 사이로 외쳤다. "티무르가 누구예요?" "블랙 티셔츠 입고 다니는 양아치 있잖아." 레가이프가 웃으면서 말했다. 내가 그 녀석한테 여자애 한명 구해서 보내라 했더니 널 보낸 거다. 헌데 먼저 그 봉투를 다오." 그렇다면 블랙 티는 알고 있는 것이로구나. 내가 자기 여동생을 죽였다는 사실을 알고 있는 거야. 그래서 복수를 하려고 니를 여기로 보낸 거로구나. 그때까지 데르다는 봉투를 꽉 쥐고 있었다. 그녀는 일어서서 그것을 레가이프의 얼굴에다 던졌다. 그것은 그의 어깨에서 튕겨나 바닥으로 떨어졌다. 레가이프는 웃었다. 그는 몸을 구부리고 봉투를 집어 들었다. 봉투를 열고 두툼한 현금 다발을 꺼냈다. 그는 돈을 세기 시작했다. 지폐를 굽어보는 그의 눈은 돈 세는 사람처럼 반짝 거렸다.

"이젠 벗어. 너랑 더 이상 말씽 빚고 싶지 않으니까!" 그는 딸의 가슴을 찰싹 때렸다. 그의 충혈된 눈은 쩍 벌린 입처럼 게걸스럽게 웃었다. "아니면 하기 전에 뭐 조그만 거라도 할래? 파상풍 주사 조금 맞을래?" "아버지." 데르다가 간청했다. "아버지, 날 기억하지 못해요? 제발 하느님 이름으로." 그는 다시 그녀의 귀를 잡았다. "미친 년. 어디서 감히 하느님 이름을 팔고 그래? 네 모습을 봐라. 저주받을 꼴을! 네 에미와 애비가 이런 너를 보면 수치심에 죽어버리겠다!" 그는 데르다를 끌고 복도를 가면서 계속 그녀에게 면박을 주었다. 침실 문을 열고 그 안에 있는 침대에다 데르다를 던졌다. "침대 옆에 물건이 있다! 네가 하고 싶은 만큼 해. 단 내가 돌아오면 준비하고 있어야 해." 그는 이렇게 말하고 침실 문을 잠그고 나갔다. 열쇠는 주머니에다 넣었다. 그러고 나서 그는 텔레비전 곁에 있는 휴대폰을 들어 번호를 눌렀다. 그는 소년이 받아 든 순간 소리를 질렀다. "야, 이 멍청한 자식아! 어떻게 길에 있는 쓰레기를 골라 나한테 보냈니? 이 개 같은 놈아. 네놈이 네 입으로 여자애를 찾아줄 수 있다고 나한테 아부했잖아. 엉! 그래 결국 구했다는 게 정신병자 창녀냐. 게다가 그년은 빌어먹을 터키 애 아니냐!" 그는 있는 대로 욕설을 퍼붓고 숨을 고르느라고 잠시 멈췄다. 블랙 티가 이때다 싶어 말대꾸를 했다. "그걸 내가 어떻게 알아요? 여자앨 만날 수 있게 다 세팅했잖아요."

레가이프는 휴대폰을 벽에다 내던지고 방에서 서둘러 나왔다. 마침내 이해가 되었다. 그는 침실 입구로 와서 몸을 꼿꼿이 세웠다. "데르다!" 그는 한 손으로 침실 문을 두드리고 다른 손으로는 주머니를 뒤져 열쇠를 꺼내며 소리쳤다. 문을 열 때 그의 손은 떨리고 있었다. 데르다는 짙은 보랏빛 멍이든 팔에 주사기를 꽂은 채 꼼짝 않고 침대에 누워 있었다. 레가이프는 그녀에게로 달려가 그녀의 어깨를 흔들었다. "데르다! 아, 데르다!" 데르다는 눈을 뜨고 속삭였다. 레가이프가 그녀의 입술 위로 고개를 숙였고 결코 잊을 수 없는 무언가를 들었다. "아버지, 원하는 대로 나를 가져요." 이 말이 그의 귀로 미끄러져 들어와 그의 뇌 속에서 마치 뱀처럼 똬리를 틀었다. 레가이프는 자기의 딸을 두 손으로 붙잡고 흐느껴 울기 시작했다. 눈은 천장을 바라보면서 그녀를 자기 가슴에 꼭 껴안았다. 그는 숨이 넘어갈 것처럼 흐느꼈다. 최후의 심판일에 벗겨질 불협화음과 같은 고통스런 숨소리였다. 레가이프는 너무나 커다랗게 흐느끼는 바람에 SAS 특공대와 M15 요원들이 그의 아파트를 습격하며 출입문을 박살내는 소리를 듣지 못했다. 레가이프는 요원들이 그를 데르다로부터 끌어내리고 그의 바지에서 권총을 뺏고 현장에서 수갑을 채우자 소리를 질렀다. 계속 소리를 질러대는 통에 목소리가 갈라져서 나왔다. "날 용서해줘. 오 제발, 날 용서해줘. 날 용서해줘!" 그가 휴대폰을 한 번 더 발신하면 M15 요원들이 그의 위치를 추적해낼 수 있는 상황이었다. 그런데 레가이프가 블랙 티에게 야단을 치려고 휴대폰을 사용했던 것이다. 한 요원이 데르다의 맥박을 체크해보고 구급차를 불렀다. 레가이프가 아파트에서 끌려나가자 그의 목소리는 복도를 통해 메아리처럼 울렸다. "데르다야!"

레가이프는 친딸과 잠자리를 함께 할 뻔했다. 그녀가 출생한지 4일 만에 그의 아내 사니에가 포기를 한 바로 그 딸이다. 그가 자기의 두 손으로 귀를 막아보려 했지만 그는 여전히 데르다가 그에게 속삭여준 말이 들렸다. "아버지 원하는 대로 나를 가져요." 그는 침대의 쇠모서리에다 귀를 잘라내고 싶었다. 레가이프는 틈이 나는 순간 목을 매어 자살하고 말았다. 그가 남긴 것은 아무 것도 없었다. 오직 감방 벽에 한 문장을 새겨놓았다. '하느님이 우리가 최악의 구렁텅이에 빠지는 것만은 막아주셨다.' 그것이 레가이프가 이 세상에서 유일하게 고마워했던 것이다. 그는 적어도 친딸과 성관계를 맺는 불상사를 피한 셈이었다. 그것만으로도 충분했다. 그래서 그가 세상을 떠날 때 평화롭게 눈을 감았다. 그는 거기에 감사했다.

데르다는 성모 마리아 병원의 집중 치료실에서 눈을 떴다. 3일 동안 혼수상태였다. 그녀는 침대 옆 쇠꼬챙이에 걸린 링거 병을 올려다보며 주사액이 모래시계처럼 방울방울 떨어지는 것을 보고 있었다. 그녀는 간호사가 그녀를 굽어보며 살며시 그녀의 이름을 부르기 전까지 자신이 홀로 있다고 생각했다. 데르다는 통통한 빨간 머리가 그녀를 내려다보며 미소 짓고 있는 모습을 올려보았다. "이제야 작은 숙녀가 깨어났네. 안녕." 간호사가 말했다. 그러고 나서 그녀는 데르다의 움직이지 않는 팔 근처에 매달려있는 코드 끝에 있는 버튼을 가리키며 말했다. "무슨 일이 있으면 이 버튼을 눌러. 난 지금 의사 선생님을 부르러 갈게. 그러니까 아무데도 가면 안 돼." 데르다는 다시 모래시계를 바라보며 주사액 방울을 세기 시작했다. 그녀의 머리는 속은 완전히 백지상태였다. 간호사가 클립보드를 든 젊은 남자와 함께 다시 나타났다. "몸 상태가 어때요?" 그 남자가 얼굴에 미소를 띠고 물었다. "괜찮은 것 같아요." 의사는 클립보드를 간호사에게 넘겨주고 그의 윗도리 주머니에서 만년필 형 손전등을 꺼내 데르다의 눈을 검사해보았다. "내가 보기에 아가씨는 지금 아주 좋아 보여요. 아가씨한테 무슨 일이 있었는지 기억해요?" "난 완전히 초죽음 상태였을 거예요." "그래요." 의사가 웃으면서 말했다. "좋아요, 그렇다면 아가씨가 뭘 복용했는지 기억해요?" "헤로인요." "아녜요. 아가씨는 혼수상태에 빠질 만큼 엄청난 양의 코카인을 투약했어요. 다행이에요. 아가씨 심장이 두 번이나 멈췄어요. 내 말 이해해요?"

그는 환자 기록부를 훑어보았다. "데르다라고. 아주 예쁜 이름이네. 아가씬 어느 나라에서 왔어요?" "터키요." "좋아요. 그런데 조금 있으면 경찰이 와서 몇 가지 질문을 할텐데 괜찮겠어요?" 데르다는 고개를 끄덕였다. "오케이. 그럼 난 잠시 후에 돌아올게요." 그는 이렇게 말하고 뒤로 돌아 자리를 떠나려다 말고 다시 멈춰서선 웃었다. "그래, 맞아. 페티예야! 난 바로 지난 여름에 거길 갔었지. 아주 멋진 나라였어.

아가씨는 커다란 행운이 따랐던 거요!"

두명의 M15 요원이 데르다 침상의 양쪽 머리곁에 서있었다. 한 요원이 그녀의 얼굴을 들여다보며 말했다. "잘 들어, 우리가 너에게 유일하게 요청하는 것은 법원에서 증언해주는 거다. 그게 다야. 그밖엔 아무 것도 없다. 너의 사생활에 관한 건 일체 없다. 그리고 우리는 네가 계속 영국에 머물 수 있게 우리가 할 수 있는 조치를 모두 취할 작정이다. 네가 알고 있는지 모르지만 너는 지금 여기에 불법체류하고 있는 거란다. 너는 판사에게 네가 알고 있는 모든 것을 다 말해줘야 한다." "그런데 난 아무 것도 몰라요." 데르다가 말했다. "하지만 베지르는 알고 있잖아. 안 그래?" 다른 요원이 거들었다. "너를 여기로 데려와서 아파트에 가두어 놓았던 자가 아니냐?" "네." 그녀는 속삭이듯 살며시 대답했다. "그렇다면 그 집에서 있던 그대로 설명하란 말이야. 물론 너의 아버지에 관해서도 말해줘야 해. 우린 그게 필요하단 말이다." "헌데 나는 아버질 딱 한번 봤어요." 데르다가 언성을 높여가며 말했다. "이봐, 데르다. 우리가 여기에 온 이유는 네가 런던에 온 이래 너에게 못된 짓을 한 모든 놈들을 붙잡기 위해서란다." 그는 거짓말을 하고 있었다. 지난 5년 동안 그들은 둘루한 형제부터 기도 아아, 타리카트 원로 흐드르 아리프, 베지르의 킥복서에 이르기까지 관련된 사람들 모두의 뒤를 쫓고 있었다. 그렇게 하는 것이 전적으로 이들의 권한이었다면 이들은 셰이크가지까지 터키에 있는 그의 접대소에서 추방시켜 런던에서 심판받게 했어야만 했다. 그러나 당분간 런던 본부에 있는 요원들은 이 극적인 재판에만 전념했다. 사실상 가장 극적인 것은 열한 살의 나이에 터키의 시골마을에서 런던으로 강제로 끌려와 그곳에서 온갖 가학

성애자와 살다가 마약중독자들과 일을 했던 이 어린 소녀의 역경이다. 과연 이보다 더 극적인 사건이 있으랴? 게다가 그녀의 아버지라는 사람이 이 모든 일을 처음부터 도맡아 왔다. 데르다는 지금 런던에 있는 터키의 지하조직에서 핵심인물이 되어있었다. 법원에서는 그녀가 어떤 식으로든 런던의 마약 책들과 동업하는 과격 이슬람 갱단과 연루되어 있다고 의심하고 있었다. 이 사건을 캐가는 과정에서 당국은 꿩 먹고 알 먹는 식으로 한 방에 모든 걸 해결하길 희망했다. 여기에 관련된 모든 자들은 용의자 명단에 다 올려졌고 이들의 은행계좌는 조사 중이었다. 적어도 몇 명은 종신형을 받을 것이다. 이 일을 성사시키기 위해 M15 요원 제임스 본드는 제임스 본드라면 결코 하지 않았을 짓을 했다. 그는 16세 소녀에게 거짓말을 했다. 데르다는 그가 한 말을 모두 믿었다.

우선 데르다는 브리튼에 있는 사립 마약재활센터로 보내졌다. 그녀가 치료를 받던 5주가 끝나갈 무렵 M15 요원들이 와서 그녀를 다시 런던으로 데려갔다. 다른 나라에서는 '정의의 궁전'으로 알려져 있는 여왕 법원 건물은 그 이름 그대로 뭔가 모호한 어감을 주고 있지만 눈의 가면 속에 묻혀 있었다. 데르다는 이 건물이 다른 이름을 가지고 있지만 여전히 기능과 동일한 함의를 가지고 있다는 사실을 재빨리 깨달았다. 역사적 건물 내에 있는 역사적 법정에서 데르다는 판사 앞에 나타났다. 그녀는 증인보호를 받기 때문에 흐드프 아리프는 법정에서 누가 그에게 불리하게 증언하는지 전혀 알 수 없을 것이다. "저들은 나의 사진을 터키의 시골에서 가져가 그것을 런던에 있는 흐드프 아리프에게 보냈어요. 그 사람이 여자 애들을 직접 뽑아 갔어요. 거기에 나도 끼어

있었지요. 그 사람은 내가 결혼할 남자도 골랐어요. 라히메가 이 모든 것을 다 얘기해줬어요. 타워 브리지에서 투신자살한 여인 있잖아요." 데르다는 자기가 기억하는 모든 걸 다 털어놓고 얘기하니까 속이 시원했다. 그녀는 블랙 티에 관해서도 말해줬다. "나는 그 애한테 헤로인을 샀어요. 그 애는 늑대전사라고 불리는 갱단의 멤버에요. 이 갱단은 라이벌인 쿠르드 갱들과 싸움을 하고 있어요. 그 애는 우리 아버지 레가이프 밑에서 일했지요. 게다가 그 애는 자메이카 인이 되고 싶다고 그랬어요." 법정에서는 자메이카 건에 관해서는 별로 관심을 두지 않았다. 어쨌든 데르다는 자신이 기억하고 있는 모든 것을 신나게 설명해줬다. 심지어는 그녀의 11층 아파트에서 종교 강연 중 베지르 입에서 튕긴 침에 관해서까지 말해줬다.

하지만 그녀는 스티븐, 스탠리, 미치에 관해서는 언급하지 않았다. 이상하게 들릴지 모르지만 그녀는 이들이 그녀의 생명을 구하는데 일익을 했다고 느꼈다. 사실 그녀는 스탠리를 경멸했지만 그가 감옥까지 갈 필요는 없다고 판단한 것이다. 그는 이미 헤로인 중독이라는 성벽에 갇힌 삶을 살고 있었거나 아니면 그녀가 그렇게 생각해버렸는지 모른다. 그녀의 판단은 옳았다. 왜냐하면 그 후 6년 동안 스탠리는 그러한 성벽 안에서 그리고 혹독한 거리의 현실 속에서 살아야 했기 때문이다. 스탠리는 아버지가 죽자 본가로 돌아왔다. 그 집은 진짜 그의 것이 되었다. 그러나 스탠리는 곧 헤로인 과다복용으로 죽고 말았다. 성벽이 그의 주변에서 와르르 붕괴되어 버린 것이다. 스티븐은 자신의 유언에 따라 차도르를 입은 채 매장되었다. 오직 미치만이 자신의 삶을 되돌릴 수 있었다. 그는 고향 캘리포니아로 돌아가서 어느 남자와 결혼했지만 곧 그와 이혼했다. 그러고 나서 미치는 어느 여성과 결혼해서 함께 다큐 영화를 찍기 시작했다. 그 대부분의 다큐 영화는 그가 살아 봤던 다양한 나라에 사는 무슬림들의 역경을 추적하고 있었다. 수상 소감에서 미치는 이렇게 말했다. "나는 지금 그녀가 어디에 있는 지 확신할 수 없습니다만 이 특별난 무슬림 소녀에게 엄청난 빚을 지고 있지요. 그녀는 항상 영감의 원천이었습니다." 그녀에 대한 이러한 미래의 오명을 알지 못한 채 그녀는 실수로 증언 과정 중 미치가 찍은 어느 비디오 필름을 언급했으나 그 내용이 워낙 변태적이라 판사는 그녀의 말을 믿지 않았고, 그녀가 심하게 마약을 복용해서 생긴 망상에서 빚어진 내용으로 치부해버렸다. 그래서 그녀는 주제를 바꿔봤다. 52명의 케임브리지 대학생들 얘기를 꺼내자 판사는 "그런 말을 꺼낼 필요는 없어요. 아무 필요 없어요."라고 했다. 거의 점심시간이 되자 데르다는 이런 부류의 사람들은 그녀의 얘기를 전혀 믿지 않는 다는 것을 깨달았다. 판사가 데르다에게 추가할 말이 있느냐고 묻자 그녀는 아버지에 관해 물었다. "안됐지만 아버지는 사망했어요. 자살했어요." "우리 어머니가 항상 하던 말이 있어요. '하느님, 언젠가 저 인간을 죽여주소서' 나는 이제 어머니에게 더 이상 아무 소원도 빌지 말라 말할 수 있을 거예요." 그녀는 살짝 미소를 띠우며 말했다.

브리튼 재활센터는 시내 중심지에서 열정거장 되었다. 본관 건물은 데르다의 옛날 기숙학교 교정만한 푸르른 잔디밭 한복판에 서있었다. 건물 명칭은 '희망'이었다. 정원의 문 위쪽에 붙은 팻말의 명칭을 읽으며 데르다는 희망을 갖고 살았던 그와 같은 이 세상의 모든 사람들을 생각해봤다. 재활센터를 하루에 한 번쯤 지나치는 사람들은 팻말에 쓴 명칭을 읽으면 기분이 좋을지도 모른다고 데르다는 생각했다. 그래서 그녀는 혼자 웃음을 지었다. 그러나 그녀의 웃음은 오래가지 못했다. 재활 프로그램이 12주차로 접어든 이래로 그녀는 더 이상 웃음이 나오지 않았기 때문이다.

헤로인 중독자들의 치료과정은 85일 동안 계속되었다. 육체가 스스로에게서 마약을 몰아내게 하면서 주로 한 장소에 머물러 있다는 것이 보통 힘든 여정이 아니었다. 한 사람의 마약 투약자는 세 명의 도움을 받으며 치료를 마쳤다. 환자를 돕기 위한 최후의 수단으로 순한 진정제를 사용할 수 있는 정신과 의사는 심리적 고통을 담당하고 있었다. 환자의 영적 영역을 복구시키는 치료사와 환자의 곁에 항상 붙어있으며 환자에게 필요한 모든 지원을 제공하고 자살이나 자해행위를 미연에 방지하는 역을 담당하는 간호사 또는 동반자가 있었다.

센터에서 정신과 의사와 치료사는 환자를 12명씩 공동으로 돌보고 있었다. 동반자들의 수는 계절에 따라 변했다. 대부분의 중독자들은 가을에 오는 경향이 많기 때문이었다. 쓰레기 같은 마약중독자들은 자신들의 상황이 절망적이라는 사실을 잊고 여름이면 바깥에서 잠을 잤다. 그들이 걱정하는 것은 지는 태양 아래서 말라가는 자신들의 입술뿐이었다. 그러나 첫 가을비가 내려 날씨가 차가워지기 시작하면 이들은 몸을 질질 끌면서 재활센터를 찾아 숙식을 했다.

그래서 재활센터에는 마약중독자들과 거의 동수의 동반자들이 있었다. 무급으로 동반자직을 자원해서 일하는 사람들은 자신들의 개인적 죄를 속죄하기 위해서이거나, 이미 속죄를 받았다고 믿는 사람들이었다. 헤로인 중독자와 12주를 함께 보낸다는 것은 초인적인 노력을 요구했다. 치료과정 중에 동반자는 환자가 잠이든 이후에나 잠을 청할 수 있었다. 초인적 노력이란 중독자들에게 공기처럼 붙어있으며 그를 가까이서 따라다녀야 하는 일이었다. 동반자들을 공기와 같다고 하는 이유는 회복하는 중독자들과 팔짱을 끼고 걸어다녀야 하고, 언제나 그들 곁에 있어야 하고, 그들을 절대로 심판하려 들지 말아야하기 때문이었다. 데르다의 동반자는 그녀가 항상 숨을 쉬고 있는지 확인해야 했고 그녀가 넘어지면 일으켜 세워주고 눈물을 닦아주는 역할을 했다. 그녀의 상스런 언어에도 신경 쓰지 않았다. 동반자는 그녀가 주먹으로 테이블을 내리칠 때면 그녀의 손목을 잡아 만류했고 그녀가 침을 뱉거나 침을 흘리면 턱을 닦아 줬다. 그러면서도 언제나 미소를 잃지 않았다. 만약 마약중독자가 동반자를 죽이겠다고 난리를 친다 해도 동반자는 두 명의 병원장 중 하나가 그를 도와주러 올 때까지 기다리는 수밖에 없었다. 동반자들은 이 모든 일을 도맡아 해야 했으며, 동시에 환자가 있는 곳이라면 그 어디든 함께 있어야 했다. 공기와 마찬가지로.

희망의 매니저들은 동반자들을 성인들이라 불렀다. 차라리 그렇게 부르는 편이 옳았다. 대부분 은퇴한 간호사들이었지만 매니저 역할을 하는 모든 여인들은 동반자들이 마약중독자를 성공적으로 치료할 때마다 동반자들의 눈을 바라보며 "당신들은 공기와 같아요."라고 칭찬하면서 가슴 아파했다. 앤은 데르다의 동반자였다. 그녀가 마지막 마약중독자의 뒷바라지를 해주었던 것은 4년 전이었다. 그때 그녀는 다시는 되돌아 올 의향이 없이 희망을 떠났다. 그런데 데르다가 갑자기 나타난 것이었다. 희망에서는 동반자가 부족했기 때문에 앤을 부르는 것 이외에 선택의 여지가 없었다. 그런 사정을 듣고 앤은 일언지하에

요청을 거부했다. 그녀는 자기 나이가 겨우 53세 밖에 되지 않았지만 가슴이 늙은 기분이어서 이 일을 더 이상 할 수 없다고 말했다. 그리고 전화를 끊었다. 그녀는 이 일을 그만 둔 지난 4년을 생각하며 전화기를 4분간 뚫어지게 바라보다 희망에 전화를 걸어 마약중독자가 지금 몇 주차냐고 물었다. 만약 희망측에서 환자가 1주차라고 답하면 가지 않을 것이라고 맹세했다. 그녀는 1주차가 가장 힘든 때라는 사실을 알고 있었다. 방안에 갇혀 있는 환자가 일주일 동안 고통을 겪고 의사들이 무수하게 들락날락하는 것을 지켜본다는 것은 마치 세상의 종말을 목격하는 것과 같았다. 하지만 재활원에서는 2주차라고 말했다. 그녀는 자기가 쳐놓은 덫에 걸린 것이다. 앤은 내일 가겠노라고 말했다. 그녀는 약속을 지켰다. 다음 날 그녀는 데르다를 보게 되었다. 데르다는 당장 포기할 정도로 극심한 고통에 시달리고 있지는 않았다. 데르다는 멀뚱한 눈으로 그저 앤을 쳐다볼 뿐이었고 앤은 미소로 답해주었다. 앤은 영원히 은퇴할 줄 모르는 인간의 살아있는 표본이었다. 그녀는 늘 자원봉사를 해오고 있었다. "안녕, 내 이름은 앤이란다. 앞으로 12주 동안 너랑 있을 거란다. 네 이름은 뭐지?" 데르다는 그녀에게 눈길조차 주지 않고 말했다. "꺼져." 앤은 어쨌든 그렇게 반응하는 것에 기뻐하며 말했다, "알았다. 근데 멀리 가지는 않을 거다. 나는 이제부터 너의 동반자란다. 그래서 나는 여기에 줄곧 머무를 거란다. 필요한 게 있으면 너는 그저 올려다보기만 하면 된다." 그러면서 앤은 두발자국 뒤로 물러나 섰다. 이것은 그녀가 센터에 수년간 일하면서 터득한 전술이었다. 이 전술은 마약중독자에게 남아있는 한 조각의 인간성이나마 환기시켜 이들이 그것을 함께 열심히 비벼 불꽃을 일으켜 보려는 희망의 발로였다.

데르다는 공원벤치에 앉아 손톱 주변의 살을 물어뜯고 있었으며 거기서 2미터 떨어져 있는 앤은 배 위에다 두 손을 포개 얹고 두 발은 땅 위에 굳건히 지탱한 채 서있었다. 그녀는 마치 경비를 서는 보초 같았다. 과거에 그녀는 이 자세로 4시간까지 서있었던 적이 있었다. 그녀는 이렇게 서있는 것을 초청 자세라고 불렀다. 이런 초청 자세에서 그녀는 간호사로의 자신의 시간 – 두발로 지탱하고 서있어야 하는 무수한 시간 – 을 종종 생각해보며, 자신의 육체를 남겨 놓은 채 사유의 여행을 떠나보려 했다. 그녀는 생각대로 시도했다. 그러나 상당히 빠른 시간 내에 데르다의 인간성이 나타났다. 데르다는 앤이 그와 같이 불편한 자세로 줄곧 서있어야 한다고 생각하니 끔찍했다.

"데르다에요. 내 이름은 데르다에요. 여기 와서 앉아요. 그렇게 서있지 말라구요." "고맙다." 앤이 미소를 띤 채 자리에 앉으면서 말했다. 그것이 그녀가 모든 마약중독자들에게 물어본 첫 번째 질문이었다. 그녀는 수첩에다 이들의 대답을 항상 기록해뒀다. 그들을 더욱 더 잘 이해할 수 있다면 모든 시도를 다 해보는 것이었다. "헤로인을 하게 된 너의 얘기를 해주지 않을래?" "왜요? 그걸 하려구요?" 앤이 미소를 지었다. "아니, 난 그게 어떤 기분인지 궁금하단다. 그래서야." 데르다는 일어나서 화가 난 듯 자리를 떠났다. 앤이 그 뒤를 따라갔다. 백 발자국쯤 가다가 데르다가 발을 멈추고 앤쪽으로 몸을 기울여 속삭이듯 말했다. "불꽃이 뭔지 알죠?" 앤은 가까이 다가서며 말했다. "물론이지." "불꽃은 이렇게 폭발해요." 데르다는 두 손을 올리며 손가락들을 쫙 폈다. "그래 나도 알아. 각기 다른 색깔이 나오지. 나도 불꽃놀이 보는 걸 좋아해.” 앤이 말했다. “아줌마가 헤로인을 하면 바로 그런 느낌이라니까요.” 앤이 그녀의 말을 막았다. “그러면 넌 불꽃놀이를 구경하니?” “아니요.” 데르다가 말했다. “아줌마가 불꽃놀이잖아요!” 앤은 이처럼 강렬한 감정의 표현을 오랫동안 들어본 적이 없었다. 그녀는 나중에 이 말을 자신의 수첩에 적어 놓았다. 그녀는 이 표현을 영원히 잊지 않았다. 그것은 믿을 수 없을 정도로 감동적이었다.

“그렇게 표현하니 너무 아름답구나. 그러니까, 넌 작가가 되어야 해.” “네, 맞아요.” 데르다가 비꼬듯이 얼굴에 반쯤 미소를 띠고 말했다. “안 될 이유가 없단다. 소설을 쓴다는 것은 또 다른 스타일의 표현이 아니겠니? 학교는 다니고 있니?” “아니요.” “그럼 다니고 싶니?” 데르다는 야트르자에서 온 페히메가 생각났다. “잘 모르겠어요.” 데르다는 앤에게 고개를 돌렸다. “난 아줌마의 파일을 읽었어요. 아줌마는 아직 젊고 나를 믿어주고 있어요. 아줌마는 좋아하는 것이면 뭐든 할 수 있어요. 한 평생을 앞서 살고 있는 거예요.” 데르다는 생각하느라 말을 멈췄다. 앤 역시 말이 없었다. 데르다가 말을 하고 앤은 듣고 있었다. “난 이미 죽은 몸이에요. 이해하겠어요? 죽었다고요! 단지 땅 속에 묻히지 않았을 뿐이에요.” 앤이 웃음을 지었다. “너는 누군가 죽은 사람 때문에 괴로워하고 있는 것 같구나. 지나칠 정도로.” 데르다는 말문을 닫았다. ‘지금까지 나에게 벌어졌던 모든 일을 이 아줌마는 이해할 수 없어’라고 데르다는 생각했다. 그래서 그녀는 자리를 피했다. 마음에 연무가 끼어있는 것 같았다. 센터에서는 새로운 날트렉스 치료를 시작했다. 데르다는 갑자기 고개를 돌려 물었다. “아줌마 이름은 어떻게 써요?” 앤은 마약중독자들이 이따금씩 화제를 엉뚱하게 돌린다는 것을 알고 있었다. 그녀는 주저하지 않고 자신의 이름을 써줬다. 데르다는 즉각 반응했다. "우리나라 말로 어머니(Anne)를 그렇게 써요." "알고 있단다." 앤이 대답했다. "어떻게 알았어요?" 그러다 갑자기 데르다는 몸이 안 좋아졌다. 그녀가 아침에 겨우 삼켰던 딸기 요거트가 입에서 질질 흘러내려 왔다. 거기다 항마약제인 날트렉슨을 복용중이라 시력 약화, 현기증, 피로, 구역질 같은 부작용을 안고 있었다. 데르다는 위에서 나오는 분비물을 비롯해 아무 것도 진정시킬 수가 없었다. 그것은 그녀의 몸뿐만 아니라 마음에서도 불경하고 비속한 것들 그리고 그녀가 겪었던 육체적 고통들을 몰아내고 있었다.

데르다가 법원에서 마지막 증언을 하고 희망으로 돌아왔을 때 10주차 치료를 시작했다. 그녀는 가끔 그룹 치료 반에 들어갔으나 그곳에서 다른 마약중독자들에게는 한 번도 말을 걸지 않았다. 그녀는 가능하면 최소한으로 토론에 참여하며 토론이 끝나기를 조급하게 기다렸다. 그녀 생각에 그녀는 아무 것도 할 말이 없었다. 거기서 그녀를 이해할 만한 사람은 아무도 없었다. 오직 앤만이 그녀를 이해할 뿐이었다. 하지만 그것도 아주 제한되어 있다고 생각했다. 앤은 그녀의 고통과 후회, 삶에 대한 증오와 자살에 대한 충동을 다 이해했다. 앤 역시 한때 똑같이 겪어봤던 것처럼 말이다. 앤은 데르다가 만들어 낸 문장을 적절한 말로 끝낼 수 있게 해줬다. 사실상 데르다는 여러 해 동안 아무도 사랑하지 않았다. 데르다는 앤에게 품고 있는 감정을 설명할 수 없었다. 그녀는 앤을 사랑했으나 왜 그런지 이해가 되지 않았다.

앤은 오래전부터 인정한 사실이었지만 그동안 데르다가 겪었던 온갖 비극적 사건들의 하중이 얼마나 심한지 상상조차 할 수 없었다. 그녀가 데르다에게서 본 것은 고요히 흘러가는 폭포수였다. 앤은 자신의 지친 손을 그 폭포수에 씻고 싶었다. 그녀는 이것이 사랑이라고 생각했다. "저기 저 나무 보이지?" 그녀는 막 땅 속에서 뿌리가 터져 나오려고 하는 100년 된 플라타너스 나무를 가리키며 물었다. 그녀는 잠시 말을 멈추고 웃음을 터뜨렸다. "재네들은 꼭 나팔바지 같다." 데르다는 웃을 준비를 했으나 곧 웃음을 내보이지 않았다. 깜깜하고 깊숙한 내면에서 나오는 걱정 때문이었다. 만약 긍정적인 감정을 노출시킨다면 벌을 받을지도 몰랐기 때문이다. 데르다는 앤이 떠나갈 때 자신이 감수해야 할 벌이 두려웠다. 그녀의 몸 상태가 좋아지면 앤은 가버릴 테니까. 그래서 데르다는 그저 고개만 끄덕였다. 앤은 침묵하고 있는 데르다의 손에 자신의 손을 얹으며 속삭였다. "항상 네 머리가 궁금했단다. 왜 그런지 아니?" 데르다는 자신의 머리를 쓰다듬었다. "머리카락이 있을 때가 좋았다는 생각이 안 드니?" 앤이 물었다. "모르겠어요. 썩 그렇지는 않아요." 둘은 한참 동안 말이 없었으나 앤이 이 어린 아가씨에 대한 그녀의 사랑을 확신한 후에 제안을 했다. "자, 우리가 지금 무엇을 해야 되는지 알겠니? 지금 당장 너의 방으로 가는 거야. 그리고 내 머리를 자르는 거다. 그리고 너도 똑같이 따라 하는 거야. 우리는 함께 삭발하는 거란다." "미쳤어요?" 데르다가 말했다. "물론 안 미쳤지." 앤이 미소를 지으며 말했다. "머리는 다시 자라. 하지만 이번에는 네 머리도 함께 자라게 하는 거야. 그걸 같이 해보자는 거야. 넌 어떠니?" "속임수라는 거 다 알아요!" 데르다가 말했다. "우리가 맨 처음에 만났을 때 아줌마가 내게서 동정심을 끌어내기 위해 내 곁에 서있었던 행위와 다를 바 없잖아요." "전혀 안 그래. 내 귀여운 숙녀야 전혀 그런 의도가 없단다.

이건 기교 따위가 아냐. 어쨌든 네 생각은 어떠니? 스킨헤드에서 히피로 한번 업그레이드해보면 어떨까?" 데르다는 자신과 자신의 행복만 생각하는 열 살짜리가 된 느낌이었다. 만약 앤이 삭발하며 머리가 다 자랄 때까지 그녀 곁을 떠나지 않을 거라는 계산을 해봤다. "이건 거래에요. 좋아요, 깎으러 가요. 준비되었지요?" 앤은 놀라움에 손으로 입을 가리며 겁을 내는 척 했다. "아, 아니…" "이젠 늦었어요." 데르다는 이렇게 말하며 앤의 금발을 한 줌 잡더니 소리쳤다. "우린 이 머리를 다 깎아버리는 거라고요."

희망에 있는 모든 사람들 즉 치료사, 정신과 의사, 두 명의 육중한 경비원, 세 명의 주방 아줌마, 4명의 청소부 아줌마와 이 시설을 점검하기 위해 매달 방문하는 6명의 이사진이 성인 앤이 삭발한 모습을 보고 이들은 앤이 여러 해 동안 흔들리지 않고 봉사에 열심히 헌신하다보니 마침내 정신 이상이 왔을 거라고 생각했다. 그러나 앤이 눈에 웃음을 띠며 데르다와 함께 정원으로 걸어 들어오는 모습을 보면 그녀는 멀쩡하기 짝이 없었다. 두 여인은 삭발한 머리에 이상한 자부심을 느끼고 있었다. 그들은 마치 죽음에 대해 일말의 두려움도 느끼지 않으며 화학요법을 견뎌내고 있는 두 명의 어린 백혈병 환자처럼 서로의 머리를 쓰다듬어주곤 했다. 이틀 후에 치료사가 브리튼에서 검은 선글라스를 가져다 줬다. 앤은 자기가 하나를 쓰고, 다른 하나는 데르다에게 주면서 말했다. "우리 사진을 찍어 잡지사에 보내자. 우리 엄청 섹시해 보이잖아!" 12주차의 5일째 되던 날 이들은 플라타너스 나무에 등을 기대고 조용히 앉아있었다. "너 눈치 챘니?" 앤이 물었다. "뭘요?" "네가 얼마나 강해졌는지 말이야. 너 같은 상황에 처해있는 많은 사람들을 보아왔지만 아무도 네가 지금 하는 것을 해내지 못했어. 너는 여기서 내가 본 사람 중에서 가장 용감하고 가장 강하다. 네가 진짜 일상으로 복귀한다면 이게 뭘 의미하는 줄 아니?" "모르겠는데요." 데르다는 그녀의 머리 위로 뻗어있는 나뭇가지들 위에 솟아난 검은 가시를 위 아래로 만지작거리며 말했다. "난 안다. 그러니까 네가 여기서 나가면 뭘 할 계획인지 말해보렴."

법정에서 데르다가 한 증언은 M15요원들이 기대한 것보다 정보량이 훨씬 많아서 판사에게 긍정적인 영향을 줬다. 그 결과 판사는 그녀에게 영주권 대신 영국 시민권을 부여했다. 그녀는 나머지 생애를 영국여인으로 살아갈 수 있게 되었다. 그러나 M15요원들은 지나치게 빨리 행동했다. 7개월 과정의 재판이 끝났을 때 늑대 전사 중에서 오직 9명과 베지르의 킥복서 중 소수의 인물만 유죄 판결을 받았다. 터키에서는 기도 아아를 영국으로 인도할 계획을 세웠는데 그는 이미 이란으로 도망쳤다. 흐드르 아리프는 자신에게 씌워진 혐의에 대한 모든 것을 온 세상에 공개하겠다고 했다. 그는 TV 인터뷰를 받을 때마다 항상 써먹던 말을 반복했다. "이 허위 재판은 나와 아무런 상관이 없어요. 이건 모든 이슬람에 대한 공격이요. 저들이 패소하게 되어있어요." 둘루한 형제는 그들의 웨스트민스터 근거지를 더블린으로 옮길 계획을 세우고 있었다. 이들은 우선 자기네들 사이의 거래를 끊었다. 나중에 흐드르 아리프는 영국인들의 소탕작전이 두려워 영국인들과 거래를 했다. 하지만 머지 않아서 흐드르 아리프의 사무실이 습격당했다. 습격 도중 흐드르 아리프는 유리 지구본 뒤에 숨으려 했다. 그는 8발의 총알을 맞았으나 목숨은 건졌다. 그는 부서진 지구본에서 박살 난 신성한 하제르-월 에스베드 흑석(黑石)이 그의 목숨을 구해줬다고 믿었다. 3년 후에 그는 사진으로 보면 너무나 아름다워 치워둘 수 없을 정도인 13세 소녀 위에서 심장마비로 사망했다. 사망하지 않았으면 3일 후에 자신이 새로운 예언자라고 발표할 계획이었다. 둘루한 형제는 아일랜드에서 최선을 다해 정치를 배후조종하려했다. 그러나 마음먹은 대로 되지 않자 이들은 자기네들끼리 싸우기 시작했다. 제일 말단 조직원들까지 그 모양이었다. 그 형제 중 하나는 아일랜드 공화국 무장단체에 의해 총격 당했다. 이들 형제에 의해 최근 글록 권총 2,000정을 공급받은 자에게 당한 것이다. 형제는 사망에 이르지는 않았으나 총탄이 두개골에 박힌 채로 나머지 생애를 살아야 했다. 총알은 그에게 자기 이름조차 기억하지 못하게 해주고 일어나거나 손가락을 움직이고 눈을 깜박이는 능력을 앗아갔다.

데르다의 재판이 가져다 준 가장 좋은 결과물은 뭐니 뭐니 해도 그녀의 영국 시민권 취득이었다. 미국을 비롯해 많은 나라에서 시민권은 로또 복권처럼 여겨졌다. 하지만 누군가에게 뽑기 하듯 그렇게 부여한 시민권이 진정한 행복의 원천이 결코 아니라는 것은 또 다른 현실이었다. 어떤 식이든 영국에서 시민권을 취득한 모든 이민자들의 얼굴을 보면 그러한 현실이 다 나타나 있다. 아니면 대부분의 미국인들은 이민 전 그들의 고국에서 버텨냈던 비참한 삶이 인터넷 로또 복권의 당첨으로 청산되었다는 사실에 놀라움을 표시하기도 한다. 데르다의 침묵에 앤이 물었다. "여기서 나가면 뭘 할 작정이니?" 데르다는 사랑을 고백하기가 창피한 듯 대답했다. "아줌마가 보고 싶을 거예요." "그게 다니?" "아줌마가 어디 사는지 끝까지 찾아낼 거예요." "그 다음엔?" "찾아내서 아줌마 정원에서 잘 거예요." "그러고 나서는?" "난 그냥 거기 서있을 거라고요. 아줌마 집 문 앞에서 고개를 숙이고 두 손을 포갠 채 청승맞은 애처럼 서있을 거예요." "좋아, 그 다음엔 어떡하지?" "그 다음엔 아줌마가 오랫동안 버티지 못하고 나를 집으로 들어오라고 할 걸요." "좋아, 그럼 한 가지만 더 말해봐. 바깥에서 그런 식으로 얼마나 기다릴 거니?" "아줌마는 날 얼마나 오랫동안 기다리게 할 수 있어요?" 앤은 고개를 끄덕였다. 그녀의 눈에 눈물이 글썽였다. 그녀는 데르다의 어깨에 손을 얹었다. "이제 다 끝났다." 이렇게 말하고 그녀는 데르다를 껴안았다. 이들의 눈에서 눈물이 흘렀다. 이때 이후로 앤은 딸 하나를 갖게 되었고 데르다는 어머니를 얻었다. 바로 그 무렵 사니에는 가슴을 에는 듯한 심한 통증을 느꼈다. 그녀는 그 까닭을 몰랐다. 그녀는 생각했다. 틀림없이 짐승들하고 싸워야 하는 이 모든 고된 일 때문이야, 이 놈의 저주스런 집안일과 그 놈의 짐승들이 원흉이야.

***

앤의 두 손에 감싸인 데르다의 얼굴은 12주 만에 처음으로 미소를 띠었다. 데르다는 옷을 입고 그녀의 방을 나섰다. 그녀는 마침내 헤로인에서 해방되었다. 그녀는 층계를 통해 일층으로 내려오면서 희망에서의 마지막 날 올바른 방향으로 첫 발자국을 떼었다. 구불구불 감기는 층계를 따라 발을 내디디면서 그녀는 바깥의 군중을 목격했다. 그녀는 자신이 무도회장에 지각한 신비롭고 아름다운 소녀처럼 여겨졌다. 사람들은 자랑스럽게 그녀를 올려다봤다. 하지만 다른 마약중독자들의 시선 속에는 질투심 같은 것이 서려있었다. 의사들과 치료사들의 눈 속에 희망이 없다는 낌새가 읽혀졌다. 그들이 무수한 마약중독자들에게서 목격한 경험으로는 이처럼 축복받는 새로운 시작이 일주일도 채 못되어 급격하게 과거의 삶으로 되돌아가곤 하는 경우가 다반사였기 때문이다. 하지만 희망의 빛이 워낙 지배적이라 그들도 지금은 박수를 쳐주고 있었다. 그들은 얼굴에 미소를 띠고 데르다에게 박수를 쳤다. 어떤 이들은 데르다의 등을 토닥여줬고 또 어떤 이들은 그녀를 포옹해줬다. 물론 새로운 통증제거제를 개발하려고 모르핀에다 다양한 산(酸)을 첨가하여 헤로인을 발명해낸 C. R. 라이트라는 이름의 화학자가 없었다면 그들은 아무도 거기에 있지 않았을 것이다. 그 시절로 돌아가면 희망으로 알려진 장소는 없었다. 그러나 헤로인이 탄생하고 만 것이다. 돌이킬 수가 없었다. 타임머신을 타고 시간을 거슬러 올라가 라이트의 실험진행을 만류하는 방법이 있다면 몰라도. 그는 이 약을 발견하는데 거의 어려움을 겪지 않았다. 그때가 1874년이었고 그는 런던의 성모 마리아 병원에 있었다. 그곳은 데르다가 두 번 죽었다가 두 번 다시 태어난 곳이다. 헤로인은 3층에서 발명되었으며, 지금은 해마다 7,000명의 헤로인 중독자들이 이 병원 2층에 수용되어 죽음의 언저리에 누워있는 상태다.

금이 간 가죽 가방을 들고 까만 선글라스에 흰 유니폼을 착용한 채 앤은 정원에서 데르다를 기다렸다. 데르다가 계단을 내려오며 그녀에게 손을 흔드는 모습을 보고 앤은 미소를 지었다. 그러나 작별하기 위해서 지은 미소가 아니었다. 데르다가 열 발자국 내려오고 앤이 한 발자국 디뎠다. 이들이 만나는 순간 멈춰 섰다. 소녀는 주머니에서 선글라스를 꺼내 썼다. 그리고 블루스 자매는 정문 위에 걸려있는 희망 팻말 아래로 지나갔다.

정문에서 50미터 떨어진 곳에 주차된 회색 승용차 안에는 두 명의 M15요원이 데르다와 앤이 택시를 타는 모습을 지켜보고 있었다. "앞으로 어떡하지?" 한 요원이 말했다. "기다리며 지켜봐야지." 다른 요원이 대답했다. 뒷좌석에 앉아있는 젊은 금발 아가씨가 두 요원 사이로 고개를 내밀고 말했다. "아빠, 저 여자가 우리에 대해 뭐라고 불평하면 어떻게 해? 법정에서 우리에 관해서 한 말이 있잖아. 다시 또 그 말을 꺼내려들면 어떻게 하지?" 정문 위에 붙어있는 희망 팻말에서 눈을 떼지 않은 채 운전자가 대답했다. "걱정하지 마라. 이 사건은 종결됐다." 운전자는 희망 팻말을 바라보고 있었다. 어쩌면 그 말 때문에 그는 몹시 낙천적으로 보고 있는지 몰랐다.

모든 게 희망을 보고 시작되는 거 아니니? 데르다가 법정에서 했던 모든 말을 곰곰이 생각해보며 그 요원은 미성년 포르노 조직을 적발해 낼 수 있었다고 생각했다. 그는 52명의 남자와 한 여자가 비디오를 찍었던 코벤트 가든 소재의 주소지를 가봤다. 그는 아파트에 남겨진 카메라와 이 장면을 비디오에 담았던 안경 낀 소년도 발견했다. 그 비디오를 보면서 마치 심장이 대문에 찌여 으스러져버린 것처럼 거의 멈추는 줄 알았다. 초과 근무까지 해가며 케임브리지에 다니는 아들의 뒷바라지를 해왔는데 아들이 52명의 애들 중에서도 데르다와 제일 먼저 성관계를 한 당사자였다. 아들이 아무리 변명해도 그들이 데르다가 그토록 어린 여자애라는 사실을 몰랐으리라고는 생각할 수 없었다. 아버지는 아들을 절대로 용서할 수 없었다. 그는 아들을 형사고발하려는 방안도

고려했다.

그러나 이들이 범죄 장면을 검증하려는 그날이 되자 막상 그와 그의 동료는 카메라와 메모리 카드를 파손시켜 버렸다. 그들은 재판이 진행되는 동안 이 사건에 관해 데르다가 지나치게 많은 말을 할 수 없게끔 조치를 취해 놓은 것이다. 그러나 예기치 못한 일이 벌어졌다. 카메라 담당 소년에게 끼어들기 좋아하는 동생이 있다는 사실을 알지 못했던 것이다. 그 애가 벌써 메모리 카드를 복사해서 그것을 자기의 모든 친구들에게 이메일로 보내버린 것이었다. M15요원들은 나중에서야 이 사실을 알게 되었다. 그의 아들과 나머지 51명이 졸업하기 1주일 전이었다. 이러한 추문으로 말미암아 이들은 모두 학교를 떠나야 할 판이었다. 이 사건이 터진 것은 그 동생이 케임브리지의 몇몇 1학년생들과 그 비디오를 공유할 수 있게끔 배포했을 때였다. 그는 대학 경찰에게 붙잡혔다. 어느 과격한 페미니스트 교수는 이 같은 성추행 사건은 쉬쉬하고 숨겨두면 안된다고 목소리를 높였다. 학교 당국은 이 사건으로 학교 대자보가 도배되지 않게끔 안간힘을 써봤다. 하지만 그러한 노력은 허사였다. 이 성추문은 다음과 같은 문장으로 결말을 맞게 되었다. "우리는 너희들을 학교에서 퇴학시키지 않겠다. 그러나 너희들이 자발적으로 학교를 떠나라." 그래서 그해 경제학과 졸업식장에는 예상보다 더 많은 자리가 비어있었다. 그러나 지금 그 요원은 극히 흡족한 표정으로 그의 차에 앉아 정문 위에 걸린 희망이란 표지판을 바라보고 있는 것이다. 우리 모두는 겉모습 따위는 개의치 않을 정도로 대단한 열의에 차 있다. 삶을 포기하지 않고 오뚝이처럼 일어서는 것보다 더 중요한 것은 없다. 최종적으로 M15요원들은 데르다의 삶에서 빠져나오지 않았다.

그들은 달렸다.

그들은 북 런던 소재 뉴베리 파크에 있는 앤의 단층집에 도착했다. "다 왔다." 앤이 말했다. "여기가 우리 집이다." 집의 전면에 있는 번쩍거리는 커다란 유리창들이 타오르는 햇볕들을 빨아들이고 있었다. 커튼과 정문은 하얀 색이었다. 낮은 울타리가 후방 정원을 감싸며 뒷벽에서 사이 길에 이르기까지 나있었다. 집의 건축 구조는 마법에 의해 백배 정도 확대된 인형의 집 같은 단순한 인상을 줬다. 그래서 데르다는 반해버렸다. 집이 호화찬란해서가 아니었다. 그녀는 처음으로 진짜 집 같은 집 안으로 걸어들어 가고 있었기 때문이다. 그들은 안으로 들어가 창문을 활짝 열어 젖히고 신선한 공기를 들여 마셨다. 침실 3개와 거실이 있었다. 앤은 데르다의 손을 붙잡고 조그만 침실로 데려갔다. "이게 네가 쓸 방이다." 일인용 침대와 작은 옷장이 있었다. 데르다는 몸을 돌려 앤을 포옹했다. "고마워요." 그녀가 속삭였다. 해가 질 무렵 앤과 데르다는 집 뒤 정원에서 등받이가 뒤로 젖혀지는 긴 의자에 함께 앉아 차를 마시고 있었다. "나의 작은 숙녀." 앤이 말했다. "어디 보자, 넌 언제쯤 학교에 다니고 싶은 거니?" 데르다는 낮은 테이블에다 차를 내려놓고 검은 선글라스를 벗었다. 그녀는 턱을 비비며 말했다. "난 그냥 10년쯤 쉬었다가 그 후에나 생각해보겠어요."

10년이 지났다. 에딘버러 대학교의 본관 잔디밭은 꽉 차있었다. 사람들은 200년 전에 설립된 영문학과 졸업생을 축하하기 위해 거기에 모여 있었다. 그것은 대학 단위로 볼 때 세계최초의 영문학과였다. 이 역사적 건물의 복도에 있는 거대한 동판에는 천 명 이상의 이름들이 새겨져 있었다. 매 졸업식 때마다 최우수 영문학과 졸업생 5명의 이름이

동판에 새겨진다. 앤의 성과 데르다의 이름이 이 명단의 맨 마지막에 올라가 있었다.

데르다는 18번째 생일에 법적 문서를 받았다. 그것이 무엇인지 알고 나서 그녀는 울음을 터뜨렸다. 그녀가 입양 서류에 서명을 하는데 눈물이 흘러 잉크가 번졌다. 그녀의 서명과 동시에 그녀는 사니에로부터 자신을 실질적으로 분리시키고 새로운 어머니와 함께 새로운 삶을 시작할 수 있게 되었다. 법원의 결정문이 3개월 후에 도착했다. 데르다는 18번째 생일을 다시 한 번 축하했다. 그러나 이때 케이크에는 두 개의 촛불이 켜 있었다. 앤에게 있어서 데르다는 재활센터에서 탄생한 아이였다. 사니에의 딸은 18세일지 모르지만 앤의 딸은 이제 두 살이었다. 바로 그 생일을 뒤로 하고 여러 해가 지나서 데르다는 성적이 가장 뛰어난 5명의 졸업생 중에서도 으뜸가는 학생 대표로 단상에 올라가 연설했다. 앤은 데르다의 길게 늘어진 검은 머리를 매만져주며 곁에 앉았다. "네가 너무 자랑스럽구나." 그녀가 말했다. "어머니가 내 졸업논문의 주제를 알고 나서도 과연 그렇게 자랑스러워할까요?" "그럼 논문 제목이 형편없다는 거니?" 앤이 물었다. "도내시앙 알퐁스 프랑수아가 영국 문학에 끼친 영향이 졸업논문 주제에요." "그 사람이 누군데?" "사드 백작이지요."

소년

"데르다?" 이사가 말했다. "우리 아빠 친구 이름이야. 나랑 똑같지." "그래서? 그게 뭘 의미하는 거니?" "그걸 내가 어떻게 알겠어?" "그럼 너의 아빠한테 물어봐." 데르다가 일어서며 말했다. "아빠는 지금 감옥에 있는데." 그는 먼지를 털어냈다. 이사는 흥분해서 데르다가 안중에 없었다. "감옥? 너의 아빤 거기서 뭐하는데?" "아빠가 그 데르다라는 친구를 죽였어." 그러나 이사는 그 말을 알아듣지 못했다. 그는 데르다를 멍하니 바라봤다. 그때 자동차 소리가 들렸다. 그들은 소리가 나는 쪽으로 몸을 돌렸다. 그러고 나서 서로를 쳐다봤다. 이사가 먼저 달리기 시작했다. 데르다가 바로 뒤를 좇아갔다. 그러나 이사는 공동묘지의 지리를 잘 몰랐다. 그는 갈팡질팡하며 공동묘지 아래쪽 길로 달렸다. 데르다는 광장에 있는 분수에 먼저 도착했다. 이사가 어찌 할 방법이 없었다. 새로 온 아이였기 때문이다. 게다가 그는 길을 잃어서 넋이 빠져있었다. 이사는 데르다가 플라스틱 물동이에 물을 가득 채워서 차가 서 있는 쪽으로 다가가는 모습을 앉아서 지켜봐야만 했다.

데르다가 전에 본 적이 없는 사람들이었다. 하지만 그들 앞에 있는 묘지는 매우 잘 알고 있었다. 그 묘지에서 제일 많은 팁을 받아본 적이 있기 때문이다. 사실 누군가가 매일 같이 이곳을 찾아와 묘비 앞에서 코란을 읽곤 했다. 그런 다음에 사람들은 그에게 꼭 무언가를 쥐어주곤 했다. 이번에도 또 다른 누군가가 무덤 앞에서 코란을 낭송할 것이 분명했다. 노인이었다. 나머지 사람들과 마찬가지로 긴 가운 같은 옷을 입고 있었다. 그런데 이번에는 묘비 근처에 웬 여자애도 있었다. 그와 비슷한 또래의 여자애였다. '쟤가 전에 여기 온 적이 있었나?' 데르다는 이렇게 생각했다. 그는 여자애를 알아보지 못했다. 노인에게 다가가 플라스틱 물동이를 들어 올려보였다. "무덤에다 물을 뿌릴까요, 아저씨?"

그는 이런 말에 익숙했다. 데르다는 구슬픔이 느껴지는 억양으로 말했다. 자기가 계속 참고 있어야 된다는 것을 알고 있었다. 이런 유형의 인간들에게서 돈을 벌기 위한 첫 번째 조건이 인내였다. 그는 눈 하나 깜박이지 않고 끈질기게 기다렸다. 코란을 낭송하는 노인의 목소리에서 미세한 변화가 일면서 노인은 소년에게 기다리라는 답을 줬다. 데르다는 무덤 머리맡으로 달려가 잡초를 뽑고 있는 소녀를 따라 흙 위에다 물을 뿌리기 시작했다. 이들은 무덤 주위를 그렇게 빙빙 돌았다. 그러고 나서 그는 새 물동이에 물을 채워 넣었고 소녀는 흙투성이의 손을 내밀었다. 데르다는 그의 물동이에서 나온 물이 소녀의 손 위로 흐르는 모습을 지켜봤다. "고마워." 소녀가 말했다. 모기 소리만한 목소리였다. 데르다 역시 무슨 말인가를 하려 했으나 그가 입을 열자마자 그의 두 다리가 무덤 근처의 통로에 있는 흙더미 위로 처박혔다.

흙먼지가 가라앉자 그를 굽어보고 있는 거인 같은 사내가 보였다. 내가 뭘 했다고 그래요? 그는 이렇게 소리를 지르고 싶었지만 입을 꾹 다물었다. 주머니에서 칼을 꺼내 그 사내의 무릎을 찔러볼 생각도 했지만 그러한 생각도 접어 버렸다. 그때 노인이 으르렁거리는 소리로 무슨 지시를 내리니까 그 거인이 주머니에 손을 찔러넣어 잔돈을 꺼내는 것을 데르다는 봤다. 거인에게 그 돈은 아무 것도 아니었다. 그러나 데르다는 그 돈이 절실히 필요했다. 그는 하루 종일 배를 쫄쫄 굶았기 때문이다. 하지만 그는 구레나룻 거인에게서 단 한 푼도 받지 않으려 했다. 소녀 때문이었다. 그는 떠나려고 뒤돌아서면서 소녀의 얼굴을 쳐다봤다. 소녀가 그에게 무슨 말인가를 하고 싶어 하는 눈치였다. 구원의 손길을 내밀기라도 하듯. 그러나 배가 너무 고파서인지 데르다의 시선은 돈으로 쏠렸다.

멀리서 이사가 모든 것을 다 지켜봤다. 그는 데르다를 향해 달려왔다. 이사는 달리기에서도 졌고 손님도 빼앗겨 속이 상했던지라 엉뚱한 것을 들먹였다. "네가 잘못한 거야." "뭘?" "저 여자애한테 그렇게 가까이 다가가면 안 되는 거였어. 저 사람들은 그런 걸 좋아하지 않아." "엿 먹으라고 해!" 데르다가 말했다. 데르다의 발걸음은 빨라졌다. 무성해져 가는 나무숲의 시커먼 그늘 속으로 들어갔다. 공동묘지의 깊숙한 곳이었다. 이사가 그의 뒤를 쫓아오며 소리쳤다. "어디로 가는 거니?" 데르다는 멈춰서서 어깨 뒤를 넘어봤다. "집으로." 그가 말했다. "너도 가. 이젠 아무도 오지 않아. 건질 것도 없는데 뭐하러 기다리기만 하냐?" 이사는 사라져 가는 데르다의 등을 몇 초가량 바라봤다. 그런 다음에 그는 한 손은 주머니에 찔러넣고, 다른 손으로는 빈 물통을 들고 공동묘지 정문을 향해 내려갔다. 하루 종일 물동이가 무릎에 부대꼈다.

데르다는 묘지 담장 앞에 다다랐다. 그의 집은 바로 바깥 담장에 붙어있었다. 담장 안쪽은 공동묘지가 있었고, 바깥쪽에는 그의 집이 붙어있었다. 그의 아버지가 바라던 대로였다. "이러면 집을 짓는 게 훨씬 수월하지." 아버지가 이렇게 말하곤 했다. "여기에 이미 멋진 담장이 세워져 있으니까 말이다. 우린 세 면만 더 지으면 되지. 그리고 꼭대기에 지붕을 올리면 끝이거든. 바로 이거란 말이다. 그러면 우리의 아늑한 집이 만들어지는 거란다." 데르다의 어머니는 그 계획을 말리려고 온갖 애를 다 썼으나 아버지는 돈을 최소한으로 쓰려 했다. 결국 아버지는 공동묘지 담장을 끼고 집을 지었다. 주변에 있는 다른 집들도 그런 식이었다. 어떤 사람들은 이런 종류의 집을 '판자 집'이라 불렀다. 야음을 틈타 불법으로 지은 집이었다. 하지만 그의 어머니는 그 집이 관하고 똑같다며 투덜거리길 멈추지 않았다. 그녀는 암으로 죽는 날까지 그 집에 칩거하며 살았다. 그게 3일 전 일이다. 그녀는 안암(眼癌)으로 고통 받는 20만 명 중 하나였다. 어쩌면 그 벽을 보면서 병을 얻었는지 모른다. 눈에 생기는 이 암에 걸리고 나서 그녀는 눈으로 바라보는 법을 잊어버렸고, 자기 이름을 잊어버렸고 심지어는 호흡하는 법마저 잊어버렸다. 그녀가 유일하게 잊어버리지 않은 것은 "관하고 똑같아."라고 말하는 것이었다. 장님이 되고 난 이후에도 그녀는 손으로 벽이 돌의 윤곽대로 뻗어있는 것을 볼 수 있었다.

그녀는 바닥의 매트리스 위에서 데르다를 곁에 두고 숨을 거두었다. 그녀는 데르다를 자기 곁으로 불렀다. "이리 와 줘." 데르다가 그녀의 곁으로 가자 그녀는 세상을 하직했다. 마치 "이리 와서 사람이 어떻게 죽는지 보거라." 하고 말하는 듯했다. 데르다는 울음조차 나오지 않았다. 하지만 그는 용기를 내서 두발로 서야 했다. 데르다의 계획은 공동묘지 담장 이웃집에 찾아가서 그 집 문을 부서져라 두드리는 것이었다. 그런데 첫발을 떼자마자 마치 반항하듯 그 자리에 멈췄다. 페브지가 떠올랐기 때문이다. 페브지는 고아원에서 도망 나와 공동묘지에서 살았다. "아무한테도 얘기하지 마, 근데 열 놈이 한 애 위에 올라탄 거야. 뭔 말인지 아니? 걔네들이 다시 와서 또 그 짓을 한다고 했어. 그게 난 너무 겁이 나서 다시는 화장실엘 안 간다. 옷장 뒤에다 백들을 숨겨뒀다가 밤이면 거기다 대변을 본 거야." 데르다는 그가 처음에 해줬던 얘기를 기억했다. 그의 수치스럽고 비겁한 얘기는 이렇게 끝이 났다. "만약에…." 데르다는 혼잣말을 했다. "만약 사람들이 우리 엄마가 죽은 것을 알아내면 어떡하지? 나도 고아원으로 보내지 않을까. 아빠는 이미 감옥에 있는 몸이니." 앉아서 걱정하는 대신 데르다는 나름대로 계획을 세워 헤쳐 나가기로 했다. 그의 어머니가 죽은 사실을 아는 사람은 아무도 없었다. "그렇다면 구태여 사실을 알릴 필요가 없지. 내가 어머니를 공동묘지로 데려가 매장하면 되잖아!" 집 바닥을 콘크리트로 깔아 놓지 않았다면 데르다는 어머니를 그냥 거기다 매장했을 것이다. 하지만 관 만드는 일만큼은 삽으로 통하지 않았다.

그는 묘지 담장 겉면에 패여 있는 손바닥 크기의 구멍들을 붙잡고 담장 위로 올라간 뒤 담장 안쪽으로 뛰어내려 얽히고 설긴 무화과나무 가지들을 헤치면서 간신히 집 쪽을 따라 걸어갔다. 그는 모퉁이를 돌아 그의 집 문 앞으로 갔다. 주머니에서 열쇠를 꺼내 그것을 자물쇠통에 집어넣으려 했으나 그의 콧구멍으로 악취가 기어들어왔다. 문을 열어 보니 어머니가 썩고 있었다. 그는 벽 너머로 시신을 옮겨갈 수 있는 길을 찾아야 했다. 그것도 빨리. 그러고 나서 흙바닥이 연한 곳이 보이면 바로 매장해야 했다. 그러나 데르다의 어머니는 그보다 두 배나 무거웠다. 그녀는 모든 것이 썩어 없어질 것이었지만 아직까진 80킬로그램이나 되었다. 데르다는 어머니를 매트리스 위에서 바닥으로 간신히 굴려 내려놓았다. 어머니를 바닥으로 밀어내고 그녀의 잠자리 속으로 들어가 조금 울었다. 어머니는 병석에 있는 8개월 동안 한 번도 의사나 병원을 찾아 간 적이 없었다. 데르다는 그런 어머니의 모습에 이골이 나

있었다. 부인은 아들에게 자신이 죽은 이후 할 일을 준비시켰다. "나한테 무슨 일이 생기면 옆집 사람들에게 말해라. 그 사람들은 아무 짝에도 쓸모가 없는 인간들이지만 너의 아버지한테 말해줄 것이다. 아버지도 알아야 된다고 하면서. 사람들한테 나를 이 근처 아무데나 묻어 달라고 그러렴. 나를 마을로 돌려보낼 생각일랑 하지 말라 그래. 그리고 그 인간들 모두 하느님의 저주를 받길 바란다고 말해줘!"

그녀의 남편이 감옥에 간 이후 아무도 이들을 찾아보질 않았다. 이웃 사람들이 그녀가 병이 들었다는 사실을 알고 난 다음에도 병문안차 그녀를 보러 20발자국도 채 걸어오질 않았다. 데르다가 공동묘지에서 일하는 것으로 생활을 유지할 수는 없었으나 살아있을 수는 있었다. 한 마디로 이들은 버림받았다. 알아서 생존하게끔 버려진 것이다. "이게 모두 네 아버지 탓이다."라고 부인은 넋두리를 했다. "네 아버지 때문에 저 사람들이 우리하곤 눈조차 마주치지 않으려고 하는 거다!" 병이 나기 전에 그녀는 시장에서 허브야채인 딜을 팔았다. 공동묘지의 경비원인 야신은 그의 친척에게서 딜을 조달받았다. 그런데 그 친척이라는 자가 돈 대신 그녀를 요구하자 그녀는 시장에서 딜을 파는 것을 포기했다.

데르다의 아버지는 6년간 감옥에 갇혀 있었다. 데르다가 이사에게 말해준 대로 아버지는 가장 가까운 친구이자 의형제인 아랍인 데르다를 살해했다. 그들은 투계장에서 만났다. 둘은 똑같은 수탉에다 돈을 걸었다. 그러나 그들은 운이 없었다. 주머니 속에서 달랑거리던 마지막 동전 한 닢까지 잃고 나니 분통이 터졌다. 둘은 똑같이 우승한 수탉과 그 주인의 목을 잘라버리고 말겠다는 결심을 했다. 그래서 그들은 투계가 벌어지는 창고 뒤편에 엎드려서 주인을 기다렸다. 둘은 서로를 망각하고 있었다. 하나는 창고의 왼쪽, 다른 하나는 오른쪽 귀퉁이에서 기다리고 있었다. 수탉의 주인이 뒷문을 통해 창고를 빠져나와 그의 밴을 타려할 때 두 사내가 동시에 달려들었다. 그러나 수탉 주인이 교묘하게 이들의 습격을 피하는 바람에 두 사내의 칼끝은 서로의 다리 속으로 파고들었다. 이들은 너무 취한 상태여서 칼이 그다지 깊숙하게 관통하지는 않았다. 그래도 이들은 땅바닥으로 털썩 쓰러졌다. 수탉주인은 수탉을 가지고 사라져 버렸다. 두 사내는 땅바닥에서 일어나 도대체 어찌된 일인지 원인을 파악해보려 했다. 그러나 이렇다 할 원인 따위는 없다는 걸 알고 둘은 웃음을 터뜨렸다. 이들은 서로를 부축해가며 술을 마시러 갔다. 병원에서는 외상으로 이들의 상처에 붕대를 감아주지 않을 것이다. 하지만 아랍인 데르다는 터키식 독주인 라크를 외상으로 마실 수 있는 조그만 음식점 주인을 알고 있었다.

창고 뒤편에 사는 마을사람들이 회고하는 바에 따르면 모든 게 "이제부터 우리는 피를 나눈 형제다."라는 선언에서 시작됐다. 그러고 나서 그들은 지긋지긋한 가난에서 벗어나기 위해 협업했다. 이들은 이 세상에서 가장 오래된 범죄인 강도짓을 하기 위해 으슥한 장소에서 몸을 숙이고 행인을 기다렸다. 두둑한 지갑이 목적이었다. 강도짓이란 적은 돈을 위해 과도한 폭력을 행사함을 의미한다. 단단히 무장한 자에게도 달려들 수 있고 두둑한 지갑을 가지지 않은 자에게도 달려들 수 있다. 눈을 딱 감고 달려들어 행운 한 조각이라도 붙잡길 바라는 것이다. 어린애들이나 백치들이 시도할 법한 일이었다. 술에 취한 이 아둔한 두 사람은 그들의 공동묘지 집으로 돌아가는 길에 마지막 먹이를 붙잡기로 했다.

그러나 이들이 본격적인 행동에 들어가기 전에 데르다의 아버지는 일주일 전 성축일에 이 희생자의 손에 입을 맞췄던 일을 기억했다. 그는 노인이었다. 그래서 데르다의 아버지가 말했다. “좋아. 저 사람은 그냥 보내자.” 그러나 아랍인 데르다는 막무가내였다. 그는 노인에게 욕지거리를 하며 두들겨 팼다. 이때 건전한 정신이 박힌 데르다의 아버지가 자신의 범죄 파트너의 심장을 찔렀다. 그는 피 묻은 칼을 빼내고 주변을 돌아봤다. 바닥에 쓰러져 있던 노인이 필사적으로 몸부림치고 있었다. 이때 데르다의 아버지는 그를 향해 달려오는 어떤 이의 목소리를 들었다. 한 사람은 칼에 찔려 부상당했고, 또 한 사람은 심장이 찔려 쓰러져 있었다. 두 사람 사이에 데르다의 아버지가 서서 어느 길로 도망갈까 계산하고 있었다. 그는 방금 인조잔디에서 축구시합을 마치고 돌아오는 6명의 땀에 젖은 혈기왕성한 청년들에게 포위당한 사실을 깨닫지 못했다. 그러잖아도 청년들은 시합에서 8:1로 패배한 터였다. 그들은 경찰이 올 때까지 데르다의 아버지를 마구 두들겨 패는 것으로 울분을 풀었다. 데르다의 아버지가 이웃집 노인을 구하기 위해 자신의 동료를 죽였다는 사실을 누가 믿을 수 있으랴? 그래서 그는 법에 의해 저주를 받았고, 공동묘지 이웃들의 저주를 받은 것이다.

데르다의 저주는 그의 아버지가 술에 취해 그의 이름을 데르다로 작명했다는 것이다. 게다가 그의 어머니 역시 그 저주에 의해 감염당한 것은 시간문제였다. 며칠이 되지 않아서였다. 데르다는 생각에 잠겨 자기 집과 붙어있는 공동묘지 담장을 보고 있었다. ‘어떻게 하면 옷장 뒤에 백을 숨겨뒀다가 고아원이 깜깜해지면 거기다 대변을 볼 수 있을까.' 대충 이런 생각이었다. 그것은 페브지가 말했던 것과 똑같은 맥락이다. "걔네들이 네 몸의 스무 군데나 붙잡고 있지만 욕보이는 곳은 딱 한 군데뿐이란다."

데르다는 칼이 필요했다. 그것도 아주 큰 칼. '칼만 있으면 문제도 아냐.'라고 생각했다. '아냐. 톱이 더 필요해.' 그러자 칼에 대한 생각도 들어갔다. '아냐. 도끼야. 맞아, 바로 그거야. 도끼로 엄마를 토막 내는 거야. 그러고 나서 매장하면 되겠지. 토막토막 나눠서.' 하지만 데르다가 도끼를 구하기란 쉬운 일이 아니었다. 처음에는 옆집으로 달려갔다. 그는 거짓말은 하지 않았다. "우리 엄마 때문에 빌리려고요." 아무도 도끼를 가지고 있지 않았다. 설령 가졌다 하더라도 이웃 어른들은 문을 쾅 닫아 버리고 이런 저런 식으로 한결같이 안에 틀어박혀 있었다. "도끼를 가지고 뭘 하려고? 너의 어머니는 아직도 아프냐? 너의 불한당 아버지는 아직도 살아있니? 네 어머니한테 말해라, 너의 아버지가 이전에 아무 것도 갚지 않았다고." 그는 항상 똑같은 식으로 대답했다. 그저 고개를 끄덕일 뿐이었다. 이제 부탁해볼 사람은 딱 한 명 남아있었다. 공동묘지 경비원인 야신이었다. 데르다는 달려갔다. 공동묘지 정문 근처에 있는 목조 경비실 문 앞에서 이마에 흐르는 땀을 훔쳐냈다. 그는 문을 어떻게 노크해야 될지 몰라 그냥 소리를 질렀다. "야신 형제!" 야신은 창문으로 머리를 쑥 내밀었다. 그는 방금 낮잠에서 깨 눈을 뜬 상태였다. 야신은 잠에서 깰 때면 언제나 기분이 썩 좋지 않았다.

"뭐라고?" "형제, 도끼 가진 거 없어요?" "도끼를 가지고 뭘 하려고 그러냐. 꼬마야?" 대화를 하는데 '네.' 와 '아니다.'는 없는 것 같았다. 데르다는 그의 어머니가 하던 말을 있는 그대로 옮겨 봤다. 그녀가 아직 말을 할 수 있었을 때 셀 수 없이 써먹던 말이었다. "우리 집 근처에 있는 나뭇가지들을 도끼로 쳐내야 해요. 안 그러면 집 앞을 지나갈 수 없어요." 처음에 야신은 꼬마가 하는 말을 이해하려 했다. 그러나 그는 꼬마의 말을 더 이상 듣고 싶지 않아 "도끼 없다!"라 하며 경비실로 머리를 다시 집어넣었다.

데르다는 텅 빈 창문을 잠시 바라본 후 공동묘지에서 뛰쳐나왔다. 그는 거리 끝까지 뛰어가서 곧바로 공구가게로 들어갔다. 그러나 들어가자마자 그는 다시 나왔다. 금속 양동이들이 일렬로 전시되어 있는 사이길 쇼 윈도우 앞에서 그것들을 봤기 때문이다. 도끼들이다. 그는 다시 안으로 들어갔다. "저 도끼들 얼마예요?" 한 노인이 나사못들이 잔뜩 들어있는 서랍장에 정신이 팔려 말했다. "가격은 그 위에 붙어있다." 데르다는 다시 바깥으로 나가 도끼를 집어 들고 손잡이에 있는 가격표를 봤다. 그는 계속 보고 또 보곤 했다. 그러다 멈췄다. 도끼는 여전히 그의 손에 쥐여져 있었다. 그는 반대편 거리의 사이길을 따라 달려 내려갔다. 공동묘지 정문 앞까지 가야할 필요가 없었다. 10미터 간격으로 공동묘지 담장이 밀려오는 파도 결처럼 무너져 있었다. 그는 무너진 콘크리트 파도 위를 뛰어 넘어 묘지들 위를 깡충깡충 넘어갔다.

그가 집에 도착했을 때는 숨이 넘어갈 것만 같았다. 어머니의 벌어진 입에서 곤충들이 기어나와 콧구멍으로 들어가고 있었다. 구역질이 났다. 하지만 토하지는 않았다. 그는 토사물이 나오려는 것을 꾹 참아냈다. 그것은 목구멍까지 올라와 있었다. 거기에서 막판 버티기를 했다. 더 이상은 안 돼. 그래도 몇 번 울컥거렸다. 하지만 아무 것도 토하지 않았다. 데르다는 바닥에 깔린 매트리스에서 시트를 끌어내어 어머니 위에다 뒤집어 씌웠다. 유난히 하얗게 빛나는 어머니의 눈이 그를 볼 수 없게 하기 위해서였다. 그는 약간 자세를 낮춘 상태에서 두 손으로 도끼를 잡아 머리 위로 치켜 올렸다. 눈을 감았다. "엄마, 난 고아원에 안 가!" 데르다는 도끼를 내리치면서 소리쳤다. 감은 눈을 떴다. 어머니의 목을 겨냥했으나 도끼는 그녀의 가슴을 찍었다. 그것도 깊숙이 박혔다. 곧이어 지저분했던 하얀 시트는 색깔이 바뀌었다. 빨갛게. 그는 어머니의 가슴에 다리를 올려놓은 채 두 손으로 그녀의 살 속에 박힌 도끼를 확 잡아 뺐다. 데르다는 "난 안 갈 거야!"라고 소리치며 여러 시간동안 어머니를 향해 도끼를 내리 꽂았다.

그렇게 하고나자 시트 아래서 튀어나온 괴사한 핏빛 덩어리들이 열 개나 되었다. 바닥을 향해 축 쳐진 시트는 열 개의 덩어리들에 의해 지탱되는 가교 같았다. 그는 이 가교를 반복해서 찍어대어 덩어리들은 열 조각으로 나눈 것이다. 하지만 여전히 어떤 덩어리들은 너덜너덜 붙어 있는 상태였다. 그는 숨을 깊게 쉬고 나서 민첩한 동작으로 시트를 끌어당겼다. 천천히 눈을 뜨고 갈기갈기 조각난 어머니를 바라봤다. 더 이상 자신을 억제할 수 없어 조금 전까지 목구멍에서 겨우 막아내고 있었던 토사물을 쏟아냈다. 바닥에 무엇이 놓여 있건 신경 쓸 겨를도 없이 아무 곳에나 마구 토해냈다. 데르다는 정신을 차리려고 머리에 차가운 물 세 통을 부었다. 열 개로 나누어진 어머니의 덩어리들 근처로 다가가자 피가 얼어붙는 듯 했다. 어머니의 조각이 여기저기 널브러져 있었기 때문이다. 살 조각들은 어머니가 지난 2개월 동안 입었던 통바지와 셔츠 안에 붙어있었다. 데르다는 칼을 들고 천을 자르기 시작했다.

마치 선물포장을 풀 때처럼 살점들이 속내를 드러냈다. 피가 뚝뚝 떨어지는 어머니의 벗은 몸이 보였다. 이것이 데르다가 처음 본 여성의 나체였다.

* * *

그는 시트를 여러 조각으로 찢어 어머니의 조각을 하나씩 쌌다. 그러고 나서 문 안쪽에다 차곡차곡 쌓아올려 놓았다. 모든 일이 암흑 속에서 일어났으며 태양은 떠오르기 위해 다른 곳으로 가버렸다. 그는 공동묘지 분수 아래로 물동이를 밀어넣고 가득 채워지길 기다렸다. 바로 그때 자신을 부르는 목소리를 들었다. "데르다!" 주변을 바라봤으나 아무도 보이지 않았다. 덤불 속에서 뻗어나온 가느다란 나뭇가지 하나가 구부러지며 그 뒤에서 이사가 모습을 보였을 때 데르다는 무서워 죽는 줄 알았다. 그는 가득 찬 물동이를 나르고 있었다. 데르다는 너무나 겁이 나서 망원경을 거꾸로 잡고 이 세상을 바라보고 있는 것이 아닌가 하는 의문이 들었다. 모든 사람과 사물이 너무 멀리있는 느낌이 들었다. 심지어는 그에게 가장 가까이에 있는 사물들이 그랬고, 자신과 한 발자국 떨어져 있는 이사도 그렇게 보였다. "물이 넘치잖니." 이사가 데르다의 물동이를 가리키며 말했다. 만약 이사가 물동이가 아닌 데르다를 좀 더 가까이서 봤다면 그의 눈에서 일고 있는 변화를 봤을 것이다. 이사는 그의 눈물을 보지 못했다. 하기야 무엇이 있었던 간에 암흑이 가리고 있었다. 데르다는 손등으로 두 뺨 위의 눈물을 훔치면서 땀을 씻어내는 척했다. 그러고 나서는 다시 정신을 차리고 가득 찬 물동이를 발로 차내고 빈 물동이를 분수 아래로 밀어넣었다. 이사는 여전히 제 자리에 서있었다. 이사는 침묵 속에서 데르다를 한동안 바라보았으나 그가 무언가를 볼 수 있을 것이라곤 생각하지 않았다.

"이 시간에 여기서 뭘 하는 거니?" "우리 아빠가 날 내쫓았어." 이사가 말했다. "어디로?" "어디로 라니. 그게 무슨 말이냐?" "너의 아버지가 널 어디로 내쫓았냐 말이다?" "그런 말 안했어. 이런 빌어먹을 자식, 여기서 꺼져버려라고 말했어. 그래서 난 그냥 왔다 갔다 하는 거야." "네가 무슨 짓을 했기에 그런 거니?" "그냥 학교 다니지 않겠다고 그랬어." 데르다는 그의 발까지 물이 차오르는 걸 느꼈다. 허리를 굽혀 보니 두 번째 물동이도 넘쳐흐르고 있었다. 그는 세 번째 물동이를 제 자리에다 놓았다. "왜 그런 말을 한 거니?" "너도 학교 다니질 않잖아. 그렇게 말하지 않았니?" 이사가 말했다. "그런 말이 아냐." 데르다가 말했다. "나는 학교 문턱에도 못 가봤다. 넌 몇 학년이니?" "4학년." "그럼, 넌 한 학년 남은 거네. 1년만 다니면 다 마치는 거 아니니?" 이사가 웃었다. "다 마친다고? 그 다음엔 중학교, 고등학교, 대학교가 있단다." 그는 웃음을 멈췄다. "넌 왜 학교 가지 않는 거니? 너의 부모님이 다니지 말라 했니?" "아냐, 난 기다리는 중이야." "뭘 말인데?" "대학교. 난 대학교부터 다닐 셈이다." 이사는 데르다가 농담을 하는지 진담을 하는지 분간할 수 없었다. 단지 어둠 속에서 볼 수 있는 만큼 이해할 수 있을 정도였다. 그러다가 두 아이는 갑자기 웃음을 터뜨리기 시작했다. 그들이 함께 물동이를 들고 다닐 때처럼. 그러다 이들의 웃음은 점점 가늘어졌고 침묵에 빠졌다. 분수가 멈췄을 때처럼.

"자, 나 좀 도와다오." 데르다가 말했다. 그는 물동이의 손잡이를 위로 잡아당겨 걷기 시작했다. 이사는 세 번째 물동이를 들고 그를 쫓아 갔다. 물동이들을 담장까지 나르는 것은 그리 어려운 일이 아니었다. 어느 지점에 오자 데르다가 말했다. "내가 담장을 깨서 구멍을 내 볼게. 맘대로 들락날락할 수 있게 말이다. 여기 뛰어넘어 다니는 것도 이젠 지쳤다." "우리 집에 도끼가 있는데." 이사가 말했다. "우리 아버지 거야. 그걸로 담장을 패면 구멍 낼 수 있을 거다." 그들은 담장의 반대쪽에 있었다. 양손을 무릎에 얹고 숨을 고르며 데르다가 물었다. "네 도끼도 있니?"

이사가 공동묘지 집들을 떠나자 데르다는 집으로 가 기포고무 매트리스에서 뜯어낸 조각들로 콘크리트 바닥에 묻어있는 피를 문질러 없애려 했다. 한번 뜯어낸 매트리스 조각이 더 이상 빨아들이질 않으면 옆에 있는 쓰레기통에다 던져버리고 다른 조각을 뜯어냈다. 기포고무 매트리스의 절반을 뜯어내어 그렇게 쓰고, 나머지 절반은 피의 흔적들을 지우는데 썼다. 피에서 나는 악취가 썩어가는 살을 덮은 시트로 스며들었을 뿐만 아니라 집안 구석구석 파고들어 아무리 해도 제거되질 않았다. 피는 더 이상 보이질 않았다. 데르다는 탈진 상태였다. 온 몸의 힘과 아이다운 천진함이 몽땅 고갈되었다. 이제 열하고 한 살 더 먹은 아이였으니까. 티셔츠를 벗어 둘둘 말아 자신의 머리 밑에 깔고 콘크리트 바닥에 누웠다. 몸을 옆으로 굴려 눕고 무릎을 배 위까지 구부렸다. 더 이상 웅크리고 들어갈 어머니의 자궁이 없기 때문에. 잠시 후 그는 두 다리를 쭉 뻗어 마지막으로 사지를 펴곤 잠이 들었다.

데르다는 자기가 들어 올린 첫 번째 살덩어리가 어머니의 왼쪽 발이란 것을 알았다. 그것은 마지막으로 싸놓았기에 살덩어리들 제일 위에 있었다. 그가 학교가방 두 배 크기의 창문을 통해 바라보는 세상은 희푸른 색이었다. 태양이 어둠으로 섞여 들어가 밝아지려 하고 있었다. 그는 살덩어리와 냄비 뚜껑을 들고 집을 나와서 담장을 뛰어넘었다. 거기서 20미터 앞으로 가면 20기의 묘지가 일렬로 나란히 있었다. 담장에서 가장 가까운 묘지의 열이었다. 20미터 남짓한 공터도 언젠가는 꽉 채워질 것이란 사실은 의문의 여지가 없지만 현재로선 죽은 자들이 이곳까지 도달하지 못하고 있었다. 데르다가 서있는 곳에서는 오직 묘비들만 보였다. 대리석 평판에는 죽은 자들의 이름이 새겨져 있었다. 대리석들은 그것의 주인이 그 뒤편에 묻혀있다는 것을 가리켜주고 있었다.

공동묘지 이슬람 사원에서 들려오는 아침기도 소리가 나뭇가지들에 설치되어 있는 스피커들을 통해 바람 속으로 꽂혀 들어갔다. 데르다는 겁이 났다. 그는 더 이상 시간 여유가 없다는 것을 알았다. 살 조각들을 어디다 묻었는지 잊지 않게끔 표시해놓아야 한다고 생각했다. 하지만 어떻게 해야 할지 생각할 겨를이 없었다. 희푸른 세상이 점점 그의 주변을 감싸오고 있었다. 그러다 번뜩 생각이 떠올랐다. 비석들로 표시해놓는 것이었다. 대리석 평판들로 말이다. 비석 뒤쪽에는 묘지의 주인을 눕혀놓은 관이 매장되어 있었고 그 반대편 땅 속에다 어머니의 살덩어리들을 묻어 놓을 수 있지 않겠는가. 그는 담장과 가장 가까운 왼편에 있는 무덤 둥지로 가서 죽기 살기로 땅을 파기 시작했다. 냄비뚜껑으로 팔 하나가 들어갈 정도 구덩이의 흙을 파냈다. 어머니의 왼쪽 발을 그 안에 떨구고 다시 냄비 뚜껑으로 흙을 밀어 덮었다. 구덩이를 다 메꾸고 일어서서 두 발자국 뒤로 물러섰다. 누군가가 흙을 뒤섞어 놓은 티가 나는지 보기 위해서였다. 그러고 나서 비문을 바라봤다. 글자와 숫자들이었다. 몇 초가 지나자 더 이상 까다롭게 바라보지 않았다. 그가 무엇을 알겠는가. 어차피 데르다는 읽고 쓸 줄을 몰랐다. 뒤돌아서서 달려가 담장을 훌쩍 뛰어 넘었다. 마치 아무 일도 없었던 것처럼. 마치 자기 집으로 종종걸음 치는 곤충처럼.

그날 아침 데르다는 여덟 번이나 더 담장을 넘었다. 네 번은 안으로 네 번은 밖으로 넘은 것이다. 진짜 아침이 왔을 때 아이들이 공동묘지로 오기 시작하는 것을 알았다. 더 이상 구덩이를 파는 모험을 할 수 없어 그 날은 어머니를 묻는 일을 중단했다. 어머니의 절반이 왼쪽으로부터 처음 다섯 개의 비석 둥지에 묻혔다. 나머지 절반은 앞문 뒤에 쌓아 둔 채로 있었다. 데르다는 집 안으로 두 발을 디디자마자 쓰러졌다. 더러워진 냄비뚜껑을 땅에 떨어뜨리고 한쪽 팔을 구부려 머리 밑에 넣고 베개 삼았다. 잠이 들었다기보다 기절해버렸다. 그는 이틀 동안 먹지 않았다.

***

데르다는 고아원에 있는 꿈을 꿨다. 11년 동안 고아원에 가본 적이 없었다. 고아원이 어디에 있는지 그리고 어떻게 생겼는지 알지 못했다. 그가 아는 것이라곤 페브지에게 들은 것뿐이었다. 침상들, 옷장들, 화장실들, 주먹질 하는 큰 애들. 그리고 아무 때나 목 아니면 발목을 꽉 잡는 손들에 관한 얘기였다. 그는 단 한순간도 그 긴 꿈에서 헤어나올 수 없었다. 침상에서 옷장으로 그리고 옷장에서 침상 사이를 아무리 뛰어다녀 보았건만 두들겨 맞을 거라는 공포심이 항상 그의 뒤를 쫓아다녔다. 단 한 번 그의 등을 할퀴려는 손톱이 얼마나 떨어져 있나보기 위해 어깨너머를 돌아봤다. 바로 그때 온 몸이 나가떨어질 정도로 세게 무언가에 부딪혔다. 데르다는 바닥에 쓰러져서 도대체 무엇과 충돌했는지 올려다봤다. 어머니였다. 어머니가 그에게 다가온 것이었다. 어머니의 두 눈은 죽기 몇 주일 전처럼 빨갛게 충혈되어 부어있었다. 그녀는 일어서서 발밑에 있는 아들을 바라보고 있었다. 어머니의 입이 천천히 열리고 두 마리의 곤충이 입술 사이에서 미끄러져 나왔다. 데르다는 일어서려고 애를 써봤지만 그의 두 손바닥이 마치 땅 속에 박혀 버린 것 같았다. 그는 어머니의 입에서 벌레들이 떨어지는 모습을 꼼짝없이 보아야 했다. 그러자 그의 몸이 칼날이 튀어나오는 나이프처럼 직선으로 벌떡 일어서며 잠에서 깼다.

그는 일어서려고 애를 써봤다. 하지만 머리가 빙빙 돌아서 일어설 수가 없었다. 배가 고파 눈앞이 캄캄해진 상태에서 간신히 몸을 가누고 비틀거리면서 문 쪽으로 다가갔다. 그는 열쇠를 꺼내 바깥으로 걸어나왔다. 3미터쯤 앞에 여덟 살배기 쉬레야가 바위 위에 걸터앉아 있었다. 그녀는 초코바를 쥐고 있었다. 데르다는 마치 얼어붙어 버린 것 같았다. 나이보다 체구가 왜소한 쉬레야가 대처할 수 있는 유일한 방법은 우는 것 밖에 없었다. 그러나 데르다는 그것조차 신경 쓸 겨를이 없었다. 그는 두툼하니 먹음직스런 초코바를 입에다 던져 넣고 그것을 씹어 먹으며 조그만 여자애를 쳐다봤다. 쉬레야가 눈물을 흘리며 우는 소리에 이어 그 애 엄마의 고함이 들렸다. "너도 네 애비처럼 되고 싶은 게냐. 이 개 같은 녀석아!" 부인은 데르다의 따귀를 때리기 위해 네 발자국이면 될 걸 다섯 발자국씩이나 걸어와 더욱 확실히 갈겼다. 데르다는 따귀를 맞고 번뜩 움직였다. "너네 엄만 어디 있는 거냐?" 부인이 소리쳤다. 그러고 나서 그녀는 고개를 돌려 곧바로 집을 바라보며 소리 질렀다. "이거 봐, 하바! 이리로 나와서 네 망나니 같은 자식 놈이 무슨 짓을 했는지 봐!" 그녀는 쉬레야의 팔꿈치를 붙잡고 땅바닥에 있는 데르다를 발로 찼다. 그러나 슬리퍼를 신고 있어서 발로 차는 게 그다지 빠르지도 그다지 세지도 않았다.

"거기에 없어요!" 데르다가 임기응변으로 말했다. "우리 엄마 지금 집에 없다고요!" "엄마가 집에 없다는 게 무슨 소리냐?" 부인은 발길질을 멈추고 쉬레야를 자기 무릎 쪽으로 끌어당겼다. "엄만 병원에 갔어요." 데르다가 말했다. 그는 사람들이 그의 어머니에 대해 물어 본다면 무슨 대답을 할지 생각조차 하지 않았었다. "사람들이 엄마를 병원으로 데려갔어요." 부인은 갑작스레 데르다가 불쌍해졌다. 울다가 웃는 격이었다. 공기를 뚫고 날아가는 씨앗처럼 일순간에 증오에서 동정으로 마음이 움직였다. "그럼 너는 어떻게 할 작정이니?" 데르다는 일어서서 여느 아이들처럼 공동묘지 집들을 왔다 갔다 하며 뒤집어썼던 먼지들을 털어내었다. 이 세상에 무엇이 있든 간에 거기에는 죽음이란 있게 마련이다. 죽음의 먼지는 공기 속에 있었다. 그는 아무에게도 그것을 감염시키고 싶지 않았다. "난 그냥 이리 저리 왔다 갔다 해요. 엄마는 지금 괜찮아요. 곧 퇴원한다고 그랬어요." "그럼 먹거리하고 있어야 될 건 다 있는 거냐?" 부인이 물어봤다. 그녀는 여전히 훌쩍거리는 쉬레야를 보듬어주고 있었다. 그러다가 지겨워졌는지 계집아이의 뺨을 살짝 때리며 "그만해 이것아!"라고 나무랐다. "조금 있긴 있는 데 곧 떨어질 것 같아요." 데르다가 말했다. "그럼 오늘 저녁에 우리 집으로 와라. 뭘 좀 줄테니까." 데르다는 "네!" 하고 크게 대답했으나 "왜 오늘 저녁이지?"라고 혼자 되물었다. 오늘 저녁까지 한참 남아있었기 때문이다. 해가 지려면 아직 여러 시간이 지나야 했다. 데르다는 쉬레야와 그녀의 어머니가 자리를 떠나 그들의 집으로 미끄러져 들어가는 것을 보면서 일자리를 구해야겠다는 결심을 했다. 돈을 벌어야 했기 때문이다. 돈이 있어야 빵을 살 수 있다. 어쩌면 약간의 치즈까지 살 수 있을지 모른다. 무엇이든 살 수 있을 것이다. 데르다는 일을 하는 도구 세트인 물동이와 솔을 놔두고 온 것을 깨닫고 집으로 되돌아갔다. 기력이 너무 약해져 비틀거리면서 걸었다. 초코바 하나 가지고는 어림없었다. 머리는 여전히 핑핑 돌고 있었다.

공동묘지의 아이들은 시시닥거리며 중앙 분수대 주변 나무 그늘에 앉아있었다. 남자아이들은 서로서로 농담을 주고받으며 무덤들 주위의 대리석 가장자리 위에 앉아있었다. 여자아이들은 죽은 자의 친척들이 남기고 간 꽃들의 줄기에서 활짝 핀 꽃만 떼어내어 머리에다 꽂고 있었다. 어떤 아이들은 아직 학교에 다닐 연령이 아니었다. 어떤 아이들은 학교 문턱에도 못 가봤다. 또 어떤 아이들은 학교가 끝나자마자 공동묘지로 오기도 했다. 숙제를 해 갈 틈은 없었다. 모두들 일을 해야 할 사연을 가지고 있었다. 하지만 그 근처 어디에서도 그들이 하다못해 화장지 팩이라도 팔 수 있는 공단이나 복잡한 대로 따위는 없었다. 그들이 기댈 곳은 공동묘지뿐이었다. 그들의 세상은 수천 평방 킬로나 되는 공동묘지였다.

만약 이 아이들이 죽은 자를 화장하기 때문에 하늘이나 바라보며 고인을 추모하는 고장에서 살았더라면 5쿠루쉬 조차 벌지 못했을 것이다. 하지만 이 아이들이 태어난 도시에서는 아직 산 자들이 고인을 보았던 마지막 장소인 공동묘지로 가서 고인을 추모하며 무덤 머리맡에서 있다가 몇 번 코를 훌쩍거린 후 대리석을 문질러 닦으라고 돈 몇 푼을 쥐어줬다. 여기가 아이들이 플라스틱 솔과 물동이로 무장하고 손님들을 맞을 태세를 하고 있는 곳의 풍경이다. 아이들은 손님들이 죽은 자를 추모할 때 가장 약해지는 순간을 포착해낼 줄 아는 기회주의자들이었다. 그들은 어느 시점에 추모객 앞에 나타나서 작은 손을 내밀어야 하는지 알고 있었다. 이들의 사업은 삶과 관련된 곁다리 산업이다. 그것은 삶과 그 뒤에 오는 것. 즉 산자와 죽은 자를 연결시켜 주기 위해 추가된 끈과 같은 사업이었다.

사람들은 의미심장하게 눈을 반짝거리는 어른의 반쪽만한 아이들에게 팁을 주며 그 대가로 고인들이 평화롭게 휴식할 수 있게끔 기도해주길 바랐다. 만약 이들이 죽어서 휴식을 취하는 것 등을 희망한다면 기대를 접는 편이 좋을 것이다. 사람들은 죽고 나서야 눈을 뜬다. 이때 사람들은 구명 튜브만큼이나 크게 눈을 뜨게 된다. 이들에게 '평화로이 휴식을 취하는 일' 따위는 없기 때문이다. 그들은 더 이상 수면을 취할 수 없기 때문이다. 2미터 아래 땅 속의 상황과 그 위의 상황은 전혀 다르다. 땅 밑의 진실은 이렇다. 지렁이나 구더기 같은 벌레와 곤충 그리고 무수히 많은 살점들이 있다. 그러나 지상에서는 환상을 얘기하고 있다. "사랑하는 이여, 빛 속에 영면하길." 그리고 한없이 많은 기도를 올린다. 아무도 자신들이 몽매하다고 생각하지 않는다. 사람들은 죽은 이들 앞에서 그렇게 말하는 것이야말로 정직한 심정을 토로하는 것이라고 생각한다. 죽은 이는 그런 심정은 도무지 모른 채 가만있지 않을 수 있다. "그렇다면 어서 물 좀 뿌려다오. 그리고 이 잡초 좀 뽑아주렴." 인간의 환상 세계인 공동묘지는 온전한 상태로 남아있다. 그러니까 아이들은 그 환상의 세계에 등장하는 피터팬인 셈이다. 아이들은 모두 비슷비슷하게 생겨서 형제조차 가려낼 수가 없었다. 성인 세계의 눈으로 볼 때 아이들은 결코 자라지 않는 채 똑같은 모습으로 남아있었다.

아이가 죽음에 관해 알게 되면 이미 다 자란 것이나 마찬가지라고 한다. 하지만 그러한 감상적 언사는 공동묘지에서는 통하지 않았다. 아이가 죽음에 대해 알게 됨으로써 성장하는 것이라면 무덤을 닦아주며 돈을 버는 아이들은 어떻게 되겠는가? 여섯 살짜리 아이가 이미 성장해 버렸다는 걸까? 쉬레야 같은 아이는 키가 커져서 공동묘지 담장을 뛰어넘을 수 있게 되지 않을까? 아이들이 얼마나 자랄까? 공동묘지의 아이들 자체가 죽은 자들이나 마찬가지이다. 그들은 성장하거나 변화하지도 않을 것이다. 만약 이 아이들이 죽은 자라면 땅 밑의 세상은 땅 위의 세상과 동일한 거울이 될 것이다. 그리고 모두가 죽어있을 것이고 그게 그것이 될 것이다. 하지만 모든 게 그리 간단치만은 않다. 아이들은 자기네들이 세척한 무덤 위에서 잠이 들곤 했다. 그러나 아무 일도 벌어지지 않았다. 또 그들이 해가 질 무렵에 숨바꼭질 놀이를 시작할 때도 아무런 일도 벌어지지 않았다. 그들은 아무 것도 느끼지 않았다. 뭔가 잃어버리거나 뭔가 잘못되는 일도 없었다. 그들은 무엇이든 제일 먼저 알아차렸다. 뭔가 잘못된 일이 있다면 그들이 아무 것도 느끼지 않는다는 사실이었다. 어찌 되었든 간에 그들은 공동묘지와 무덤들이 그렇게 대단하다고 생각하지 않았다. 그들은 죽은 자들이 되살아나거나 귀신이 되어 나타난다 해도 두려워하지 않았다. 그들이 유일하게 두려워하는 것은 비가 오는 휴일이었다. 일기가 멀쩡할 때는 홍수처럼 밀려오던 사람들이 비가 오면 "거긴 가봤자 온통 진흙투성이야."라고 말하며 공동묘지를 일컫는 그들의 환상세계로 발길을 끊어 버리기 때문이다. 그밖에도 아이들은 죽은 자나 죽음에 관해 아무런 관심이 없었다. 아이들은 눈물 젖은 땅에 남겨진 꽃을 귀에다 꽂고서 이 무덤에서 저 무덤으로 땅을 밟지 않고 얼마나 오랫동안 뛰어다닐 수 있을까 하는 놀이를 했다.

나이가 제일 많은 아이가 12살이었다. 가장 어린 아이들은 6살이었다. 어떤 어머니들은 자기 아이를 품에 안고 공동묘지를 배경으로 찍은 공포영화나 보고 있을 것이다. 공동묘지의 아이들의 삶은 이런 어머니들과는 새까맣게 거리가 멀었다. 아이들은 언제나 공동묘지와 가까이 있었다. 어쩌면 훗날 이들은 어떻게든 이곳으로 다시 찾아올지 모른다. 담장 안쪽에 사는 아이든, 담장 바깥쪽에 사는 아이든 할 것 없이 말이다. 어떤 아이는 선생이 되거나 학교수위가 되어서, 또는 판사가 되거나 서기가 되어서, 또는 의사가 되거나 혈액 판매원이 되어서, 또는 검사가 되거나 위증자가 되어서, 또는 건축가가 되거나 건축 노동자가 되어서, 또는 피아니스트가 되거나 피아노 운반꾼이 되어서, 또는 국회의원이 되거나 집회현장에서 빵을 파는 사람이 되어서, 또는 정부가 되거나 개 같은 인간이 되어서 돌아올 수 있다. 하지만 어떤 아이가 어떻게 될까? 여기에 관해 연구가 있었을까? 논문이라도 발표되었을까? 묘비를 닦으며 어린 시절을 보낸 사람들과 그들의 미래 직업 사이에 어떤 상관관계가 있는지 알려주는 통계수치가 있을까? 아니면 이 아이들이 직업이란 말이 뭔지 알기는 아는 걸까? 아이들은 선택의 여지가 없었다. 간단히 말해 6살 때부터 죽은 자를 통해 돈을 벌기 시작했다면 나중에 그 아이들은 무슨 일을 할까? 데르다는 미래의 직업에 대한 자기 나름대로의 생각이 있었다.

"난 땅 속에 묻힌 보물을 찾을 거야. 이 근처에 보물이 묻혀 있을 걸." 다른 아이들은 조용히 듣고만 있었다. 이러한 화제는 다분히 귀를 쫑긋하게 만들었다. "무슨 보물인데?" 데르다는 마치 그가 이 세상 모든 비밀을 다 꿰차고 있다는 듯이 씩 웃었다. "나이 들면 다 알게 돼." 그가 이렇게 말해준 아이는 그보다 두 살 아래였다. 이름은 렘지였다. 이 아이가 아이큐 테스트를 받는다면 그의 부모는 아들이 천재니 무슨 특별 회의에 참석하라는 통보를 받을 수도 있었을 것이다. 렘지는 학교라곤 문턱도 가보지 못했지만 묘비에 새겨 놓은 문구를 통해 읽기와 덧셈과 뺄셈을 혼자 터득했다. 그는 묘비에 새겨진 이름들을 비롯해 탄생과 사망 연월일들을 전부 암기했다. 그런 것을 별로 눈여겨보지도 않으면서 다 기억해냈다. 지금 그는 데르다의 말에 귀를 기울이고 있었으나 동시에 그의 복잡한 머리에서는 그가 방금 들었던 문장의 문자수에다 그가 말하려는 문자수를 더하려 하고 있었다.

"대단한 생각인데 그렇지만." "온다! 들어온다!" 렘지의 계산은 붕 떠버렸다. 네 대의 차가 정문으로 굴러 들어오고 있었다. 아이들은 펄쩍 뛰어 일어났다. 너나 할 것 없이 달려가기 시작했다. 렘지는 하려던 말을 끝마칠 수도 있었다. 하지만 그도 돈이 필요했다. 다른 아이들이 필요로 하는 만큼. 그는 일어나서 다른 아이들의 뒤를 쫓아 달려갔고 머릿속에서 숫자들을 모두 날려버렸다. 전부 사라져버렸다. 어쨌든 앞으로 수년 간, 그리 여러 해는 아니더라도 그가 지금 하는 일을 계속 한다면 그의 재능은 하나 둘씩 수포로 돌아가고 여느 평범한 사람보다 나을 게 없는 존재가 될 것이다. 그는 이러한 사실을 몰랐다. 그렇지만 렘지는 달리면서도 머릿속 생각을 떨쳐버릴 수가 없었다. '7,226기의 무덤 중에서 어떤 무덤 아래 보물이 묻혀 있을 수 있을까?' 그는 한 번에 무덤 하나하나를 다 떠올려 보았다. 어쩌면 그런 이유에서 자기 앞에 무엇이 있는지 보지 못했는지 모른다. 그는 어느 가족의 대리석 묘비를 향해 곧장 뛰어가다가 넘어지고 말았다. 피가 흐르는 자신의 팔꿈치를 바라보곤 위를 쳐다보며 소리쳤다. "얘들아, 기다려 줘!" 모두 이 말을 들었다. 그러나 아무도 기다리지 않았다.

* * *

"우리가 무얼 더 할 수 있겠어요, 하시베?" 부인이 말했다. 그녀는 이 말 밖에 다른 말은 생각할 수 없었다. 그녀는 하시베의 어깨를 양팔로 감쌌다. 하지만 그녀도 울고 있었다. 울음을 그칠 수가 없었다. 온갖 고통들이 눈사태처럼 몰려오는 것 같았다. 마치 태양이 다시는 떠오르지 않기라도 하듯 그녀는 고개를 푹 떨구었다. 사실 고인은 그녀의 딸이 아니었다. 생전에 단 한 번도 본 적이 없었지만 그녀는 고인에게 사랑을 느꼈다. 그녀는 남편을 사랑했기에 그 사랑하는 마음이 전이된 것이었다. 게다가 죽은 이가 이제 26살 꽃다운 처녀라는 사실을 상기해보라. 그 처녀는 자살했다. 그것도 아주 먼 고장에서 어린이들을 가르치다가.

그녀는 교사 협회 행사장에서 자살한 여선생의 어머니를 만났다. 그날 행사는 오로지 근무 교사 가족을 위해 마련되었다. 참석한 가족들은 즉각적으로 서로에게 호감을 보였다. 마치 오랜 지기라도 되는 것처럼. 그럴 수밖에 없는 상황이었다. 두 사람 모두 사랑하는 가족이 같은 학교에서 근무했기 때문이다. 한 사람의 가족은 딸이었고, 다른 한 사람의 가족은 남편이었다. 딸은 예심이었고, 남편은 네지흐였다. 예심은 갓 부임한 교사였고, 네지흐는 그 학교의 교감이었다. 하나는 작은 굴뚝새였고 다른 하나는 그 새를 낚아챈 고양이였다.

예심은 그녀의 인생이 추구하는 것이 죽음이라는 것을 깨달았다. 그래서 결국 다른 사람들과 달리 자신의 육체를 매장시키는데 성공했다. 그녀가 편지 한통으로 해결할 수 없던 것을 권총으로 해결하고 말았다. 퇴역 대령인 아버지의 구식 권총으로. 그녀는 분쇄되었다. 권총의 주인인 아버지는 두 손으로 대리석판을 부여안고 거기다 키스했다. 학교에서 자살 시도를 한 후 예심은 해직되어 이스탄불로 돌아왔다. 예심은 처음 며칠 동안 아무런 말도 하지 않다가 이후 며칠은 또 지나치게 웃어댔다. 그런 다음에 권총으로 자살한 것이다.

이제 그녀는 새로운 팻말이 세워진 무덤 속에 누워 있었다. 네지흐의 아내가 예심의 어머니에게 전화기를 건네주자 예심의 어머니는 전화기를 귀에 갖다 대었다. "고인의 명복을 빕니다, 나의 친구." 네지흐가 말했다. 수화기 반대편에서 우정을 들먹이며 조의를 표했다. 바로 이 순간 예심이 그 말을 들었다면 눈꺼풀이 뒤집어지고 눈이 뒤집혀서 손톱으로 수의를 찢어버렸을 것이다. 그녀는 벌떡 일어나 비버처럼 자기 위에 덮여진 흙들을 마구 뒤엎고 지상으로 올라올 것이다. 그리곤 어머니의 손에서 전화기를 낚아채 고함쳤을 것이다. "엿이나 먹어라, 이 개새끼야!"

그러나 예심은 아무 것도 할 수 없었다. 그녀가 묻힌 지 26일째 되는 날이었다. 어쩌면 그녀에게 속눈썹 하나 남아있지 않을 시기였다. 하시베는 "고마워요."라는 말 밖에 달리 할 말이 없었다. 네지흐의 아내는 전화기를 받곤 두 팔로 하시베를 감싸 안았다. 그리곤 함께 흐느껴 울었다. 데르다는 그들이 침묵하는 순간까지 기다렸다. 그들이 스스로를 추스르기 시작하는 순간까지였다. '어떤 이에게 손을 내밀어야 할까? 노인에게, 아니면 두 부인 중 한명에게? 만약 돈 대신 초콜릿을 준다면 그것을 이 사람들 얼굴에다 팽개쳐버려야지.' 그는 혼자서 이렇게 생각했다. 공동묘지 참배객의 무기고에서 나오는 가장 끔찍한 폭탄은 다름 아닌 과자 또는 초콜릿이었다. 그들은 주머니에다 손을 쑥 집어넣고는 미리 넣어 두었던 서너 개의 과자를 만지작거리다 그것을 꺼내어 아이들에게 건네줄 때가 있다. "자, 이걸 받아라, 아들아."

흐느껴 우는 것을 제일 먼저 멈춘 이는 네지흐의 아내였다. 그녀가 예심의 어머니에게 가족처럼 굴었음에도 불구하고 예심은 그녀에게 낯선 사람이었기 때문이다. 물론 그녀의 남편 네지흐의 애도와는 경우가 달랐다. 그래서인지 그녀의 눈물이 남들보다 먼저 말랐던 것이다. 데르다는 기회를 놓치지 않고 그녀에게 손바닥을 벌렸다. 네지흐의 아내는 데르다의 헝클어진 모습을 보고 핸드백을 열어 동전지갑을 꺼냈다. 여분의 동전이 없었다. 어쩔 수 없이 지폐를 꺼내야 했다. 물론 가장 단위가 낮은 지폐를 찾았다. 지폐 한 장만 꺼낼 요량이었는데 두 장이 한꺼번에 나왔다. 아까웠지만 이미 때는 늦었다. "느닷없이 이상한 애한테 큰돈을 줬지 뭐냐. 어쨌든 우리한테 복이 돌아오겠지." 그녀는 나중에 집에 돌아가서 예심보다 5살 어린 대학생 아들에게 말했다.

데르다는 돈을 챙기자마자 재빨리 공동묘지에서 뛰쳐나와 길모퉁이에 있는 식료품 가게로 갔다. 튀긴 고기가 들어가 있는 샌드위치를 사서 그 자리에서 세 개를 눈 깜빡할 사이에 해치웠다. 목이 메어 질식할 정도였다. 냉장고에서 사이다를 꺼내 퍽하고 따자마자 단숨에 비워버렸다. 한 방울도 남기지 않고. 배를 채우자 정신이 돌아오기 시작했다. 그제야 그는 어머니의 마지막 살 조각을 땅속에 묻으려 했던 것을 기억했다. 어머니 살 다섯 조각은 문 뒤에 있었다. 그는 식료품가게 주인에게 돈을 주고 나왔다. 그러나 곧 발길을 돌려 가게 안으로 다시 들어갔다. "담배 한 갑만 주세요." "어떤 담배 말이냐?" 가게주인이 말했다. "제일 싼 걸로요." 데르다가 말했다. "그리고 성냥 한 갑도 주세요." 주머니에 남은 돈을 톡톡 털어 담배를 피기 시작한 것이다. 그는 11살이었다.

이사는 공동묘지에서 데르다를 붙잡았다. 그로서는 1초도 더 참을 수 없었다. "땅속에 보물이 묻혔다! 내가 찍은 무덤에 그게 있어!" 이사는 세상에서 가장 불행한 아이들 중 하나였다. 그의 가족은 시내에서 가장 큰 공동묘지 근처에 살다가 두 번째로 큰 공동묘지 근처로 이사했고 그는 여전히 비석을 닦았다. 비석을 닦다보면 옛 공동묘지가 생각났다. 하지만 그는 과거의 묘지를 잊으려 했다. 그것을 잊어버리는 가장 쉬운 방법은 새것에 집중하는 것이라고 생각했다. "보물을 찾아 애를 쓰다보니까 어떤 사람이 죽은 거였어."

데르다는 발을 떼어 거기서 빠져 나오기 시작했다. 데르다가 아무런 대꾸도 하지 않으리라는 것을 알면서도 이사는 계속 말했다. “우리 묘가 정말로 커. 여기서 제일 클 거다. 아무튼 여기에 두 형제가 있는데 둘 사이가 아주 나빠. 형제는 각자 자기 패거리를 가지고 있지. 나는 동생 편이야. 동생은 덩치가 그다지 크진 않아. 그런데도 형하고 싸울 때 보면 동생이 지 형을 두드려 팬다니까. 두 패거리는 자기 땅을 가지고 있고 서로 섞이는 걸 싫어해. 각자 자기편에 서있는 거야. 여기에서처럼 아무 무덤이나 자기 거라고 우길 수 없는 거잖아. 그러다 어느 날 어떤 보물에 관한 소문이 돌았어. 그런데 그게 우리 편에 묻혀 있는 게 아냐. 다른 패거리 편에 묻혀 있다는 거야. 그래서 우리는 엉뚱한 데서 입맛만 쩝쩝 다시고 있는 거지. 우린 거기서 온갖 군데를 다 파봤지. 근데 아무것도 나오지 않는 거야. 그러면 다음 날 우리 애들 중 하나가 능처럼 생긴 그 이상한 무덤을 발견해. 하지만 아무도 그게 진짜 무엇인지 몰라. 그래서 애들이 저게 틀림없어라고 말하지. 근데 어떻게 우리가 그 보물을 파내겠니? 그게 다른 애들 땅에 있는데 말이야. 그럼 우린 이렇게 말하지. 야, 꼭 필요하면 싸워야지 어떡하니. 빼앗아서 우리가 보물을 파내야지. 그렇게 해서 우리가 그곳에 갔더니, 거기에 그쪽 패거리의 한 꼬마가 그 무덤 꼭대기에서 지키며 자고 있는 거야. 아주 조그만 녀석이었지. 우리가 고 녀석을 깨웠더니 되게 무서워하더군. 건드리지 마. 제발. 꼬마가 우리한테 사정을 하는 거야. 물론 우리는 들은 척도 안 했지. 니가 그럼 파봐! 그러자 꼬마가 파기 시작했어. 그러자.”

“야 이 새끼야, 엿이나 먹어.” 데르다가 말했다. 이사가 재잘대며 정신없이 말을 뱉어대자 데르다의 입에서 쌍욕이 터져 나왔다. “그게 어쨌다는 거냐? 그래 그 보물은 찾았냐? 못 찾았지! 개뿔." 이사의 얼굴은 대리석처럼 딱딱하게 굳었다. 공동묘지의 대리석처럼. 그의 정맥은 대리석을 관통하는 초록 정맥처럼 피부를 찔렀다. 이때 그는 누구도 인생에 관해 제대로 설명할 수 없다는 것을 이해했다. 어떤 이에게 죽음은 영원히 극복할 수 없는 한계였다. 또 다른 이에게 죽음은 눈에 들어간 먼지에 불과했다. 이사는 무덤 주변을 돌아보고 저들이 죽어있는 것이 다행이라 생각했다. 그날 그는 죽음이란 인간의 권리이기 때문에 인간은 죽는다고 믿게 되었다. 그날 이전까지 그가 인간이 죽는다고 믿었던 것은 인간은 아무것도 믿지 않기 때문이었다. 바로 그런 이유에서 그는 대리석에 글을 새기는 직업을 선택했는지 모른다. 그는 공동묘지로 가는 길 근처에 있는 공방으로 들어가 견습생이 되었다가 나중에는 장인이 되어 그곳에서 나왔다. 이 모든 것은 그날 데르다가 그에게서 완전히 등을 돌렸기 때문이다. 데르다가 더 이상 그에게 자신의 이야기를 하지 못하도록 했기 때문에 그 날 이후부터 이사는 평생 대리석에게만 말을 하고 살았는지 모른다. 그가 자기 이야기를 다 말 할 수 있었더라면 안 그랬을 텐데. 어쩌면 학교에서 선생의 이야기를 주의 깊게 듣고 있는 애들이라면 그에게 귀를 기울였을 테지만 그런 일은 없었다. 견습생 신분을 벗어나기 며칠 전 이사는 자신의 비석을 만들어 놓았다. 구석진 곳에 비석을 숨겨놓고 이따금씩 그 앞을 지나갈 때마다 비석에 대고 말을 하곤 했다. 데르다가 들어주길 거부했던 이야기를 털어놓았던 것이다. 그 이야기를 하고 또 했다. 그러다 어느 날 그가 죽었다. 온갖 대리석 먼지를 들여 마신 탓이었다. 자리에서 일어나다 그대로 죽어버린 것이다. 그럼 그의 이야기는? 아무도 관심이 없었다. 특히 이사가 죽어 묻히고 난 이후에는 더 그랬다.

그들은 말없이 광장으로 걸어갔다. 나란히. 둘 중 누구도 상대방의 마음속을 읽을 수 없었다. 물론 상대방을 꿰뚫어 볼 기회가 천 번은 있었다. 데르다의 침울한 분위기가 그랬고, 이사의 재잘거리는 말이 그랬다. 데르다는 어머니를 토막 낸 이후 말수가 없어졌다. 자신에게만 묻고 대답했다. 용서받기를 원할 때는 주머니에서 담배를 꺼냈다. "불을 붙여봐." 이사는 거절하지 않았다. 그는 평생을 기다려 온 것처럼 담배를 쥐고 불을 붙였다. 데르다는 백 년 동안 담배를 피워왔던 사람처럼 연기를 빨아들였다. 그러나 이번이 처음이었다. 그날 전 세계에 걸쳐서 얼마나 많은 아이들이 처음으로 흡연을 시작했는지 누가 알랴? 데르다는 몇 발자국 더 걸어가더니 발끝으로 조약돌을 찼다. 그 조약돌이 이사의 팔에 떨어지자 그는 프리킥을 하듯 그것을 찼다. 이들은 마치 월드컵에서처럼 조약돌을 드리블했다. 이따금 조약돌은 대로에서 빠져나와 작은 길로 굴러 떨어졌지만, 이들은 그것을 쫓아다녔다. 이날 얼마나 많은 아이들이 조약돌을 발로 차고 다녔는지 누가 알랴? 아니면 자신들이 발에 차인 조약돌 신세라는 걸 느꼈던 아이들은 얼마나 많을까?

* * *

이슬람 사원의 새벽기도 종소리가 지붕 꼭대기를 타고 미끄러져 데르다의 귀에 들렸다. 그는 눈을 뜨고 암흑 같은 두 눈으로 천장을 바라봤다. 냄새 때문에 코에 주름이 잡혔다. 서둘러 몸을 일으켜 세웠다. 이미 늦었다. 데르다는 배가 그득했다. 쉬레야의 엄마가 그에게 밥 한 접시를 줬기 때문이다. 하지만 지금 서두르지 않으면 남아있는 다섯 조각을 다 파묻을 수가 없었다.

가장자리 열에 있는 대리석 무덤 둥지에 네 조각을 묻자 태양이 이미 떠올라 나뭇가지의 윤곽이 드러나고 있었다. 아침 햇빛은 그의 목덜미를 껄끄럽게 했다. 숨을 깊이 들이마셨다. “이제 한 조각이 남았네.” 그는 담장을 따라 나있는 무덤들의 열을 향해 달렸다. 그의 어머니의 오른 손을 팔에 끼고 있었다. 그것은 그가 처음으로 침대 시트에 싸놓은 것이었다. 그는 무덤 둥지에 걸려 넘어졌다. 주변을 바라봤다. 멀리서 어떤 사람의 모습이 보였다. 서둘러 오느라 삽으로 쓰려던 냄비 뚜껑을 잊어버렸다. 얼른 두 손으로 땅을 파내기 시작했으나 흙이 딱딱해서 구덩이가 깊어지질 않았다. 그는 어머니의 손을 바라봤다. 헝겊으로 일곱 겹으로 감싸둔 손이었다. 아무 것도 감싸놓지 않으면 이 조그만 구덩이에 어머니의 손이 딱 들어갈 수 있을 것 같았다. 데르다는 서둘러 어머니의 손에 감싸 놓았던 시트를 벗겨내다 그만 바닥에 떨구고 말았다. 마치 손이 불에 데기라도 한 것처럼 더 이상 그 손을 들어 올릴 수가 없었다. 그는 위를 바라봤다가 다시 주변을 살폈다. 그는 앞에 있는 대리석 조각의 옆면 쪽으로 얼굴을 돌려봤다. 조금 전에 보았던 사람이 갔는지 확인하기 위해서였다. 그러나 아무도 보이지 않았다. 가버린 게 틀림없었다. 그 사람이 누구인지 누가 알겠는가?

그는 어머니의 손을 툭 건드려 구멍으로 빠트린 뒤 그가 파놓았던 흙을 되밀어서 구덩이를 덮었다. 그러고 나서 일어서서 걷기 시작했다. 그는 어머니의 무덤들이 나란히 줄지어 서있는 앞쪽 열을 잰 걸음으로 지나갔다. 그 무덤들 뒤쪽에는 어머니의 신체가 나뉘어져서 묻혀 있었다. 사실상 더욱 정확히 말하자면 그는 무덤들의 뒤쪽을 지나간 것이다. 무덤의 주인들은 반대 방향으로 누워 있었기 때문이다. 대리석 평판의 반대쪽이었다. 이사가 견습생 생활을 시작했을 때 그가 해준 말이 있었다. "대리석 묘비의 뒷면을 '샤히데'라고 해." 멀리 가기도 전에 그는 어머니의 손을 깊숙이 묻지 못했던 점이 께름칙해 고개를 돌려 그가 온 길을 봤다. 어머니의 손을 제대로 덮지 않고 떠난 것은 아닌지 확인하기 위해서였다. 그런데 느닷없이 무언가에 찰싹 부딪혀 땅바닥에 쓰러졌다. 고개를 들어 위를 쳐다보니 웬 남자가 있었다. 수염을 기른 사람이었다. 그는 가운 같이 긴 옷을 걸치고 있었다. 데르다는 공동묘지 사원의 성직자를 알고 있었는데 그 사람은 아니었다. 그는 타야르였다. 난생 처음 보는 사람이었다.

타야르는 데르다가 일어나는 모습을 잠자코 보고 있었다. 마치 이 세상에서 가장 흥미로운 일을 목격이라도 하는 것처럼. 마치 이 세상 끝이라 해도 거기서 두 눈을 뗄 수 없을 것처럼. 그는 소년이 먼지를 툭툭 터는 것을 보고 있었다. 그러나 이번만큼은 데르다가 죽음의 먼지를 털어내지 않고 입으로 뛰어 올라온 자신의 심장을 역시 질근거리며 씹고 있었다. 데르다는 자신에게 물어보고 있었다. "저 사람이 내가 한 짓을 봤을까?" 그 남자를 감히 올려다보지 못했다. 남자의 눈을 쳐다볼 만큼 용기가 나지 않았다. 그는 고개를 푹 수그리고 털어내야 할 먼지가 또 있는지 찾는 것처럼 보이려 했다. 이때 타야르가 말했다. 데르다는 여전히 눈을 내리깔고 귀를 기울였다. 여전히 두려워하며. "다음부턴 더 조심해." 그러고 나서 그는 옆으로 물러나 걸어가 버렸다. 데르다가 뒤돌아보았을 때 그 남자는 보이지 않았다.

그게 무슨 말일까? 내가 뭘 조심해야 된다고 그러는 거지? 대체 그 말이 무슨 뜻일까? 데르다는 얼어붙은 듯 서있었다. 그가 발을 딛고 있는 땅이 늪이 되어 꺼져 들어가는 것 같았다. 그래도 그는 거기에 뿌리박고 서있었다. 그때 늪이 말라버려 그는 한 걸음 내디뎠다. 그럴 리가 없어. 혼잣말을 했다. 그게 있을 수 있는 일인가? 길을 가다가 거대한 공동묘지에서 어떤 사람과 부딪히다니. 그럼 그 사람은 뭐라고 말할까? 당연히 조심하라고 말하겠지. 그는 피식 웃었다. 그가 아무 것도 아닌 일로 두려워했던 것이 분명했기 때문이다. 그는 고개를 설레설레 흔들며 자기는 백치라고 혼잣말을 했다. 만약 그 사람이 내가 저기서 손을 파묻는 것을 봤다면 나에게 달려오지 않았을까? 그리고 내 모가지를 잡고 나를 경찰서로 끌고 가지 않았을까? 누가 그런 광경을 보고도 그냥 '조심해'라고 말하겠나? 그는 다시 피식 웃으며 발길을 옮겼다. 그런 다음에 그는 발걸음을 멈추고 고개를 돌려 무덤을 바라봤다.

그는 죽고 싶었다. 방금 손을 파묻었던 곳에 타야르가 멈춰서서 그를 돌아보고 있었다. 그는 이젠 끝이라고 생각하면서도 몸을 돌려 발길을 재촉했다. 그는 뒤에 그 남자를 남겨두고 발길을 점점 더 빨리 옮기다가 결국은 달리기 시작했다. 만약 그가 뒤에서 무슨 소리라도 들었다면 더욱 빨리 전력 질주할 수 있는 길을 찾았을 것이다. 그러나 뒤에는 오직 침묵밖에 없었다. 그는 공동묘지 정문에 이르자 숨을 고르기 위해 멈춰섰다. 그리고 웃음을 터뜨렸다.

"아침 일찍부터 뭘 그리 웃고 있는 거냐? 이걸 가지고 가서 빵 좀 사오너라." 야신의 손이 경비초소 창문 밖으로 쑥 나왔다. 데르다는 그 돈을 받고 물었다. "잔돈은 가질까요?" 그는 여전히 웃고 있었다. "그래, 가져라. 꼬마야. 가져." 야신이 말했다. 야신은 잠에서 깨어나니 기분이 찌뿌둥했다. 배가 고팠기 때문이다. 또 그가 데르다에게 돈을 줘버렸기 때문이다. 침대에서 일어난 지 2분도 채 안 되어서 다 털려버린 느낌이었다. 그는 아직 한 입조차 먹은 게 없는 상태였다. 빵 사고 남은 그 빌어먹을 잔돈, 그래 그걸로 잘 쳐 먹고 잘 살아라. 이 데르다 놈아! "싸가지 없는 놈." 그가 말했다. 그러고 나서 다시 침대로 들어갔다. 그녀석이 돌아올 때까지 조금이라도 더 자야겠다.

"더 필요한 건 없니?" 데르다는 식료품 주인의 물음에 대꾸하지 않았다. 아예 주인이 말하는 소리조차 듣지 않았다. 그의 마음은 어머니 손에서 벗겨내 옆에다 던져놓은 침대 시트 천 쪼가리에 가있었기 때문이다. 그 사람이 봤을까? 그래서 거기 서있었던 게 아닐까? 그는 목표를 설정해 놓은 미사일처럼 식료품 가게에서 뛰쳐나왔다. 작았지만 아주 날렵한 미사일이었다. 그는 적어도 10군데의 모퉁이를 돌아 공동묘지 전체를 지나서 담장에서 가장 가까운 무덤의 마지막 열 근처까지 갔다. 거기에 도착하면 무엇을 할지 생각해보지 않았으나 도착하자 예기치 않은 놀라운 일이 벌어졌다. 긴 가운 같은 옷을 걸친 그 남자가 손을 파묻은 무덤의 머리맡에 서있었던 것이다.

데르다는 발걸음을 멈추고 그가 본 첫 번째 나무 뒤로 몸을 숨겼다. 그는 나무 뒤에 숨어서 고개를 이리저리 내밀어 훔쳐보려 했다. 그러나 신통치 않았다. 그들 사이에는 무덤이 15줄이나 놓여 있었다. 40미터쯤 될까. 그는 그 남자 쪽으로 가까이 가서는 안 된다고 생각했으나 현재의 위치에서는 한 쪽 귀퉁이에서만 볼 수 있었다. 안전하려면 그들 사이에 얼추 20기의 무덤이 있어야 했다. 그는 나무들을 재빨리 관찰했다. 서로서로 감싸고 있는 나뭇가지들을 바라봤다. 빽빽한 나뭇가지들 속에 숨어서 라면 모든 것을 다 볼 수 있을 것 같았다. 재빨리 발을 움직여 나무 위로 펄쩍 뛰어 오르는 다람쥐처럼 움직였다. 그는 다섯 번째 나무 뒤에 숨어 앞에서 벌어지는 광경을 관찰했다. 마침내 그는 나뭇가지들이 엉켜 붙은 곳으로 튀어 들어갔다. 그곳은 워낙 나뭇가지들이 무성하게 우거져서 세 뿌리에서 한 개의 나무가 올라와 있는 것처럼 보였다. 그는 숨을 죽였다.

나무에 기댄 등을 쭉 피고 용기를 내어 나뭇가지들 사이로 그 사람을 바라봤다. 적어도 그 사람이 무엇을 하고 있는지 알고 있어야 했다. 그 남자는 무덤의 밑둥에 몸을 기대어 대리석 한 귀퉁이와 접한 무덤 침상에다 커다란 흰 봉투를 묻고 있었다. 무덤의 전면 근처에 있는 나무 몸통에서 뻗어나온 가지들 끝에 두 송이의 빨간 장미가 피어있었다. 그는 거리를 재어 그곳에서 다섯 뼘 정도 떨어진 곳에다 봉투를 묻었다. 그 근처 무덤 침상에 있는 새 물동이에서는 새들이 물을 마시고 있었다. 그는 손으로 흙을 털어내며 주변을 살폈다. 데르다의 한쪽 눈은 나무 몸통 뒤로 사라졌다. 심장이 쿵쾅거리는 소리를 들을 수 있었다. 마치 가슴을 파열이라도 시킬 듯이 뛰고 있었다. 데프다는 나무 아래로 납작 엎드렸다.

그는 거기서 반시간 가량 머물렀다. 거기에 뿌리를 내린 채 아예 나무의 일부가 되어있었다. 다만 그의 머리카락이 미풍에 나부낄 뿐이었다. 마치 주변의 나뭇잎들처럼. 그는 무릎에다 턱을 괴고 있었다. 두 팔은 접힌 두 다리를 감싸고 꼼짝도 하지 않았다. 이제 기다릴 만치 기다렸다고 생각했을 때 그는 느릿느릿 일어나 서두르려는 기색을 보였다. 이때 그는 고개를 쑥 내밀고 그 남자가 자리를 떠났는지 살펴봤다. 무덤가는 비어있었다. 그는 나무에서 나와 걸어가며 30발자국 앞을 훑어봤다. 그러다가 느닷없이 목덜미를 가격하는 주먹의 통증으로 인해 그는 앞으로 고꾸라질 뻔 했다.

"이 똥개 새끼야, 내가 너한테 빵 좀 사오라고 보내지 않았냐? 짐승새끼 같으니라고!" 그는 야신이 자기를 때리는데도 인생에서 처음으로 기쁨을 맛봤다. 그날 아침 야신은 아침도 안 먹고 집을 나와 기분이 몹시 더러운 상태라 데르다를 그만 때려야겠다는 생각을 접을 줄 몰랐다.

* * *

세 방을 얻어맞은 후 그는 일어서서 공동묘지로부터 빠져나와 식료품 가게 카운터에 깜빡하고 놓고 왔던 빵을 찾으러 달려갔다. 그는 경비초소의 열린 창문에다 빵을 떨구어 놓았다. "창문 열어 놨으니까, 그 안에다 손을 집어넣어 빵을 탁자 위에 던져놔." 야신이 이렇게 말했다. 데르다는 시키는 대로 했다. 그는 빵을 커튼 아래로 집어넣어 창문 곁 탁자위에 남겨놓고 줄창 달렸다. 그는 피 묻은 천을 찾아서 그것을 없애야 했기 때문이다.

같은 날 똑같은 광경이 반복되었다. 무덤 앞에 사람이 있었다. 그러나 다른 남자였다. 짧은 소매의 셔츠를 입고 있는 남자였다. 안경을 끼고 있었다. 그 남자는 주위를 둘러보며 넥타이를 만지작거리고 있었다. 50대 후반쯤 되어보였다. 데르다는 똑같은 장소에 다시 숨었다. 그 남자는 땅 속에서 흰 봉투를 꺼내고 그 자리에다 노란 봉투를 놓았다. 흙으로 그 자리를 덮고 나서 그 남자는 주변을 다시 한 번 둘러보고 그 곳에서 공동묘지 정문으로 나 있는 길로 걸어갔다. 그는 가운 같은 옷을 입은 남자와 달리 천천히 걸어가지 않았다. 서두르는 듯한 발걸음이었다. 일분 안에 일을 끝마치고 떠나는 것이었다. 지금껏 한 번도 본 적이 없는 얼굴이었다. 날씬했으며 머리카락과 얼굴색은 밝았다. 감정의 변화가 없어보이는 얼굴 표정인데다가 주름진 얼굴은 피 한 방울 나오지 않을 것 같았다.

데르다는 그 남자가 시야에서 사라질 때까지 기다렸다. 그러고 나서 나무 뒤에서 나와 곧바로 그 무덤을 향해 갔다. 무덤 뒤편으로 가서 무릎을 꿇고 천 쪼가리를 찾았다. 거기에 있었다. 길게 안도의 한숨을 쉬었다. 그는 붙잡히지 않았다. 데르다는 주머니에서 성냥갑을 꺼내 불을 켰다. 얇은 성냥개비에 불이 확 타올랐다. 천의 한 꼭지를 들어 돌려 자기에게서 천을 될 수 있는 한 멀리 떨어뜨리게 해서 잡고 불을 붙였다. 불길은 천을 집어 삼키며 분노한 듯 타올랐다. 다 타오를 때까지 붙잡고 있다가 바닥에 떨구었다. 그런 다음에 발로 비벼댔다. 새까만 재들이 날아가 버렸을 때 더 이상 피에 물든 천은 없었다.

데르다는 다시 그 무덤으로 가보았다. 무덤 속의 봉투가 궁금했다. 무덤 침상으로 가서 주위를 살폈다. 아무도 보이지 않았다. 민첩한 동작으로 흙속에다 손을 집어넣고 봉투를 꺼냈다. 테이프로 봉해 놓은 상태였다. 다행히 그 테이프는 길모퉁이 식료품가게에서 파는 것과 똑같은 것이라 필요시 어떻게 개봉하는지 알고 있었다. 그는 신중을 기하며 흔적을 남기지 않고 천천히 봉투를 열었다. 그 후에 이것이 꿈일 수 있다는 생각을 해봤다. 봉투 속에 두꺼운 돈 다발이 있었기 때문이다. 데르다는 떨리는 손으로 돈 다발에서 지폐 다섯 장을 꺼내 그것을 주머니 속에다 쑤셔넣었다. 그러고 나서 다섯 장을 더 꺼냈다. 봉투가 열려있는 것을 보니까 마음이 자꾸 끌렸다. 데르다는 너무 많이 가져가는 것이 겁이 나서 봉투를 닫고 손톱으로 테이프를 문질러 다시 봉해놓았다. 그러고 나서 봉투를 꺼냈던 구덩이를 흙으로 다시 덮었다. 그는 도망쳐야 했다. 그것도 보통 때보다 더 빨리 달려야 했다.

공동묘지 정문에서 빠져나와 우중충한 거리에 있는 버스 정거장으로 뛰어갔다. 봉투를 파묻고 간 남자 또는 가운 같은 옷을 걸쳐 입은 남자를 혹시 만나지 않을까 겁에 질렸던 것이다. 데르다는 단 한순간도 멈추지 않고 좌우 뒤를 살펴봤다. 마치 자기 꼬리를 쫓는 개와 같았다. 심지어는 버스정거장 벤치에 앉아있는 웬 할머니마저 이렇게 말할 정도였다. "아들아, 무슨 일이라도 있는 거냐? 사내답게 그냥 앉아있어라!" 그녀 옆에 있는 빈자리를 가리키며 할머니가 말했다. 그러나 데르다는 아무 말도 귀에 들어오지 않았다. 그는 버스가 올 때까지 어찌할 바를 몰라 안절부절 못했다.

데르다는 세 번째로 갈아 탄 버스에서 내렸다. 그가 내린 버스 정거장 이름은 거대한 건물 위에 붙은 명칭과 똑같았다. 사람들은 그 정거장을 그냥 '교도소'라 불렀다. 그는 정문을 지키는 말단 보초에게 다가갔다. "우리 아버지에게 전해줄 게 있어서요. 우리 엄마가 보내서 왔는데요." 보초는 커다란 철문을 쾅 닫고 안으로 들어갔다. 그러다 잠시 후에 그는 철문 안에서 바깥으로 고개를 내밀었다. "뭐라고?" "이거 우리 아빠한테 줄 거예요." 데르다가 말했다. "아빠한테 줘야 해요. 엄마가 보낸 거예요." "그게 뭔데?" 그는 주머니에서 꺼낸 지폐 다섯 장을 보여줬다. 나머지 다섯 장은 다른 주머니에 넣어 두었다. 보초는 아이의 손에 있는 돈을 흘끔 보더니 재빨리 덧붙였다. "너의 아버지가 누구니?" 그가 물었다. 데르다는 다섯 살 이후로 본적도 없고 얼굴도 기억이 나지 않는 남자의 성과 이름을 가르쳐 줬다. "알았다." 보초가 말했다. 철문의 틈 사이로 그의 머리만이 보였다. 그러다 손이 쑥 삐져나왔다. 그는 돈을 가져갔다. 그가 문을 닫고 있을 때 아이의 목소리가 들려 멈춰 섰다. "우리 아빠는 어때요? 잘 있나요?" "여긴 감옥이다. 아들아. 너는 여기 오면 누구나 잘 있는 줄 아니?" 보초는 문 뒤로 사라지며 말했다.

그 소리가 귓전에 파고들자 아이의 눈에서 눈물이 핑 돌았다. 눈물샘이 터지려는 것을 본 병사가 말했다. "저 사람 말은 믿지 마라. 너의 아빠는 잘 있다. 걱정마라." 데르다는 눈물을 삼키고 고개를 들어 그 병사를 봤다. "정말 아빤 잘 있는 거지요? 그럼 아빠한테 엄마가 죽었다고 말해주겠어요?" 그는 이렇게 말하고 걸어나갔다. 그는 감옥에 있는 아버지가 아들을 아주 사랑하기 때문에 고아원에 보낼 리 없다고 믿었다. 그는 아무에게도 자신의 비밀을 말해줄 수 없었다. 데르다의 엄청난 비밀이 폭로되면 아마도 평생 격리생활을 해야 될 것이다. 그는 어머니를 도끼로 토막내어 그 조각들을 매장했기 때문이다. 이러한 비밀은 그가 걸어가는 모습을 보고도 알아낼 수 있을 것이다. 그가 주머니에 두 손을 찔러넣은 모습에서도, 고개를 푹 수그리고 다니는 모습에서도. 발자국을 뗄 때마다 땅바닥을 질질 끄는 그의 발걸음의 모습만 봐도. 아니면 어디에든 늦었을 때처럼 허둥대며 재빨리 걸음을 재촉하는 모습에서도. 그 다음엔 그에게서 나는 냄새만 맡아도. 땀과 외로움에 찌든 모습에서도. 물론 거리를 가로지르거나 차를 타고 지나가는 사람들은 왜 그런지 이해하지 못할 테지만, 그들이 그의 얼굴을 자세히 본다면 곧 알아차릴 것이다. 어쩌면 그런 이유에서 그는 머리를 흔들며 중얼거렸는지 모른다. "개 같은 인생. 엿이나 먹어."

병사의 귀에 들어온 소식과 보초의 주머니로 들어가 버린 돈은 사라지고 잊혀졌다. 그 소식과 돈은 종착지에 도달하지 못했다. 그러나 집으로 돌아가는 데르다는 소리 없는 입술로 말했다. "아빠, 우리 만날 때까지 기다려. 내가 얼마나 많은 돈을 아빠한테 가져다주는지 두고 봐. 그때까지 기다려!" 3일 동안 그는 사람들이 우체통 비슷한 걸로 이용하고 있는 그 무덤 부근의 자기 자리에서 떠나지 않았다. 그러나 아무도 오지 않았고 아무도 봉투를 남겨 놓고 가지 않았다.

그러나 넷째 날에 일이 벌어졌다. 그가 기다렸던 일이. 그는 긴 가운 같은 것을 입은 남자를 봤다. 그러나 이번에 그 남자는 전에 이용했던 무덤을 지나쳐갔다. 그는 그 무덤의 오른 편에 있는 무덤 앞에 있었다. 나무들 뒤에서 데르다는 생각했다. 이 남자가 혹시 정확히 위치를 기억하지 못하는 것은 아닐까. 그가 서있는 무덤 밑바닥에도 어머니의 조각이 묻혀 있는데. 무릎에서 복숭아 뼈 사이에 있는 어머니의 오른쪽 다리 조각이 말이다. 긴 의상을 걸친 남자는 흰 봉투를 땅에 묻고 정면을 직시하며 걸어갔다. 데르다는 단 한 순간도 놓치지 않았다. 그는 무덤으로 달려갔다. 그는 돈보다 더 귀중한 것이 있지 않을까 기대를 해보며 흰 봉투를 열었다. 안에는 종이 다발이 있었다. 종이들과 글씨가 씌어져 있는 사진들이었다. 사진들 속에는 수염을 기르고 긴 의상을 입은 남자 그룹들이 있었다. 터번을 두른 어떤 이들 머리는 빨간 펜으로 동그랗게 표시를 해 놨다. 그들 가까이에는 뭐라고 글을 써 놨다. 역시 빨간 펜으로. 그러나 데르다는 아직까지 글을 읽을 줄 몰랐다. 글을 읽을 줄 알았다면 '셰이크 가지'와 '흐드르 아리프'라는 이름을 읽어냈을 것이다. 하지만 그렇게 읽을 줄 알아도 뭐가 뭔지 이해하지 못하기는 마찬가지였을 것이다. 그는 영국의 정보기관인 M16이라든가 영국에 있는 히크메트 타리카트의 조직원들에 대해 한 번도 들어본 적이 없었기 때문이다.

사실상 그가 거기에 있는 종이들을 샅샅이 다 읽어낼 수 있다 해도 그는 여전히 이 빌어먹을 게 뭔지 이해하지 못했을 것이다. 그가 돈 대신 손에 쥐고 있는 종이다발은 정보기관에게는 정보재산이나 마찬가지였다. 그가 공동묘지 정문을 거쳐 이쪽 열의 무덤을 찾은 안경 낀 사내가 영사관에서 무슨 직책을 맡고 있는지 알게 된다 해도 지금 무슨 일이 벌어지고 있는지 여전히 이해할 수 없을 것이다. 물론 상무관이라고 인쇄된 스티븐의 명함은 그 사람이 이스탄불에 파견된 M16 요원이라는 걸 드러내지 않기 때문이다. 그가 타야르와 맞교환하는 기술은 M16 용어로 비밀접선(Dead drop)이라고 불렸다. 이는 전달자와 수신자가 전혀 얼굴을 맞대지 않고 만나는 교환 방법이었다. 이 방법을 사용하면 예전에 자주 써먹었던 대여금고나 그 비슷한 걸 사용하지 않아도 되었다. 그러나 전달 장소가 비어있는지 차있는지 알려줄 수 있는 모종의 신호가 있어야 했다. 스티븐은 공동묘지로 가는 거리의 가로등을 선택했다. 더욱 정확히 말하자면 가로등 위치였다. 봉투를 남겨둔 이후에 그는 그 주위에 두 개의 자전거 자물쇠 중 하나를 놓아두었다. 두 자물쇠 중 하나는 파란 색이었고 다른 하나는 빨간 색이었다. 그것들은 앞뒤로 가는 타야르와 스티븐 사이에서 맞바뀌졌다. 무엇보다 먼저 가장 안전하게 교환이 이루어져야 했기 때문이다. 교환을 하는데 가장 안전한 장소는 인적이 드문 공동묘지였다. 그 곳은 목적이 있는 사람들만 방문하고 또 오래 머무르지 않았다. 누군가를 지켜보는 대부분의 눈은 땅 속에만 있기 때문이다. 그러나 이러한 장소를 선택한 것은 어쩌면 암흑의 낭만주의를 즐기는 스티븐의 개인적 취향에서 나왔는지 모른다. 어쨌든 이 비밀접선장소를 '죽음의 나락(Dead drop)'이라 부르지 않던가.

타야르가 배반한 이유는 극히 단순하다. 수년 전에 셰이크 가지가 말했던 한 문장 때문이다. "흐드르 아리프가 나의 유일한 후계자이다." 그러나 타야르는 셰이크 가지를 위해 자신의 몸을 바쳐왔다. 타야르는 18세 때 테흐란 셀라하틴이란 사람이 주도하는 미사일 공격 한 가운데로 뛰어 들어가 셰이크 가지의 생명을 구하다 7일간 혼수상태에 빠졌다. 그런 다음 셰이크 가지와 테흐란 셀라하틴이 서로 양 볼에 키스를 교환하고 영토를 양분하는데 합의함으로써 평화협정을 맺게 되는데, 거기서 타야르는 증인 역할을 했다. 그 결과 그의 영적 아버지가 언젠가 말했던 것처럼 그는 더 이상 울어야 할 이유가 없어졌다. 스티븐은 경험으로 수만 개의 치아 중에서 썩은 치아를 발견해내어 그것을 뽑아내는 노하우를 터득했다. 결국 타야르는 스티븐의 제안을 받아들였다. 후계자가 지명되고 난 이래 어차피 타야르는 그러한 제안을 기다리고 있던 터였다. 정확히 말해 그의 행위는 배신이 아니었다. 자신의 몫을 챙기는 일이었다. 현금으로. 데르다가 그러한 사실을 알리는 만

무했다.

그는 신문지를 흰 봉투에다 다시 집어넣고 원래 있던 곳에다 파묻었다. 만약 그렇게 하지 않았다면 타야르가 그를 붙잡았을 것이다. 그러나 데르다는 아버지에게서 물려받은 노상강도의 본능이 작동했는지 뭔가 이상하고 잠재적인 동기에서 그 신문의 절반은 가져가기로 마음먹었다. 그는 챙긴 신문지를 티셔츠 안에 쑤셔넣고 모서리들이 삐져나오지 않게 허리띠로 꼭 조여 맸다. 그는 나머지 것들을 재빨리 묻어버린 후 급히 자리를 떴다. 달려가면서 이 신문들이 진짜 돈이 된다면 더 이상 무덤을 청소하고 다니지 않아도 될 거라고 생각했다. 하지만 그는 노란 봉투에서 돈을 꺼내지는 않겠다고 혼잣말을 했다. 하루아침에 어린애가 절도행각을 두 번씩이나 했는데 더 이상은 도가 지나치지 않을까.

주머니 속의 지폐 다섯 장으로 5일 동안 배를 채우고 담배를 피웠다. 그러다 보니 밤이면 쉬레야의 어머니한테 밥 동냥을 하기 위해 문을 두드리는 것조차 잊었다. 그는 흰 봉투에서 꺼내온 신문을 바닥의 매트리스 위에 있는 베갯잇 속에다 숨겨놓고 매일 밤 그 위에 머리를 고이고 부자가 될 꿈을 꾸었다. 하지만 얼마가지 않아 이 서류를 누구에게 팔아야 할지 모른다는 사실을 깨달았다. “까짓 것 괜찮아.” 데르다가 말했다. “무슨 수가 있겠지.” 도둑의 달인이 되겠다는 꿈에서 깨어난 뒤 그는 순수한 어린이의 잠 속으로 빠졌다.

데르다가 잠을 자는 동안 스티븐은 영사관의 보안실에 앉아 암호를 키패드에 넣고 있었다. 활자화된 문자마다 기계 속에 있는 종이 리본 속으로 구멍이 뚫려 암호화되고 있었다. 암호구멍이 뚫린 노란 종이테이프가 뱀 굴에서 기어나오는 뱀처럼 기계에서 토해져 나오고 있었다. 테이프는 돌돌 말려져 휘감겼다. 암호를 다 입력하고 나서 그는 리본을 점검했다. 마치 현금 등록기에서 나오는 영수증을 점검하듯. 그는 엄지와 검지를 이용해 8개의 숫자를 계산해 냈다. 그런 다음에 그것을 봉투에 넣어 봉하고 M16 전령이 오길 기다렸다. 전령은 런던에서 한 달에 두 번 왔다. 물론 전령의 주머니에는 외교관 여권이 들어있었다. 정보기관에서 전령은 이제 연락용 비둘기만큼 고리타분한 관행이었다. 스티븐이 바로 그런 존재였다. 편지를 쓸 만큼 구식이었다. 암호용으로 컴퓨터에 입력하는 인터넷 프로그램이 형편없는 오류를 범했다는 사실이 그에게는 더할 나위 없이 기쁜 소식이었다. 그의 텍스트 속에 어떤 단어를 써넣어야할지 생각하면서 면전의 타자기 측면에 걸려있는 노란 리본을 만지작거렸다. 그가 무엇을 썼는지에 대한 제목은 다음과 같다.

히크메트 조직원 베지르에 대한 감시 요망

그러면서 스티븐은 내용을 이렇게 썼다.

살인전과가 있는 노동자와 그의 딸의 비자 신청을 순차적으로 처리하라는 지시에 따라 취해진 조치에도 불구하고, 본인은 우베이둘라와 그의 아들 베지르에 대해 보다 포괄적이고 지속적인 신상 정보를 확보하는 것이 우리 측에 궁극적으로 유익하리라고 믿습니다. 최근에 본인이 입수한 문서에 따르면 베지르는 폭력도 불사하는 광신도가 되어버린 것 같습니다. 우베이둘라에 관해 보고 드리자면 그는 흔들림 없는 충성심으로 흐드르 아리프에게 복종하고 있습니다. 따라서 본인의 견해로 그에게 오퍼를 하면서 접근하는 것은 실책이라고 판단합니다. 요약해 보고하자면, 잠재적인 무자하딘으로 간주하는 본인의 평가에 따라 베지르를 가능한 최대한 단 시간 내에 가장 엄격한 감시를 해주시길 요청합니다.

스티븐은 다음 날 새벽 무렵이 되서야 베요을루에 있는 집으로 돌아갔다. 잠을 잘 수 있는 상황이 아니라는 것을 알고 그는 토마스 에드워드 로렌스의『지혜의 일곱 기둥』을 다시 꺼내들었다. 어쩌면 천 번째인지 모른다. 책을 읽으면서도 그가 아라비아의 로렌스로 알려진 저자를 왜 이렇게 흠모하는지 그 이유를 분명히 짚어내지 못했다. 어쩌면 만 번이나 이 책을 펼쳐봤는지도 몰랐다. 왜 그랬을까? 그 역시 스파이였기 때문일까? 아니면 작가가 그처럼 마조키스트였기 때문일까? 이 두 가지 이유 사이에 그가 끼어있었다. 미소를 띤 채 그는 천에다 자신의 것을 앞뒤로 문지르고 있었다. 그는 거실 소파 위에 로렌스처럼 아랍 족장의 복장을 한 채 앉아있었다. 그는 다마스쿠스의 재단사가 그에게 지어준 흰색 천의 아랍의상을 걸치고 있는 느낌이 좋았다.

그가 20쪽 가량 읽었을 때 전화벨이 울렸다. 그는 아랍 족장처럼 대답했다. 새벽 4시였지만 개의치 않았다. "아버지!" 스티븐은 아들의 전화를 즉시 끊어 버렸다. 4년 만에 처음 듣는 아들의 목소리였지만 신경쓰지 않았다. 그러자 전화가 다시 울렸다. 연속해서 세 번 울렸다. 마치 인근에서 오는 전화 같았다. 스티븐은 책 한쪽을 더 넘기고 나서 조용히 전화기를 바라보았다. 아주 오랫동안 시선을 고정시키며. 마치 멀리 있는 대상을 보듯.

***

데르다가 공동묘지 정문을 통과할 때 해는 뉘엿뉘엿 지기 시작했다. 그는 경비실 앞에 멈춰 야신을 불렀다. "야신 형제!" "웬 목소리가 이리 크냐? 이 녀석아!" 야신이 뒤에 있었다. 그는 들고 왔던 바을라마를 야신에게 건네줬다. 그것은 검은 케이스로 포장되어 있었다. "그 사람이 고쳐줬어요. 형제가 말한 그대로 해줬어요." 야신은 바을라마를 받으며 물어봤다. "돈은 충분하더냐?" "네, 충분했어요." "거스름돈은?" "남는 게 있으면 가지라고 했잖아요. 이것 때문에 난 하루 종일 밖에 있었단 말예요. 난 벌써." "알았다, 알았어. 자식." 야신이 말했다. 그러고 나서 야신은 자신의 경비실로 들어가 문을 닫고 긴 의자에 앉았다. 그는 케이스의 지퍼를 내리고 바을라마를 꺼냈다. 이틀 전에 한바탕 거나하게 취해서 담장으로 고꾸라진 적이 있었다. 그때 이 악기의 둥그런 몸통을 쥐고 있는 바람에 손잡이가 부러져 버렸다.

"몸통에 이상이 생기면 그건 어쩔 도리가 없는 거란다." 악기 수리기사가 데르다에게 한 말이었다. 그러고 나서 그는 손잡이를 붙여줬다. 그 손잡이는 지금 야신의 손바닥 안에 고이 안겨 있었다. 야신은 현을 켜려했으나 멈추고 말았다. "미안하다." 그는 낮은 목소리로 말했다. 바을라마는 야신을 용서해줬고 경비실에서 터키 민요 가락이 흘러나왔다. 그것은 데르다가 알고 있는 '그것은 내가 했고, 내가 찾아냈지'라는 터키 민요였다. 야신이 나무랄 만한 사람은 아무도 없었다. 지금까지 그래왔다. 그러나 데르다가 화를 낼만한 사람은 있었다. 바로 야신이었다. "무슨 사람이 동이 트기가 무섭게 심부름을 시키고 그래?" 그는 이렇게 투덜댔다. 그는 누군가 왔다가지 않았는지 궁금했다. 그는 일주일 내내 나무 뒤에 숨어서 지켜보며 이날 아침까지 눈을 떼지 못했던 무덤에 누군가가 왔다 가지 않았을까 몹시 궁금했다. 그것을 알아낼 수 있는 딱 한 가지 방법이 있기는 있었다. 그것은 직접 가서 눈으로 확인해 보는 것이었다.

그는 담장에서 가장 가까운 무덤의 열로 가서 멈췄다. 생각하기 위해서였다. 그는 첫 번째 봉투가 묻힌 무덤을 바라봤다. 다음에는 그 오른쪽에 있는 무덤으로 시선을 돌렸다. 거기에 두 번째 봉투가 묻혔다. 그런 다음에는 거기서 또 오른쪽 무덤을 돌아봤다. 저들이 왼쪽에서 오른쪽으로 계속 가는 게 아닐까? 그는 자신에게 질문을 던졌다. 그러니까 무덤 한 줄을 다 이용하겠다는 게 아니겠어? 맞아. 틀림없이 그럴 거야. 계속해서 숨기는 장소를 이동시켜야 되는 거야. 그래야만 남들이 자기네 계획을 눈치 챌 위험이 없지. 그러나 이들은 아래 무덤 열로 내려갔다. 왼쪽에서 오른쪽으로.

그는 자기의 생각에 대단한 확신을 가진 나머지 곧바로 무덤으로 다가가 비석 앞에 멈춰 섰다. 그리고 무덤 침상의 흙 속으로 손가락들을 쑤셔넣었다. 그는 흙 속을 뒤지다가 무언가 딱딱한 것을 건드렸다. 그러나 그것은 봉투가 아니었다. 손을 더 깊이 넣어보자 상자 같은 것이 만져졌다. 그것을 끄집어 당겨보았다. 땅속에서 하얀 상자가 나왔다. 이 지구 어느 구석에서도 이때 데르다가 맛보았던 황홀한 기분을 느껴본 아이는 단 한 명도 없었을 것이다. 그 상자 속에 어떤 보물이 있는지 그 누가 알랴? 어쩌면 봉투 안에 들어있는 돈보다 더 많은 돈이 들어있지 않을까?

그는 재빨리 주변을 돌아보고 상자를 열었다. 하지만 그는 그것을 열자마자 닫아버리고 싶었다. 그것도 아주 빨리. 하지만 상자뚜껑이 쉽게 닫혀지지 않았다. 그러다 상자와 뚜껑을 놓쳐서 그 안에 들어있던 모든 것이 땅바닥으로 쏟아졌다. 데르다 본인부터 바닥에 쓰러지다시피 했다. 상자, 뚜껑 그리고 어머니의 왼쪽 손이 흙속으로 곤두박질 쳤다. 게다가 어머니 손에 남아있던 모든 것이 다. 조그만 살점과 수북한 뼛조각들이. 데르다는 그것이 어머니의 왼손이란 것을 알았다. 본인이 무덤 둥지에다 묻어놓았기 때문이다. 데르다는 구역질을 참느라고 침을 삼켰다. 심호흡을 하여 심장이 멈추는 것을 막았다. 그러면서 티셔츠 가장자리로 조심스럽게 상자를 쥐었다. 상자 속에다 손을 다시 넣고 거기다 뚜껑을 맞췄다. 그러고 나서 비석 반대편으로 네발자국을 걸어가 무릎을 꿇고 전에 그가 파놓은 구덩이를 바라봤다. 구태여 다른 곳을 볼 필요가 없었다. 무릎 사이에서 구덩이가 입을 쩍 벌리고 있었기 때문이다.

누군가가 그의 어머니의 왼손을 발견하고 그것을 하얀 상자에 넣어 무덤 침상의 흙 속에다 묻어준 것이다. 그런데 누가? 데르다는 타야르의 이름을 몰랐다. "그 사람이 본 거야!" 그가 말할 수 있는 것은 이 말밖에 없었다. "그 사람이 분명 봤던 거야. 그날 아침 내가 뭘 했는지 봤잖아. 그래서 나한테 '더 조심해라, 안 그러면 붙잡힐 수가 있다!'고 말한 거였어." 맞는 말이었다. 스티븐의 지시사항은 이랬다. "봉투 안에 서류목록을 쓰시오. 그리고 그것을 다시 봉투에다 넣으시오. 그렇게 해야 내가 그 안에 무엇이 있는지 확인할 수 있을 겁니다."

스티븐은 이러한 예방적 조치의 이점을 이용해 타야르에게 분실된 서류에 관한 정보를 줬다. 그리고 자신이 봉투를 묻는 것을 보았을 가능성이 있는 사람들의 명단을 작성했다. 그 명단에는 딱 한 사람이 있었다. 무덤 둥지에 몰래 무언가를 매장했던 꼬마였다. 타야르는 꼬마가 무릎을 꿇고 있던 곳을 팠다. 웬 살덩이가 눈에 띠자 타야르와 같은 강심장의 싸움꾼조차 속이 뒤집힐 지경이었다. 하지만 그는 꾹 참고 단 하나의 미끼를 매달은 하나의 낚시 줄을 준비했다. 하나의 낚시 고리, 하나의 미끼, 한 마리의 고기를 낚기 위해서였다. 그는 어디서 와서 어디로 가는지도 모르는 꼬마를 잡기 위해 뛰어갈 의향이 없었다. 단 한 방으로 그의 먹이를 잡으려 했다. 단지 어떤 무덤을 덫으로 이용해야 할지 결정할 일만 남았다. 꼬마가 문서를 훔쳐간 무덤? 아니면 마치 모든 것이 자연스런 길을 좇듯이 앞으로 사용하게 될 오른쪽 다음 무덤? 둘 중 하나를 선택하는 도박이었다. 타야르는 꼬마 애가 영리하다는 것 하며 그 애가 이들을 상당한 기간 관찰해 왔다는데 무게를 두었다. 그는 상자를 서류가 묻힌 장소에다 묻어 놓았다.

그것은 완벽한 미끼였다. 바로 그 장소에 걸 맞는 조치를 취해놓은 것이라고 데르다는 생각했다. 그것은 다른 사람일 리가 없었다. 가운 같은 긴 의상을 입은 그 남자임에 틀림없을 거다. 그게 다른 사람이었다면 경찰들이 새까맣게 몰려들었을 것이다. 경찰들은 내가 공동묘지로 들어가기도 전에 나를 붙잡았을 것이다. 그러나 이 하얀 상자는 묻어야 한다. "이제 나는 어떻게 해야 되지." 데르다가 큰 소리로 말했다. 고함 수준이었다. "내가 빌어먹을 큰 어려움에 빠졌다!" 그러고 나서 그는 손에 있는 상자를 쳐다봤다. 우선 그는 상자를 없애야 되었다. 다른 어떤 일보다 가장 시급했다.

그는 담장 밑 둥지 쪽으로 달려가 힘이 닿는 한 최대한 깊숙이 구덩이를 파서 거기에다 상자를 던져 넣고 다시 메꿨다. 그는 일어서서 쳐다보지도 않고 뒤로 돌아섰다. 이번에는 어디다 그것을 매장했는지 기억조차 하고 싶지 않았다. 그는 더 이상 어머니를 묻은 곳을 알아야 된다는 것에 대해 개의치 않았다. 알아두는 것이 그에게 득이 될까? 그가 무덤을 일일이 찾아다니며 어머니를 위한 코란을 봉독해주진 않을 것 같았다. 어찌됐던 간에 그는 혼잣말을 뇌까렸다. "어찌 되겠지 뭐." 그런데 지금 나는 무얼 해야 돼지? 그 사람들이 나를 잡으려 하지 않을까? 그는 생각했다. "돈이다!" "그 사람들은 자기네 돈을 내놓으라고 할 거야. 개뿔, 지네 돈을 돌려달라고 할 거다. 그런데 다 끝났다. 난 이미 돈을 다 써버렸거든. 헌데, 잠깐. 그 종이들은 여전히 있잖아. 그걸 도로 갖다 놓으면 돼. 그러면 나를 용서해줄 거야. 내가 그 신문들을 주면 내 뒤를 쫓아다니지 않을는지 몰라. 그런데 그렇게 안 해주면 어떡하지?"

그날 밤 그는 상자 한 개를 구덩이로 가져가서 베갯잇으로 싼 신문들을 묻어버리고 최대한 정성스럽게 흙으로 그 표면을 다져놓았다. 그날 밤 그는 잠을 자지 않았다. 깜깜한 집 안에서 눈조차 깜빡거리지 않는 채 손에 칼을 쥐고 홀로 기다렸다. 아침 예배 종소리가 자장가처럼 울리며 그를 재워주기 전까지. 그는 잠에서 깨어 맨발로 집을 나와 담장을 뛰어넘었다. 그는 무덤 침상으로 가서 땅을 팠다. 이번에는 보다 많이 팠다. 평소보다 많이. 그는 무덤 침상에 있는 흙을 파내어 그것을 사방에다 내뿌렸다. 흙을 내뿌리면서 그는 웃었다. 마침내 확신에 이르렀다. "그 사람들이 신문을 가져간 거야. 왔다 간 거야. 긴 의상을 입은 남자가 분명 왔다가 신문들을 다 가져 갔어. 그 사람은 이젠 다시 돌아오지 않을 걸. 그런데 돈은?" 얼굴을 숙이고 데르다는 말했다. "저 사람들이 돈을 내놓으라고 다시 오면 어떡하지? 그리 많지도 않은 돈 아냐? 그런데 긴 옷을 입은 남자가 돌아와서 돈 내놓으라고 하면 어떡하나? 나는 작살나겠지." 데르다는 등골이 오싹할 정도로 겁에 질려 말했다. "그 사람이 날 죽여 버릴 거야. 난 죽인다 해도 돈을 돌려줄 수 없으니까. 그 돈을 어떻게 구해. 내가 몇 달씩 일한다 해도 말이야. 더럽다!" 데르다가 소리쳤다. "에이 씨, 엿 먹어라!" 그날 이후 데르다는 은둔자처럼 지냈다. 하루하루 그는 늙어가는 듯 했다. 그를 고통스럽게 했던 것은 두려움보다 기다림이었다. 두려움보다 두려움을 기다리는 것이 더 소름끼친다. 누군가가 그런 말을 한 적이 있었다.

***

"무슨 일이냐?" 이사가 말했다. "누구 기다리는 사람이라도 있니?" "아니." 데르다가 대답했다. 그러나 확신에 찬 대답이 아니었다. 그는 계속 주변을 살피고 고개를 내밀어 나무들 뒤쪽을 바라보곤 했다. 일어섰다가도 다시 앉기를 거듭했다. 그는 이런 행동을 거의 한 달간 보여줬다. "근데 넌 왜 만날 주위를 살피냐?" "그게 너랑 무슨 상관이니?" 데르다가 쏘아 붙였다. 그러고 나서 그 말을 후회했다. "너한테 할 말이 있는데. 이건 비밀이다." "알았어." 이사가 말했다. "어서 말해봐." "이 근처에서 긴 옷을 입은 남자가 나타나면 나한테 알려줘."

이사가 데르다의 어깨 너머로 누군가를 가리켰다. "저기 어떤 사람이 있는데." 데르다는 펄쩍 뛰면서 그의 뒤를 봤다. 그 사람은 우베이둘라의 형제인 야쿱이었다. 기다란 의상을 걸친 그는 능처럼 보이는 무덤 머리 곁에서 두 손을 벌리고 기도를 하고 있었다. 데르다가 이사에게 고개를 돌렸다. "저 사람이 아냐! 하지만 그 사람도 저렇게 긴 옷을 입고 있어. 잘 봐라. 저기 우리의 담장 있지? 우리 집 담장 말야. 바로 그 담장에서 가까운 무덤들 보이니? 맨 마지막 줄에 있는 무덤 보이지? 거기야. 거기에 그 사람이 있으면 나한테 알려줘. 내가 집에 있더라도 와서 알려달란 말이다. 내가 어디에 있던 날 찾아서 꼭 알려 달란 뜻이다. 신의 은총을 위해, 정말로 중요한 일이라서 그래."

이사가 웃었다. "알았다. 그런데 뭐가 그리 중요하니? 이게 너의 비밀이라는 거냐?" "내 말 들어봐. 최근에 내가 긴 옷을 입은 남자를 위해 해준 일이 있었지. 무덤의 비석을 닦아준 일 말야. 그런데 나한테 돈을 주지 않는 거야. 그래서 내가 그 남자한테 욕을 했지. 그러니까 날 두들겨 패더라고. 이제 알겠니? 그래서 그 남자가 날 보기라도 한다면 내 입에다 똥을 처넣을 거야. 난 그 사람이 정말 못된 인간이라고 욕했지." "정말?" 이사가 말했다. "넌 그 사람이 할 일 없이 너만 찾으러 돌아다닌다고 생각하니? 아마 다 잊어버렸을 거야. 그 사람 안 돌아와." "제발 그렇게 되면 좋겠다." 데르다가 말했다. 그런 다음에 그는 일어나야 했다. 그는 한 손으로 햇빛을 가리며 주변을 관찰했다. 무덤 밑 둥지에 등을 기대고 다시 앉아서 이사가 권하는 담배 한 가피를 받아 쥐었다. "어쨌든 저 무덤 주위로 누가 나타나면 나한테 꼭 말해야 된다, 알겠니?"

이사가 데르다에게 담뱃불을 붙여줬다. "물론이지, 걱정마라." 그러고 나서 이사는 자기도 한 대 피워 물었다.

"네가 나한테 부탁한 이상 두려할 게 아무 것도 없는 거다." 이사는 다섯 모금을 빤 뒤 물었다. "너 페브지 알지? 고아원에서 도망 나온 애 말야?" 데르다가 고개를 끄덕였다. "어제 걔를 봤다. 괴상한 녀석이야. 갠 항상 백을 걸쳐 메고 다녀. 그 백 안에 뭐가 있는지 아니? 걔가 나한테 보여줬는데. 인형야. 여자애들이 갖고 노는 장난감 같은 거 있지. 거기다 이런 옷을 입힌 거야. 그런데 페브지가 그 옷을 벗기니까, 진짜 여자처럼 젖이 나오고 엉덩이가 나와 있는 거야. 진짜 여자 어른처럼, 알겠니? 어쨌든 녀석이 바로 그 인형 때문에 고아원에서 도망쳐 나온 거래. 그 인형을 뭐라더라? 바보라나 바바라나 어쨌든 그런 이름이었어. 아, 바비였어, 바비. 왜 그런지 아니? 거기 있던 애들이 페브지가 인형을 더듬고 있은 걸 봤기 때문에 걔를 덮친 거야, 무슨 말인지 알겠니?" 데르다는 여전히 빤히 쳐다보며 담배꽁초를 비석에다 비벼 껐다. 그가 물었다. "아하, 근데 걔는 왜 그 개똥 같은 인형을 가지고 다니는 거냐? 그까짓 것 없애버리면 안 돼? 그냥 내 던져버렸으면 그 꼴로 당하진 않았을 거 아니니?" "근데, 내 말 좀 들어봐." 이사가 말했다. "그 인형을 누가 줬는지 추측할 수 있겠니?" "내가 아는 사람이니?" "이 사람아, 우리나라 수상이 준 거야!" "개소리 마!" 데르다가 말했다. "이 사람아, 내가 맹세한다니까. 수상이 왔을 때 걔네들이 이 도시, 바로 그 동네에 있었던 거야. 그래서 애들이 모두 가 본 거야. 페브지가 그중에서 제일 작았지. 그때 수상이 장난감을 나눠주고 있었지. 아이들이 그걸 얻으려고 주위를 둘러싸며 서로 밀치고 당기고 했던 거야. 그때 땅에 떨어진 인형을 봤어. 처음엔 그게 뭔지 몰랐어. 그런데 어찌됐던 그걸 포기하거나 던져버리질 못한 거야. 다른 것도 아니고 수상이 그 애한테 준거잖아, 안 그래? 그런데 동네 애들이 본 거야. 그건 여자애가 갖는 물건이잖아. 애들이 그걸 만지기 시작했지. 물론 페브지는 어떻게 할 수가 없었지. 그러자 이번에는 애들이 페브지를 막 더듬기 시작했던 거야. 그러자 이 애가." 데르다는 고개를 돌려 이사를 바라봤다. "야, 너 그 애한테 무슨 짓을 했니?" 이 물음에 이사가 대답했다. 반문하는 식으로. "그러길 바라는 거니?" "엿 먹는 소리하지 마. 이 새끼야." 데르다가 말했다. "내가 걔한테 뭘 바라겠냐?" "빵 좀 사다가 페브지한테 가져다 줘봐라, 그러면 걔가." "싫어." 데르다가 말했다. "모두들 그렇게 한데. 페브지가 말해줬어. 축구장에서도 애들이 왔었대. 어쨌든 넌 그 인형을 봐야 돼. 진짜 여자 어른 같다니까. 그래서 페브지는 손에다가 말이야." "너나 꼴리는 대로 해봐, 자식아!" 데르다가 말했다. 그는 배가 아파옴을 느꼈다. 페브지가 빵 한 조각 얻어먹은 대신 이사에게 해준 짓 때문이 아니었다. 페브지가 말해줬던 고아원에서의 사건을 믿고 있었기 때문이다. 아마 그 모든 게 사실일 것이다. 분명 그 놈들이 화장실에서 페브지를 덮쳤을 것이다. 그러나 데르다는 바비 따윈 관심이 없었다. 한 순간 그는 이 모든 짓을 괜히 했다는 생각이 들었다. 공연히 고아원을 두려워했다. 어머니의 시신을 도끼로 잘라 매장한 것도 공연한 짓이었다. 기다란 의상을 입은 남자의 돈을 훔친 것도 공연한 짓이었고, 그래서 온갖 걱정에 휩싸였던 것도 공연한 짓이었다. 이 모든 게 페브지 때문이었다. 그리고 그 놈의 멍청한 인형 때문이었다. 그 애가 인형을 갖고 나서 거기에 미쳐버렸기 때문이다. "내 이 놈의 페브지 자식을 따먹어 버릴 테다." 데르다가 그게 무슨 뜻인지도 모르고 이렇게 큰 소리를 지르자 이사가 정색을 하며 자기가 한 말을 바로 잡았다. "아니, 그런 게 아냐. 이 사람아."

***

"야, 일어나, 일어나 봐!" 그는 사이프러스 나무들의 그늘 아래서 기지개를 폈다. 두 무덤 사이에 죽음을 기다리고 있는 공터에서 잠이 들었던 것이다. 데르다는 눈을 떴다. 이사가 그에게 몸을 기대고 있었다. "무슨 일인데 그러냐?" "너의 무덤 구역에 어떤 사람이 있다. 헌데 웬 아줌마야."

데르다는 벌떡 일어났다. 습관적으로 플라스틱 물동이와 솔을 집어 들고 이사 뒤를 좇아갔다. 긴장이 되서 가슴이 조마조마했다. 가슴을 진정시키기 위해 입술을 꼭 물었다. 하지만 이들이 그의 무덤들 근처로 가까이 다가가자 그 앞에 웬 부인이 서있었다. 데르다는 입을 벌려 뭐라고 말을 해야 한다는 것을 알았다. "좋아, 넌 가 봐도 괜찮다." "정말 괜찮겠니?" 이사가 물어봤다. "물론이지." 데르다가 대답했다. "어서 가서 네 일이나 해라." 이사는 가버렸고 데르다는 부인의 동태를 잘 관찰할 수 있는 나무들 뒤로 숨었다. 그는 부인을 바라보면서 사시나무 떨 듯 덜덜 떨었다. 부인은 그의 어머니의 왼쪽가슴과 도끼로 추스르기에 몹시 애를 먹었던 갈비뼈가 묻힌 무덤 앞에 서있었다. 그녀는 대리석판을 응시하며 꿈쩍도 하지 않은 채 서있었다. 데르다는 그녀가 주기적으로 무덤을 찾는 성묘객이라고 생각했다. 그녀는 막 울음을 터트릴 것 같았다. 그녀는 무덤 비석의 가장자리를 만지더니 손으로 입을 가렸다. 데르다는 거의 완전히 확신했다. 적어도 이 여인만큼은 그가 두려워했던 대상이 아니었다. 숨어있던 나무 밖으로 이동하려는 순간 현기증이 날 만한 광경을 보았다. 부인이 흰 봉투를 핸드백에서 꺼내 무덤 침상의 땅바닥 위에 내려놓았다. "이런, 썅!" 비명처럼 욕설이 나왔다.

부인은 두 손으로 구덩이를 팠다. 봉투를 묻을 만큼 땅을 판 뒤 주변을 둘러보았다. 데르다는 나무 뒤로 머리를 숨겼다. 어떡한담? 자신에게 묻고 또 물었다. 이제 어떻게 해야 되지? 어떻게 할까? 한 가지 생각이 떠올랐다. 내가 저기로 다가가서 직접 말을 걸면 어떨까? 가서 저 아줌마한테 자초지종을 털어놓는 게 어떨까? 내가 쓴 돈을 갚을 수가 없다고 저 아줌마에게 털어 놓는다면? 내가 저 아줌마 발밑에 엎드려서 죄송하다고 말한다면? 내가 용서를 빈다면? 난 저 아줌마를 설득시킬 수 있을 거야. 그러면 아줌마가 기다란 옷을 걸쳐 입은 사람에게 얘길 해 주겠지. 맞아, 이거야! 그는 혼자서 말했다. 그렇게 하면 통할 거야. 무서워서 가슴 졸이는 일도 이젠 신물 난다. 될 대로 되라지.

데르다는 나무 보호막을 나와 마치 억울하게 형장으로 가는 사형수처럼 고개를 높이 들고 그에게 내려진 죽음을 향해 당당하게 걸어갔다. 한 걸음 한 걸음 내디딜 때마다 그의 두려움은 경감되었다. 부인을 향해 다가가며 그는 숨을 크게 쉬고 난 뒤 말했다. "아주머니." 부인은 방금 구덩이에다 봉투를 묻어둔 상태였다. 그녀는 뒤돌아서서 마치 잠에서 깨기라도 한 듯 그 아이를 쳐다봤다. "내가 종이들을 꺼내갔어요. 그리고 돈도요. 그 종이들은 다시 가져다 놓았어요. 그런데요, 저, 돈은 한 푼도 안 남았어요. 제발 용서해주세요! 하라는 대로 뭐든 다 할게요.” 부인은 이렇게 말하는 아이를 머리부터 발끝까지 훑어보았다. 그의 신발, 머리, 두 개의 물동이와 솔, 그의 눈과 치아까지. 그녀는 생각에 잠겨 이 소년의 정체를 파악하고 있는 듯 보였다. 그녀가 입을 열어 무슨 말을 할 것 같지 않자 데르다가 계속 말을 했다.

“제발, 하느님의 사랑이 있길 바랄게요!” 부인은 고개를 절레절레 흔들며 그녀의 손으로 묘비를 가리켜 보였다. 데르다는 그게 무슨 뜻인지 몰랐다. 그는 머릿속에 제일 먼저 떠오른 생각을 말했다. “무덤을 청소해달라는 말이지요?” 부인은 무덤 쪽을 가리키며 고개를 다시 끄덕였다. 데르다는 재차 물어보지 않았다. “좋아요. 잠깐 기다려요. 금방 물을 날라 올 테니까요.” 그는 있는 힘을 다해 뛰어갔다. 모든 문제가 이렇게 쉽게 풀릴 수 있어서 날아갈 듯 기뻤다. 이제 무덤만 청소를 해주면 그의 빚은 청산되지 않겠나. 그는 광장에 있는 분수로 달려갔다. 물동이들에다 물을 채우는 동안 숨을 가다듬었다. 그러고 나서 지체하지 않고 왔던 곳으로 달려갔다. 공동묘지 정문을 통하는 대로 대신 지름길을 택했다. 하지만 그가 숨어있었던 무덤들 사이의 나무에 도착했을 때 그는 사색이 되어 발길을 멈췄다. 부인이 가버렸던 것이다. 주위를 빙빙 돌며 살펴보았지만 아무 것도 없었다. 공동묘지 정문을 향해 발길을 재촉해보았다. 만약 부인이 돌아가고 있는 중이라면 분명히 쫓아갈 수 있으리라고 확신했다. 그는 부인을 붙잡고 말을 해야 되었다. 모든 게 괜찮다는 말을 들어야 안심할 수 있었다. 그는 더 이상 무서워하지 않았다. 분수를 지나치면서 자신의 물동이들을 내려놓았다. 그러자 몸이 훨씬 가벼워졌다. 죽어라고 달려 정문까지 갔다. 그러나 거기엔 아무도 없었다. 부인도 또 그 누구도 보이질 않았다. 그는 공동묘지 정문에서 걸어나와 시내 간선도로의 좌우 양쪽을 내려다보았다. 그녀가 마치 공기 속으로 사라진 것만 같았다. 어쩌면 그녀가 차를 타고 가버리지 않았을까? 그는 이렇게 생각해보았다. 그러자 그는 어찌 할 바를 몰랐다. 완전히 혼돈에 빠졌다. 그가 확신할 수 있는 것은 딱 한 가지였다. 무덤 기슭에 묻힌 봉투를 건들지 않겠다는 것이다. 하지만 더 이상 무엇을 어떻게 해야 할지 정말로 몰랐다. 저들이 자기에게 무슨 짓을 할지 몰랐고, 심지어는 그 부인과 자기가 서로의 말을 이해했는지조차 몰랐다.

"그 아줌마가 무덤을 가리켰잖아." 데르다는 큰 소리로 말했다. 그는 그녀의 제스처를 흉내 내며 그녀의 모습이 어땠는지 떠올려 보려 했다. "그 모습이 이랬지. 손가락으로 이렇게 가리켰단 말이야. 그래서 내가 말한 거였지. 청소를 할까요?라고. 그러니까 고개를 끄덕였잖아. 바로 그렇게 해서 이렇게 된 거잖아, 안 그래?" 그것이 부인과 나눌 수 있는 최대한의 독백이었다. 충분히 납득할 만하다. 아주 확실할 만하다. 이 정도면 그의 빚을 탕감해주지 않겠는가. 하지만 한가지 조건이 있다. 그것은 데르다가 무덤을 청소해주는 주어야 하는 것이다. 그는 웃었다. 그리고 달리기 시작했다. 단지 분수를 지나가면서 물동이를 느슨하게 잡았을 뿐이었다. 그는 무덤 앞에 당도하기 전까지 멈추질 않았다. 주변을 둘러보았다. 누군가가 지켜보고 있다고 확신했다. 그가 합의하고 약속한 것을 잘 이행하는지 확인하려함이 틀림없었다. 비석 위에다 물을 조금 조금씩 뿌렸다. 그리고 고개를 들어 멀리 바라보곤 했다.

"자, 여길 보라구요. 원하시는 대로 내가 해놓고 있잖아요!" 그는 울음을 터뜨리고 싶었다. 그는 결코 허투루 일을 하고 있는 것이 아니었다. 주변의 나무에서 무덤 위로 떨어진 나뭇잎들을 하나씩 하나씩 주웠다. 그는 물을 뿌려둔 비석에 낀 때와 먼지를 솔로 박박 문질렀다. 그는 뼈가 빠지도록 근사하게 자신의 본분을 다하려고 애썼다. 정중히 열과 성을 다해서. 이 무덤에는 누군가 중요한 사람이 묻혀 있는 게 틀림없다. 그는 이렇게 생각했다. 그렇지 않다면 이렇게 청소해주는 것으로 빚을 탕감해줄 수 있을까? 데르다는 무덤을 청소해주면서 독립심이 솟아오르는 것을 느낄 수 있었다. 그는 두려움을 극복하고 있었다. 그의 목에 걸려있었던 마디도 조금씩 풀려가고 있었으며 긴장으로 굳어진 그의 얼굴도 미소로 나긋나긋해지고 있었고 오랜만에 유쾌해지기도 했다. 심지어는 행복감까지 찾아왔다.

아침 햇살이 그의 눈 속으로 배어 들어오자 그는 미소를 머금은 채 눈을 떴다. 그는 꿈에서 아버지를 보았다. 현실에서 아버지 얼굴이 어떻게 생겼는지 기억조차 나지 않았다. 그런데 꿈속에서는 아버지 얼굴을 알아봤다. 아버지가 감옥에서 나와 부자가 함께 아침을 먹고 있는 꿈이었다. 데르다는 일어나서 옷을 입었다. 약간의 빵과 함께 전날 먹다 남은 치즈 조각을 먹었다. 그러곤 두 개의 물동이와 솔을 들고 집에서 나왔다. 왼쪽으로 돌아 집의 담장을 따라 공동묘지 담장이 나올 때까지 걸었다. 허리를 굽혀 몇 년 전에 본인이 뚫어놓은 구멍을 통해 공동묘지 안으로 들어갔다. 죽은 자들이 늘어나서 이제는 무덤들이 담장 근처까지 가까이 와 있었다. 무덤들 사이로 자신이 가는 길을 만들어 새로운 분수까지 걸어갔다. 물동이에 물을 채운 뒤 그 무덤으로 가서 멈췄다. 그는 성스런 제물을 바치듯 무덤을 깨끗이 닦았다. 봉투가 아직까지 무덤 침상에 묻혀 있는지 따위에는 아무런 관심이 없었다. 그런 것은 알고 싶지 않았다. 저들이 원하는 대로 그저 빛이 날 정도로 무덤을 닦을 뿐이었다.

무덤 위에 아직 먼지 반점이 한 군데 남아있는 것을 본 뒤 잽싸게 손을 움직이며 미소를 지었다. 그러고 나서 발밑에 나있는 돌 통로를 내려다보았다. 그의 발밑 돌 통로 아래에 그의 어머니의 왼쪽 갈비뼈와 심장이 묻혀 있었다. 무덤들 사이에 있는 통로는 분산되어 있는 어머니의 모든 신체 조각들을 덮고 있었다. 그는 무덤에다 몸을 기대고 무덤을 쓰다듬으며 속삭였다. "내일 또 봐." 데르다는 16살이 되었다.

* * *

"야, 어떠니?" 렘지가 말했다. "난 괜찮아. 오래 기다렸니?" 데르다가 물었다. "아냐, 아냐, 자 어서 가자." 그들은 공동묘지 정문에서 걸어나왔다. 버스가 정거장으로 다가서자 이들은 버스를 놓치지 않으려고 달려갔다. 마침내 그들은 버스 계단을 훌쩍 건너 뛰어 차 안으로 올라타서 서로를 마주보며 가죽 손잡이를 붙잡고 서서갔다. 처음 말을 꺼낸 것은 그 나이 또래에 가히 천재라 할 수 있는 렘지였다. "돈은 꽤 준다고 하는 데 하는 일은 만만치 않은 가봐." "그럼 문제없어." 데르다가 말했다. "그 사람들 약간 좀 그렇잖아, 너도 알다시피. 그러니까 밀어 붙이거나 괜히 고집피우거나 할 필요는 없어. 그리고 말이야." 렘지가 계속 말했다. "네가 그 사람들 편에 잘 서있기만 하면 판매 보너스도 있나보더라. 그럼 추가로 부수입을 올리는 거지." "너는 무슨 일을 할 건데?" "나는 기계를 다룰 거야. 창고에서 말이야." 고용주들은 렘지가 복잡해 빠진 기계들과 그 원리들을 수월하게 다루는 것을 보고 그의 재능을 재빨리 알아챘다. "그럼 나는 당분간 짐을 싣는 일만 하면 되는 거구나, 그렇지?" 데르다가 물었다. "그래. 너는 창고에서 물건들을 꺼내다가 밴에 옮겨 실으면 돼. 그러고 나서 물건들을 판매하는 곳에 배달해주는 거야. 자, 여기다. 여기서 내려야 해."

그들은 버스에서 내려 간선도로에서 벗어나 있는 음침한 길을 따라 걷다가 3층짜리 건물 앞에 멈췄다. 렘지는 정문으로 성급히 올라가려는 데르다를 제지했다. "거기가 아냐. 여기 아래쪽이다." 렘지가 층계를 가리키며 말했다. 건물 측면에 있는 계단은 지하실로 이어졌다. 그들은 층계로 내려갔다. 렘지는 지하에 있는 철문을 쾅 찼다. 안에서 목소리가 들렸다. 걸걸하고 둔탁한 목소리였다. "게 누구요?" "렘지에요." 문이 열리자 인쇄기에서 나는 심한 냄새가 그들의 코를 찔렀다. 그 냄새가 밖으로 새나가서야 렘지와 데르다는 안으로 들어갔다. 안경을 낀 사내가 열린 문 곁에 서있었다. 나이가 들어보이는 그 사내는 아직 젊었다. 어느 날 느닷없이 나이 세례를 받은 모양이었다.

"얘가 네 친구냐?" 그의 말은 이가 빠진 틈새로 새어나왔다. 어느 날 밤 갑자기 그의 이가 몽땅 도망쳐버린 것 같았다. "네." 렘지가 말했다. 그러고 나서 그는 데르다에게 고개를 돌렸다. "이 분이 쉴레이만 형님이셔." 그가 말했다. "나의 상관이지. 이 분이 모든 걸 다 관장한다." 그는 몸을 빙 돌려 모든 인쇄기들을 가리키는 제스처를 보였다. 그 안에 모든 것이 다 있었다. 이 건물의 지하실은 바깥에서 생각했던 것보다 컸다. 폭이 건물 길이의 두 배쯤 되어보이는 것 같았다. 아니면 쌓아놓은 온갖 책 더미들 때문에 그렇게 보이는지 몰랐다. 수천 권의 책들과 거대한 인쇄기가 있었다.

"또 다른 사람은 안 왔나요?" 렘지가 물었다. "아니." 쉴레이만이 말했다. "난 방금 간신히 일어났다. 차 좀 끓여봐라. 차나 좀 마시자구나. 너는 이름이 뭐냐?" "데르다요." "근데 너는 우리가 여기서 무슨 일을 하고 있는 줄 아니?" "렘지가 그러잖아도 약간 얘기해줬어요." 데르다가 말했다. 렘지는 창고에서 유일하게 책 더미가 쌓이지 않은 벽 맞은편에 있는 허리 높이의 두 찬장 앞에 있었다. 첫 번째 찬장 위에는 작은 난로가 있었고, 다른 찬장 위에는 수도꼭지에서 멈출 줄 모르고 계속 물이 새는 싱크대가 있었다. 찬장들 옆에는 냉장고가 있었다. 렘지는 쉴레이만의 집을 그대로 옮겨온 듯한 창고의 임시 부엌에서 차를 끓이려고 난로 위에다 물을 올려놓았다. 모락모락 피어오르는 그의 담배 연기가 찻주전자에서 나오는 수증기와 섞여서 어우러졌다. 쉴레이만은 심장에서 울려 나오는 아침 기침을 한바탕하고 나서 말했다. "나는 여기서 네가 멍청한 짓을 했다는 소리를 단 한 번도 듣고 싶지 않다. 무슨 말인지 알겠니?" "알겠어요." 데르다가 말했다. "이스라필이 여기에 곧 올 것이다. 그 애가 네가 할 일을 나보다 더 잘 설명해줄거다. 그런데 딱 한 가지만 너에게 분명하게 말할게. 이제부터 넌 곤란한 일에 말려들 수 있다. 그런데 여기서 벌어지는 일을 경찰한테 고해바친다 해도 네가 잡혀갈 거다. 내가 무슨 말하는지 알겠니?" "걱정마세요." 데르다가 말했다. "그게 아니다! 난 걱정하는 걸 걱정조차 할 수 없다. 네가 생각해봐야 하는 거다. 네가 남자답게 일을 하고 입을 꼭 다물고 있는다면 너는 네 몫을 챙겨가는 거란다." "좋아요." 데르다가 말했다.

데르다는 쉴레이만이 말했던 그 어느 것에도 신경 쓰지 않았다. 그가 바라는 것은 오로지 약간의 돈을 버는 것이었다. 이제 공동묘지에서 밥벌이 하고 살 나이가 아니었기 때문이다. 애걸하는 그의 표정은 이제 아무에게도 먹혀들지 않았다. 돈을 달라고 내민 손은 더 이상 위를 향하지 않았다. 종종 벌어지는 일이지만 데르다가 성묘객들보다 키가 더 컸기 때문에 그들을 굽어보는 처지가 되었다. 그밖에도 거의 붕괴직전에 있는 공동묘지 담장들을 재건축하고 있었다. 또한 공동묘지 경비인 야신을 내보내고 사설경비업자들을 배치시킬 것이라는 말이 돌고 있었다. 그렇게 되면 이들은 공동묘지 안으로 아이들을 못 들어오게 할 것이다.

얼마 후에 공동묘지 아이들은 역사 속으로 사라질 것이다. 먼지투성이 도로는 돌로 포장될 것이고, 폭이 넓은 길들은 모두 아스팔트로 덮일 것이다. 세월이 변해가고 있었다. 아이들은 공동묘지 주변에 높이 올라가는 담장 바깥에 있게 될 것이다. 죽은 자들에게서 더 이상 빵을 얻어낼 수 없게 될 것이다. 이제 그곳에 아이들은 보이지 않을 것이다. 오래 있어봤자 앞으로 한 달이었다. 이제 아이들 각자가 새로운 돈벌이를 찾아 나서야 했다. 이사는 대리석 판을 새기는 견습공으로 들어가고 페브지는 도심 한가운데로 사라져 버렸고 렘지는 친지들의 소개로 해적판을 찍어내는 창고에서 일자리를 얻었다.

렘지가 이 일이 어떤 일인지 데르다에게 말해주었다. "책 업무야." 그러자 데르다는 그에게 소리쳤다. "야, 날 바보로 만들 작정을 했냐? 내가 글을 모르는 거 알잖아." 그러나 렘지가 대답했다. "야, 누가 널보고 책을 읽으라고 했니? 너는 책들을 나르기만 하면 돼." 그들은 방금 렘지가 달려 나가서 사온 깨빵과 차로 아침을 먹고 있었다. 그것들은 베스트셀러 소설이 인쇄된 종이를 절단하지 않은 채 펼쳐놓은 상자 위에 놓여 있었다. 그들은 구석에서 말없이 먹었다. 이때 철문이 쾅하고 열리면서 괴물 같은 사내가 들어왔다. 쉴레이만은 깨빵에서 떨어진 참깨들이 깔려있는 인쇄지들을 집어 들어 주먹으로 구겨 쥐었다. 그는 위를 올려다보았다, "자 봐라. 이스라필이 여기 왔다." 이스라필이 코트를 벗자 그의 허리춤에서 권총자루가 번쩍거렸다. 렘지가 일어서자 데르다도 좇아 일어났다. "이스라필 형제, 얘가 데르다네. 내가 자네한테 말했던 친구야. 하적 업무를 할 걸세." 이스라필은 데르다와 기가 질린 그의 눈을 올려다보며 물었다. "너의 아버지는 무슨 일을 하냐?" "아버진 감옥에 있어요." 데르다가 말했다. "좋아." 데르다가 아버지 관련 질문에 대답을 했을 때 조금도 놀라워 하지 않는 사람은 그가 처음이었다. 이스라필은 감옥에 있다는 것이 그저 평범한 일상이라는 듯이 태연하게 고개를 끄덕였다. 데르다는 그가 질문을 계속하리라고 예상했다. 하지만 더 이상 질문은 없었다. 이스라필에게 감옥은 또 다른 현실에 불과했기 때문이다. 그는 렘지가 가져다준 차를 벌컥거리며 단숨에 마셔버리고 말했다.

"밴이 9시쯤 온다. 그 사람들이 너에게 뭘 실어달라고 말할 거다. 그러면 너는 밴에 같이 올라타서 물건들을 판매소까지 배달해주는 거다. 상황에 따라 너는 서너 번 왔다 갔다 할 수도 있다. 저녁때 너는 판매소에서 물건들을 날라다가 여기로 다시 가져오면 되는 거다. 그게 네가 할 일이다. 그리고 잽싸게 일을 해야 돼. 판매소 근처에서 어른거리면 안 돼, 알았니?" "오케이." 데르다가 말했다. 이스라필은 담배에다 불을 붙이곤 그의 빈 찻잔을 렘지에게 주며 한 마디 했다. "잘 들어 둬라. 네가 여기서 일할 수 있는 것은 네 친구가 너를 위해 일을 하기 때문이다. 열심히 일해서 네 생활비를 벌어야지." "알았어요." 데르다가 말했다. 그러고 나서 이스라필은 상대를 압도하는 눈길로 데르다를 바라보며 세 번이나 깊은 숨을 쉬었다. 그는 더 이상 말할 필요가 없었다. 그의 몸을 바라보면 구름이 몰려오듯 공포감이 몰려왔다. 그 공포감은 창고의 모든 것을 지배했다. 이스라필이 데르다가 주눅이 들어있음을 확인하곤 뒤를 돌아서서 책 더미들 속으로 사라져 버렸다.

30분 후에 데르다는 40권이 각각 들어가 있는 책 박스를 나르고 있었다. 그는 철문을 통과하여 12계단을 올라가 층계 꼭대기에 세워둔 창 없는 밴의 뒷자리에다 실었다. 그렇게 일곱 번 왔다 갔다 하며 14박스를 옮기니까 밴이 가득 찬다는 것을 터득했다. 그는 냉장고 옆에 있는 주전자를 거꾸로 세워 잔에 물을 채운 뒤 벌컥벌컥 마셨다. 이내 땀을 훔쳐내곤 "지금 가요!"라고 소리쳤다. 그러고 나서 급히 층계를 뛰어 올라가 조수석에 올라탔다. 그러자 그의 코밑으로 불쑥 담배가 들어왔다. "여기에 불 좀 붙여." 데르다는 담배를 받아 쥐고 계기판에 놓여 있는 라이터로 불을 붙였다. 차는 한 시간 전에 만난 압둘라와 함께 골목길에서 벗어나 대로로 나가고 있었다. 이들이 대로로 나오자마자 알게 된 사실이었지만 압둘라는 왕 수다쟁이였다. 입이 싸서 어떠한 비밀도 숨기지 못하는 사람이 그렇듯이 곁에 단 한 사람이라도 있으면 그의 입이 술술 움직이기 시작했다. 그는 머릿속에서 떠오르는 것을 닥치는 대로 말했다. 무엇이든 그가 알고 있는 내용이 바닥이 날 때까지 수다를 떨었다. 방금 함께 있다가 자리를 뜬 사람이 있으면 그에 대해서 온갖 뒷담화를 쏟아내곤 했다. 그는 자리에 없는 사람들이 했던 질문에 대답까지 했다. 그래서 아무도 압둘라와 단둘이 있고 싶어 하지 않았다. 그러나 데르다는 선택의 여지가 없었다. 매일 밴 안에서 여러 시간 동안 계속 압둘라와 함께 있어야 했기 때문이다. 처음에는 "여기에 불 좀 붙여."에서 시작했다가 끝없이 터져 나오는 압둘라의 주절거림을 마다할 도리가 없었다.

그들의 첫 번째 정거장은 대학교 근처에 있는 횡단 육교 위에 설치한 판매소였다. 이제야 데르다는 렘지가 이 일이 만만치가 않다고 한 이유를 알 것 같았다. 그는 육교 꼭대기까지 예순네 계단을 꼬박 걸어 올라가야 있는 책 판매대가 증오스러웠다. 세 차례나 박스를 날라야 될 때는 화가 나서 어떻게 해야 할지 몰랐다. 손가락으로 꽉 움켜쥐고 있던 마지막 박스를 떨구어내면 그의 다리는 통증으로 욱신거렸다. 구레나룻이 난 사루한이란 청년이 가판대 앞에 서있었다. 그는 육교에서 바라보이는 대학교의 학생이었다. 그가 말한 바에 따르면 그는 수학을 공부한다고 했다. 두 주일 동안 육교를 셀 수 없이 오르락내리락 한 뒤에야 데르다는 많은 것을 알아낼 수 있었다.

그들의 배달은 도시의 모든 구역의 판매대와 모든 상업지역과 인근 센터까지 커버했다. 판매원들은 대충 사루한과 동년배였다. 그들은 데르다가 다가오는 것을 보면 즉시 그들이 기대고 있던 벽에서 등을 떼고 데르다가 날라 온 박스를 그들이 펼쳐놓은 가판대 위에 풀어서 필요한 책들을 재빨리 꺼냈다. 그들은 데르다의 얼굴은 거의 쳐다보지도 않았다. 하지만 볼일을 다 보고 나면 그에게 항상 "고마워."라는 말을 던졌다. 사루한은 유일하게 그 이상의 말을 건넸다. 그는 이따금 "요즘 어때?" 라든가 "여기 바깥에는 날씨가 꽤 추워!"라는 말을 건넸다. 날씨에 따라 박스들을 판매소에 다 놓고 올 때가 있지만 비가 오기라도 하면 저녁때까지 시내를 돌아다녀야 했다.

일과가 끝나고 데르다는 이따금씩 렘지와 함께 아니면 홀로 공동묘지 집이 있는 이웃마을로 돌아갔다. 그는 남들보다 일찍 일어나서 무덤 주변을 단장하고 청소하는 일을 5년째 해왔다. 처음 2년 동안 긴 의상을 입은 남자가 돌아올까 봐 정말로 두려움에 떨었다. 그러나 점점 그 남자의 얼굴이 기억 속에서 사라지기 시작했다. 무덤을 청소하도록 만든 그 공포감은 오래전에 시들어 사라져 버렸다. 결국 남아있는 것은 무덤이었다. 이제 데르다는 무덤을 관리하는 것이 숨을 쉬는 것만큼이나 자연스러워졌다. 그것은 일과와 같은 습관이 되어버렸다. 그 누구에게도 해를 끼치지 않는 예속과 같은 것이었다. 만약 그의 이러한 행동 패턴이 어느 교수 위원회의 주목을 받기라도 한다면 그가 왜 이러한 행동을 하는지 그 원인이 밝혀졌을 것이다. 분명 '강박적'이란 말에서 시작되어 '조절이 힘든'이란 단어로 끝나는 말로 설명되었으리라. 그러나 데르다의 행동을 눈치 챈 이는 아무도 없었다. 오직 말없는 무덤만이 알고 있었다. 어쩌면 그는 정말로 보상차원에서 무덤을 관리해줬는지 모른다. 누군가의 돈을 훔치고 도끼로 조각낸 어머니의 시신을 매장한 데 대한 대가를 지불하기 위해서. "난 정말로 싸구려 인간이 아냐." 그는 무덤의 비석을 보며 간혹 이런 말을 되뇌이곤 했다. 그는 누구에게 그렇게 말하는지 조차 몰랐다. 신에게, 아버지에게, 어머니에게, 어쩌면 자신에게. 그것이 단순히 돌이었기에 그렇게 말했는지 모른다. 대리석이었다. 어쩌면 데르다가 대리석에게 말했던 것은 혼자였기 때문일 수도 있다. 3년 내내 아침마다 그렇게 말을 했던 것이다.

그는 계절마다 꽃을 심었다. 하지만 무덤 침상에다가는 아무 것도 심지 않았다. 그는 무덤 앞에다 데이지 꽃을 일렬로 심었다. 비석 아래 있는 고인의 가족이 와서 그 꽃을 보면 뭐라고 할지 누가 알겠는가. 하지만 데르다는 그 가족들을 한 번도 보지 못했다. 그가 아침 일찍이 청소를 다 끝냈기 때문이다. 그러고 나서 그는 될 수 있는 한 그 무덤에서 멀리 떨어져 새롭게 묘역을 확장해가는 외진 곳에 있었다. 항상 빵을 살 돈을 벌어야 했기 때문에.

아침이면 그는 항상 그 무덤으로 돌아와 물었다. "잘 지냈니?" 그러나 스스로가 그 대답을 위한 대화의 소재를 찾아내야 했다. "나는 잘 있었어." 그러고 나서 그는 혼잣말을 계속 했다. "난 괜찮았어. 어제 나는 조그만 일거리를 얻었지. 그래서 너도 알다시피 어제 밤에는 배고픈 채로 잠이 들지 않았단다. 넌 데이지 꽃을 좋아하지?" 데르다는 대리석에게 매번 대답을 해야 되었다. 그리고 그가 자리를 떠날 때마다 "내일 또 보자."라고 말했다. 그가 돌과 일종의 우정을 쌓고 있다는 사실을 아무도 몰랐다. 그러나 어찌 되었든 누군가는 그 사실에 관해 알려고 거기에 있었다. 그는 겁이 나서 아버지를 보러가지 못했다. 그랬다간 저들이 아버지에게 직접 찾아가지 않을까. 긴 의상을 입은 그 남자 일행이 아버지를 찾아가 다치게라도 하면 어떻게 하나. 그러나 시간이 갈수록 그런 두려움을 참아내기가 수월해졌다. 그는 아버지가 감옥에서 나와 집으로 돌아오는 날까지 인내하며 기다릴 수 있을 것 같았다. 5년이 지났다. 5년 동안 데르다는 기다리는 기계 같은 인간이 되어 갔다. 처음에 그는 긴 의상을 입은 남자를 기다렸다가, 나중에는 아버지를 기다리게 되었다. 기다리면서 그는 인내심이 많은 돌 같은 성격이 되었다. 하얀 돌, 인내심이 풍부한 돌, 하얗고 인내심이 많은 대리석 조각의 형상을 띠게 된 것이다.

***

"그 사람은 항상 그런 식인가요?" "뭐라고?" 사루한이 물었다. 데르다는 옆쪽 바닥에 펼쳐놓은 판매용 알람시계들을 바라보고 있었다. 좀 더 자세히 말하자면 시계들을 바라보고 있었지만, 실질적으로는 시계소리를 듣고 있었던 것이다. 대충 아무렇게나 시간을 맞춰놓은 20개나 되는 알람시계들은 공기의 분자 한 조각도 그 전자기기의 불협화음으로 편안히 내버려두질 않았다. 가판대의 사내는 시계들을 굽어보고 앉아있으며 마치 귀가 달리지 않은 사람처럼 태평하게 신문을 읽고 있었다. 그가 존재하는 시공간 속에서 시계는 존재하지 않는 것 같았다.

사루한은 데르다가 누굴 바라보고 있는지 알았다. "저 친구? 저 치는 미친놈이야. 우리가 몇 번 저 친구를 골탕 먹이려 했지. 그런데 진짜로 못 말리겠더군. 아예 정신병자야. 지가 무슨 마니아라도 되는 것처럼 시계들을 맞춰놓고는 저기서 아침부터 밤까지 죽치고 앉아있는 거야." "그걸 어떻게 참고 볼 수 있는데요?" 사루한이 웃었다. 그는 자기의 외투 주머니에 달랑달랑 매달려있는 헤드폰을 보여주었다. "이걸로 난 음악을 들어버려. 이놈의 배터리가 얼마나 오래가는지 몰라. 내가 이걸로 니 엄마의 뚜쟁이 노릇도 할 수 있다. 근데 아니, 누군가가 니 엄마를 사러 온다고 해도 난 돈을 요구조차 할 수 없어. 니 엄마는 팔아먹을 게 아무 것도 없으니까 말이다."

시계 가판대 앞에 앉아있는 사내는 신문지를 넘기면서 타인의 따가운 시선을 느끼곤 사루한 쪽을 향해 고개를 끄덕이고 있었다. 사루한이 웃었다. "아무 것도 아냐, 아무 것도 아냐!" 그가 말했다. "우린 지금 시계소리가 아주 듣기 좋다고 얘기하고 있는 거라고." 그러고 나서 사루한은 데르다 쪽으로 다시 몸을 돌렸다. "압둘라는 뭐하고 있는 거냐?" "물건을 걷어 올 거라고 그러던데요. 나보고 여기서 기다리라고 했어요. 언제 올지 누가 알겠어요?" "이제 저 친구가 완전히 색다른 방법으로 미쳐버렸네. 데르다, 네게 해줄 말이 있다. 문제는 모두가, 그리고 모든 것이 다 미쳐있다는 거다. 예를 들어, 이 직업을 봐라. 이게 어떤 직업인지 알지, 너는? 그런데 네가 할 수 있는 일이 뭐니? 우린 여기에 그냥 서있는 거야. 그래야 되니까 말이야. 솔직히 말해서, 우린 겨우 세 푼을 벌기 위해 이런 짓을 하고 있는 거 아니냐? 비라도 오고 바닥이 진흙탕이 되거나 물이 높이 불어나도 우린 여기 서있어야 되는 거야." "뭐하나 물어봐도 돼요?" 데르다가 말했다. "여기서 이런 책들을 파는 게 왜 불법인가요?" "그거 설명하려면 길게 말 해야 된다." 사루한이 말했다. "시팔. 하나 가질래? 내가 읽을거리 한권 줄게." "아녜요. 괜찮아요. 어쨌든 고마워요." 그는 글을 읽을 줄 모른다고 말하기가 여간 쑥스러운 게 아니었다. "가져 이 사람아. 공짜로 줄게!" 사루한은 책 위에 펼쳐놓은 방수포 위쪽으로 몸을 기울이더니 두꺼운 책을 집어 들었다. "자, 이걸 가져라. 어차피 팔리지 않는 책이다. 등골 휘게 이리저리 왔다 갔다 해서 뭘 하니? 우리가 파는 책들을 내가 직접 고르면 훨씬 좋을 텐데. 어떤 책들을 찍어 낼지 내가 정한다면 난 이미 오래 전에 돈 좀 벌었을 게다. 어쨌든 그 사람들은 세상에서 가장 황당한 책들을 찍어낸다니까. 하기야 그중 어떤 건 잘 나가. 그런데 이건? 이건, 젠장. 한 달에 한권이라도 판다면 기적이란다. 게다가 금덩이마냥 무겁기도 하잖아. 한번 들어봐. 자 어서!"

데르다는 사루한이 그에게 건네주는 책을 마지못해 받았다. 하지만 그 책을 내려다볼 용기가 도저히 나지 않았다. 만약 사루한이 그 책에 뭐가 쓰여 있냐고 묻기라도 한다면 그가 글을 읽을 줄 모른다는 사실이 들통 날게 뻔하기 때문이었다. 그는 화제를 바꾸어 그 책이 얼마에 팔리냐고 물어보았다. 그러나 사루한은 주머니를 뒤적뒤적 거리면서 데르다의 질문엔 관심이 없어보였다. "잠깐 기다려. 저 미친 녀석한테 담배 불 좀 빌려 올 테니까." 그러면서 그는 미쳤다고 하는 그 시계판매상에게로 걸어갔다. 데르다는 혼자 남았다. 그는 손에 쥔 책의 커버를 바라보곤 풀이 죽어버렸다. 식별할 수 있는 유일한 두 글자를 들여다보았다. 지난 5년 동안 대리석 묘비 비문 앞에서 무릎을 꿇고 보았던 글자와 똑같은 모양의 글자였다. 데르다는 그 글자들을 문자가 아니라 머릿속에 새겨진 자국으로 기억했다. 이미지의 굴곡들을 일일이 다 기억하고 있었다. 하지만 그것들은 소리로서 다가오지는 않았다. 어떻게 발음하는지 알 수 없었기 때문이다. 여태까지 그게 어떤 발음이 날 것인지 궁금해본 적이 없었다. 궁금하다는 생각조차 떠오르지 않았으니까. 그는 사람들이 말하는 사물들의 명칭만 알고 있을 뿐이었다. 아무도 비석에 새겨진 이름을 큰 소리로 말해주지 않았다. 어떤 경우든 지금과 같이 그 두 글자가 자리 잡고 있었을 뿐이다. 책 표지에 쓰인 두 글자는 데르다의 눈을 빤히 쳐다보고 있었다. "왜 그러고 있는 거니? 이 책 가져갈거지?" 그는 사루한이 무슨 말을 하는지 이해할 수 없었다. 이런 질문을 받아본 적조차 없었기 때문이다. 그는 고개를 쳐들고 사루한의 눈을 똑바로 바라보았다. "글 읽기를 가르쳐 줘요."

다음 날 그는 손에 책을 쥐고 무덤을 찾았다. "자." 그가 입을 열었다. "당신을 찾아냈어요. 당신의 이름이 뭔지 알아요?" 그는 미소를 지었다. 그는 첫 번째 문자에다 손가락을 갖다 대며 '오우즈'라고 발음했다. 그 다음에는 두 번째 문자를 짚었다. "아타이… 오우즈 아타이."

일과가 끝나면 이들은 육교 근처의 커피숍에서 만났다. 마지막 책 박스를 창고로 날라다 준 후 압둘라는 귀가길에 데르다를 가까운 버스 정거장에다 떨궈주었다. 거기서는 모든 버스들이 육교를 통과한다는 사실을 알고 있었기에 데르다는 무조건 첫 번째로 다가오는 버스에 올라탔다. 물론 사루한은 공짜로 가르쳐 주지 않았다. 데르다가 버는 돈의 5분의 1을 지불하는 것으로 합의를 본 상태였다. 그래서 데르다는 한 달에 5일 저녁은 배를 채우지 못하고 잠자리에 들었다. 하지만 그는 개의치 않았다. 그는 배가 고픈 것에 이골이 나있는 데가 사루한의 읽기 수업이 썩 나쁘지 않았다.

"우선 이 책의 이름부터 말해줘요. 데르다가 사루한에 말했다. Tutunanmayanlar야. 외부인들이란 뜻이다." 데르다는 '외부인들'에 관한 꿈을 꾸기 시작했다. "이 책 속에 무슨 글이 쓰여 있는지 누가 안담?" 혼잣소리를 했다. 그는 엄지손가락으로 책의 한 부분을 꼭 잡고 휘어져 있는 나머지 수백 쪽이 슬라이드처럼 넘어가는 것을 바라보고 있었다. 이따금씩 책을 얼굴 가까이 대고 책장을 넘기는 바람을 느껴 보곤 했다. 눈을 감고 얼굴에 닿는 바람을 느끼며 그는 '외부인들'의 꿈에 충만해 있었다.

사루한이 "꼬마야, 이 짐승 같은 책으로 뭘 할 거냐? 넌 아직 네 이름도 쓸 줄 모르잖아."라고 말하면 데르다는 피식 웃으며 "그만해요."라고 말했다. 그들은 커피숍에서 가장 낮은 테이블을 차지했다. 데르다는 지금껏 그에게 무의미하기 짝이 없어보이기만 했던 글자들을 암기하려고 했다. 사루한과 수업시간에 관한 합의를 볼 때, 찻잔 수까지 미리 정해 수업료에 포함시키는 것으로 했다. 다섯 잔 이상 마시는 찻값부터는 사루한의 주머니를 털어내는 것으로 합의를 봤다. 하지만 사루한이 여섯 잔째 차를 마시는 경우는 전혀 없었다.

아침이면 데르다는 공동묘지의 비문들을 읽는 것으로 읽기 연습을 했다. 죽은 자들의 이름을 알고 나니까 그들의 생전 모습들이 상상으로 다가왔다. 전에는 무덤들을 그냥 돌과 흙으로 밖에 간주하지 않았다. 50세 인생의 모든 여정을 생과 사를 가늠하는 단 한 줄의 글로 연결시킨다는 것이 놀라울 따름이었다. 그럴 때마다, 비록 일순간이지만 죽은 자가 살아 돌아오는 것 같은 느낌이 들었다. 저녁 때 집으로 돌아와서는 사루한이 준 그림책들을 읽었다. 그러다 진짜 '외부인들'을 읽어야겠다는 열망이 타오르기 시작했다. 하지만 그는 자신과 사루한에게 읽지 않을 것이라고 약속한 바가 있었다. 적어도 실수 없이 완벽하게 읽기를 끝마치기 전까지는 그 책을 건드리지 않겠다고 했다. 그러나 사루한이 그렇게 고집하는 유일한 이유는 다른 데 있었다. 사루한은 데르다가 읽기공부를 완벽하게 끝내면 자기를 쓸모없는 선생으로 여길까봐 두려워했던 것이다. 만약 데르다가 사루한이 가르치는 능력이 부족하다는 것을 깨닫는다면 수업을 중단하려 할 것이다. 안 그런가? 하지만 사루한의 지질한 수업이 지속되면서 데르다는 더 오랫동안 수업을 들어야 했고 사루한은 그만큼 더 많은 돈을 벌었다. 2개월 안에 데르다는 다섯 잔의 차를 마시는 사이에 배울 것을 배울 수 있는 요령을 터득했다. 물론 그는 자신이 문제가 있는 사람이라고 간주했으며 일곱 살짜리가 책을 읽을 줄 알면 무슨 천재나 되는 것처럼 생각했다.

그는 하루하루 늘어나는 실력을 오우즈 아타이에게 보고했다. 아침마다 무덤머리에서 동화책 속의 몇몇 장들을 그에게 읽어주었다. 데이지 꽃 시즌이 이미 오래전에 지나가고 이제는 제비꽃들이 무덤 주변에 활짝 피어있었다. 저녁이면 거리에 간판이란 간판은 모두 읽어가며 걸어갔다. 온 세상을 다 가진 기분이었다. 마치 문자들이 수놓아진 날으는 양탄자를 타고 집으로 돌아가는 것 같았다. 그는 바람에 말라 버린 지식에 대한 갈증에 목이 탔다. 그러던 어느 날 저녁, 사루한은 자신의 수입을 올려줄 수 있는 읽기수업을 더욱 연장하고픈 욕심에도 불구하고 "이제 다됐다."라고 말했다. 사루한은 데르다가 아무런 실수 없이 마지막 줄까지 완벽하게 읽어내려가는 어린이용 서적을 덮고 제자를 바라봤다. "자, 이젠 네가 바라는 대로 해. 책을 읽어도 좋다." 사실 그대로였다. 데르다는 책을 읽을 줄 알았다. 하지만 그것이 그가 할 수 있는 모든 것이었다. 사루한이 내심 원하진 않았지만 한 마디로 불가능한 무언가를 성취시킨 것은 사실이었다. 하지만 데르다에게 읽기만 가르쳐 주었을 뿐이다. 데르다는 문자와 음절을 모두 외웠지만 펜을 쥐어본 적은 한 번도 없었다. 사루한의 말에 따르자면 데르다의 현행 수업료로는 글쓰기까지 커버되지 않기 때문이다. 만약 그가 글쓰기를 배우기 위한 수업을 원한다면 새로운 합의에 도달해야 된다는 뜻이었다. 사루한은 돈을 더 벌고 싶었다. 돈에 대한 군침이 전부터 돌고 있었다. 그는 자신이 선생으로서 자질이 부족하다는 것과 데르다가 글쓰기를 까맣게 생각하지 않고 있었다는 것을 꿰뚫고 있었다. 마침내 수입을 올릴 수 있는 기회가 온 것이다. "글쓰기는 어떻게 할래? 글 쓰는 법을 배우고 싶지 않니?" 데르다는 미소를 지었다. "내가 왜 글 쓰는 법을 알아야 되나요? 무엇을 써야 되지요? 글쓰기 수업이 필요한 것 같아요?" "그럼 군말은 집어치우자." 사루한은 혼잣말을 하곤 "어이, 여기 차 한 잔 더!" 하고 외쳤다. 그가 여섯 번째로 차를 시켜보기는 이번이 처음이었다. 할 말과 할 일이 다 끝나자 그들의 수업도 끝이 났다.

***

데르다는 사지가 마비된 사람처럼 잠을 잤다. 그는 콘크리트 바닥 위에 누워 마치 보이지 않는 십자가에 묶여있는 것처럼 두 팔을 넓게 벌리고 있었다. 그가 숨을 들이마시고 내쉴 때마다 『외부인들』의 구절이 그의 가슴에서 올라왔다가 떨어지곤 했다. 그는 700쪽이나 되는 책을 다 읽었다. 이제 그는 천장을 응시하고 있었다. 그것은 태어나서 처음 읽어 본 소설이었다. 때문에 그 책에서 그가 이해할 수 있는 것은 다 합해야 내면의 먼지 한 점에 맞먹을 수 있었다. 그의 마음속에서는 하나의 먼지 반점이 일고 있었다. 그러나 『외부인들』 속에 숨겨져 그의 가슴 위로 피어올랐다 떨어지게 하는 먼지의 반점들은 훨씬 더 많았다. 그 반점들을 모두 합친 무게가 너무 무거워 숨쉬기가 곤란할 정도였다.

그는 문장들의 의미를 정확히 이해하지는 못해도 그 책에서 얻어낸 종합적인 느낌만큼은 이해할 수 있었다. 데르다는 오우즈 아타이의 어휘들 그 자체는 이해할 수 없었지만 쓰여진 글 너머에 무엇인가가 있다는 것을 감지할 수는 있었다. 어쩌면 단순한 이해의 영역을 넘어서 또는 이해하지 못하는 것의 영역을 지나 초월의 세계 속으로 들어갔는지 모른다. 소설에 나오는 이름들, 사건들, 갈등들, 화자들. 이 모든 것들이 그의 머리에서 빙빙 돌고 있어서 집의 벽들마저 색깔을 바꾸고 있는 것처럼 보였다. 데르다가 천장을 쳐다보니 그것은 무지개처럼 보였고 그는 술에 취해 빗속에 누워있는 느낌이었다.

두 눈을 감고 있으면 그 앞으로 어떤 사람이 지나갔다. 매번 눈을 감을 때마다 그가 보였다. 외로워 보이는 사내였다. 그가 다가왔다. 그는 책 속에 있는 모든 이름을 가진 사람들과 동일한 인물처럼 보였다. 마치 그들 모두가 그인 것처럼. 투르굿, 셀림, 모든 인물들이 바로 한 사람 안에 포함되어 있었다. 그는 선함으로 축조된 사람이었다. 아니면 깨진 유리 조각들로 만들어져 있는지도 모른다. 아니면 공기 자체 속에 새겨져 있는 인물일 수도 있다. 이때 그는 암흑의 돌 속으로 부서져 들어갔다. 그는 1,001개의 조각으로 부서져 있었다. 아니면 그냥 소멸되었는지 모른다. 그가 무엇을 체험하든 암흑은 돌이 되었고 그 사내는 모래로 만든 사람처럼 산산이 부서졌다. 그는 얼음처럼 녹아 내렸고 책 속의 어느 뒤편에 숨겨져 있었다. 그것이 데르다가 이해한 전부였다. 데르다는 책 뒤편에 남아있는 사람들을 이해하는 자였다. 데르다라면 그 사람들을 비석들이라 불렀을 것이다. 그는 그의 가슴 위로 올라갔다 내려왔다 하는 책을 믿었으며, 눈을 먼저 깜박거릴 필요조차 없이 두 눈을 감았다.

이식

어깨로 민첩하게 공동묘지 집 대문을 열어 제친 후 흰 가운을 두른 세 남자가 안으로 들이 닥쳤다. 바퀴가 달린 들것을 가지고 방안으로 들어와 그들은 데르다 곁에 서있었다. 데르다는 죽은 사람처럼 뻣뻣이 쓰러져 있었다. 남자들 중 하나가 데르다 위로 몸을 기울이며 그의 경정맥을 눌러 살아있는지 확인했다. 그러고 나서 그는 손을 뻗어 데르다의 가슴 위에 놓여 있는 책을 집어 들었다.

바로 그때 데르다가 눈을 떴다. "무슨 일이예요? 누구세요들?"이라고 소리치려 했다. 하지만 그럴 수가 없었다. 그는 손가락을 까닥거리듯이 마음대로 목소리를 낼 수 없었다. 오직 그의 제자만이 무의식에서 나오는 그의 명령에 귀를 기울일 뿐이었다. 데르다가 할 수 있는 일이라곤 빤히 쳐다보는 것 밖에 없었다. 그리고 숨을 들이쉬고 내쉬는 일이었다. 그는 그의 책이 상자 속으로 들어가는 것을 보는 동안 세 번 숨을 들이마시고 세 번 내쉬었다. 티타늄 박스를 들고 가는 사람은 앞문을 향해 갔고, 다른 사람은 바퀴달린 들것에 데르다를 옮겨 실었다. 모든 게 한방에 조직적으로 움직였다.

바퀴달린 들것은 집 앞에 대기하고 있던 구급차 속으로 미끄러져 들어갔고 데르다는 그의 입에 씌워진 산소마스크를 바라봤다. 눈꺼풀이 무거워짐을 느꼈다. 버틸 수 없을 정도로 무거워서 눈을 감고 말았다. 눈꺼풀이 다시 가벼워짐을 느꼈을 때 데르다는 눈을 깜박거렸다. 그는 자신이 구급차에서 내려 비행기의 화물칸에 실려지는 것을 보았다. 그런 후에 또 다른 산소마스크가 그의 얼굴로 내려왔다.

병원용 비행기는 방콕까지 9시간 15분 동안 날았다. 연료를 보충한 후 비행기 바퀴들은 면도날처럼 지상의 가슴을 긁으며 타맥으로 포장된 도로를 날아올랐다. 4시간 후에 그들은 마닐라에 도착했다. 오는 길 내내 데르다의 눈과 의식은 열렸다 닫혔다 하길 반복했다. 비행기에서 내려진 데르다는 이스탄불에서와 같은 구급차에 실렸다. 처음에는 아스팔트길을 달리더니 나중에는 먼지 나는 비포장도로를 갔다. 구급차는 습기와 벌레들을 뚫고 갔다. 통행이 만만치 않았다. 여정은 꿈처럼 끝났다. 바퀴달린 들것은 도로가 끝나는 곳에서 두 개의 커튼처럼 열려있는 나무들 뒤의 이끼 낀 언덕 위로 갔다. 이끼 낀 언덕 꼭대기에는 검게 입을 벌린 구름빛 빌딩 한 채가 있었다. 그 빌딩 앞의 널따란 언덕 위에는 수천 명의 사람들이 거대한 뱀처럼 줄지어 서있었다. 각자 손 아니면 옆구리에 무언가를 들고 있었다. 무언가를….

구급차는 줄지어 서있는 사람들과 물건들을 지나치며 사이렌을 끄고 천천히 언덕을 올라 하얀 빌딩 앞에 정차했다. 데르다는 마치 가벼운 깃털처럼 구급차 밖으로 사뿐히 실려 나왔다. 그를 실은 들것은 미사일처럼 빠른 속도로 건물의 문을 통과해 들어갔다. 그의 뒤로 물건들을 들고 있는 사람들이 줄지어 들어오면서 복도로 가는 통로를 가로 막고 있었다. 데르다는 줄이 시작되는 복도 끝까지 실려가 닫힌 문 앞에서 멈춰 섰다. 길게 늘어 선 줄 앞에는 조그만 여자 애가 있었다. 그 애는 얼룩무늬 고양이를 안고 있었다. 문이 곧 열리게 되면 분명 그 애가 안으로 들어갈 차례였다. 데르다를 이송하는 사람 중 하나가 허리를 숙이고 여자 애의 귀에다 '응급상황'이라고 속삭였다. 조그만 여자 애가 나이에 걸맞지 않게 성숙한 태도로 길을 비켜주자 데르다의 들것이 문 안으로 들어갔다.

방 안에는 수술용 테이블과 늙수그레한 두 남자가 있었다. 하나는 히바로 인디언이었고 다른 하나는 필리핀인이었다. 그들은 수술용 테이블 위의 하얀 천을 바꿔끼고 있었다. 그들은 천을 넓게 펼치면서 손바닥으로 판판하게 비비다가 고개를 들었다. 이것은 데르다를 이송해온 사람들이 기다린다는 신호였다. 늙수그레한 두 남자는 서슴지 않고 무슨 밀가루 반죽인 양 팬티만 걸친 데르다를 수술용 테이블 위로 던져 놓았다.

인디언은 티타늄 박스를 들고 온 남자에게 다가서더니 그가 뚜껑을 열때까지 기다렸다. 책을 보면서 그가 물었다. "포켓판이 아닌가요?" 박스를 들고 있는 남자가 고개를 저었다. 인디언은 지친 한 숨을 쉬며 오른 손으로 책을 받아 쥐곤 책장을 넘겨보았다. 그러고 나서 왼손을 책 위에 올려놓고 손가락들의 끝을 함께 비비자 금가루 같은 것들이 책 위로 쏟아졌다. 책이 아래쪽부터 금빛을 띠기 시작했다. 그것은 수축이 되어『투투나마야라르』이란 제목이 주먹크기만큼 오그라들었다.

인디언은 오그라든 책을 필리핀인에게 보여주었다. 그는 머리를 끄덕이며 눈을 감았다. 그러고 나서 그는 메스처럼 날카로운 손톱들을 데르다의 왼쪽 흉곽으로 쑤셔넣었다. 손톱이 그의 살을 관통하자 데르다가 비명을 질렀다. 하지만 데르다는 아무런 느낌이 없었다. 단지 자신이 비명을 질렀다고 생각할 뿐이었다. 사실인즉 비명을 지를 만큼 통증을 느끼지 않았거나, 비명이 나올 수 있게끔 입을 충분히 벌리지 않았던 것이다. 데르다는 공포에 차서 필리핀인의 주름진 얼굴을 바라봤다. 다른 사람들은 나이든 이 필리핀인이 두 손으로 흉곽의 틈을 넓게 벌리고 있는 모습을 지켜봤다. 단 한 방울의 피도 나지 않았다. 데르다는 숨도 정상적으로 쉬고 있었다. 그러나 사실 그가 현장에서 즉시 사망할 수도 있다. 그 이유는 바로 데르다의 심장이 그의 눈과 한 뼘 떨어진 곳에서 뛰고 있었기 때문이다.

인디언은 필리핀인의 손에서 심장을 받은 후 쥐고 있던 책을 필리핀인의 빈손바닥에 얹어주었다. 필리핀인은 고개를 들고 눈을 감은 채 손가락 끝만 바라보았다. 그는 커튼을 열듯이 데르다의 가슴에 나있는 틈을 벌리곤 다른 손으론 그 책을 데르다의 살 속에 심어주었다. 이전에 그의 심장과 관련되었던 모든 것들이, 이를 테면 책 페이지 주변을 쥐어짜고 있는 모든 정맥과 판막들이, 그 책을 완전히 뒤덮어 버렸다. 필리핀인이 그 틈에서 손을 떼자 『투투나마얀라르』는 피를 펌프질 했으며 데르다는 생명을 되찾았다. 인디언은 데르다의 폐가 첫 번째 숨으로 채워지는 것을 지켜보며, 수술용 테이블 밑에 있는 쓰레기통 뚜껑을 열기위해 발판을 밟았다. 그는 데르다의 심장을 쓰레기통에다 버렸다. 그 살덩이는 더 이상 필요 없었기 때문이다.

빌딩

마닐라 북쪽에서 90킬로 떨어진 곳에 위치한 하얀 빌딩은 사원도, 무슨 기적의 장소도 아니었다. 그것은 단순히 하얀 빌딩이었을 뿐이다. 좁은 방 하나와 긴 복도가 나있는 커다란 빌딩이었다. 그것은 창문이 없는 마천루처럼 보였다.

1985년 필리핀이 지진으로 거꾸로 뒤집혔을 때 난데없이 그 빌딩이 생겨난 것이다. 그 빌딩을 보려고 세계에서 사람들이 구름떼처럼 몰려들었다. 그것이 도대체 어떻게 생겼는지 납득이 가지 않아서였다. 그러나 누구 한 사람도, 심지어는 과학자까지도 그것이 어떻게 생겨나게 되었는지 속 시원히 설명해주지 못했다. 그 빌딩은 문조차도 없었다. 그러다 어느 순간 알지도 못하는 걸 봐서 뭘 하랴라는 시큰둥한 생각들이 지배하면서 그 빌딩에 대한 관심이 사그라들었으며 한때 빌딩을 에워쌌던 군중들이 더 이상 오지 않았다.

3년이 지난 여름날 아침 어느 연로한 필리핀인이 빌딩 앞으로 오더니 그 앞으로 손바닥을 길게 뻗은 채 앉아 기다리기 시작했다. 무슨 영문인지 물어보는 사람들에게 "나는 누군가를 기다리고 있어요. 그런데 난 그 사람이 누군지는 몰라요."라고 대답했다. 그는 맨손으로 피 한 방울 흘리지 않는 수술을 해왔다고 사람들에게 주장했지만 이 나라에서 활개치고 다니는 수천 명의 사기꾼이나 협잡꾼 무리의 하나쯤으로 여겨졌다. 벽에서 자기 손을 떼지 않은 채 그리고 하루도 늙어가지 않는 채로 2년간 기다렸다.

그 후 또 다른 어느 여름 날 아침 적어도 그 필리핀인만큼 연로한 인디언이 주먹만한 해골을 허리띠에 매단 채 그 빌딩을 찾아 왔다. 그는 안데스에서 왔다. 그가 목숨을 빼앗은 자들이 귀신이 되어 복수하는 것을 방지하기 위해 그들의 해골을 오그라뜨려 휴대하고 다녔다. 그는 아마존 삼림 깊은 곳에서 살다온 인디언으로 히바로 부족 출신이었다. 그는 이미 자신이 무엇을 해야 할지 알고 있었음이 틀림없었다. 손바닥을 빌딩에 뻗고 있는 필리핀인 쪽으로 아무런 주저 없이 불과 4미터 앞까지 다가갔기 때문이다. 바로 그곳에서 그가 두 손으로 벽을 밀치자 벽이 깨져 빌딩 안으로 사라져 버렸다. 한 조각은 오른쪽으로 미끄러졌다. 그렇게 거대한 동굴의 입구와 같은 빌딩의 문이 열리고 다시는 닫히지 않았다. 두 노인이 그들 앞에 나타난 복도로 걸어 들어가 맨 끝에 있는 방에 도착했다.

"기다려!" 건물이 말했다. "여기서 기다려. 저들이 너희를 보러 올 것이다." "누가요?" 필리핀인이 말했다. "삶의 의미를 찾은 자다. 자기네 삶을 바칠 수 있는 것을 발견한 자들이지. 그들이 찾아올 것이다. 너희들은 그 자들의 심장을 꺼내 그것을 제 자리에 놓아 줄 것이다. 그러고 나서 그 심장을 버릴 것이다." "그런데요. 심장 없이 어떻게 살 수 있단 말인가요?" 인디언이 반발했다. "보면 안다!" 빌딩이 말했다. "아무도 안 찾아오면 어떻게 하지요? 누가 자기의 심장을 포기하고 무언가를 얻으려 할까요?" 필리핀인이 물었다. "그것 역시 보면 알거다!" 빌딩이 말했다. "자기 삶의 의미를 평생 발견하지 못하는 자들에게는 무슨 일이 벌어지나요?" 인디언이 물었다. "그들로 말하자면 살아있는 동안 부패하고 말거야. 그들 가슴에 있는 살점도 그렇게 되고 말지. 그런 채로 그들은 계속 살아가지만 그건 진정으로 살아있는 게 아니다." 필리핀인은 마지막 질문을 던졌다. "왜 지금이지요? 얼마나 많은 사람들이 지금 미리 무언가를 위해 자신의 생명을 바치고 있나요? 그 많은 시간 중에서 하필 왜 지금 그런 일이 벌어지는 거죠?" 빌딩은 마지막으로 말했다. "데르다라는 남자 애가 태어났기 때문이다." "누구라고요?" 인디언이 이렇게 물어보려고 했으나 마치 보이지 않는 올가미가 그를 포획하듯이 빌딩 밖으로 끌려 나갔다.

첫 번째

연로한 인디언은 언덕 아래로 달음질쳐 숲속으로 사라져가는 흙 먼지 투성이 길을 따라갔다. 나무들의 벽을 미끄러지듯 뚫고 들어가 어느 마을에 도착하자, 땅바닥에 누워 꼼짝도 못하는 어린이가 숨을 쉬어보려고 사투를 하는 모습을 군중들이 바라보고들 있었다. 그 아이의 꽉 쥔 주먹의 꼭대기와 바닥에서 두 갈래의 종이쪽지가 삐져나와 있었다. 구경꾼들에게 도움을 요청하여 인디언은 그 아이를 하얀 빌딩의 좁은 방으로 데려왔다. 필리핀인은 아이의 주먹을 펴서 그 종이를 빼내었다. 그러고 나서 아이의 심장을 끄집어낸 뒤 뚫려있는 가슴 속 빈 구멍에다 그 종이를 집어넣었다. 하얀 빌딩에서 첫 번째로 꺼낸 심장 자리에다 삽입한 첫 번째 물건이 1달러짜리 미국 지폐였다. 그것은 몇 시간 전 아이가 어느 관광객에게서 팁으로 받은 꼬깃꼬깃 구겨진 지폐였다. 필리핀 아이가 자신의 손바닥에 있는 지폐를 본 순간 삶의 의미를 깨우쳤다. 그것은 '돈'이었다.

그것을 보러 온 마을 사람들은 아이가 치유된 과정과 그들 가운데 있는 두 노인이 무릎을 꿇고 기적의 아이 앞에 엎드려있는 모습을 목격했다. 그러고 나서 인디언은 그들에게 이렇게 말했다. "생전에 자신의 삶을 무언가에 바치고자하는 자는 누구든 그런 자신을 하나하나씩 깨닫게 됩니다. 언젠가 때가 되면 그런 사람은 타인에게 그 길을 가르쳐줄 것입니다. 그러면 이른바 '깨달은 사람들'의 수가 수천수만 명에 이를 것입니다." 전 세계를 통틀어 삶의 의미를 깨친 수백만의 사람들은 하얀 빌딩으로 옮겨질 것이며, 거기서 심장은 꺼내져 쓰레기통에 버려질 것이다. 얼마 후에 세계보건기구(WHO)는 그 심장을 보관해두었다가 심장이식이 긴박할 때 사용해보자는 제안을 했다. 그러나 빌딩은 단호한 어투로 답변을 했다.

심장을 버려라!

마지막

데르다의 눈과 마음은 다시 열려있었고, 그는 이미 공동묘지 집으로 돌아와 있었다. 흰 가운을 입은 세 남자는 바로 그를 찾아냈던 곳에 그를 남겨 놓은 채 문을 닫고 그 집을 떠났다. 데르다는 손으로 가슴에 얹었던 책을 찾았으나 거기엔 아무 것도 없었다. 두 발을 재빨리 움직여 집안을 이리저리 둘러보고 손으로 더듬거려 보았다. 그러나 어디를 뒤져도 『투투나마얀라르』를 도통 찾을 수 없었다. 그러다가 그는 돌연히 멈춰서더니 한바탕 웃음을 터트렸다. 무슨 딸꾹질 소리 같은 이상한 웃음이었다. 그 책이 내게 왜 필요해? 그는 마음속으로 생각해봤다. 내가 그것을 잃어버렸다고 해서 어떻게 되는 게 아니잖아. 어쨌든 난 다 읽었잖아.

그날 이후로 데르다는 『투투나마얀라르』를 찾는 일이 전혀 없었다. 게다가 마치 꿈을 꾼 듯이 파편적으로 기억이 났던 하얀 빌딩에 대한 생각도 싹 가셔버렸다. 어쨌든 데르다가 태어난 바로 그 날에 그 하얀 빌딩이 데르다가 있었던 그 장소에서 솟아올랐다. 데르다가 그곳에 들어 갔다 다시 나온 이후에 이끼 덮인 푸른 언덕이 그 빌딩을 삼켜버렸다. 그것은 수년 전에 느릿느릿 솟아올랐던 장소로 다시 가라앉기 시작했다. 두 노인과 복도에서 기다리던 군중들이 충분히 도피할 수 있게끔 서서히. 복도에서 대기하고 있던 사람들은 문으로 사용되던 시커먼 구멍에서 쏟아져 나와 목숨을 건질 수 있었고 자신들이 가지고 있는 각자의 삶의 의미를 보존할 수 있었다. 그러나 두 노인은 미소를 띠고 서로를 바라보며 기꺼이 그 방에 남아있었다. 이제 그들이 할 일은 다 끝나고 죽음 속에서 휴식을 취할 시간이 마침내 온 것이었다. 죽음을 통해 삶이 멈춰지는 것이다. 두 노인은 이해했다. 자신들이 마지막으로 끄집어낸 심장이 데르다의 심장이라는 것을 알았다. 그들이 수년 전에 들어본 이름이었다. 그들이 이해하지 못한 것이 딱 한 가지 있었다. 그래서 인디언이 물었다. "그 책이 어떤 책인가?" 필리핀인은 미소를 지었다. 그리고 말했다. "몰라. 헌데 그 책은 수백만 명에게 삶의 의미를 찾게 해줬대."

"이 사람이 쓴 다른 글도 있나요?" "음, 아마도. 내가 가지고 있는 건 없지만 책방에 가면 있을 거다." 사루한이 말했다. 그러고 나서 사루한은 육교에서 가까운 책방으로 가는 길을 가르쳐 주었다. 데르다는 뛰어가기 시작했다. 압둘라가 오기 전까지 다시 돌아와야 했기 때문이다. 그가 책방에 가보는 것은 난생 처음이었다. 어떤 부인이 그의 앞으로 튀어나왔다. "뭘 도와줄까요?" "내가 찾으려는 것은 오우즈 아타이의 책인데요." 그가 말을 채 끝마치기도 전에 부인은 뒤돌아섰고 데르다는 그 뒤를 좇아갔다. 그녀는 서점 깊숙한 곳으로 걸어 들어갔다. 그러다 웬 책꽂이 앞에 서서는 『투투나마얀라르』를 꺼냈다. "그건 있어요." 데르다가 말했다. "좋아요, 그럼." 부인이 그에게 『두려움을 기다리며』와 작가가 펴낸 저널들을 건네주며 말했다. "이게 우리가 가진 전부에요." 데르다는 주머니에서 꾸깃꾸깃한 돈을 꺼내 그것을 카운터에다 던지다시피 책값을 지불하고 서점을 나왔다. 서둘러 달려가 압둘라의 밴이 골목길에서 나오는 시간에 늦지 않으려 했다. 데르다는 이미 눈치 챘지만 차를 타고 가는 내내 빨간 신호등 앞에 설 때마다 압둘라는 옆 좌석에 유식한 자를 앉히는 것이 마뜩치 않다는 표정을 지었다. 책 읽은 사람하고 어떻게 말이 통해 하는.

그날 밤 데르다는 집안의 유일한 전구 아래에서 『두려움을 기다리며』를 다 읽었다. 데르다는 3년 동안 비석에게 일방적으로 말해왔지만 그날 밤은 마침내 돌의 목소리를 들었다. 그 책의 마지막 이야기 「철도원 – 꿈」에 있는 마지막 문장은 이랬다. "친애하는 독자시여, 나는 여기 있소만 당신은 어디 있는 거요?" "나는 여기 있어요!" 데르다가 소리쳤다. 그러고 나서 그는 집을 나와 담장의 구멍을 통해 어둠을 뚫고 오우즈 아타이의 무덤으로 곧장 달려갔다. 그는 바로 무덤 옆으로 다가가 속삭였다. "나 여기 있어요. 봐요, 여기 내가 있잖아요. 나 여기 있어요. 당신 곁이잖아요. 난 항상 당신 곁에 있었던 거에요. 항상요. 내가 여기 있는 걸 보라고요."

데르다는 울고 있었다. 그는 자기가 왜 우는지 이유도 모르고 그저 울었다. 어쩌면 그 많은 해 동안 그가 홀로 있어왔기 때문이리라. 어쩌면 데르다가 나는 여기 있는데 너는 어디 있지? 라고 말하고 있었기 때문인지 모른다. 어쩌면 그가 홀로 있을 때 오직 울 수밖에 없어서 그런지 모른다. 어쩌면 그가 오우즈 아타이 곁에 있었을 때 울 수밖에 없어서 그런지 모른다. 데르다는 울고 있었다. 그러면서 동시에 오우즈 아타이의 무덤 곁에서 자라는 제비꽃을 쓰다듬어 주고 있었다. 그는 더욱 심하게 울었다. 그 자신이 우는 이유를 몰랐기 때문이다. 그는 흐느끼면서 간간히 속삭였다. "내가 여기 있어요, 내가 여기 있단 말이에요."

그는 아무리 이해하려 했으나 『두려움을 기다리며』의 이야기가 무엇을 말하는지 설명할 수 없었다. 그는 책 속의 이름들 또는 주제들을 열거할 수 없었다. 그는 이 말들이 함축하고 있는 의미를 다룰 수 있는 어휘도 부족했고, 그 사상을 꿰뚫어 볼 수 있는 충분한 지식도 갖추지 못하고 있었다. 하지만 그가 말했듯이 그는 거기에 죽을 때까지 있을 수 있었다. 아니면 죽고 난 이후까지도. 영원히 말이다. 하늘에서 또는 보이지 않는 성층권 밖에서 평화로이 돌을 주시하면서 말이다. 선을 초월하고, 이름을 초월하고, 감정이 닫는 장소에서, 알지 못하는 것의 이면에서 말이다. 그곳은 알 수 없는 이름의 악기가 난생 처음 들어보는 고전음악을 연주하고, 그의 눈에서 빗물이 되어 내리는 반짝이는 방울들이 일곱 빛깔의 프리즘으로 변하는 곳이다. 그곳은 지식이 있거나 없어도 설명이 불가능한 곳이다. 오우즈 아타이가 있는 곳이면 어디든 그곳이 된다. 그가 더 이상 자신을 지탱하지 못하고 넘어진다면, 바로 그가 넘어진 곳이다. 아마 그는 넘어지지 않았는지 모른다. 어쩌면 그가 넘어지는 순간 중력의 법칙이 적용되지 않았을 수도 있다. 그곳은 그대가 붙잡고 가려는 곳이 아니라 그대가 날아가려는 곳이다. 그날 밤 데르다는 두 개의 무덤 사이에서 오랑캐꽃을 어루만지며 잠이 들었다.

데르다는 오우즈 아타이의 저널을 읽고 있었다. "요즘 나는 절망을 느낀다." 데르다는 자신이 초라해짐을 느꼈다. "무슨 일이 벌어지든 상관없다. 내가 바라는 유일한 것은 약간의 존경심을 보는 것이다." 그래서 그는 좌절감을 맛보았다. "물론이지!" 데르다가 말했다. "물론 그는 존경을 받아야 마땅해." "진보적이거나 퇴보적이거나 온갖 종류의 이동은 반쯤 계몽된 소수의 패거리에게 독점권을 가지고 있어서 세월이 흘러도 자신들의 자리를 잃을 수 있는데도 그들이 오늘의 현실을 새롭게 할 필요성을 느끼지 않게 했다. 이제 그들은 비즈니스를 계속 하려는 탐욕스런 상인들 같은 게임을 하고 있다." 데르다는 그가 누구에 관해 말하고 있는지 이해하지 못했으나 점점 화가 나기 시작했다. "그들은 흐물흐물한 잇몸 같았고, 빠진 이와 같았다." "맞아!" 데르다는 혼잣말을 했다. "세계가 짜여 있는 것은…." 또 다시 데르다는 외쳤다. "맞아!" "이 거리에 무덤이 하나 또는 두 개가 있다면 좋을 텐데. 매일 일하러 가는 길에 우리는 죽음에게 인사를 할 텐 데." 그는 웃었다. 그는 오우즈 아타이와 공감한다고 느꼈다. 둘은 보이지 않는 끈으로 엮여 있다고 믿었다. "왜 사람들은 나의 글을 이해하지 못할까. 왜 내 주변에는 아무도 없는 거지." 그는 다시 화가 났다. "나 역시 이해가 안 돼. 하지만 여길 봐요. 내가 당신 곁에 있잖아요." 라고 그는 말했다. "나라마다 다 바보들이 있게 마련이다. 문학을 이해하는 사람 중에 그런 바보들이 있다는 뜻이다. 그들은 외국서적들을 뒤지느라 정신없다. 그들은 내가 존재하고 있는지조차 알지 못한다. 그래서 나는, 분명히 말하지만, 그런 사람들로부터 제대로 갖춰진 독자가 출현하기를 기다리는 중이다. 아주 멍청하게도." 데르다는 다시 흥분하기 시작했다. "나는 그것이 여기에 있다고 생각하는데, 나는 그 바깥에 지금껏 남겨져 있었다고 느끼고 싶다." 그래서 데르다는 내면 깊숙한 곳에서 말했다. "나도 마찬가지요." "결국 나도 포기하게 되지 않을까 두렵다. 그건 더욱 더 비극적일 텐데." 데르다는 울고 있었다. 그는 오우즈 아타이의 저널 마지막 쪽에 떨어지는 눈물들을 닦아 냈다 말리곤 해야 되었다. 거기에는 작가가 인생의 단계를 겪을 때마다 찍어놓은 사진들이 있었기 때문이다. 그는 오우즈 아타이가 그와 아주 가까이 있다고 느껴졌다. 그래서 그는 더 이상 어떤 불행도 깊이 느낄 수 없었다.

그는 오우즈 아타이가 그처럼 외롭고 불행했었다고 믿었다. 1977에서 1934를 빼는데 30분이 걸렸다. 43이란 답을 얻었을 때 그는 매우 젊은 나이였구나라고 생각했다. 그는 43세 이상 살았다고 기록된 공동묘지 주인들의 비석들을 묘한 반감을 가지고 바라보았다. 아마 그는 혼잣말을 했는지 모른다. 어쩌면 이들 중에 오우즈 아타이가 말했던 그 바보들이 있지 않을까. 그는 평화롭게 휴면하는 어떤 이의 나이를 계산해 보곤 소리쳤다 "이 얼간이는 70년을 살았잖아!" 그러고 나서 그는 약간 더 계산을 해봤다. "그럼 27년이나 더 산거네." 그는 고개를 들고 하늘을 우러러 보았다. 실망스러웠다.

캄캄한 집 안에서 3권의 책을 또 다른 책 위에다 쌓아 놓고 베개를 삼았다. 그는 누워서 잿빛 천장을 바라보며 자신에게 말했다 "더 많이, 난 더 많이 배워야 해. 모든 걸. 난 오우즈 아타이에 대한 모든 것을 배워야 해." 왜 그가 43세에 죽었을까? 그는 자신의 저널에서 어떤 병에 관해 언급한 바가 있었다. 그리고 자기가 다니던 병원에 관해서도. 그가 받았던 수술에 관해서도. 그는 데르다의 어머니가 죽었던 것처럼 죽을 수는 없었을 것이다. 그렇게 될 수가 없었다. 오우즈 아타이는 마지막 순간에 다른 방식으로 눈을 감았어야 했다. 어쩌면 사람들을 너무 많이 바라보면서 죽었는지 모른다. 다른 사람들의 시각의 이면을 바라보면서 눈을 감은 것이다. 그렇지만 데르다는 어떻게 그리 장담할 수 있었을까? 누구에게 물어볼 수 있었을까? 물론 사루한에게 물어봤다. "작가의 삶에 대해 알고 싶으면 어떻게 하면 될까요?" "음, 전기라는 게 있단다." 사루한이 말했다. "어디예요?" "어디라고 생각하니? 책방이지.” “그 전기라는 게 책인가요?” “데르다, 이젠 내 면전에서 사라져 줄래. 난 이미 저 미친 시계 소리 땜에 미쳐죽을 지경이다.”

데르다는 전에 갔던 책방을 다시 들렀다. 육교에서 불과 다섯 걸음 떨어진 곳이다. 책방 여자가 미소를 지었다. 데르다가 이미 우량 고객이 되어있었기 때문이다. “뭘 도와줄까요?” “저… 잠깐만요.” 그는 이렇게 말하며 주머니에서 종이 쪼가리를 꺼냈다. 정확히 말하자면 종이가 아니었다. 손바닥 만한 박스 귀퉁이였다. 사루한이 그 위에 써준 것이다. 그것을 책방 아줌마에게 보여주었다. “전기네. 좋아요. 그런데 누구의 전기지요?” “오우즈 아타이요.” “어디 볼게요.” 부인이 말했다. 그녀는 카운터에 있는 컴퓨터 앞으로 미끄러지듯 갔다. 무슨 글자를 입력하고 나서 데르다를 올려다보았다. “아, 마침 한권이 남아있네요.”

그녀는 책꽂이들을 훑어보며 데르다의 앞을 지나갔다. 그녀는 오른쪽 손가락들을 이리저리 움직이며 책들의 등을 만져보다 어떤 책 한 권을 꺼냈다. 그러고 나서 그녀를 쫓아 책꽂이까지 쫓아온 데르다에게 건네주었다. 데르다는 두꺼운 책들이 비싸다는 것을 알았다. 그래서 자기가 가진 돈으로는 부족하다는 것도 알았다. 그는 자기가 마치 어린 아이인 것처럼 물었다. “내가 이 책을 읽고 가져다주면 안 될까요?” 부인이 웃었다. “그런 게 가능하다고 생각해요?” 그녀가 말했다. 그러고 나서 큰 소리로 외쳤다. “이봐요, 어딜 가요? 잠깐 서 봐요!”

데르다는 책방에서 4걸음 떨어진 곳에서 사람들 무리를 헤치며 가고 있었다. 그는 달리기 시작했다. 서점 아줌마가 그를 쫓아올 수 없다는 것을 알았다. 그럼에도 불구하고 걸음을 늦출 용기가 나지 않았다. 사루한만이 데르다가 커다란 고양이처럼 층계를 도망쳐 내려오는 것을 보았다. 이때 사루한은 난간 가장자리에 기대어 담배를 피우고 있었다. 그는 데르다가 사람들과 부딪히지 않고 군중 속으로 어린이 같은 민첩한 발걸음으로 미끄러져 들어가는 것을 바라보았다. 그러고 나서 사루한은 어떤 아줌마가 책방에서 나와 근심스런 표정으로 주변을 둘러보고 있는 모습을 보았다.

"저 애는 지금 미쳤어." 그는 혼자 속삭였다. 그는 고개를 돌려 시계 판매원을 바라보았다. 그는 지금 상자에서 시계를 꺼내 하나씩 하나씩 시간을 맞춰놓고서 바닥에 있는 방수포 위에다 깔아 놓는 중이었다. "오, 맙소사." 사루한이 고개를 절레절레 흔들며 말했다. 그러자 그 판매원이 알아챘다. "왜 그래? 무슨 문제라도 있는 건가?" "아니, 아니, 아무 것도 없어. 난 그저 자네가 오늘 장사 잘 하라고 말했을 뿐이야." 사루한은 뒤엉킨 헤드폰을 코트 주머니에서 꺼내 귀에다 꽂고 '살해자(Slayer)'의 멜로디로 세상의 잡음을 차단했다.

그가 공동묘지 정문을 통해 들어가려고 하자 옆에서 그를 붙잡는 목소리를 들렸다. "어디 가는 거니?" 짙은 청색 양복을 입은 젊은 묘지 경비원이 야신의 경비 초소 문 앞에서 서있었다. "어디 가는 건가?" "집에요." "이제는 공동묘지를 통과해서 집으로 갈 수 없게 됐다. 통행이 금지 되었어." 데르다는 잠시 동안 젊은 묘지 경비원을 쳐다봤다. 아무 말 없이. 그러고 나서 말했다. "야신 형제는 어디 있지요?" "난 야신 형제라는 사람도 모르고 다른 사람도 몰라." 데르다는 몇 주일 동안 공동묘지 정문을 지나가지 않았기 때문에 야신의 소식을 몰랐다. 지난 24년 동안 야신이 해왔던 일이 종료된 것이다. 그가 아끼는 악기 바을라마를 가지고 떠나 버렸다. 그것이 야신이 최초로 후회해본 일이다. 그는 죽은 자를 기다리며 사는 일보다 더 좋은 일은 없다고 생각했다. 야신은 고향으로 돌아가 연로한 어머니를 포옹했다. "아들아, 그래 요즘에는 무얼 했니?" 노파가 물어보았다. "아무 것도 안 했어요." 그가 대답했다. "난 그저 서서 기다리는 일만 했어요." "그래 이제 뭘 하려고 하니?" "난 그냥 서서 어슬렁거리는 게 싫증났어요. 뭔가 할 거예요. 그게 다예요." "그럼 좋다만, 뭘 할 거니?" "엄마, 난 방금 고향에 도착한 사람이에요. 집에 온 걸 후회하게 만들지 마세요." 그러나 야신은 계속해서 아무 것도 하지 않고 어슬렁거리며 서있을 뿐이었다. 죽는 날까지도.

야신은 지하에서 잠시 머물렀다. 마치 영원히 돌아오지 않을 사람처럼, 마치 그가 지구 표면에 살고 있는 다른 모든 사람들과는 상이한 사람처럼. 왜냐하면 다른 사람들이라면 무언가를 해 놓았고, 무언가를 하고 있었고, 무언가를 할 것이기 때문이다. 심지어는 그들이 죽고 난 이후에도. 그들 중에 어떤 이는 하늘로 가고, 어떤 이는 자연의 일부가 되고, 또 어떤 이는 환생할 것이다. 아무도 야신처럼 이 세상을 떠나 완전히 사라져버리진 않을 것이다. 아무도 감히 아무런 흔적도 남기지 않고 용기 있게 사라져 버리지는 않을 것이다. 누군가 또 다른 사람이 이 지구를 통과했다는 것을 목격해야 된다. 그들의 존재가 있었다는 것을 찬양하기 위해서. 야신을 제외하고 모두가 자신들의 내면에 피라미드를 가지고 있다. 어떤 면에서 모두들 불멸하겠다는 계획을 가지고 있는 것이다. 그러나 야신은 죽음을 지나치게 많이 봤다. 마치 전쟁터에서 모든 생애를 보낸 사람처럼. 마치 이 지구표면에 살아있던 마지막 사람의 죽음까지 본 것처럼. 어쩌면 그런 이유 때문에 그는 이 세상을 떠나는 것을 두려워하지 않았는지 모른다. 왜냐하면 그는 충분히 존재해왔던 것에 대해 두려움을 느꼈기 때문이다.

데르다는 새로 세운 공동묘지 담장 주위를 따라 달렸다. 그의 집 대문을 지나쳤지만 걸음을 멈추지 않았다. 그는 모퉁이 주변에 있는 나뭇가지들을 뚫고 들어가려고 애를 썼다. 그가 예상한대로 담장의 구멍은 메꿔져 있었다. 지금 담장은 닫혀있으나 바로 그날 아침만 해도 그는 이 구멍을 두 번이나 통과했었다. 한번은 나갈 때였고, 다른 한번은 다시 들어갈 때였다. 그러나 지금 그의 집 정면에 있는 담장은 한 군데도 구멍이 보이지 않는 완전한 상태였다. 인부들이 그와 오우즈 아타이 사이에다 콘크리트를 퍼부어 놓은 것이다. 그는 뒤돌아서서 나무들 쪽으로 걸어갔다. 몸에 책을 꼭 밀착시켜 나뭇가지에 걸리지 않게 했다. 데르다는 이제 아침마다 무엇을 해야 할지 몰랐다. 새로이 담장을 높게 쌓아 올려도 공동묘지를 안전하게 지켜 주지 못할 것이라 생각했는지 담장 위에다 가시 철망까지 쳐놓았다. 이제 더 이상 데르다는 담장을 뛰어 넘을 길이 없었다. "새로 구멍을 뚫어 버려야겠다." 그는 이렇게 말하며 주머니에서 열쇠를 꺼냈다. "그렇다면 우리 집 옆에다 구멍을 내야겠다."

그가 문을 열자 바닥 매트리스 위에서 긴 잠옷 가운밖에 입지 않은 남자가 보였다. 흰머리에 몸이 마르고, 주름진 뒷목을 하고 있었으며 기다란 흰 가운만 걸치고 발가벗은 상태였다. 그는 발가락과 손바닥을 바닥에 지탱한 채 몸을 들었다 내렸다 했다. 마치 팔 굽혀 펴기를 하고 있는 것 같았다. 남자의 곁에는 앙상하게 마른 두 다리가 보였다. 발은 아주 작았다. 발뒤꿈치를 쳐들고 있었다. 두 사람은 소리를 지르고 있었다. 한 사람은 고통에 차서 소리를 질렀고, 다른 사람은 쾌락에 넘쳐 소리를 질렀다. 이 두 사람은 문이 열리는 소리를 들을 수 없었을 것이다. 그러나 데르다가 유리창이 깨질 정도로 고함을 지르자 두 사람은 바람에 나무가 두 조각이 나듯 서로 떨어져 나갔다. 남자는 손으로 자기 것을 가리고, 여자는 이불 시트로 자기 몸을 가렸다. "당신은 대체 누구야, 시발!" 데르다가 소리쳤다. "데르다, 내가 네 아버지란다!" 그 남자가 말했다. "야, 왜 그렇게 소리지른 거야?" 조그만 여자애가 말했다. "너 쉬레야 아니니?" 데르다가 말했다.

***

그는 아버지가 돈을 세어서 쉬레야가 내민 손바닥에 주는 것을 묵묵히 보았다. 데르다는 집안에 하나 밖에 없는 의자에 앉은 채 하나 밖에 없는 식탁에다 팔꿈치를 기대고 있었다. 팔꿈치 아래에 있는 오우즈 아타이의 책들을 바라보았다. 오우즈 아타이를 보고 있기가 이내 거북해졌다. 두 사람 때문이었다. 두 사람을 더 이상 바라볼 수가 없었다. 쉬레야가 손바닥에 쥐어준 약속한 액수의 돈을 보며 꽉 쥐었다. 데르다는 그녀의 입을 보고 있었다. 버릇없이 큰 아이처럼 그녀는 입을 헤 벌리고 있었다. "이정도면 좋은 흥정이었어. 황소 흥정하는 것처럼." 데르다가 대꾸를 하지 않자 소녀는 나가버렸다.

머리가 흰 사내는 기다란 내의 위에 걸쳐 입은 바지의 지퍼를 올렸다. 그러나 단추를 채우는 것에 개의치 않고 두 팔을 넓게 벌리고 그의 아들에게 곧장 다가왔다. 그는 귀밑이 찢어질 정도로 웃음을 띠고 있었다. "내 아들아! 내 사자 새끼!" 데르다는 두 손으로 다가오는 남자를 밀쳐내었다. 아버지는 한발자국 물러서며 인상을 쓰고 외쳤다. "이런 똥개 같은 녀석. 아니 여러 해 동안 보지 못한 애비를 이런 식으로 반겨도 되는 거냐? 왜 그래! 집 근처에서 어른거리는 여자 좀 토닥거려줬다고 해서 그러는 구나. 하기야 네가 그 여자애랑 워낙 가까이 지내다 보니 그렇구나." 갑자기 그는 겸연쩍어 하며 웃었다. "이런 망나니, 그게 어때서 그러냐? 그 여자애가 너의 암캐냐? 그래? 어서 말해봐, 이 녀석아. 그래서 삐진 거냐? 그럼 좋다. 내가 다신 건드리지 않을 게. 자, 일어나봐! 이리 와봐라. 어디 한 번 안아 보자구나."

그는 자기 쪽으로 데르다의 팔꿈치를 잡아끌며 "아들아!"라고 외치고 두 팔로 데르다를 끌어안았다. 그러나 아들의 손은 마치 시체와 같이 그의 옆구리에 축 늘어져 있었다. 그러자 아버지는 꼿꼿이 서서 아들의 어깨를 붙잡았다. "가만 있어봐라. 어디 얼굴 좀 보자구나. 이제 어른이 다됐네, 그렇지? 몸이 아주 당나귀처럼 튼튼한데. 좋아, 남자야! 아주 멋져 보인다." 그러면서 아버지는 아들의 뺨을 주먹으로 가볍게 쳤다. 주먹이 들어갈 때마다 데르다의 얼굴이 살짝 살짝 떨렸다. 마침내 그가 입을 열었다. "엄마가 돌아가셨어요." 아버지의 주먹이 허공 한가운데서 맴돌았다. "엄마가 죽었다고? 난 마을로 돌아갔다고 생각했는데. 아까 그 여자애도 나한테 그렇게 말했다." "내가 모든 사람들에게 그렇게 말해 놓았어요." 데르다가 말했다. "어머니가 마을로 돌아갔다고 말했어요. 근데 엄만 돌아가셨어요. 5년 전에요. 그때 내가 어머니 몸을 토막 내었어요." 아버지는 아들의 어깨에 얹었던 손을 놓고 한 발자국 뒤로 물러섰다.

"무엇을 토막 냈다는 거냐?" "우리 어머니요. 그때 내가 어머니를 파묻어주었어요." "얘야, 무슨 말을 하고 있는 거니?" "고아원에 끌려가지 않으려고 어머니의 시체를 도끼로 토막 내어 묻었단 말이에요. 그래서 아무도 엄마가 돌아가셨는지조차 몰라요." "아니, 그게 무슨 말이니?" "당신은 내가 생각했던 아버지가 아니에요, 아세요?" "아들아, 똑바로 말해봐라. 너의 엄만 어디 있는 거니?" "그 여자애는 이제 13살이에요." "내말부터 들어봐라, 데르다. 너한테 무슨 일이 있었는지 물어보지 않니. 남자답게 말해봐. 너의 엄마는 어디 있니? 그 여자한테 무슨 짓을 한 거니? 왜, 그 여편네가 너한테 한번 먹어보라고 사타구닐 내밀기라도 했냐?" 그 비속한 말을 듣자마자 데르다는 아직 다물지 않은 아버지의 입에다 힘껏 주먹을 날렸다. 데르다는 아버지의 이들이 으드득 부스러지는 것을 주먹으로 느꼈다. 그는 주먹을 빼자마자 다른 주먹을 똑같이 날렸다. 이번에는 그의 주먹이 아버지의 코에 정통으로 맞았다. 그는 몇 군데나 그렇게 가격했다. 노인의 얼굴에는 뜨거운 피가 줄줄 흘렀다. 그는 뒤로 물러서려 했으나 매트리스에 걸려 넘어졌다. 데르다는 무릎을 꿇고 앉아 한 손으로 아버지의 머리카락을 잡아 당겼으며, 다른 손으로는 얼굴의 정면을 가격했다. 그러고 나자 모든 것이 조용해졌다. 노인은 한 번도 팔을 들어 방어하려하지 않았으며 이가 다 부러졌어도 아들을 욕하지 않았다. 완전한 적막이 흘렀다.

데르다는 아버지의 머리채를 쥐고 있던 손을 서서히 풀어주며 물었다. "죽은 거예요, 네? 죽었어요?" 그는 행동을 멈추고 귀를 기울였다. 아버지가 간신히 벌어진 입술 사이로 숨을 쉬고 있는지, 아니면 아버지가 그가 말하는 소리를 이해했는지 알 수 없었다. 그는 아버지에게 저주를 퍼붓기 시작했다. 아버지의 두 겨드랑이를 잡고 매트리스 위로 끌어다 놓은 뒤 머리 밑에다 베개를 괴어주었다. 얼마 지나지 않아서 백발의 사내는 일어났다 쓰러지면서 천 번의 쾌감을 느끼고 있었다. 이제 그는 거기서 시체처럼 누워 있었다. 비록 짧고 거친 숨이었지만 숨을 쉬고 있는 시체처럼. 아버지와 아들은 서로 얼굴을 맞대고 서로의 눈을 바라보고 있었다. 그들은 무언가를 느꼈어야 했는데, 막상 서로의 눈을 제대로 쳐다볼 수가 없었다.

백발의 사내는 이름이 젤랄이었다. 그는 노상강도 시절부터 '진드기'라는 별명을 가지고 있었다. 그러나 대리석같이 단단한 아들의 주먹을 피하게 해줄 수 있는 것은 아무 것도 없었다. 영양이란 뜻의 이름도, 별명도, 감방 생활도. 젤랄은 11년 동안 감방에 있었다. 그가 주머니 속에서 11년 동안 대기하고 있던 열쇠를 꺼내 집안으로 들어갈 때, 그의 눈가에 쉬레야가 얼핏 보였다. 감방에 있는 동안 그는 여자의 살덩이를 구경조차 못했다. 쉬레야는 그녀의 집 문 앞에 앉아있었다. 두 집 아래편에 있는 집이었다. "얘, 이리 와 봐." 그가 말했다. 그러자 쉬레야가 왔다. 그녀는 젤랄이 물어보기도 전에 자기 가격을 말했다. 마치 그녀의 어머니가 그렇게 하라고 가르쳐 주기라도 한 듯이. 마치 지난 한 해 동안 이 짓을 해왔던 것처럼. 이들이 공동묘지에서 일을 마치고 난 후에 쉬레야가 장소를 바꿨다. 어쨌든 그녀는 새 일거리를 통해 돈을 더 벌 수 있는 기회가 생긴 것이다. 그녀의 아버지는 신경 쓰지 않아도 되었다. 어느 날 어느 시간이든 딸에게 신경 쓸 만큼 정신이 깨어있는 상태가 아니었기 때문이다. 그가 깨어있었다면 뭔가 틀려졌을까? 결국 아랫도리 한번 내렸다가 다시 올리면 큰돈이 들어오는데, 누가 길에 나가 힘들게 화장지 팩을 팔려하겠나? 그리고 좋은 게 좋다고 동네 아저씨들이 모두 쉬레야와 사랑에 빠져있었던 게 아닐까? 모두들 손에 초콜릿 박스를 들고 그녀의 집 문 앞에서 줄 서 있었던 것은 아닐까? 쉬레야는 젤랄에게도 물어봤다. "아저씨는 나를 사랑해요?" "물론이지." 젤랄이 대답했다. "너 같은 여자애를 사랑하지 않을 남자가 누가 있겠니?"

쉬레야도 남자들을 사랑했다. 그녀가 미워한 유일한 남자는 데르다였다. 데르다는 옆에 지나가더라도 눈길조차 주지 않았기 때문이다. 그는 쉬레야를 쳐다보지 않는 유일한 남자였다. 그가 쉬레야에게 해준 말이라곤 지나가면서 냉담하게 "안녕."이라고 한 것밖에 없었다. "재 게이 아냐?" 그녀는 데르다의 등 뒤에서 동갑내기 친구들에게 그렇게 말했다. 그들은 쉬레야가 데르다의 등을 바라보자 웃음을 터트렸다. 그녀의 눈은 증오로 타오르고 있었다. 그녀는 데르다에게 흠뻑 반해 있었는데 데르다만이 이 동네에서 유일하게 그녀의 나체를 봐주지 않았기 때문이다. 그래서 그녀는 데르다가 그의 아버지와 자기가 함께 있는 광경을 목격한 것에 대해 아주 잘됐다고 생각했다. 게다가 나중에 데르다의 집에서 나오는 욕설을 들었을 때는 더욱 더 기쁨을 만끽했다. 데르다가 질투하는 것이라고 생각했다. 그녀는 데르다의 집으로 걸어가 문을 두드렸다. 데르다가 문을 열었다.

여덟 살 먹은 쉬레야가 서 있었다. 그녀가 바닥에 누워 있고 그 위에 그의 아버지가 있었던 모습들이 데르다의 눈에 생생히 떠올랐다. "뭐냐?" "무슨 소리가 들리길래. 뭔 일이 있나 궁금해서 왔지." "이 짓을 얼마나 오랫동안 한 거니?" "무슨 짓을 한다고 그래?" 쉬레야가 웃었다. 그녀는 데르다에게 듣고 싶은 말이 있었다. 즉 그녀의 직업이 뭔지 데르다가 물어보길 바랐던 것이다. 그녀는 데르다의 마음을 아프게 하고 싶었다. 어쩌면 그녀의 마음까지 아프게 하길 바랐는지 모른다. 어쩌면 이 세상 모든 사람의 마음까지 아프게 하길 바랐는지 모른다. 그러나 데르다는 말하지 않았다. 그는 한 마디도 하지 않고 그냥 표정으로만 물어봤을 뿐이다. 표정으로 물어보는 그의 눈빛이 쉬레야의 눈을 찔렀다. "그런데 무슨 일이 일어난 거야?" 쉬레야가 마침내 말문을 열었다. "왜 그리 난리치는 거야? 자기라고 부를까, 뭐라 부를까? 근데 뭐야?" "너네 엄마가 알고 있니?" 쉬레야가 픽 웃었다. "자긴 너무 멍청해. 몰라?" 데르다는 뭐라고 말해야 할지 몰랐다. 그가 알고 있는 말로 표현하기에는 한계가 있었다. 그는 이 13살짜리 계집애 앞에서 자신이 너무 왜소해 보였다. 그는 단 한 사람도 예외 없이 모든 사람이, 심지어는 갓 태어난 아이마저도 사악하다고 생각했다. 모두가 비참할 정도로 사악해. 사악하고 너무 역겨워. 애들, 노인들, 불구자들, 병든 자들 할 것 없이 모두가.

"자기 아버진 어디 있어?" 여자애가 물어봤다. 그녀는 목을 길게 뻗어 데르다 주변을 살펴보았다. "내가 너희들을 작살내버릴 거다!" "엥?" 문이 쾅하며 닫히자 그녀는 비틀거리며 몇 발자국 뒤로 물러섰다. 그녀가 외쳤다. "뭐라고 말한 거야, 이 시발 놈의 정신병자 새끼야?" 데르다는 문을 닫고 뒤돌아서서 바닥에 누워 있는 아버지에게로 다가갔다. 피투성이의 얼굴을 내려다보았다. 그는 오른 발을 들어 젤랄의 얼굴을 짓밟으려다가 얼굴에서 한 뼘쯤 되는 곳에서 멈춰 세웠다. 만약 젤랄이 그 순간에 정신이 돌아와 눈을 깜빡거리기라도 했다면 아들의 신발바닥에 의해 시야에서 이 세상이 지워져 버렸을 것이다. 그러나 데르다는 참았다. 그냥 살며시 신음만 했다. 1년과 같은 1분 동안 데르다는 아버지의 얼굴을 발로 뭉개야 할지 말아야 할지 망설였다. 결국 측은지심이 작용해 발을 거두었다. 그는 식탁 의자에 앉아 훔친 책을 손에 잡았다. 책 표지에는 오우즈 아타이의 캐리커처가 그려져 있었다. 그는 책을 입술 가까이로 가져가 속삭였다. "저들을 용서해주십시오." 그러고 나서 책을 펴서 읽기 시작했다. "너의 입술을 움직이지 마." 사루한이 이 자리에 있었다면 이렇게 말했을 것이다. "혼자 책을 읽을 때는 단어들을 소리 내어 말하지 마." 그러나 데르다는 혼자 소리로 책을 읽었던 것이 아니었다. 그가 입술을 움직였던 것은 온 세상 사람들이 그가 읽은 내용을 들으라고 한 것이었다. 그래서 그는 속삭여주었던 것이다. 그는 책을 읽으며 공동묘지 담장을 올려다봤다. "개 같은 종자들." 그가 말했다. "나는 너희들을 모두 파멸시키겠다."

그는 책 세 쪽을 읽고 문을 닫는 둥 마는 둥 하고 집을 나왔다. 그는 자기 책들을 들고 왔다. 쉬레야 모녀는 데르다가 집에서 나오는 것을 보고 있다가 땅바닥에서 돌을 주워 그가 미친개처럼 지나가길 기다렸다. 그러고 나서 모녀는 데르다의 집안으로 뛰어 들어갔다. 이들은 찢어질 듯 비명을 지르며 남자의 머리 쪽으로 엎드렸다. 그러나 남자는 아직 살아있었다. 모녀는 비명을 가라 앉혔다. "가서, 면 붕대 좀 가져오너라." 부인이 말했다. 쉬레야가 나갔다. 어찌 되었든 젤랄은 더 이상 노상강도가 아니었다. 그는 전도유망한 새로운 고객이었다. 게다가 감옥에서 나온 지 하루도 지나지 않았다. 여성에 대한 갈증이 오죽이나 심하겠는가? 쉬레야의 어머니는 젤랄의 주머니들을 뒤집어봤다. 그러나 모두 다 텅텅 비어있었다. 그녀는 열린 문을 향해 외쳤다. "누구 우리 좀 도와줘요!" 그녀는 누군가가 당연히 과산화수소를 가지고 올 것이라고 판단했다. 거기에는 그녀 나름대로의 계산이 있었다. 면 붕대가 비쌌기 때문이다.

***

"넌 어디 갔다 온 거니? 어젯밤 다른 애들은 모든 물건들을 나르는 일을 했는데." 그는 11년 만에 수천 번이나 꿈에서 봤던 아버지를 처음으로 만나서 아버지 얼굴을 피투성이가 될 정도로 실컷 두드려 패고 영원히 집을 나왔다는 말이 쉽게 나오지 않았다. "미안해요, 쉴레이만 형제." 데르다는 이 말밖에 할 수 없었다. "그래 무슨 일이니? 지금 이 시간에 여기서 뭘 하는 거냐?" 그는 적어도 지금만큼은 머물 곳이 없다고 말할 수 있었다. "난 집을 나왔어요. 아마 내가 할 수 있는 건." 쉴레이만은 그의 말을 잘랐다. 문을 열어주곤 길을 비켜주며 말했다. "어서 들어와라." 데르다는 창고 안으로 들어갔다. 이어서 그에게 물어봤다. "배고프니?" 데르다는 침묵을 지켰다. 굶주림의 언어였다. "아침에 먹다 남은 빵이 저기 조금 남아있다. 원하면 다 먹으렴." 쉴레이만은 창고 속의 빈 상자들을 가지고 자신을 위한 또 하나의 세계를 만들었다. 그는 보드카와 음식을 펼쳐 놓고 자신만의 조그만 세계에서 아침까지 있곤 했다. 그는 데르다가 문을 두드리기 전까지 식탁 머리에 달라붙어 유리잔을 쥐고 있었다. 그는 케이크의 윗부분을 베어 먹으며 데르다를 바라봤다. 그는 한숨을 쉬고 나서 보드카를 꿀꺽 마신 뒤 말했다. "그래서 어떻게 하려고 하는데?" 데르다는 오래되어 굳어버린 케이크를 마치 바위덩어리를 부수듯 목구멍으로 짓눌러 간신히 삼키고 나서 물었다. "여기서 당분간 묵어도 될까요?" "당분간이 어느 정도인데?" "며칠요. 그 사이에 뭔가 찾겠지요." 쉴레이만은 그 말을 믿지 않았다. 하지만 대수롭지 않게 생각했다. 무엇보다도 지금 말하고 있는 자가 아무것도 없는 한밤중에 나타나지 않았던가. 그는 데르다가 겨드랑이에 끼고 있다가 박스 위에다 내려놓은 책들을 보았다. "야, 집을 나온 사람은 보통 손에 가방을 들고 있는데, 너는 이 책들을 가지고 나온 거니?" "네." 데르다가 말했다. "그런데 이게 무슨 책들이냐?" 그가 앉아있는 곳에서는 책들이 잘 보이지 않았다. 책들이 보였다면 단박에 알아챘을 것이다. 그중 한 권은 그가 여러 해 동안 찍었던 것이다. 데르다는 제목을 알려줬다. "오우즈 아타이의 『두려움을 기다리며』가 있고요." "흠. 오우즈 아타이라. 사람들은 그를 쓰레기 더미에다 눕혀 놓았단다." 쉴레이만이 말했다. 데르다가 물었다. 마치 자신의 과거에 대한 비밀을 캐내려 하듯이. "왜 그랬지요?" "그 시절에 나는 그 운동 깊숙이 개입되어 있었지, 이해하겠니? 어쨌든, 우리 친구 중 한 녀석이 우리에게 『투투나마얀라르』를 사줬어. 우린 그걸 훑어봤지. 심리문제를 포함한 모든 것을. 우린 엿 먹으라고 했지. 우리는, 우리가 어깨를 나란히 하며 조국을 위해 여기에 있는 거라고 말했지. 이 작자는 오직 자기 머릿속에 떠오르는 것만 가지고 설명하려고 했던 거야. 물론 우린 알 수가 없었어. 무슨 생각인지 넌 아니? 어쨌든 중요한 것은 여기 우리가 있다는 것이니까. 어서 이걸 좀 마셔라. 이게 네 몸을 따뜻하게 달궈줄 거다."

잠시 데르다는 오우즈 아타이가 말했던 바보들이 떠올랐다. 그가 물었다. "방금 말했던 그 운동이 무슨 운동이죠, 형제?" "좌익과 우익 간의 문제란다. 아들아. 너는 이 세상에 대해 아무 것도 몰라. 젠장. 사람들은 어떤 골목이 네 것이고 어떤 게 내 것인지 주장하며 서로를 집어 삼키려하고 있어. 남자들은 서로서로에게 칼질하곤 그게 어떻게 해서 이렇게 되었다고 나름대로 변명해대지. 그게 바로 우리가 말했던 거다. 알겠니? 그러니까 우리를 비난한 거란다. 우리뿐만 아니라 모든 사람을 겨냥한 거지. 세월마저도 못 마땅한 거야. 자, 아들, 그렇게 서있지만 말고, 저기 있는 걸 글라스로 한 잔해라." 데르다는 싱크대 곁에 나란히 놓인 유리잔 중에 하나를 집어 들고 다시 쉴레이만의 저녁상 앞으로 갔다. 그는 쉴레이만이 입이 있는데까지 병을 거꾸로 세워 보드카를 붓는 것을 봤다. "자, 어디보자구나." 쉴레이만이 말했다. 그는 자기의 유리 글라스를 높이 들고 데르다의 찻잔에다 쨍하고 부딪혔다. 데르다의 얼굴과 목은 처음 한 모금 삼킨 순간 일그러졌다. 그러나 그의 정신 역시 일그러졌다. "그러고 나서 무슨 일이 벌어졌지요?" "무슨 일이 벌어질 수 있겠니? 이 작자는 이런 유형의 글을 계속 써봤지만 아무도 거들떠보질 않았지. 그러다 그는 죽어서 이 세상을 떠난 거야. 그게 언제였냐고?" 그는 천장을 보며 말했다. 데르다가 대답을 하자 그는 여전히 아무 것도 바라보지 않으며 죽은 듯이 멈춰 있었다. "77이에요. 1977년요." "그래?" 쉴레이만이 말했다. "봐라, 세월이 얼마나 빨리 가는지. 그때 내 나이가 몇 살이었더라? 23세, 24세? 어쨌든 그쯤 되었단다. 어쨌든 그 때 우리는 안에 있었지. 감옥에 있었단 말이다. 거기서 난 그를 다시 발견했던 거다. 그때 내가 남자로서 그의 책을 읽었어. 책을 읽고 이해한 거야. 내가 말했던 것처럼. 이 작자는 이해했어. 그는 알았던 거야. 봐라, 난 아직 정말로 뭐가 뭔지 몰라. 그런데 이 자는 무언가 소명 같은 것을 가지고 있었던 거야. 그는 할 말이 있었던 거지. 그걸 내가 아는 거야, 알겠니? 언젠가 천재 같은 이 작자가 존재했던 거야. 그는 무언가 다른 것을 쓰려고 했지. 그게 저들이 말했던 거야, 어쨌든. 그게 무엇이냐고, 어쨌든?"

데르다는 알았다. 오우즈 아타이가 죽지 않았다면 무엇을 쓰려 했는지를. 누구든 그의 저널을 읽었다면 알아챌 것이다. "터키의 혼." 이다. "와우." 쉴레이만이 말했다. "바로 그거다. 터키의 혼이야. 그 이름 자체부터 멋있다. 그런데 그때 무슨 일이 있었는지 잘 알아둬. 터키가 여전히 그 혼을 가지고 있니? 터키의 혼은 팔려버렸어. 여러 해 전에 그걸 팔아버린 거야. 포주처럼 그걸 팔아치운 거야. 너도 알게 되겠지만 이 나라의 혼은 개새끼들의 금고 속으로 들어가 버린 거야. 아들아, 자, 밑바닥까지 비우자!" 데르다는 연거푸 얼굴을 찡그렸다. 보드카가 불에 타올랐다. 타오르던 불이 그의 피로로 인해 꺼져버렸다. "형제, 잠 좀 자도 될까요?" 쉴레이만은 턱으로 데르다의 휴식처를 가리켰다. "저기서 저것들을 꺼내고 누워 자라." 꺼내야 될 저것들은 찌그러지고 눌려있는 빈 서적상자들이었고, 그가 누워 잘 곳은 그 상자들 위였다. 눈을 감자마자 오우즈 아타이의 사진들이 떠올랐다. 사람들은 그를 쓰레기 더미에다 눕혀 놓았다. 이 말이 귓전에 맴돌았다. 그는 눈을 뜨고 물었다. "쉴레이만 형제, 지금 그 사람들을 본다면 알아볼 수 있겠어요?" "흠, 글쎄." "그러니까, 그를 쓰레기 더미에 눕혀 놓은 자들 말이에요, 형제가 말했던 사람들이요. 그 사람들이 누구이던 간에 알아볼 수 있겠어요?" "누워서, 어서 자거라." 쉴레이만이 말하며 웃었다. "왜 그러니, 네가 어떻게 해보려고?" "내가 그 놈들을 모두 잘라 버릴 거예요." 데르다가 말했다. 마치 빵조각처럼 그들을 칼로 잘라버리겠다는 것 같았다. 아마도 그런 이유에서 쉴레이만이 뭐라고 대답할 말을 찾지 못했던 것 같았다.

"그 아이가 여기서 자는 거냐?" 이스라필이 물었다. 그러고 나서 그는 데르다를 바라봤다. "너도 여기서 잘 거니?" "괜찮다면 며칠 동안만요." 데르다가 말했다. "좋아." 이스라필이 말했다. "여기 있어라. 둘이서 서로 신경써주면서 말이야." 그러면서 그는 쉴레이만을 몸짓으로 가리키면서 덧붙였다. 저 인간 과음하지 못하게 해야 돼." 그는 쉴레이만을 바라봤다. "쉴레이만, 부탁인데 네가 이 업무를 책임지고 있으니까 하는 말인데, 네가 뒤집을 수 없는 일 따위는 절대로 하면 안 돼. 이러다가 언젠가는 술에 취해 곯아떨어질 거고 무슨 젖꼭지 빨아대듯 빨아대는 이 담배로 여길 다 태워 버릴 게 빤하니까." "알았어, 알았어. 자기 일이나 해." 쉴레이만이 말했다. 그는 인쇄기계 쪽으로 발길을 옮겼다. 이스라필이 데르다의 어깨에 손을 얹고 미소를 지었다. "넌 총을 어떻게 사용하는지 아니?" "몰라요, 형제." 데르다가 말했다. "좋아. 그럼 네가 여기서 머무는 걸 봐서 밤에 여기를 지키는 경비일을 맡기겠다. 쉴레이만은 아무 것도 모르는 바보다. 그러니까 나는 너에게 사소한 것까지 무슨 일이 벌어지더라도 다 맡기겠다. 어쨌든 잠시 있어봐라. 내가 모든 것을 정리해 놓을 테니까. 압둘라는 아직 안 왔니?" "아직 안 왔어요, 형제." 이렇게 말하려고 하는 순간 창고 문을 두 번 두드리는 소리가 나서 데르다는 그곳으로 달려가 물었다. "누구세요?" "렘지야, 렘지." 데르다는 빗장을 풀고 철문을 열어주었다. 렘지가 깔깔 웃고 있었다. "야, 이 망할 놈의 데르다야, 젤랄 아저씨의 머리를 피투성이로 짓이겨 놓다니! 아니 그토록 오랫동안 보지 못한 아버지를 보자마자 죽사발을 만들어 놓으면 어떡하니?" "너의 아버지 나왔니?" 이스라필이 물었다. 데르다는 그렇다고 대답하지 않을 수 없었다. 그는 아버지가 출소한 사실에 관해서 아무에게도 말해주고 싶지 않았었다. 그가 아버지를 구타한 사실도 마찬가지로.

"난 네 아버지가 아주 잘 되길 바랐지만, 그런다고 해서 크게 잘 될 것 같진 않다. 내 생각이지만 말이야." "아버지하고 약간 다툼이 있었어요." 데르다가 거의 모기소리처럼 말했다. 그는 당황했다. 그러나 이스라필은 그가 예상했던 것처럼 반응하지 않았다. "잘했다!" 그가 말했다. "네가 진짜 남자가 되려면 아버지하고 싸워야 한다." 이 사건에 대한 그의 생각은 명확했다. 그는 이렇게 덧붙였다. "데르다, 넌 미친 녀석이야." 그러고 나서 그는 렘지에게 고개를 돌렸다. "뭐하는 거니? 그렇게 할 일없이 싸다니지 말고 가서 쉴레이만을 도와줘라." 데르다가 렘지를 따라 가려고 하자 이스라필이 그의 팔을 잡았다. "너 돈은 있니?" 그는 돈이 없었다. 그러나 "네."라고 대답했다. 이스라필은 주머니에서 권총을 꺼내 데르다에게 넘겨주었다. "어찌 되었건 이걸 받아서 네 옆구리에 차고 있어라." "고마워요, 형제." 데르다가 말했다. 그리고 그는 이스라필이 나갈 수 있게 문을 열어주었다. 압둘라가 층계 꼭대기 근처에다 밴을 주차시키고 있었다. 그가 층계 꼭대기로 오자 이스라필이 웃으면서 압둘라에게 외쳤다. "압둘라, 이 애 조심해! 이 악당이 자기 친아버지를 작살냈으니까. 잘 봐둬!" 압둘라가 짐짓 웃는 척하며 문을 밀어서 최대한으로 열었다. 이스라필이 나가자마자 그는 항상 입에 달고 다니는 말을 꺼냈다. "데르다, 서두르자. 벌써 늦었다."

해적판 인쇄공장의 세계가 내려오고 판지상자로 쌓은 성이 제자리에 세워졌던 그날 밤, 제일 먼저 자리를 차린 것은 뒤풀이 보드카 판이었다. 그러나 이때 보트카 병 옆에 유리잔이 딱 하나 밖에 없었다. "넌 더 이상 마실 의향이 없는 거지?" 쉴레이만이 물었다. "네." 데르다가 대답했다. 그는 손에 쥔 책을 보여줬다. "난 그 사이에 책 좀 읽을 게요." "자식, 제법 많이 아는데." 전날 밤 이후로 과거의 악령들이 그의 내면에 많이 들어차 있었다. 아마 쉴레이만이 그 악령들에게 관해 더 말한다 해도 데르다는 다른 사람처럼 태연히 잠들 수 있었을 것이다. 그러나 데르다는 쉴레이만의 유령들에 관해서는 알지 못했다. 그가 어떻게 그 시대의 혁명가들을 알 수 있었을까?라고 생각해봤다. 그 아이는 어떻게 알 수 있었을까? 그는 폭력적 충동을 이기지 못해 술잔을 입에다 부었다. 그는 평소보다 더 술에 취하고 싶었다. 그러나 데르다가 그의 취중 몽상을 가로 막았다. 데르다가 손에 쥔 책에 나오는 어떤 이름들을 묻기 위해 끼어들었던 것이다. 그는 오우즈 아타이와 연설 실력조차 갖추지 않은 '이 세상을 구한 남자들'에 관해 물어보았다. 그는 자신들을 사회주의자라고 부르면서도 타인에게는 사회적 현실주의자라고 인식되어지길 바랐던 소규모 집단의 사람들에 관해서도 몇 가지 질문을 했다. 쉴레이만은 그런 질문들에 대해서 아주 명쾌하게 대답해주어서 거대한 창고가 타임머신을 타고 과거로 돌아온 느낌이었다. 그는 자기가 아는 것이면 다 얘기해줬다. 그는 자기가 모르는 무언가도 설명해주려고 노력했다. 그러나 이름 하나하나가 거명되고 나면 똑같은 질문이 반복되었다. "그 사람은 아직 생존해 있나요?" "내가 아는 바로는 아마 죽었을 거야." 쉴레이만은 이렇게 말하곤 했다. "그런데 새 책이 나왔다. 어제 내가 그걸 인쇄했단다." 그는 이따금씩 그렇게 말했다. 데르다는 펜으로 그 책을 체크해 놓았다. 데르다는 앞에 있는 책의 페이지들을 접어 맹렬히 눌러 놓고 있었다. 데르다는 산소를 빨아 들여 끝없이 늘어나는 이름의 장작더미 속에다 독을 내뿜고 있었다. 쉴레이만은 데르다가 살생부를 만들고 있다는 것을 어느 순간 갑자기 알아챘다. "야, 이 새끼야, 너 지금 뭐하는 거니?" 데르다는 고개를 치켜들었지만 아무 말도 하지 않았다. 쉴레이만이 아무리 술에 취해 있어도 기억할 것이다. "너, 임마, 미쳤니? 이 세상 모든 사람 중에서 그 자들이 너에게 뭐니? 앞으로 내 귀에 네가 그 자들을 칼로 베어버리겠다는 따위의 말이 다시는 안 들어오게 해!" 데르다는 바닥을 내려다보며 말했다. "그 자들이 오우즈 아타이를 쓰레기 더미에 처박았다고 했잖아요?" "맞아, 그렇지만…." 쉴레이만이 말했다. 그는 계속 말을 이어 가려 했으나 데르다가 자리에서 일어나 무슨 말을 하려 했다. "여기에 무슨 말이 씌어있는지 아세요? 이 책이 뭘 얘기하는지 아시지요? 그 사람들이 그를 죽인 거예요. 그들은 오우즈 아타이가 뇌종양을 가지고 있다고 했어요, 안 그런가요? 그러고 나서 그는 요절해버린 거예요. 바로 이거라고요. 이 같은 종양이라니요. 개똥 같은 얘기에요. 형제가 말했던 그 악당 놈들이 바로 그 종양 덩어리들이라고요. 오우즈 아타이는 슬픔에 빠져 죽은 거예요. 그걸 아직도 모르세요? 봐요, 여기 씌어있잖아요! 그 놈들이 뭐 직접적으로 욕을 하거나 그런 건 아니었어요. 그 놈들이 무슨 짓을 했는지 아세요? 아무 짓도 안 했어요. 그 놈들은 아무 짓을 안 했다고요. 그냥 개새끼 한 마리가 지나가듯 뭐 그런 식으로 아무도 뒤조차 돌아보지 않았다고요. 바로 그래서 아타이가 죽은 거예요. 아무도 등을 돌려 돌아보지 않아서요. 그 놈들은 어떻게 그리 모른 척 할 수 있어요? 말 좀 해보세요. 누구든 양심이 있다면 그렇게 할 수 있겠어요? 시발! 아타이는 바로 그 놈들 면전에서 죽었어요."

데르다는 어린애처럼 엉엉 울었다. 아직 어린애였기 때문이다. 사실상 그는 방금 태어난 어린애였다. 그의 세계는 그의 포대기만큼 넓었다. 그는 쉴레이만이 하는 말을 들을 수 없었다. "진정하고, 그만 앉아라! 가서 얼굴에 물 좀 축이고 오던지." 새로 태어난 데르다는 방금 눈을 떴지만 아직 귀로 듣기 시작하지는 않았던 것이다. "난 그 놈들을 하나씩 찾아서 모두 엿 먹여 줄 거예요!" 그가 이렇게 말하자, 쉴레이만이 목소리를 높여 야단쳤다. "남자답게 자리에 앉아. 내가 일어서서 네 입을 틀어막게 하지 마라. 이 새끼, 너 약 먹었냐?" 데르다는 인간의 발길이 닿지 않은 지구의 최극단 오지 정글에서 온 가장 야생적인 짐승처럼 쉴레이만을 노려봤다. "아니요. 난 멀쩡해요. 오히려 평상시보다 더 멀쩡해요." 그들은 더 이상 입을 열지 않았다. 데르다는 책에 몰두했다. 책을 읽으면서 혼자 중얼중얼 거리다 고개를 절레절레 흔들었다. 손등으로 눈물을 씻기도 하다가 또는 맹세를 했다가 시종일관 그의 소망을 내뿜기도 했다. 아침에 쉴레이만이 콜록거리며 잠에서 깰 때까지 데르다는 책을 읽고 있었다. 쉴레이만은 무언가를 말해주고 싶었으나 포기했다. 그는 혁명이 극에 이르렀을 때 본인 자신과 자신이 살아온 역경을 데르다에게 상기시켜 주었다. 고문, 투쟁, 삐라를 나누어 주던 밤들. 그들이 당하거나 실행했던 온갖 사기 사건들을. 어떤 이는 인생에서 무엇을 배울까? 그것이 데르다에게 무엇을 가르쳐줄까? "엿이나 먹어." 그는 혼자 말했다. 그런 거 다 쓰레기다.

그 주 매일 밤마다 쉴레이만과 데르다는 침묵 속에 나란히 앉아있었다. 한 사람은 보드카를 마셔댔고 다른 한 사람은 끊임없이 책을 읽었다. 그러던 어느 날 데르다는 어느 가게에 들러서 스프레이 페인트를 샀다. 검은 색 페인트를 달라고 했다. 그러나 검은 색이 다 떨어졌다. 결국 그는 붉은 색을 들고 나왔다. 그날 밤 그는 쉴레이만에게 말했다. "내가 뭐 좀 할 일이 있어서 나갔다 올게요." 그러자 쉴레이만이 그에게 말했다. "돌아오는 길에 담배나 사와라." 데르다는 사루한이 책을 팔고 있는 육교까지 계속 걸어갔다. 너끈히 한 시간이 소요되었다. 그는 렘지에게서 얻은 스카프를 목에서 풀어 얼굴을 감쌌다. 그리고 손에 있는 깡통을 흔들었다. 데르다에게 깡통을 판 사람이 알려준 대로 했다. 그가 책을 훔쳐온 서점 입구에서 5발자국 떨어진 곳이었다. 그는 육교의 양쪽 계단을 체크하고, 주변에 사람이 없는지 확인하기 위해 둘러보았다. 그리고 스프레이로 커다랗게 O자를 그렸다. 서점의 유리문에다 그렇게 해 놓은 것이다. 다른 곳은 모두 철로 된 셔터를 내린 상태였다.

그가 쓸 줄 아는 단어는 딱 네 개였다. 자기의 이름과 성 그리고 오우즈 아타이(OĞUZ ATAY)였다. 그러나 O자를 너무 크게 그려서 나머지 글자를 쓸 공간이 없었다. 이름과 성을 다 쓰기에는 무리가 있었다. 그래서 머리글자만 쓰는 것으로 만족해야 되었다. 하지만 그는 O자 옆에 A자를 넣을 공간도 제대로 남겨 놓지 않았다. 데르다는 너무 흥분한 나머지 미처 생각을 하지 못했다. 지나치게 서둘렀던 탓이다. 하지만 어떻게 해야 좋을지 이것저것 생각하며 한가하게 서있을 여유가 없었다.

A를 O가까이에 쓸 수 있는 유일하게 빈 공간이 있었다. 그것은 O안이었다. 그는 스프레이로 O안에다 A를 그려넣고 두 발자국 물러나서 자신의 작품에 혀를 차며 감탄했다. O자 안에 A자가 들어가 있다니. 다른 사람들에게 그것은 전적으로 다른 것을 의미하는 상징이었지만, 데르다에게 그것은 오우즈 아타이의 서명이었다. 너무 멋져 보여 한참 동안 글자에서 시선을 뗄 수가 없었다. 그러나 멀리서 경광등 불빛이 번쩍 거리며 다가오는 것을 알아채고 그 반대방향으로 도망치기 시작했다. 경찰한테 붙잡힐 수는 없었다. 적어도 지금만큼은.

그는 오우즈 아타이의 서명으로 지역 내의 모든 서점을 표시해놓았다. 왜 그런지 거기에는 그가 복수를 해야 할 사람들의 이름이 모두 다 있을 것 같다는 생각이 들었다. 맞는 말이다. 그 자들이 어디에 사는지 알 수 없었지만 그들 모두 서점의 책들 어디엔가 숨어있음이 분명했다. 그들은 서점 안에 있는 서가에서 쉬고 있을 것이다. 줄지어 나란히 꽂혀 있는 채로. 일그러진 미소가 그의 얼굴에 떠올랐다. 한참 거리들을 지나치고 층계를 오르내리고 난 뒤에 그의 미소는 커다란 웃음으로 바뀌었다. 그는 깔깔대며 더욱 빨리 달려갔다. 드디어 해냈다! 그는 오우즈 아타이를 위해 정말로 무언가를 해낼 수 있었다. 더 이상 오우즈의 묘지를 닦아 줄 수 없었지만 그의 서명으로 온갖 서점을 덧칠해 놓을 수는 있었다. 그는 달려가면서 지나치는 가게들을 눈여겨보았다. 우연히 두 개의 서점을 보자 손에 있는 스프레이 통을 흔들기 시작했다. 그러나 그렇게 잘 흔들 필요는 없어보였다. 달려가다 보면 충분히 흔들어지기 때문이다. 그는 두 개의 O를 더 그려넣음과 동시에 그 안에다 두 개의 A를 집어넣었다. 그리고 어둠 속으로 섞여 들어갔다.

"어디 갔다 온 거냐. 꼬마야?" 쉴레이만이 물었다. 데르다는 씩 웃었다. "형제가 사오라는 담배 가게를 찾느라 두 시간이나 걸렸어요." 압둘라는 데르다의 손에 책이 없는 것을 보고 안심하며 짖어대듯 말했다. "여기다 불 좀 붙여봐라." 그는 이 아이에게는 뭔가 다른 것이 있다고 생각했다. 압둘라는 웃음 지으며 창문 밖을 바라보았다. 날씨가 차가웠음에도 불구하고 차창을 열어놓았다. 그는 밴의 덮개에다 팔을 비벼대며 담배를 들고 있는 손을 흔들었다. 그들이 육교에 도착했을 때 서점 문 앞에 세 사람이 모여 있었다. 그중 한 명은 데르다에게 오우즈 아타이의 전기를 찾아주었던 아줌마였다. 육교 맞은편에 밴을 세웠다. 그래야지 사람들이 데르다를 볼 수 없었기 때문이다. 그들은 문에 있는 상징을 바라보며 자기네들끼리 말하고 있었다. 모두들 허리에다 손을 올려놓은 채로, 누가 저것을 지워야 할까 상의하고 있을 것이다. 데르다는 그러리라고 생각하고 있었다. 어쩌면 저것을 어떻게 지울까 의견을 나누는지도 모른다. 데르다는 웃으면서 두 박스의 책을 들고 육교계단을 올라갔다. "무슨 일이 있니?" 사루한이 말했다. "오늘 기분이 좋아 보이는 구나." "찢어지게 좋아요." 데르다가 말했다. 심지어는 육교에서 돌아가는 길에 시계장사에게 "안녕하세요."라고 인사까지 날렸다. 보통 때 데르다는 그를 쳐다볼 수가 없었다. 알람이 울어대는 통에 정신이 없었기 때문이다. 하지만 이날 아침은 보통 때와는 전혀 딴판이었다. 그는 밤이 다시 왔으면 하는 바람을 가졌다. 서점들을 찾아 이 거리 저 거리를 뛰어다니며 그곳에다 오우즈 아타이의 서명을 스프레이로 마구 뿌리길 원했다. 서점의 모든 창문뿐만 아니라 거리의 모든 담장에다가도.

그는 두 계단씩 뛰어내려 가며 온통 그런 생각을 했다. 그러다 그는 잠시 착시현상이 벌어지지 않았나하고 두 눈을 의심했다. 멈춰서서 믿기지 않는 그의 상징을 보았다. 길 건너편 건물 벽에 칠흑같이 까만 스프레이 페인트로 그려진 상징이었다. O안에 씌어있는 A였다. 데르다가 쓴 상징과 거의 동일해 보였다. 단지 A자의 꼬리가 O바깥으로 살짝 나가 있었을 뿐이다. 그는 이걸 어떻게 생각해야 좋을지 몰랐다. "누구란 말인가?" 그가 할 수 있는 말은 그 말 밖에 없었다. 누가 이런 짓을 했지?

그는 커다랗고 뚜렷하게 들리는 압둘라의 목소리를 들었다. 그러나 압둘라가 소리를 크게 지르는 만큼 데르다는 움직임을 멈췄다. 데르다의 시선은 상징적 서명에 꽂혀 있었다. "땡땡! 야, 인석아. 이리로 내려와. 거기 왜 서있는 거냐? 빨리 내려오지 못하니. 해야 될 일이 더 있단 말이다." "알고 있어요." 데르다가 미소를 지으며 말했다. 그는 주먹을 불끈 쥐며 계단에서 뛰어내려 왔다. "다 알고 있어요. 알고 있다고요!" "알긴 뭘 알고 있다고 그래, 자식!" 압둘라가 밴의 앞을 가로질러 운전석으로 들어가며 말했다. "아무 것도 아녜요." 데르다는 이렇게 말하고 밴으로 들어가 문을 닫았다. 이번에는 그가 담배를 먼저 꺼냈다. "불 좀 붙여 봐요." "좋아, 그렇다면 붙여줄게!" 압둘라가 말했다. 데르다는 담배를 한 모금 빨고 나서는 머리를 의자 뒤에 기대고 생각했다. 살면서 처음으로 그는 혼자가 아니었다. '맞아, 누군가 또 다른 사람이 있는게야.' 그는 자신에게 말했다. '어쩌면 엄청나게 많은 사람들이 있을 수도 있어. 바로 나 같은 사람들이 말이야. 그 사람들은 거리로 나와서 오우즈 아타이의 복수를 하고 있는 거야. 아마 그들은 길 모서리마다 있을 거야.' 그는 안타까워 한숨을 쉬었다. '내가 그 사람들을 직접 만나보면 좋을 텐데.' 그는 아직까지 자기가 정확한 상징을 그려낼 수 있었다는 것이 믿기지 않았다. "아하, 그게 바로 이런 거로구나." 혼잣말을 했다. 사람들이 느끼는 바가 있으면 손이 무엇을 할지 알고 올바른 일을 하는 거구나. 빨간 신호등 앞에서 멈춰선 사람들의 얼굴을 훑어봤다. '어떤 얼굴일까? 누구일까? 어쩌면 이 모두가 아닐까?' 그는 웃으면서 생각했다.

바로 며칠 전까지만 해도 데르다는 이 지구의 표면을 밟고 지나가는 사람은 누구나 골수까지 들어가보면 악한 속성을 지녔을 거라고 생각했다. 그런데 지금은 아주 일순간이지만, 모두들 선한 존재가 될 수 있다고 믿었다. 그는 모든 사람이 그리고 모든 인류가 오우즈 아타이를 사랑할 수 있을 거라는 환상을 가져봤다. 데르다는 오우즈 아타이가 절대적 선(善)이라고 믿었기 때문이다. 선과 관련된 모든 것은 오우즈에게서 나온 것이라 믿었다. 그의 저널 마지막에 있는 사진들이 눈앞에 스쳐지나갔다. 특히 제일 마지막 사진이 떠올랐다. 바로 오우즈 아타이가 데르다를 정면으로 바라보고 있는 사진이었다. 어쩌면 그것이 데르다 귀에 울리고 있는 자신의 유일한 목소리일지도 모른다. "나는 혼자가 아니다."

그러는 사이에 압둘라가 옆에서 그에게 말하는 소리를 아무 것도 듣지 못했다. 하지만 그 사내는 교통체증으로 꼼짝달싹 못하는 마지막 30분간 쉴 새 없이 지껄였다. 그는 어쩔 수 없이 금연을 하면서 밤새 기침과 함께 가래를 토해낸 이야기를 했다. 그의 이야기는 끝이 없었다. 데르다는 압둘라의 말에 거의 귀를 기울이지 않았다. 주머니에서 담배

갑을 꺼내 담배 한가피를 뽑아 그것을 압둘라에게 권했다. 그것도 아주 흔쾌하게. 마치 자기가 혼자가 아니라는 사실을 축하하기 위해서라는 듯이. 이날이 마치 그의 생일이라도 되기나 한 것처럼. 생일에 켜야 될 촛불이 없으니까 대신 담배에 불을 붙이길 원하는 것처럼. "한 가피 더 붙여." 압둘라는 담배를 바라보곤 데르다의 웃는 얼굴을 쳐다봤다. "자식, 뭘 아는데." 그는 담배를 받아 쥐며 말했다. 우리가 죽는다면 차라리 이렇게 담배를 피우다 죽는 편이 좋을 게다." 아마 인생은 그것을 잘못 이해하고 있을 때 아름다운 것인지 모른다. 잘못 이해하고 있을 때만이.

서명은 그 후로 3일 밤 동안 계속 이어졌다. 홀로 지나가다 신문가판대의 유리창, 서점, 버스정거장 또는 빈 담장을 보면 거기다 오우즈 아타이의 서명을 그려 넣었다. 그리고 낮에는 압둘라의 밴에 타고 창문을 내다보면서 서명을 해야 할 장소를 찍어 두었다. 데르다는 자신이 그려넣지 않은 서명이 4개 이상이나 되는 것을 알아내었다. 누가 그랬을까? 갑자기 자신이 지하조직의 비밀요원 같다는 생각이 들었다. 비밀은 조직원끼리도 모를 수밖에 없는 것이다. 그는 이 조직의 이름이 궁금했다. 대체 이름이 무엇일까? 그러다 갑자기 사루한이 그에게 읽혔던 동화책 이름이 떠올랐다. 그 책의 제목은『오우즈 튀르크인들』이었다. 데르다는 미소를 지었다. 그게 아니란 법이 없지. 그러고 나서 그러한 생각을 새까맣게 잊어버리고 더 이상 아무런 생각도 하지 않았다. 어찌 되었든 간에 가장 중요한 것은 그가 혼자가 아니라는 사실이었다. 왜냐하면 바로 그날까지 그에게 가장 중요한 것은 그가 혼자라는 사실이었기 때문이다.

4일째 되는 날에는 일이 없었다. 이스라필이 말했다. "오늘은 일하지 않는다. 바깥일이 모두 엉망으로 꼬여 있어." 나중에 그는 쉴레이만에게 뭔가를 물어보며 말했다. "야, 이 사람아, 이런 일을 하는 사람들이 우리밖에 없다고 생각하나? 밖에 나가봐. 입에 거품을 물고 달려드는 사냥개떼처럼 이 일에 뛰어든 자들이 얼마나 많은지." 그의 배를 다 채우기 위해서는 만 하루가 남아있었다. 이때 데르다는 오랫동안 보지 못했던 옛 친구 이사가 생각났다. 하지만 공동묘지 마을 근처로는 어디든 가고 싶은 마음이 없었다. 아버지가 두려워서가 아니었다. 아버지는 마음속에서 깨끗이 지웠다. 그런 식으로 마음을 먹었던 것이다. 그는 뼛속 깊이 자신의 결심을 밀어 붙였다. 아니면 피부 표면까지만 결심을 밀어붙여 그 위에 세워 놓고 짓밟아 버린 것이다. 결국 그는 잊어버렸다. 그가 공동묘지 근처로 가고 싶어 하지 않았던 까닭은 다른 이유가 있어서였다. 난처했기 때문이다. 오우즈 아타이 때문에. 얼마나 오랫동안 그의 비석을 닦아주지 않았는지 누가 알겠는가? 사방팔방에서 날아온 죽음의 먼지가 그 비석 위에 얼마나 많이 쌓여있는지 이젠 아무도 모른다. 그리고 그 오랑캐꽃들은 어떻고? 그것들이 어떻게 됐는지 누가 알겠는가? 아직까지 자라나고 있을까? 아니면 다 시들어 버렸을까?

그렇게 버스를 세 번 갈아타고 대로를 세 번 가로질러 그는 대리석 공방으로 향했다. 그는 구름처럼 올라오는 대리석 먼지 속에서 이사를 보았다. 이사는 하얗게 밀가루를 뒤집어 쓴 빵집 사원 같았다. "데르다! 이 자식, 대체 어딜 갔다 온 거니? 나 혼자 뭐라고 그랬는지 아니? 이 죽일 놈이 진짜 죽은 거야? 아니면 살아서 어슬렁거리며 여전히 다니는 거야?" 그들은 서로를 껴안았다. 그러자 대리석 먼지가 데르다에게 흠뻑 달라붙었다. "이런, 미안하다." 이사가 말했다. 그는 솔로 티셔츠 밖으로 나온 그의 팔에 붙은 먼지를 털어내기 시작했다. 그가 팔에 쌓인 먼지를 털어내자 거무죽죽한 피부가 드러났다. 왼쪽 팔이 유난히 검게 보였다. 하얀 대리석 먼지가 사라지자 팔에 새긴 문신이 선명하게 시야에 들어왔다. 문신은 그의 숙련된 손으로 그린 것이다. 바느질 할 때 쓰는 바늘로 말이다. "이게 뭐니?" 데르다가 물었다. 그는 이사의 왼팔을 붙잡고 들여다봤다. 힘겹게 문신의 내용을 읽어봤다. "나는 떠오르는 태양을 막을 수 없다. 아무도 그것을 이해할 순 없다. 이게 무얼 의미하는 말이냐?" "엿 같은 말이지." 이사가 자신의 문신을 바라보며 말했다. "제 정신이 아닌 상태에서 그냥 써본 거야. 그게 다란다." 그러더니 그는 고개를 치켜들었다. "너 글 읽을 줄 아는 거니?" "그래." 데르다가 말했다. "짜식, 제법인데. 그럼 너 초등학교 졸업장을 딸 수 있을 게다." "필요 없어." 데르다가 말했다. "내가 그걸 가지고 뭘 하겠니? 그렇지만 난 아직까지 대학교에 대한 희망은 있다." 그들은 깔깔 웃었다. 그러고 나서 데르다는 다시 이사의 팔을 붙잡고 그의 문신을 들여다봤다. "이거 하는 데 아팠냐?" "당연히 아팠지. 헌데 그때 난 제정신이 아니었다." 그것은 문신에 새긴 글자들이 미끄러지고 휘어진 모습을 보면 분명했다. 글자들은 팔꿈치에서 손목으로 가면서 작아졌다. 무슨 얼간이 서명 화가가 그려 넣은 것 같았다. 데르다가 지난밤에 그린 오우즈 아타이 서명과 같았다. 이사는 빈 공간을 정확하게 계산해내지 못했다. 공간이 점점 좁아져서 그 안에다 자기가 원하는 것을 다 적으려면 공간을 자꾸 짜내야 했다. 그러다보니 글자가 점점 작아질 수

밖에 없었다. “어떻게 이걸 했냐?” 데르다가 물었다. “바늘로 했지.” 이사가 말했다. “그냥 보통 바늘로 한 거야.” “색깔은?” “너 유화 페인트라고 아니? 인조잔디에 칠하는 거야. 그걸 사용한 거란다. 검은 색을 사용하면 이렇게 푸른색으로 보이게 되지. 하여튼 그동안 어떻게 지냈는지 말해봐. 렘지가 약간 얘기해주긴 했지만. 그저께 걔를 봤거든. 네가 무슨 해적판 찍어내는 곳에서 일한다던데?” “해적?” “보통 그렇게 말해.” “아냐!” “데르다, 이 똥개 같은 놈아! 넌 조금도 변하지 않았구나. 넌 똥인지 오줌인지 가리지도 못하니? 네가 하는 일의 명칭이라도 알아야지. 어쨌든, 기다려.” 이사가 작업실 쪽을 향해 소리를 질렀다. “선생님, 곧 돌아올게요!”

그가 소리 질렀던 쪽에는 먼지구름 이외에는 아무 것도 안 보였다. 그 먼지구름 속에는 마스크를 쓴 사람이 두 명 있었다. 그들은 톱을 가지고 대리석 덩어리와 씨름하고 있었다. 그중 한 사람은 아무 것도 쥐지 않은 손을 쳐들었다. 이사가 데르다에게 말했다. “자, 이러지 말고 자리를 옮겨보자. 가서 뭐라도 한 잔 마시자.” 이사는 셔츠 위에 가죽잠바를 걸쳐 입었다. 그러고 나서 이들은 작업장을 떠났다. 걸어가면서 아무 말도 하지 않았다. 눈을 마주칠 때마다 그저 웃기만 했을 뿐이다. 한 백 발자국 걸어갔을 때 이사가 말했다. “자, 여기다.” 데르다는 발을 멈추고 고개를 들어보았다. “여기는 공구가게 아니냐?” “자식아, 그 주인 아저씨가 죽었잖니.” 이사가 말했다. “그 집 아들이 가게를 술집으로 만든 거야. 자, 들어가자.” 이렇게 해서 데르다는 몇 년 전에 어머니의 시체를 토막 내려고 도끼를 훔쳤던 공구가게의 쇼윈도 앞으로 돌아오게 된 것이다. 그러나 지금은 못을 담아 놓은 서랍이나 금속 양동이 같은 것들이 없었다. 그 자리에는 4개의 테이블이 받침대 위에서 흔들거리고 있었으며 테이블마다 두 개의 간이 의자가 서로 마주 보고 놓여 있었다. 공구가게 주인의 술 취한 아들이 난데없이 튀어나왔다. "나의, 나의, 나의 이사, 네가 오늘 나의 마수걸이 손님이다." "잘 되었네요, 마흐무트. 여기는 어릴 적부터 사귀어 온 친구에요. 불알친구지요."

사실인즉슨 그는 아직 아이였다. 둘 다 그랬다. 데르다는 마흐무트가 내민 손을 잡고 그에게 고개를 끄덕였다. 그들은 네 번째 테이블의 간이의자에 앉았다. 마흐무트는 입구 곁에 있는 흔들거리는 바에서 맥주 두 병을 꺼내 이들의 테이블로 가져와 테이블에 올려놓았다. 그러고 나서 그는 손바닥으로 자신의 이마를 찰싹 때렸다. "이런 제길, 내가 너희들한테 뭘 마실지 물어보지도 않았잖아." 이사가 미소를 지었다. "그렇다고 너무 자책하지 마세요. 원래 맥주 마시러 온 거니까요." 그런 다음에 그는 데르다를 바라봤다. "맥주 괜찮지? 어떠니?" "좋아." 데르다가 말했다. 마흐무트는 걸어나가 바 안쪽에 있는 간이 의자 위에 디딤대를 올려놓았다. 그는 계산대 아래로 손을 뻗어 보드카 잔을 꺼냈다. 〈못〉이라고 불리는 공구가게 겸 바에서 유리잔 세 개가 높이 올라갔다. 마흐무트는 아버지를 기리기 위해 바의 이름을 그렇게 붙였다. 함께 술을 마시던 아버지를 추모하기 위해서. 비록 그가 거기에 관해 아무런 말조차 꺼내지 않았지만. "자, 어서 이야기 해봐." 이사가 말했다. "넌 거기서 대체 뭘 하고 자빠진 거냐? 하루아침에 갑자기 우리 곁을 떠나더니 말이야." "자식아, 다 그럴 만한 사정이 있어서 그런 거야." 데르다가 말했다. "내가 너의 곁을 떠났다는 게 무슨 말이냐? 우리 아버지가 느닷없이 나타나서 그런 거였지. 우린 다툰 거야. 그래서 내가 문을 쾅 닫아버리고 집을 나왔지 뭐. 다행스럽게도 렘지가 일자리를 잡을 수 있게 도와줬지. 안 그랬으면 나는 쪽박을 차고 밖에 나 앉아버렸을 거야. 난 지금 거기서 먹고 자기도 한다. 너는 어떻게 지내왔니?" "내가 할 수 있는 게 뭐겠니? 말도 마라. 난 당나귀처럼 일만 하고 있단다. 그러다 여기 와서 당나귀 배 채우듯 술이나 마신다." 처음에 그들은 맥주를 벌컥벌컥 마시기 위해 말을 멈췄다. 그런데 지금은 할 말을 다 쏟아버리고 더 이상 할 말이 없어서 마셨다. 그들 중에 누가 말문을 열 수 있었을까? 데르다가 오우즈 아타이에 관해 얘기를 하려 할까? 아니면 이사가 옛날에 하다 만 이야기를 더하려고 할까? 데르다가 "개소리 그만 해."라고 했던 그 이야기를 말이다. 그가 10살 때 꺼냈지만 도무지 끝마칠 수 없었던 보물 사냥꾼들 이야기 말이다. 어찌 되었든, 이야기를 마무리 지을 수 없었던 것은 그가 대리석을 향해 이야기를 시작했기 때문이다. 그리고 그 이야기를 자신의 피부에다 새겨넣었기 때문이다. 그리고 자기 살에다 뚫어 놓은 구멍 하나하나를 비석용 페인트로 메꿔 넣었기 때문이다. 모든 게 그 이야기 때문에 빚어진 것이다. 그런데 그게 지금 뭐가 문제가 된단 말인가? 모두들 그런 류의 이야기를 가지고 있지 않는가? 뭔가 꺼냈다가 미처 끝마치지 못한 이야기 말이다. 아무도 그런 이야기에 귀 기울이지 않았기 때문이다. 하지만 그따위 것을 물로 씻어버릴 수 있을 텐데 왜 거기에 연연하는가? 변기에 처넣고 물을 내려버리면 깨끗할 텐데. 알코올로 가득 채운 변기에다 말이다.

이들에게 물어보지도 않고 두 번째 맥주가 나왔다. 첫 번째 잔도 미처 비우지도 않았는데도. 세 번째 맥주도 역시 그런 식으로 나왔다. 이들은 두 번째 잔도 비우지 않았는데 말이다. 그러다가 어느 순간 이사가 자기 스승을 만나고 오겠다고 하며 작업장으로 갔다. “오늘만은 용서해주세요.”라고 말하기 위해서였다. “내일은 늦게까지 남아있을 게요.”라고 흥정하기 위해서였다. 돌아온 그는 입가에 미소를 띠고 있었다. “잘 됐어. 우리 선생님이 아무 말도 안하던데.” 그들은 함께 웃었다. 〈못〉에서 세 번째 잔을 다시 한 번 치켜 올렸다. 시간이 밤으로 치닫는 동안 문이 7번 횅하고 열렸다가 7번 닫혔다. 대리석 장인들이 7명이나 더 들어왔다. 그중에는 이사의 스승도 있었다. 그는 자기 제자와 멀리 떨어진 곳에 앉았다. 제자의 얼굴이 더 이상 보이지 않는 곳이었다. 그는 모든 것에 다 넌더리가 났다. 무엇보다도 가정생활이 지겨워졌다. 특히 집에 있는 아내가 지겨워진 것이다. 그가 지겨워서 보고 싶지 않은 얼굴들을 피해 멀리 앉아있는 것처럼 아내 얼굴도 그랬다. 이사의 스승은 지겨워서 보고 싶지 않은 얼굴들을 참아낼 수 있게끔 술을 마셨다.

그때 이사가 외쳤다. “대리석을 위하여!” 그러면서 잔을 높이 들었다. 그때 〈못〉에 있는 모든 이들은 마시는 것 이외에 머릿속에 아무런 생각이 없었던 차라 그들이 돌을 위해 건배를 한다는 사실에 별반 신경을 쓰지 않고 웃으면서 잔을 비웠다. 누군가는 빈 잔의 밑바닥을 치며 “마호무트!”를 소리치며 불렀다. 하지만 마호무트는 손님들 못지않게 취해 있었다. 그는 큰소리로 “가요.”라고 했지만 첫 발자국을 내딛는 순간 한쪽 발을 헛디디는 바람에 바닥에 쓰러지고 말았다. 모두들 깔깔 거렸다. 두 명의 대리석 장인이 그를 일으켜 세웠다. 맥주를 4잔이나 마시는 사이에 데르다와 이사는 이야깃거리가 다 떨어져서 그냥 킥

킥 거리며 〈못〉 안을 둘러보고 있었다. 하나는 누가 말하건 간에 거기에 귀를 기울였다. 어느 대리석 장인이 겪었던 이야기였다. 다른 하나는 애도의 시기가 절정에 이르렀을 때의 비석 이야기에 귀를 기울였다. 그러고 나서 간이의자들은 하나 둘씩 빈자리로 남아있게 되었다.

마흐무트와 두 소년만이 남아있었다. 그제서야 데르다가 말문을 열었다. "거기에 오우즈 아타이라는 사람이 있는데…." "그게 누군데? 너의 친척이니? 아니면 뭐 다른 거야?" 이사가 물었다. "아냐, 임마." 수리터의 맥주가 데르다의 목을 짓눌러 공기를 차단하고 있었다. 그는 숨이 차올라 헐떡였다. 그는 이사에게 설명해주려 했으나 그게 마음대로 되지 않았다. "그런 성격의 사람이 아냐. 그 사람은." "그럼 어떤 사람? 너의 사장이냐?" 데르다는 우스워서 거의 죽을 지경이었다. "사장이라니?" 그가 말했다. "내가 말한 소릴 못 들었니? 오우즈야!" 그러고 나서 그는 오른쪽 검지로 자신의 왼쪽 손가락 등을 일일이 두들기며 그 위에다 OĞUZ라고 썼다. 그러다 갑자기 그는 행동을 멈추고 완전히 침묵에 빠졌다. "맞아, 오우즈라고? 알고 있지." 이사가 말했다.

데르다는 마치 처음 보기라도 하듯 자신의 손가락들을 빤히 쳐다보고 있었다. 무언가를 밝혀내려는 것처럼 보였다. 그러다가 그는 이사를 올려다봤다. "아, 이제 일이 되네!" 그가 말했다. "야 무슨 개똥이 된다고 지랄이냐?" "자식아, 이제 알겠다는 말이다!" "뭘 안다는 거니? 어서 말해봐." "자 이제부터 잘 봐." 데르다가 말했다. 그러고 나서 그의 왼쪽 검지를 사용하여 그는 오른쪽 새끼손가락부터 하나하나씩 툭툭 치기 시작했다. 동시에 그는 외쳤다. "잘 봐라. OĞUZ야." 그 다음에 그는 왼쪽 손가락으로 옮겨 갔다. 거기다 그는 오른쪽 검지로 ATAY

라고 쓰며 울었다. 이사는 무슨 영문인지 몰랐다. “야, 너 지금 제정신이 아니지? 무슨 소릴 하고 자빠진 거냐?” “넌 바늘 가지고 있지? 바늘 말이야, 이 자식아!” 데르다가 소리 질렀다. “갑자기 뚱딴지 같이 바늘은 왜?” “문신을 하려고 그런다. 새끼야!” “야, 임마. 그 사람이 누군지 엿 먹으라고 해. 너 지금 취한 거야.” 이사가 말했다. 바로 그때 마흐무트가 맥주를 두 병 더 가지고 비틀비틀 걸어왔다. 그는 맥주잔들을 테이블 위에 쾅하고 내려놓았다. 그러곤 혀 꼬부라진 소리로 말했다. “술 깨려면 한 잔씩 더해라.”

고음의 현악기 ‘우드’의 소리가 상표가 다 지워진 낡디 낡은 고물 카세트 플레이어의 찢어지지 않은 한쪽 스피커에서 나오고 있었다. 카세트 테이프는 카세트 플레이어만큼 낡은 것이어서, 소리가 천장에 매달린 세 개의 벌건 백열구를 감싸며 작업장의 먼지와 혼합이 되었다. 그 다음에는 뮈니르 셀추크의 목소리가 현악기 우드를 깔아 내렸다. 셀추크의 목소리는 마치 날아가듯이 우드를 타고 올라갔다. “나는 떠오르는 태양을 막을 수 없다.” 이렇게 시작하는 노래였다. 이사가 이 노래를 처음 들은 것은 그의 스승의 테이프를 통해서였다. 이 노래 가사의 처음 두 줄은 마치 그를 위해 쓴 글과 같았다. 그는 그 가사가 자신의 얘기를 하고 있는 것이라고 믿었다. 그래서 그 가사를 자신의 팔에다 새겨넣었다. 전에 그는 시인 카히트 타란즈와 그의 시를 음악으로 옮긴 작곡가이자 가수인 셀추크의 목소리를 들어 볼 수가 없었다. “카세트 테이프요!” 그가 알았더라면 얼마나 좋았을까! 그가 믿고 싶었던 모든 것이 그 안에 다 있었다. “선생님, 이 테이프 좀 놓고 가세요. 오늘 밤 듣고 싶어서요.” 그는 테이프를 다시 틀어 놓았다. 데르다에게 그 노래를 들려주기 위해서였다. "야, 이건 아주 가슴 아픈 노랜데." "물론이지. 몹시 가슴이 아플 거다." 이사가 말했다. 그러는 사이에 이사는 손가락 끝으로 조심스럽게 쥔 두 개의 바늘을 타오르는 난로 불 위에다 달궜다. 그런 다음에 그는 바늘의 끝을 플라스틱 접시 위에 이겨 놓은 검정 물감 속으로 찔러넣었다. 그리고 등받이 없는 둥근 의자를 회전시켜 데르다가 내민 왼손을 쥐었다. 그는 고무 밴드로 한데 묶은 두 개의 바늘로 데르다의 검지 위를 재봉틀처럼 민첩하게 찔러댔다. 물감이 묻은 두 개의 바늘이 피부를 찌를 때마다 검은 물감과 피가 범벅이 되었다. 이사는 지저분한 걸레로 열심히 데르다의 손을 닦아냈다. 안 그러면 그가 어디를 찌르는지 분간이 가지 않았기 때문이다. 그가 손가락을 닦아내자 A가 신호등처럼 툭 튀어나왔다.

이사가 마셨던 맥주가 모두 땀방울이 되어 그의 이마를 덮었다. 그러나 데르다는 그런 것에 개의치 않고, 이사가 그의 오른쪽 손에다 해놓은 것을 유심히 쳐다봤다. 주먹 쥔 데르다의 손가락마다 글자가 한자씩 새겨져 있었다. 그의 주먹은 OĞUZ(오-으-우-즈)를 말하고 있었다. "이쪽 건 다 된 거야." 이사가 말했다. 그러면서 그는 손등으로 이마의 땀을 훔쳤다. "헌데 그렇게 하고 있으면 안 돼. 주먹을 쥐어야 되고 너의 피부를 팽팽하게 잘 유지해야 돼." 처음에 데르다는 피가 흐르는 A자를 보고 주먹을 쥔 뒤 그와 이사 사이에 있는 테이블 위에 주먹을 내려놓았다. 다음 글자는 T였다. 이사는 술에 취한 사팔뜨기 눈에 힘을 주고 목과 허리를 구부리고 문신작업을 한 탓에 등이 쑤셨다. 그는 구부러진 등을 테이블 위쪽으로 뻗어봤다. 그는 물감을 칠한 바늘로 데르다의 중지를 찌르기 시작했다. 계속 찔러댔다. "좋아, 이제부터 최소한 사흘간은 손을 씻으면 안 된다." 이사가 말했다. 동시에 그는 데르다의 주먹을 붙잡고 자신의 작품을 보면서 자아도취에 빠졌다. "나중에는 이 위에 딱지가 생길거다. 딱지를 뜯지 말고 참아야 된다. 만약 뜯으면 문신이 없어져 버려. 그러니까 생기는 대로 내버려 둬. 안 그러면 실패야." "엿 같은 소리 그만해, 자식아, 웬 잔소리냐? 그냥 네 얼굴이나 자주 보여주고 맥주나 한잔 더 사, 그러면 다 되는 거 아니냐?"

데르다는 새벽기도를 알리는 종소리가 들릴 때서야 공장으로 돌아왔다. 그는 종소리와 나란히 안으로 미끄러져 들어갔다. 안으로 들어가자마자 데르다는 쉴레이만과 눈이 마주쳤다. 그는 테이블에 앉아 여전히 보드카를 마시고 있었다. "이스라필 사장이 왔다갔는데 네가 어디 있는지 물어보더라." 데르다는 술에 취하지 않은 척하려고 입을 꼭 다물고 있으려고 꾀를 써봤지만 입을 떼지 않을 수 없었다. "왜 찾았어요?" "이스라필이 그러는데 너는 밤에 외출하면 안 된다고 하더라. 여기에 머물러 있어야 한다고 했다." "왜요?" "우리 공장을 때려부수려 하는 자들이 있다는 구나." "그게 누군데요?" "넌 누구라고 생각하니. 폭력배들이겠지? 쓰레기 하느프 무리라고 그러든가." 데르다는 우스워서 뒤로 나자빠질 것 같았다. "무슨 말인지 모르겠어요. 그 사람이 폭력배래요 아니면 쓰레기래요?" "그래, 웃고 싶을 때 실컷 웃어라." 쉴레이만이 말했다."그런데 걔네들이 문을 밀고 들이닥치면 어떻게 할래?" 데르다는 진지한 표정을 지어보려 했지만 그게 마음 같이 되지 않았다. 말을 하면서 그는 여전히 웃음을 참지 못했다. 그러면서도 물어볼 건 물어봤다. "그 사람들이 원하는 게 뭐래요?" 쉴레이만은 잔에 담긴 보드카를 식도 안으로 깊숙이 밀어넣었다. 데르다는 상자들을 쌓아서 잠자리를 만들었다. "이거란다." 쉴레이만이 말했다. 데르다는 뒤로 돌아서서 쉴레이만을 바라봤다. 그의 눈은 테라코타 항아리 바닥처럼 붉은 핏빛이 났다. "이거라고요?" "그래, 이거." 쉴레이만이 모든 책들을 가리키며 말했다. 그리고 기계들을 가리켰다. "모든 걸 다 원하는 거란다. 이런 게 짭짤하게 돈이 들어오는 사업이거든. 원래 돈이 쌓이면 그만큼 골칫거리도 많이 생기게 마련이지. 무슨 말인지 알겠니?" 쉴레이만은 말문을 닫았다. 그는 고개를 숙여 눈으로 마치 뭔가를 추적하는 것 같았다. 좀 더 자세히 말하자면 네가지를 눈여겨보고 있었다. 네 손가락, 네 글자였다. 자신이 앉은 자리에서 잘 보이질 않아서 물었다. "이게 뭐니?" 데르다는 오른쪽 손을 들어 우선 자신의 문신을 바라봤다. 데르다는 자기도 처음 보기라도 하는 양 바라봤다. 그런 다음 시선을 쉴레이만에게 돌렸다. "이거 말예요? 그냥 네 글자일 뿐이에요. 아무 것도 아니라고요." "어디 보자 그럼!" 쉴레이만이 말했다. "거기다 뭘 써놨는지 보자구나!" "오-으-우-즈라고 쓴 거예요." 그런 다음에 그는 왼손을 들어 쉴레이만에게 보여줬다. "그리고 이쪽은 아-트-아-이라고 썼어요." 쉴레이만이 껄껄 웃었다. "이런 똥강아지. 넌 대체 어떻게 된 녀석이냐? 그러니까 이스라필이 너한테 총을 주려 한 거지! 넌 우리들 목을 베갈 녀석이야!" 데르다는 여전히 그의 시무룩한 얼굴을 엄하게 보이려고 쉴레이만를 바라보며 서있었다. "자, 그냥 누워서 잠이나 자시지요. 그 사람들이 곧 여기로 올 거예요." 두 시간 동안 잠을 자면서 데르다는 '오우즈'와 '아타이'에 방해가 되는 모든 것에 구멍을 뚫어 놓았다.

"무슨 일이냐, 너 추운 거니?" 이스라필이 물었다. 그는 데르다가 끼고 있는 손가락 끝이 잘린 검은 장갑을 바라봤다. "아니요." 데르다가 대답했다. "손에서 땀이 나는데다가 상자들이 미끌미끌해서 이걸 끼고 있는 거예요." 하지만 그가 장갑을 끼고 있는 것은 문신 때문에 사람들이 이것저것 물어보며 온갖 관심을 쏟고 있었기 때문이다. 그는 일요일에 창고공장 근처에 있는 시장 가판대에서 장갑을 사두었다. "음, 그렇구나." 이스라필이 말했다. "지금 나와 갈 데가 있다." "근데 압둘라 형제가 곧 여기로 올 텐데요." 데르다가 말했다. "신경 쓰지 마라. 걔네들은 괜찮아. 나랑 가자." 이스라필이 창고를 나서며 말했다. 데르다는 두발자국 떨어져서 그를 쫓아갔다. 이들은 20년 된 벤츠를 타고 간선도로로 들어갔다. 거기서부터 심한 교통체증이 시작되었고 이들은 느릿느릿 앞으로 가며 멈췄다 섰다를 되풀이 했다. 이스라필은 아무 말도 하지 않았다. 그래서 데르다 역시 아무 말도 꺼내지 않았다. 그러나 이들이 도시 고속도로로 들어서자 이스라필의 거친 목소리가 데르다의 귀를 찢고 들어왔다. "너 몇 살이니?" "열일곱이 다 되어가요." "너의 어머닌 어디 있니?" "죽었어요." "너의 아버질 다시 본 적은 있니?" "아니요." 데르다가 대답했다. "좋다. 지금부터 너는 날 큰 형처럼 믿고 의지해라. 어려워하거나 주저할 필요 없다. 혹시 필요한 거라도 있니? 아니면 무슨 문제 같은 게 있니?" "없어요. 형님." 데르다가 말했다. 동시에 그는 여태까지 본 적이 없던 이스탄불의 얼굴을 봤다. 그는 유리로 씌워진 고층빌딩들을 바라보고 있었다. "그렇다면 말인데, 데르다 선생. 자네가 나한테 부탁할 게 아무 것도 없다면 내가 뭘 하나 부탁해도 될까?" 데르다는 자동차의 가죽시트 위에 꼿꼿이 앉아있었다. 그의 눈은 앞 유리창에서 흘러들어오는 풍경으로 가득 차 있었다. 그가 보스포루스 해협을 눈으로 직접 보게 된 것은 이번이 처음이었다. 그의 생애에서 처음이었단 말이다. 더욱이 이들은 데르다가 귀로 듣기만 했지 한 번도 건너보지 못했던 보스포루스 대교를 향해 차를 몰고 가는 중이었다. "데르다!" 이스라필이 말했다. "내가 자네한테 뭘 좀 부탁해도 괜찮겠냐고 물었는데?" "물론 괜찮지요." 이 미성년 아이는 생각조차 하지 않고 대답해 버렸다. 그는 보스포루스를 바라보는데 정신이 팔려있었다. 마치 보스포루스는 이스탄불의 내부 깊숙한 곳까지 비춰주는 파도 거울 같았다.

"어떤 새끼 하나가 있는데 말이야." 이스라필이 계속 말했다. "쓰레기 하느프라고 하는 양아치 새끼야." 데르다는 두 손을 계기판 위에 올려두고 있었다. 그의 등은 나사못처럼 꼿꼿했고 입술은 벌려져 있었다. 두 동공은 그가 바라보고 있는 것들과 태그게임을 하고 있었다. 만약 그가 오른쪽만 바라본다면 왼쪽에 있는 것을 볼 수 없다는 것에 대해 안타까워했을 것이다. 그런데 왼쪽만 바라봤다면 오른쪽 광경을 볼 수 없어서 아쉬워했을 것이다. 그런데 바로 그때 꽉 막혔던 교통체증이 시원한 아코디언 가락처럼 확 뚫렸으며, 메르세데스 벤츠의 앞 타이어가 보스포로스 대교 속으로 돌진해 들어갔다. 그러면서 데르다의 심장은 요란하게 뛰기 시작했다. 그는 귀를 먹먹하게 할 정도로 요동치는 심장의 소리를 아무도 듣지 못하게끔 입을 다물었다. 아래 쪽 물 위에 둥둥 떠 있는 하얀 섬들을 봤다. 하얀 배들도 보였다. 수평선을 바라봤다. 모든 것이 아름다웠다. 하늘도 너무 아름답게 보였다. 데르다는 옆 좌석에 앉아있는 이스라필을 쳐다봤다. 그는 이스라필도 똑같은 것을 바라봤으면 했다. 잠시만이라도 말이다. 그러면 몹시 행복해서 입이 찢어질 듯 웃을 텐데. 바로 그 순간 이스라필을 느껴보려 했다. 깊고 푸른 바다 위로 64미터 올라온 곳에서, 그리고 눈처럼 하얀 구름 아래로 수 킬로 떨어진 곳에서. "그러니까 지금 너는 그 새끼를 쏴 버리는 거야. 나를 위해서." 데르다는 무슨 말인지 납득이 되지 않았다. "뭐라고요?" 그가 물었다. 그의 얼굴에는 아직 웃음기가 남아있었다. "하느프라고 하는 새끼 말야. 네가 지금 그 놈에게 총을 쏴버리는 거란 말이다." 그제서야 알아들었다. 명확히 알아듣는 순간 대교는 끝이 났고 이스탄불은 모든 것을 다시 한 번 추하게 만들었다. 심지어는 데르다까지. "알겠습니다. 형님." 이스라필은 껄껄 웃더니 그의 주먹을 데르다의 무릎 위에 올려 놓았다. "멋져, 넌 멋진 놈이야." 이스라필은 다시 웃었다. "그런데 뭐 그리 서두르니? 잠시 진정해라. 침착해야지." 데르다는 손가락 끝으로 문신이 그려진 손가락을 감싼 장갑을 비볐다. 그는 혼잣말로 "조금만 더 있다가."라고 했다. 오우즈 아타이에게도 그 말을 했다. "어쨌든 조금만 더 있어봐라." 이스라필이 이렇게 말하자 데르다가 미소를 지었다.

이들은 교차 지점에서 전방의 언덕을 점령한 포도밭으로 통하는 흙길로 접어들었다. 그러다 어렴풋이 시야에 들어오는 철창살이 박힌 어느 대문 앞에 멈췄다. 이스라필이 주머니에서 꺼낸 리모컨으로 정원의 대문을 열자 메르세데스 벤츠가 안으로 끌려들어갔다. 데르다가 들었던 첫 번째 소리는 개짓는 소리였다. 그는 창문에 온통 침을 흘려놓은 개를 봤다. 천천히 들어오는 차를 향해 달려오는 두 마리의 검은 개가 껑충껑충 뛰며 마치 물어 죽이기라도 할 듯이 데르다를 노려보고 있었다. "이 녀석들은 우리 아기들이란다." 이스라필이 말했다. 차가 멈추자 개들이 이스라필의 문 쪽으로 달려왔다. 개들은 주인이 말리는 데도 다소곳할 줄 모르고 주인한테 먼저 머리를 내미려고 서로서로 들이받고 있었다.

데르다는 차에서 내려 제일 먼저 이층집을 바라봤다. 프랑스 식 문을 열고 검은 양복을 입은 남자가 걸어나오고 있었다. "타야르 형제, 여기야!" 이스라필이 손바닥으로 개들의 머리를 쓰다듬어 주며 말했다. 데르다는 타야르를 알아보지 못했다. 우선 그는 긴 의상을 입고 있지 않았던 데다가 베일처럼 얼굴을 뒤덮었던 수염이 없었기 때문이다. 그러나 타야르는 소년에게서 눈을 떼지 않았다. 어딘가에서 분명히 보았던 얼굴이라고 생각했기 때문이다. 그런데 어디더라? 어쨌든 그리 서둘러 알 필요가 없었다. 시간이 지나면 떠오를 테니까. 무엇보다도 이들은 함께 이틀을 보내야 했다. 그들은 이 집에서 서로 얼굴을 마주하고 이틀간 함께 할 것이다. 도시에서 멀리 떨어진 이 한적한 시골집에서 권총 쏘는 법을 가르쳐주기 위해서였다. 이 집에서 가장 가까이 있는 사람이 이곳에 오려면 지평선 상에 있는 고속도로를 한 시간이나 달려 100킬로미터를 지나와야 되었다.

"자, 이 사람이 데르다야." 이스라필이 소년의 어깨를 붙잡고 정문으로 올라가는 층계로 데리고 갔다. "이 사람은 나한테 형제나 마찬가지네." 그는 타야르에게 눈을 깜박이며 말했다. 타야르의 우람한 몸이 정문의 절반을 가리고 있었다. 데르다는 타야르가 내민 손을 붙잡고 악수를 했다. 이스라필이 다시 입을 열었다. "이쪽은 나의 형제 타야르야." 타야르는 데르다의 손을 놔주지 않은 채 가만히 그의 눈을 들여다봤다. 그의 손은 단단한 살 속에 파묻혀 있는 느낌이었다. 둘은 붙잡고 있는 손과 얼어붙은 듯 응시하는 눈에 의해 묶여 있는 것 같았다. 마침내 이스라필이 매듭을 풀었다. 그는 두 사람의 어깨 위에 손을 얹은 채 말했다. "자, 안으로 들어들 가지."

그들은 안으로 들어갔다. 집안의 널찍한 거실에는 두 개의 소파, 두 개의 커다란 커피 테이블, 적어도 여섯 개의 편안한 의자, 둘 또는 세대의 TV, 의자가 달린 둥그렇고 커다란 식탁이 있었다. 그것은 데르다가 두발자국 떼었을 때 눈에 비친 모습일 뿐이었다. 정확하게 가구 숫자가 얼마나 되고 거실 면적이 어느 정도 되는지 확실치는 않았다. 단지 가구가 지나치게 많다는 인상을 받았다. 거의 모든 것이 촘촘히 줄 세워져 있었다. "데르다, 거기 앉아있어봐. 나도 금방 그리로 갈 테니까." 이스라필이 말했다. 그런 다음 그는 거실 안쪽으로 깊숙이 들어가 위로 올라 간 뒤 시야에서 사라졌다. 그때서야 데르다는 2층으로 올라가는 계단이 어디에 있는지 눈에 들어왔다. 이스라필이 두 계단 위로 올라갈 때서야 시야에서 사라진 것을 알 수 있었다.

타야르는 여전히 말문을 열지 않고 있었다. "여기 앉으시오. 어디보자 꾸나." 데르다는 이스라필이 사라진 지점에서 눈을 떼고 타야르가 가리키고 있는 소파를 바라봤다. 그는 두 발자국 다가가서 앉았다. 타야르는 주머니에서 두 손을 빼고 자켓을 활짝 열어 허리 양쪽에 찬 권총을 드러내었다. "어디서 봤더라?" "나를요? 모르겠는데요." 데르다가 말했다. "체멘다으에 갔다 온 적이 있나?" "아니요." "어쨌든, 나중에 생각이 나겠지." 타야르는 이렇게 말하며 데르다의 맞은 편 소파에 앉았다. 그는 날개를 펼치듯 두 팔을 벌리고 머리는 소파 등에 기댄 채 다리는 꼬고 앉았다. 그의 눈은 쇠그물처럼 데르다를 포획하고 있었다. “아버지 이름이 어떻게 되나?” “젤랄.” 데르다가 대답했다. “젤랄이라고? 맞아. 이스라필이 나한테 말해준 적이 있어. 그냥 가출한 거지?” “네.” “이제 너를 어디서 봤는지 기억날 것 같다. 잠깐 기다려 봐. 지금 몇 살이지?” “열일곱이요.” 그는 정확하게 달을 계산하고 싶지 않았다. 그러면 복잡해질 것 같다는 생각이 들었기 때문이다. 데르다는 타야르를 처음 보는 순간부터 새까만 그의 눈동자의 파괴적 위력에 짓눌려 있었다. 두 자루의 권총처럼. 마치 콘크리트 더미에 눌려있는 것처럼. 그러고 나서 질문에 대답할 때 그는 고개를 떨구고 눈을 내리 깔았다. 그는 쇠그물의 하중에서 벗어날 수가 없었다. 동시에 자기가 왜 타야르를 알 수도 있을까?라는 생각을 했다. “내가 저 사람을 전에 봤다면 분명히 기억할 텐데.” 그는 이렇게 중얼거렸다. 그는 타야르가 묻는 말을 듣지 못했다. 혼잣말을 하고 있었기 때문이다. “뭔가 있지?” 타야르는 이번에는 목소리를 높이며 말했다. 데르다는 고개를 들어 그의 얼굴을 바라봤다. “뭔가 있지라고요?” “무슨 꼬투리 같은 거! 네가 지금 하려고 하는 일에 무슨 꼬투리 같은 거?” 타야르가 말했다. “네, 형제.” 데르다가 말했다. “어떤 놈이 있는 데요.” “어떤 놈?” “쓰레기 하느프라는 놈이지요.” “그래서 그 놈한테 어떻게 하려고 하는데?” “총으로 쏴 죽이려고요.” “내가 경찰이 아니란 걸 어떻게 아니?” 타야르가 물었다. 그의 입에서 흐르는 물처럼 질문이 나왔다. 게다가 순식간에 나온 질문에 데르다는 쩔쩔 매느라 이마에서 땀이 비 오듯이 쏟아졌다. 그가 경찰이라는 말을 듣자마자 그 나머지 말을 듣지 못했다. 데르다의 관자놀이에 경련이 일기 시작했다. 그는 뭐라고 말해야 좋을지 몰랐다. 처음에 그는 시선을 떨구었다. 그의 어깨는 발밑에 깔린 두툼한 양탄자의 술 사이로 기어들어 가고 싶은 만큼 쭈그러들었다. 그의 얼굴은 어깨 밑으로 축 처졌다.

"누군가가 이런 식으로 물어보면 정말 그 놈을 총으로 쏴 죽이려한다고 말할 테냐?" 데르다는 더욱 더 고개를 들지 못했다. "그럼 됐다. 그 놈이 누구지? 그 자를 어떻게 하려고 한다고?" 데르다의 목소리가 간신히 입술에서 새어나왔다. 그러나 꽉 다문 입에서 완전한 목소리가 나올 수 없었다. 다 나온다 해도 그는 "모르겠는데요."라고까지 말했다. "바로 그거다." 타야르가 말했다. "말하지 말고 듣기만 해라. 네가 무언가를 배우려 한다면 들어야만 배울 수 있는 거란다." 그는 꼬고 있는 다리의 위치를 바꾸고 두 팔을 내렸다. 그는 한 손을 허리춤에 얹고 다른 한 손은 무릎에 기댔다. "그런데 그 하느프라는 놈은 우리가 쏘지 않으면 먼저 우리를 쏴 죽일 거다. 유일하게 나를 쏘려하지는 않을 거다. 하지만 놈은 이스라필 형제를 쏠 거다. 놈은 너도 쏘겠지. 그리고 창고 공장에 있는 모든 사람을 다 쏴버릴 거다. 알겠니?" 데르다는 멈칫멈칫 했다. 이 말에 맞장구를 쳐야 할지 말지 몰랐다. 그는 고개만 끄덕였다. 그게 정답이었다. "좋아! 놈은 말테페에 있는 해안에서 살고 있다. 이스라필이 녀석의 집을 보여줄 거다. 우선 너는 녀석이 어디서 어떻게 살고 있는지에 대해 모든 정보를 알게 될 것이다. 그런 다음에 이스라필이 너에게 가라고 하면 아침에 그곳으로 가서 대기하고 있으면 된다. 이전에 그곳에 가본 적은 있냐?" 그는 오른쪽에서 왼쪽으로 고개를 흔들었다. 타야르는 앞에 있는 커피테이블에 몸을 기울이고 그 위에다 투명잉크로 표시하기 시작했다. 총열만큼이나 두툼한 검지로 표시했다. "이 해안을 따라 길이 나있다. 이쪽에는 집들이 있고, 반대편에는 바다가 있지. 또 해안을 따라 사이 길도 나있다. 알겠니?" 그는 턱을 올렸다 내렸다 하며 이해 여부를 나타냈다. "하느프는 정오쯤 집을 나오니까 이른 아침부터 기다리고 있을 필요는 없다. 녀석은 앞문을 통해 집에 나와 길을 가로 질러 해안을 따라 산책한다."

타야르가 말하는 동안 데르다는 자기 앞에 있는 사람을 과거에 만났을 가능성도 있다고 생각하기 시작했다. 하지만 느낌일 뿐이었다. 그런데 이 남자의 얼굴과 체격을 보면 그런 느낌이 드는 것이었다. 무엇보다도 이 남자의 목소리가 생소하지 않았다. 그런데도 불구하고 웬일인지 결정적으로 떠오르는 것은 없었다. 이제 그는 타야르의 말에 귀를 기울이며 그의 눈을 들여다봤다. "아무도 데려오면 안 된다. 집 앞에 가로등이 있다. 거기서 길을 건너. 그리고 바다 쪽에 기다리고 있으면 된다." 타야르는 일순간 이 소년의 시선이 흐려진 것을 느끼고 그를 시험하기 위해 물었다. "네가 가야되는 곳이 어디라고 했지?" "바다 쪽 반대편 거리에서 기다려야 된다고 했어요." "맞았어. 좋아." 데르다는 뒤에서 발자국 소리를 들었다. 발소릴가 점점 커졌다. 이스라필이 돌아오는 소리였다. 그는 데르다 옆을 지나가며 그의 어깨를 잡고 말했다. "타야르 형제의 말을 잘 들어둬라." 그러고 나서 그는 데르다와 대각선 방향에 있는 안락의자에 앉았다. 타야르가 계속 말을 이어갔다.

"녀석이 집에서 나오면 네가 있는 길을 건널 것이다. 그러면 거기서부터 산책을 하게 되어있어. 그때 너는 지체하지 말고 녀석의 뒤를 쫓는 거야." 타야르가 갑자기 말을 하다말고 이스라필을 바라봤다. "애한테 땀복하고 운동화 좀 사주게. 거기서 이런 차림으로 다닐 수 없어. 흐느프 녀석이 무슨 낌새를 알아차릴 수 있지." "알았네." 이스라필이 말했다. "그건 우리한테 맡겨." 탸야르는 다시 데르다에게 고개를 돌렸다. 이미 생각해왔던 것처럼 그는 등을 꼿꼿이 세우고 허리춤에 꽂혀 있는 두 개의 권총 중에서 한 자루를 꺼냈다. "이 안에 6발이 들어있다. 너는 뒤에서 녀석에게 다가가 이 여섯 발을 모두 날려버리는 거다. 두 발은 머리에, 나머지 네발은 녀석의 두 어깨 사이에 있는 견갑골에다 날리는 거야. 알겠냐?" "알겠어요." 데르다가 말했다. 그러나 그의 마음은 완전한 공백 상태였다. 그래서 그냥 침묵하기로 했다. 견갑골 따위가 어디에 있는지 어떻게 안담? 그리고 견갑골은 뭔가? 타야르가 꺼내준 권총에 그의 시선이 아교풀로 붙여놓은 것처럼 달라붙은 순간부터 그의 마음은 공백상태가 되어버렸다. 그 결과 그의 귀도 공백상태가 되어 아무 것도 들어오지 않았다.

데르다가 눈을 뗄 수 없었던 무기는 단순히 총신이 짧은 38구경 스미스웨슨 리볼버가 아니었다. 그것은 데르다의 복수를 위한 기계였다. 그것으로 그는 과거에 대한 보상을 받아낼 수 있을 것이다. 타야르는 데르다가 낮잠을 자고 있다고 생각했다. "잘 들어봐." 그가 말했다. 그는 회전식 약실을 열고 여섯 발의 총알을 손바닥 위에다 떨궈놓았다. 그는 손목을 가볍게 튕겨 약실을 원위치 시켜 놓았다. 총알이 없는 리볼버를 데르다에게 넘겨줬다. "이걸 받아." 데르다는 리볼버를 받았다. "그럼 일어나봐라." 데르다가 일어났다. "이스라필, 자네도 일어나." 이스라필이 일어났다. "이스라필, 한 번 산책 나가듯이 걸어가 봐. 그리고 너는 저 문에서부터 이스라필의 뒤를 쫓아가보는 거야. 그러고 나선 내가 말한 대로 머리에 두 방 등에다 네 방을 쏘는 거다. 좋아. 그럼 어떤지 한번 연습을 해보자." 이스라필이 터벅거리며 거실 안을 돌기 시작했다. 데르다는 그의 뒤를 쫓아갔다. 세발자국 뒤에서 그는 리볼버를 올려들고 방아쇠를 당겼다. 한번 두 번 계속 해서 당겼다. "아냐. 그렇게 하는 게 아냐." 타야르가 말했다. 그는 일어나서 이스라필에게 가만히 서있으라고 했다. 그러고 나서 타야르는 손가락으로 이스라필의 등의 한 지점을 가리켰다. "잘 봐라. 여기가 어깨 견갑골 사이라는 곳이다. 여기서 더 밑으로는 안 돼. 좋아, 그럼 두 사람 다 다시 문 쪽으로 돌아가 봐. 먼저 이스라필이 걸어가고 그 다음 네가 쫓아가는 거다. 자, 내가 볼 테니 다시 해보는 거야." 그들은 타야르가 시키는 대로 따라했다. 데르다가 세 걸음을 띠고나서 리볼버를 들었다. 그의 손가락은 여섯 번 빈 방아쇠를 당겼다. 그러고 나서 그는 타야르를 바라봤다. "이번에는 아까보다 좋았다. 하지만 다음번에는 보다 조심해야 돼."

데르다는 갑자기 공동묘지에서의 아침이 떠올랐다. 그는 이 남자를 향해 달려가던 것을 기억했다. 그리고 이 남자가 했던 말도 기억났다. 이 남자는 지금과 똑같은 말을 했다. "다음번에는 보다 조심해야 돼." 그리고 그 남자의 새까만 눈동자가 데르다를 유심히 들여다봤다. 지금도 그는 그런 눈빛으로 데르다를 다시 바라보고 있었다. 데르다는 믿고 싶지 않았다. 그러나 믿어야 했다. 모든 것이 사실이기 때문이었다. 여러 해 동안 그는 긴 의상을 걸쳐 입은 그 남자를 한 순간도 예외 없이 두려워하며 살았다. 그 남자의 이름은 바로 타야르였다. 그의 온 몸에는 수백 개의 땀방울이 맺혔다. 공포의 땀이 그의 모든 땀구멍 속에서 솟아 나왔다. 배에서 경련이 느껴지며 몸 전체로 터져 나올 듯이 확산되었다. 손에 쥔 리볼버가 떨렸다. 타야르가 자리에서 일어나자 데르다는 생각했다. 내가 무슨 생각을 하고 있는지 이 자가 눈치 챘어. 내가 자기를 알아챈 것도 알고 있어. 타야르가 데르다에게 다가오자 데르다는 어디 탈출구가 없는지 거실을 둘러봤다. 그러나 도피구를 찾아낼 수가 없었다. 그는 걷지도, 뛰지도, 고함치지도 않았다. 그는 덜덜 떨면서 공포를 기다릴 뿐이었다. "나와 함께 가자." 타야르가 데르다의 손에 있는 권총의 총열을 쥐었다. "밖에 나가서 몇 발 쏘는 연습을 해보자. 네 손이 감을 익히게 해야 돼."

이스라필이 앞 정원의 개집에다 개들을 가둬두었다. 총 쏘는 소리를 들으면 개들이 발광한다는 사실을 너무 잘 알고 있었기 때문이다. 게다가 그것들에게 데르다는 낯선 사람이었다. 그것들은 낯선 사람이 총을 들고 있으면 무조건 손을 물어뜯게끔 훈련 받아왔던 터였다. 그러나 손목에서 손을 어떻게 물어뜯어야 하는 지까지는 훈련에 포함되지 않았다. 그것들은 주인이 이끄는 대로 살아 왔을 뿐이다. 맹도견이 맹인들을 안내하는 훈련을 받듯이 이 집 개들은 누군가의 눈을 물어뜯으려고 광적으로 으르렁거리고 있었다. 그것들은 전 세계적으로 활동하는 수십만 소년 전사들과 같았다. 그 아이들처럼 이 집 개들은 앞 정원에서 선택의 여지없이 시키는 대로 살아야 했다. 그것들은 신이 내려준 천연의 잔인성을 더욱 더 사납게 드러내면 드러낼수록 칭찬받고 있었다. 본인의 키만한 소총을 들고 있는 소년 전사들과 앞뜰에 풀어놓은 세상의 모든 공격용 개들과의 차이는 보상이었다. 그게 어떤 보상인지 생각해보라. 사실 그 보상은 큰 차이가 없었다. 하나는 보상으로 익힌 고기를 받고, 다른 하나는 날고기를 받는 차이였다. 아마 명령만 떨어진다면 그들은 적군 소년 병사들의 시체까지 뜯어먹을 것이다. 그들은 살아남기 위해 그럴 정도까지 훈련을 감내해야 했다.

그들은 개짖는 소리를 듣지 않기 위해 뒤 정원으로 갔다. 두 그루의 오래된 플라타너스 나무 사이로 걸어가서 높은 모래 둔덕에서 다섯 걸음 떨어진 곳에 멈췄다. 타야르가 주머니에서 총알들을 꺼내 리볼버의 회전식 약실에다 집어넣었다. 그런 다음 총신을 잡은 채로 데르다에게 리볼버를 넘겨줬다. 이스라필은 두 발자국 떨어진 곳에서 바람이 부는 데도 두 입술로 물고 있는 담배에다 불을 붙이려 하고 있었다. 데르다는 손에 꽉 쥐고 있는 리볼버를 바라보며 타야르의 목소리를 들었다. "좋다. 이제는 네가 저 모래둔덕에 총을 쏴보는 거다. 그리고 네 손의 위치를 보겠다." 그는 타야르가 이스라필 쪽으로 두 발자국을 떼는 것을 봤다. 두 사람은 지금 데르다의 뒤에 서있었다. 데르다는 몸을 돌려 모래둔덕을 바라봤다. 그와 모래둔덕 사이에는 아무 것도 없었다. "침착해야 된다." 타야르가 말했다. "팔을 굽히면 안 된다. 방아쇠를 당기기 전에 숨을 들이켜고 멈춰있어야 한다. 알았지?" 데르다가 아무 말도 하지 않자 타야르가 재차 물었다. "내 말 알아들었냐?" "알아들었어요." 데르다가 천천히 팔을 올리면서 말했다. 그는 모래 둔덕을 겨냥했다. "한 발자국 앞으로 가거라. 이 거리만큼 너와 하느프가 유지해야 된다." 타야르가 말했다. 데르다는 시키는 대로 하며 한숨을 깊이 들여 마시곤 멈췄다. 그는 두려웠다. 타야르는 그가 멈칫거리는 것을 보고 소리를 질렀다. "무서워하면 안 된다. 쏴라!" 데르다는 뒤돌아서 방아쇠를 당겼다. 그는 팔을 아래로 내리거나 굽히지 않았다. 세발은 타야르의 가슴에 두발은 이스라필의 견갑골 사이에 쏘고 나서 도망가려 했다. 마지막 총알이 집의 뒤 담장에 박혔다.

그는 가늘게 떴던 눈을 최대한으로 크게 뜨고 두 사람이 두 개의 휘어진 고깃덩이처럼 땅바닥에 드러누워 있는 것을 보았다. 데르다는 그들을 보자마자 눈을 감았다. 그는 타야르나 이스라필이 혹시 살아서 꿈틀거리지 않나 봤다. 그러나 정원은 포도밭처럼 고요했다. 개들도 짓는 것을 멈춘 상태였다. 데르다는 고개를 들어 멈추고 있던 숨을 내쉬었다. 그는 하늘을 바라봤다. 비 한 방울이 그의 왼쪽 뺨에 떨어졌다. 그리고 또 하나의 방울이 이마 위에 떨어졌다. "침착해야 된다." 타야르가 이렇게 말했었다. 그는 시키는 대로 따라했다. 여러 해가 지나고 나서 데르다는 처음으로 숨을 편히 쉬었다. 소박한 비를 맞으면서. 우선 그는 리볼버를 허리춤에 꽂았다. 그런 다음에 장갑을 찢어서 땅바닥에 던졌다. 그는 O Ğ U Z와 A T A Y를 하늘 쪽으로 들어올렸다. 모두가 그것을 볼 수 있게끔. 개들은 지네들이 주인이 없는 신세가 되었다는 것을 느끼고 울부짖기 시작했다. 개들의 눈은 충혈되었다. 소년 전사들처럼 울고 싶어도 흘려야 할 눈물이 없기 때문이었다.

***

스티븐이 영사관에서 임무를 마치고 이스탄불을 떠나던 바로 그날 타야르는 흐드르 아리프를 불러 기도 아아에 대해 미심쩍은 점을 얘기해 줬다.

"기도 아아가 우리 몰래 무슨 꿍꿍이수작을 벌이고 있어. 그가 최근 나를 찾아왔는데, 너의 이스탄불 조직 수뇌부에 있는 사람을 찾고 있는 거였어. 이곳에서 잘 알려진 사람이지. 눈치를 보니까 감이 잡히는 데가 있더라고. 나는 모른척 하고 말했지. 그러자 그가 우리의 계약 건에 대해 물어보더군. 분명히 그가 나에게 속을 털어 놓으며 나를 정보원으로 쓰려는 것 같았지." "그 사람에겐 신이 없네." "맞아." "그래서 자넨 정확히 뭘 하려고 하나?" "그 사람이 원하는 대로 하라고 하려고. 그 사람이 어떤 지시를 내리는지 거기에 따를 거야. 그가 어떻게 나올지 한번 보자고." "좋은 생각이네." 흐드르 아리프가 말했다. "그렇지만 우리 아버지가 찾아내게 할 순 없네. 자네가 그 악당을 쫓게 될 것을 우리 아버지는 알아낼 도리가 없지." "자넨 냉정하게 역할을 해봐. 난 명분을 찾아볼 테니까. 신께 용서를 빌겠지만, 난 해외에서의 작전을 지켜볼 거네."

타야르는 전화를 끊고 다시 수화기를 들었다. 이번에 그는 기도 아아에게 걸었다. "나야, 타야르!" "용서해주세요. 형님. 할 말이 좀 있어서요." "말해보게." "이 흐드르 아리프라는 자가 나를 이중으로 떠보고 있는데요. 아버지가 이 일에 얽혀있지 않다면 그냥 목을 졸라 죽여 버릴 거예요. 그래서 하는 말인 데요 나는 이 건이 날라 가버리는 것을 원치 않아요. 이스탄불에서 나를 위해 몇 가지 해주실 수 있는지요. 내가 이 일을 당신에게 맡길 수 있을까요?" "물론이지, 타야르. 그 문제에 대해 전혀 신경 쓰지 않아도 되네. 아주 좋은 생각이야." 기도 아아가 이렇게 말했었다.

그러고 나서 마지막으로 타야르는 스티븐에게 전화를 걸었다. 그가 M16에 제공한 서비스의 대가로 약속받은 영국영주권 허가에 관한 내용이었다. 스티븐은 이 문제에 관해 그에게 말하곤 했었다. "전혀 걱정하지 마시오. 그 건은 우리가 신속히 처리해줄 겁니다." 그러나 신속히라고 해놓고 시간은 자꾸 지연되어 갔다. 이렇게 수속이 지연되는 기간에 타야르는 히크메트 조직을 나와 더 이상 턱수염을 기르지 않았고 긴 의상을 입고 다니지 않게 되었다. 그리고 흐드르 아리프와 기도 아아를 배후 조정하여 두 사람이 서로 밀고자 노릇을 하고 있다고 생각하게끔 만들었다. 그러나 바로 그때 그는 문제에 봉착하게 되었다. 흐드르 아리프와 기도 아아가 상황을 파악하지 못할 만큼 멍청하진 않았기 때문이다. 요점만 말하자면, 타야르의 유도 솜씨가 별로 쓸모가 없어진 것이다. 게다가 셰이크 가지가 그의 아들 하나를 자신의 계승자로 지명함에 따라 다른 아들들이 타야르와 거리를 두기 시작했다. 그것은 노인이 무언가를 알고 있다는 의미였다. 어쩌면 그가 타야르에게 너는 다시는 울지 않게 될 것이라고 말한 의미는 다음과 같을지 모른다. "너는 다시 울지 않을 것이다. 너는 다른 사람들을 울게 할 테니까." 아무도 누군가를 울리게 할 사람을 주변에 두고 싶어 하지는 않을 것이다.

타야르는 처음에 그들의 패밀리 조직망에서 빠져나와 열외 취급을 받다가 M16으로부터 벌어들인 돈을 평상시 그가 구상했던 온갖 종류의 범죄활동에 몽땅 투자했다. 그중 하나가 데르다가 배달하는 해적판 책을 찍어내는 불법인쇄 공장이었다. 그리고 이 사업을 보호하기 위해 쓰레기 하느프를 살해하는데 투자했다. 타야르가 어떻게 알 수 있었겠는가? 수년 전에 봤던 이 아이가 수천일이 지난 다음 새로이 만난 지 30분 안에 그를 살해하리라는 것을. 데르다는 어떻게 알 수 있었겠는가? 타야르의 살해가 자신을 위한 복수뿐만 아니라 모든 사람들을 위한 복수가 되다는 것을. 이스라필이 어떻게 알 수 있었겠는가? 타야르와 데르다를 한 곳에서 만나게 하지 말았어야 할 것을. 쓰레기 하느프가 어떻게 알 수 있었겠는가? 데르다 덕에 그가 지금껏 살아남아있을 수 있다는 것을. 인류는 어떻게 존재의 결과를 알 수 있었겠는가? 이 모든 질문에 대한 답은 똑같다. 그들은 알 수 없었을 것이다. 바로 그렇기 때문에 삶이 유지되는 것은 아닐까. 삶이 어떻게 진행되어 갈지 미리 알 수 있는 사람은 아무도 없기 때문이다. 만약 인간이 자신의 행동의 결과를 모두 예측할 수 있다면 바로 그 순간 그 자리에서 그의 생명은 분명 종말을 맞이할 것이다. 바로 자신이 삶을 거두는 것이며 생존을 중단시키는 것이다. 공포 속에서 말이다. 어떤 행동을 범하는 것을 두려워한 나머지 그의 심장이 쿵쿵 뛰는 것이다. 모든 행동이 고통이라는 삭막한 결과를 초래한다는 사실을 남자와 여자가 진정으로 알고 있었다면 인간의 종(種)을 영구화시키지 않았을는지 모른다. 그러나 이보다 더 나쁜 것은 인간이 그 사실을 알면서도 여전히 똑같은 행동을 계속한다는 것이다. 하지만 궁극적으로 그는 인간이었기에 삶에 집착하는 인간의 본성을 보여주었던 것이다. 그는 살기 위해 어떤 짓도 할 수 있을 것이다. 필요하다면 분만실에 있는 어머니의 시체를 버리고, 탯줄을 끊지 않은 상태에서 이 세상 속으로 들어갈 수도 있을 것이다. 적어도 생존이 보장된다면 말이다.

* * *

데르다는 더 이상 열한 살이 아니었다. 그는 더 이상 시체를 토막 내어 옮기지 않아도 되었다. 물론 쉬운 일은 아니었지만 그는 타야르와 이스라필을 차례로 모래둔덕 아래로 끌고 갈 수 있었다. 그는 이들의 주머니들을 샅샅이 뒤졌다. 그는 돈다발과 리볼버와 실탄 박스를 발견했다. 그가 운전할 줄 알았더라면 이스라필의 열쇠로 메르세데스를 몰았을 것이다. 그러나 그렇게 하지 않았다.

집 주위를 돌면서 삽을 발견했다. 그 삽을 가지고 가장 나중에 죽은 자에게로 돌아왔다. 그가 삽질해서 파낸 모래는 쏟아지는 빗물에 진흙으로 변했다. 몇 분이 지나자 죽은 사람들은 더 이상 보이지 않았다. 어쩌면 그들은 흙속에 있는 것이 아니라 어딘가에 매장되어 있었는지 모르기 때문이다. 다시 집안으로 들어가서 문을 닫았다. 비가 내리고 있는 동안 만큼은 안에서 기다려야 했다. 처음에 그는 넓은 거실로 들어갔다. 멀리 떨어진 벽 주변에서 위로 올라가는 층계를 디뎠다. 2층으로 올라가서는 복도를 따라 걷다 첫 번째 문의 손잡이를 돌려 방으로 들어갔다. 방에는 더블베드가 있었고 커다란 액자가 걸려있었다. 금으로 도금한 틀 안에 흑백사진이 있었다. 이스라필이 앞에 앉은 부인의 어깨에 손을 얹고 서있었으며 여자의 품안에는 아이가 안겨 있었다. 세 사람 모두 웃고 있었다. 아이마저도. 데르다는 마치 위층으로 올라가듯 침대 위로 올라섰다. 그는 반동을 이용해 침대를 건너 뛰어 곧바로 사진이 있는 쪽으로 갔다. 아이로부터 코 앞 거리까지 왔을 때 그는 울음을 터트렸다. 오른쪽 손가락으로 아이 위를 더듬으며 말했다. "미안해." 무슨 일이 벌어지건 간에 이스라필이 죽어야 할 이유는 없었기 때문이다. 그는 헛발질을 해서 전쟁터로 들어온 사람이나 마찬가지였다. 물론 이스라필이 주선하지 않았다면 데르다가 사람을 쏘고 감옥에서 썩을 일은 없었을 것이다. 그러나 데르다의 마음은 타야르의 생각으로 가득 차있었다. 그런 생각들은 예전에 떠오르지 않았던 것들이다. 손가락에 새겨진 오-으-우-즈를 보며 말했다. "당신도 나를 용서해야 돼요." 그는 털썩 무릎을 꿇었다. 그는 침대를 흔들 정도로 흐느꼈다. 그는 자신이 바라보던 사진 속의 얼굴을 손바닥으로 누르면서 울었다. 계속 울고 싶어도 더 이상 눈물이 남아있지 않자 그는 자기가 살해한 남자의 침대에서 어린 아이처럼 웅크린 채 잠이 들었다. 수면 중에는 거대한 불꽃처럼 타올랐던 후회의 흔적은 없었다.

데르다는 부엌 냉장고에서 얼린 고기를 몽땅 꺼내 거실 바닥에다 다 쏟아 놓았다. 집을 엉망으로 만들 실타래를 가지고 정원으로 나왔다. 그는 앞문을 바람에 닫히지 않게끔 의자로 기대어 놓았다. 개들이 데르다를 보자 컹컹 짓기 시작했다. 데르다가 개장으로 가까이 갈수록 개짓는 소리는 더욱 더 미친 듯이 커져 갔다. 개들은 제자리에서 뛰어오르기 시작하며 철망을 뚫고 나가려는 듯 거기다 머리를 비벼댔다. 데르다는 실의 한쪽 끝을 개장 문에 걸린 철 빗장에 묶고, 정원을 둘러싼 철책까지 뒷걸음질 쳐갔다. 가면서 실을 풀었다. 그러고 나서 철책 담장을 뛰어넘기 위해 줄어든 실타래를 땅바닥에 떨구어 놓았다. 담장을 넘어간 그는 쭈그리고 앉아 담장 바깥쪽에서 실타래 끝을 잡아 당겼다. 처음에는 개장에 걸린 철 빗장이 말을 잘 듣지 않다가 두 번째로 잡아 당기자 빗장이 풀렸다. 개들은 문을 한 번에 뛰쳐나와 쏜살같이 정원으로 향했다. 그것들은 데르다에게 달려들려 했다. 외부침입자를 물어 죽이려는 것이었다. 입마개를 철 빗장에 밀어넣고 뛰어오르려는 시도를 했다. 그러나 데르다에게 닿을 수는 없었다. 침입자는 여유 있게 웃음 지으며 이미 오백 미터나 떨어져있었다. "안으로 들어가." 그가 말했다. "안에 들어가면 거기에 먹을 게 있다." 말을 마치자 그는 뒤돌아서서 발길을 옮겼다. 지평선상에 있는 고속도로 쪽으로 갔다.

고속도로변에 도착하니 세 방향으로 길이 갈라졌다. 그는 자신이 원하는 방향이 어느 곳인지 알 수 없었다. 그러나 멍한 상태에도 불구하고 그가 타고 온 메르세데스가 어느 쪽에서 왔는지 기억해 냈다. 그는 길을 건너 이스탄불로 돌아가려 했다. 그가 해야 할 일이 딱 한 가지 남아있었다. 그의 생애에서 그가 하고자하는 마지막 일이었다. 그런 다음에는 어떻게 되든 상관없다. 우선 손을 들어 차를 세워야 했다. 트럭도 괜찮았다. 빨간 트럭이 섰다. "어디 가냐?" "이스탄불이요!" "올라타!" 운전수는 노인이었다. "아들, 이런 데서 뭘 하는 거냐?" 그가 물었다. "여긴 들개들이 우글거려. 아주 고약한 동네란다." 데르다는 해명해야 될 2구의 시체가 있다는 사실을 말할 수는 없었다. 아직 아이에 불과했다. 데르다는 나이 열일곱에 자신이 찾으려 하던 삶의 마지막 불꽃을 지니고 있었다. 약간은 두려웠다. 자신을 정화할 시간이 없었기 때문이다. 처음에 그는 대답하지 않다가 돌발적으로 물어봤다. "베이요을루라는 데 아세요?" 노인은 웃었다. "내가 너한테 하는 말 잘 들어봐라. 넌 베이요을루에 가서 뭘 하려고 그러니?" "아버지가 거기서 날 기다리고 계세요." "너의 아버진 뭘 하시니?" "아버진 작가세요." 데르다가 말했다. "이름이 뭐냐? 내가 알지도 몰라." "오우즈 아타이에요." "전혀 못 들어봤는데." 한 순간 데르다는 셔츠 아래서 총을 꺼내 이 운전수를 쏴 죽일까 생각했다. 오우즈 아타이를 모르는 죄로 말이다. 그러나 그러한 생각을 접었다. "그건 이 사람의 죄가 아니다." 그는 이렇게 혼잣말을 했다. 결국 그는 노인을 용서했다. "곧 아주 조만간에 우리 아버지 이름을 듣게 될 거예요." 운전수는 다시 웃음을 터뜨렸다. "못 들으라는 법도 없지. 그래 어디 두고 보자." 이들은 더 이상 말을 하지 않았다. 데르다가 트럭에서 내렸을 때 태양은 이스탄불을 뒤로 하기 시작했다. 운전수는 그에게 베이요을루까지 가는 법을 말해줬지만 아무런 도움은 되지 않았다. 그는 운전수가 말해준 길이나 광장의 이름을 전혀 알지 못했다. 그는 베이요을루라는 말만 알 뿐이었다. 즉 이름만 알고 있을 뿐이었다. 사루한이 그에게 말해줬다. "그가 써놓고 그렸던 모든 것이 베이요을루에 있어. 특히 거기에는 민속주점이 있는데 아주 유명한 집이지. 주점 이름이 뭐였더라? 촐라크? 초라크? 뭐 그런 이름이었어."

그는 지나가는 택시를 붙잡아 세웠다. "베이오을루." 택시가 탁심 광장에 도착하자 운전수가 말했다. "자, 여기요." 데르다는 창문 밖을 바라보며 눈으로 찾아봤다, "어디요?" 그가 물었다. 운전수는 답답함을 진정시키기 위해 크게 한숨을 쉬고 손가락으로 이스티크랄 거리를 가리키며 말했다. "저 밑으로 내려가 봐. 저기가 다 베이요을루란다. 데르다는 택시에서 내려 군중 속으로 걸어들어 가며 얼마나 많은 사람들이 이스탄불에 살고 있는지에 관해 생각했다. 여러 해 동안 그는 공동묘지에서 살아서 명절날이 되어야만 많은 사람들을 볼 수 있었다. 그는 지금 온갖 소음과 군중들 때문에 균형감각을 잃어버린 상태였다. 사실상 데르다가 자신의 균형을 잃어버릴 수 있는 곳을 찾기 위해 정확하게 그곳으로 간 것이나 마찬가지였다. 그러나 이스탄불 도심의 번화가 베이요을루는 그에게 지나치게 과한 곳이었다. 사람들이 그의 주위를 거대한 시냇물처럼 지나갔으며, 이스티칼 거리의 모든 불빛들이 한쪽에서 흘러왔다 다른 한쪽으로 가버리곤 했다. 그는 자기가 어느 방향으로 들어섰는지, 자기가 얼마나 많은 사람들의 발을 밟고 가고 있는지 몰랐다. 계속 앞으로 나갔다. 자신이 어디로 가는지도 모르고 그저 앞으로 나갈 뿐이었다.

데르다는 어느 교차로에서 멈춰섰다. 지근거리의 골목길 입구에서 노닥거리는 건달에게 물었다. "촐라크라는 델 찾고 있는데 어디 있는지 아니? 그게 민속주점이라던데." 건달은 데르다 또래의 애송이였다. 건달은 자신을 못가게 하려고 가슴을 누르는 손을 바라봤다. 그러고 나서 맞은편에 있는 얼굴을 봤다. 데르다의 얼굴은 사람들이 두려워하는 베이요을루 사람처럼 보였다. 이 건달 역시 두려웠다. "민속주점?" 그가 말했다. "촐라크인지, 초라크인지 뭐 그런 이름." "어쩌지. 난 모르겠어." 그 애가 말했다. "그럼 됐다. 너 오우즈 아타이를 아니?" 그 애는 정신 줄을 놓고 있었다. 너무 놀란 나머지 더듬거리기 시작했다. "글쎄, 그래. 있잖아, 그런데…." 그애는 데르다에게 왜 물어보는 건지 물어보려 했다. 그러나 데르다는 가 버렸다. 만약 "알아."라고 한 마디만 했어도 한명의 목숨을 구할 수 있었을 텐데. 이 사실을 알았더라면 말을 더듬거리기나 하고 고개를 그런 식으로 끄덕였을까? 그는 데르다가 10미터까지 멀어진 것을 보았지만 그 이후에는 더 이상 볼 수 없었다. 데르다는 사람들과 섞였고 사람들은 데르다와 섞였다. 데르다가 일곱 사람들에게 더 물었을 때 한결같이 "글쎄, 모르겠는데."라는 대답을 듣자 그는 하수도 냄새나는 골목길 입구에 있는 군밤장사에게도 다가가 민속주점의 이름들을 물어봤다. 그는 엉뚱한 대답을 했다. "저 아래쪽 동네를 전부 '초라크'라고 부르니까 거길 가봐라. 이리로 쭉 내려가다 세 번째 길에서 오른쪽으로 가면 돼." 데르다는 약간의 군밤을 팔아줬다. 데르다는 군밤껍질을 벗기며 걸어갔다. 자기가 추정하는 길을 따라 내려갔다. 오른쪽으로 꺾어져야 할 곳에서 오른쪽으로 들어갔다. 거기서 다섯 발자국을 더 걸어가니까 골목길로 툭 튀어나온 간판이 보였다. 불이 켜있는 간판이었다. 거기에는 '초라크'라고 쓰여 있었다. 그는 손에 쥐고 있던 종이봉투를 꾸겨서 바닥에 던져버리고 안으로 들어갔다.

그가 들어가자마자 종업원이 그에게로 다가왔다. 종업원의 빨간 넥타이가 그의 청색 스웨터 깃 밖으로 튀어나왔다. "무얼 도와드릴 까요?" 데르다는 왼손으로 종업원의 가슴을 떠밀고 오른 손으로는 허리춤에서 리볼버를 꺼내 천장에 걸려있는 고풍스런 샹들리에에다 두발을 발사했다. 타야르가 그에게 가르쳐 준대로 쐈다. 팔을 굽히지 않은 채로. 총소리가 이 유명한 민속주점 내에서 너무나 크게 울려 퍼져 손님들은 자신들이 외치는 비명조차 들을 수 없었다. 멍해진 귀가 원상태로 돌아온 것은 테이블 아래로 몸을 숨기려 하면서 서로를 툭툭 쳐보았을 때였다. 귀가 제대로 작동하자마자 그들이 제일 먼저 들은 소리는 데르다의 목소리였다. 그는 얼어붙은 채로 서있는 종업원에게 소리를 질렀다. "이 테이블들을 다 치우고. 모두 나오게 해! 시발, 빨리!" 종업원은 자기 머리를 겨냥하고 있는 리볼버의 뜨거운 총열을 느끼며 조심스레 뒷걸음질쳤다. "알았어, 알았어, 형제!" 그는 등을 돌려 사람들이 아래에서 촘촘히 몸을 숨기고 있던 테이블들을 치우기 시작했다. "일어서, 새끼야! 일어서!" 데르다가 외쳤다. "어디 얼굴 한번 보자. 얼굴들을 전부 보고 싶다." 그가 서있는 곳에서부터 최대한으로 가까이 다가섰다. 그는 한 젊은이의 눈과 마주쳤다. 젊은이는 테이블 아래서 나왔지만 여전히 공포감으로 몸을 오그리고 있었다. 그는 두 손을 든 채 머리를 떨고 있었다. 그는 독주인 라크를 일곱 잔이나 마신 상태였으나 두발의 총성에 정신이 번쩍 들었다. "꺼져!" 데르다가 말했다. "여기서 꺼지라고, 시발!" 처음에 그 남자는 무슨 말인지 몰랐다. 그러다 리볼버의 움직임에 따랐다. 정신이 바싹 들어 데르다의 옆을 지나 계속 두 손을 들고 머리를 떨고 있는 상태에서 문밖으로 나왔다. 그가 나가자마자 데르다의 눈은 또다른 청년의 눈과 마주쳤다. "너도 여기서 나가. 뭘 쳐다보고 있어? 꺼져, 시발!" 그도 주점에서 도망치듯 뛰어나갔다. 데르다는 눈에 띄는 청년들을 내쫓으면서 테이블들 사이로 발을 옮겼다. "너도 꺼져. 똥개 새끼!" 12명의 남자와 9명의 여자가 눈물을 흘리며 초라크를 떠났다. 남아있는 사람들은 한 테이블에 둘러앉아 있던 60세에서 75세 사이의 세 노인이었다. 데르다는 그들에게 다가가 수염을 기른 노인에게 물었다. "당신들 직업이 뭐요?" 수염을 기른 노인이 입을 열고 말했다. "무슨 일인가?" 그러나 데르다는 소리를 질렀다. "당신들 직업이 뭐냐고 물었잖아!" 수염 기른 노인 옆에 있는 안경 낀 남자가 말했다, "자네 문제가 뭐든지 우리가 풀어줄게. 이 사람은 기자일세. 이렇게 행동하지 않아도 되잖아!" 데르다가 피식 웃었다. "그게 어떻다는 건데?" 데르다의 미소를 보고나서 수염 난 노인은 그가 리볼버의 총구를 거둘 것이라고 생각했는지 얼굴에서 일순간 안도의 빛이 돌았다. "맞아, 아들. 자네가 뭐든 말만 하면 내가 도와줄게. 나한테 말해봐!" "얼굴에 꼭 총을 겨눠야 당신들은 그의 문제를 들어준다는 거지요? 안 그런가요?" 데르다가 고함쳤다. "누구라고?" 수염을 기른 노인과 안경 낀 남자가 함께 물었다. "내가 그의 이름을 말하면 기억들이나 하겠소? 이런 빌어먹을 인간들!" 그때까지 말 한 마디하지 않고 있던,

그들 중에서 가장 뚱뚱한 사람이 매우 흥미 있다는 듯이 소리쳤다. "우리에게 얘기해봐. 어서, 그 사람이 누구인지?" 데르다는 호흡을 죽이고 리볼버의 총열을 수염 난 노인에게 겨냥하곤 방아쇠를 당겼다. 그는 기자의 입에다 총을 쐈다. 총알은 "미친 짓일랑 하지 말게."라고 말하기 위해 벌린 입으로 발사되었다. 총알은 순식간에 그의 입으로 들어가서 뒷목을 관통하여 뒤쪽에 있는 벽에 틀어박혔다. 노인은 무릎이 부서진 것처럼 고꾸라졌고 안경 낀 남자는 테이블 아래로 들어가려고 했다. 유일하게 서있던 사람은 뚱뚱한 남자였다. 데르다는 그를 보자 그의 왼쪽 눈에다 곧바로 총을 쐈다. 남자의 두 손이 그의 한쪽 눈이 있었던 시커먼 구멍을 움켜쥐려했다. 그러나 그는 쓰러지고 말았다. 데르다는 허리를 굽혀 테이블 밑에 있는 안경 낀 남자를 향해 총을 쐈다. 남자는 자신을 보호하기 위해 두 손으로 가려보았지만 리볼버에서 튕겨 나온 총알은 그의 손바닥과 무릎을 관통했다.

"오늘 너희들은 오우즈 아타이를 위해 살해된 것이다. 이 개새끼들아! 오우즈 아타이를 위해서!" 그런 다음 그는 뒤돌아서서 거치적대는 의자를 발로 차며 문을 향해 걸어나갔다. 그는 초라크 바깥에 모여 있는 사람들을 향해 총을 겨냥하면서 소리쳤다, "비켜! 방해하지 말고 비키라고! 시발 것들아!" 사람들은 흩어졌고 데르다는 정처 없이 달려가기 시작했다. 경찰차의 사이렌 소리가 났을 때 그는 컴컴해진 첫 번째 거리로 접어들었다. 그날 밤 데르다는 새벽까지 달려갔다. 이스탄불의 모든 경찰이 그를 쫓고 있었는데도 붙잡히지 않았던 것은 기적이었다.

우연이었는지 운명의 꼬임이었는지 그가 지나갔던 모든 거리는 사루한이 해적판 책을 파는 육교로 통했다. 첫 동이 틀 무렵 그는 엠파이

어스테이트빌딩을 기어 올라가는 킹콩처럼 육교계단을 걸어 올라갔다. 계단 꼭대기에서 그는 시계 판매원을 봤다. 그는 무슨 이유에서인지 그날 아침 일찍 왔다. 두 사람의 눈이 마주쳤다. 시계 판매원은 고개를 끄덕이면서 인사를 했다. 그러고 나서 그는 등을 돌려 손에 들려있는 시계의 알람을 맞추기 시작했다. 데르다는 사루한이 책을 쌓아 놓을 곳에 주저앉아 가드레일에 등을 기대고 다리를 뻗었다. 여러 시간동안 쉴 새 없이 헤매다가 처음으로 멈췄다. 한 손은 주머니에 넣었다. 나머지 손도 주머니에 쑤셔넣었다. 담배를 찾고 있었던 것이다. 그는 고개를 들어 시계 판매원 쪽에 대고 말했다. "담배 좀 있어요?" 시계 판매원은 고개를 돌려 바라봤다. "기다려." 그는 전시용 시계를 맞춰놓고 레인코트 주머니에 한 손을 찔러넣은 채 데르다 쪽으로 걸어갔다. 그는 담배 갑을 꺼냈다. 데르다에게서 두발자국 떨어진 곳까지 오자 그는 다른 주머니에서 리볼버를 꺼내 소년의 머리에다 갖다 댔다. 데르다는 여전히 바닥에 앉아있는 상태였다. "누워." 그가 가라앉은 목소리로 지시했다. 마치 누워서 잠깐 낮잠이나 자라고 말하는 것 같았다. 데르다는 시키는 대로 바닥에 누웠다. 그날 밤 이런 저런 모습을 하고 이스탄불의 구석구석까지 다녀온 데르다는 대학교 주변 동정을 감시하는 비밀경찰에게 체포되면서 한 가지 질문을 더 던졌다. "그런데 나한테 담배는 주는 거예요, 아녜요?"

데르다가 검찰의 면전을 떠나기 전에 벌써, 심지어는 경찰서에서 진술하기도 전에 이미 데르다의 이야기는 모든 신문에 보도되었고, 모든 TV 채널을 통해 방송되었다. 그에 의해 희생된 수염 기른 남자는 전국에서 가장 저명한 기자였다. 그리고 총상을 입고 병원에 옮겨져 살아나려고 몸부림치는 나머지 두 사람은 작가였다. 소설 작가들이었다. 뚱뚱한 사람은 그다지 주목받지 못했지만, 안경 낀 작가는 사람들의 저녁 식사의 특별 메뉴로 올라있었다. 모두들 그에 관해 자세한 것까지 알고 싶어 했다는 얘기다. 제일 많이 제기되는 의문은 '이 공격이 테러리스트의 소행일까?'였다.

처음에 데르다가 경찰에 진술한 내용이 너무 황당해서 사람들은 그가 테러리스트가 틀림없다고 확신했다. 그러나 그가 경찰에게 제공한 세부 내용들, 손가락에 있는 문신, 이 사건을 발전시켜 나가게 하는 일목요연하고 명확한 그의 자발적 자백에서 경찰은 그가 말한 것을 최종적으로 믿게 되어 그의 증언을 인정했다. 데르다가 경찰에게 말했다. "나는 오우즈 아타이를 위해 그 사람들을 쐈어요. 난 그 사람들이 누군지 몰라요. 그따위 것은 신경 쓰지 않아요. 나는 총으로 쏴죽일 작가나 기자를 찾고 있었어요. 그런데 그 사람들이 바로 거기에 있었지요. 그래서 나는 방아쇠를 당겨 갈겨 버렸어요." "오우즈 아타이가 누구지?" 은퇴할 나이가 됨직한 경찰이 그에게 물었다. 데르다는 손목에 수갑을 차고 있었지만 여전히 발로 펄쩍 뛰었다. "이런 똥개야!" 그의 뒤에 있던 두 명의 경찰이 그의 어깨를 찍어누르며 강제로 앉히고 입을 다물게 했다. 그중 한 명이 물었다. "이 사건이 오우즈 아타이와 무슨 관계니?" "오우즈 아타이가 왜 죽었는지 알아요. 몰라요? 비탄에 빠져서 그런 거예요. 누가 그를 절망에 빠트렸나요? 누가 그를 그토록 암울하게 만들었지요? 살아있는 모든 사람들은 그에게 신경쓰지 않았어요. 당신들이 내 말을 믿지 않는다면 가서 그의 책들을 다 읽어봐요. 그리고 그의 생애에 관한 책을 읽어봐요. 나는 오우즈 아타이에 대한 복수를 하기 위해 그 양아치들을 쏜 거예요." "좋다. 그럼 너의 행동에 대해 뉘우치지는 않니?" 그들이 데르다에게 물었다. "만약 그들이 오우즈 아타이와 무관한 사람들이라면 약간 미안한 마음을 가질 수 있을 거예요." 이렇게 말을 하고 데르다는 침묵하며 생각에 빠졌다. "하지만 솔직히 난 후회하지 않아요. 왜 그런지 아세요? 당시에 오우즈 아타이에 대해 알고 있으면서 그에게 무슨 일이 벌어졌는지 이해하지 못했던 사람들은 누구였든 간에 모두 죄가 있는 거예요. 그래서 나는 후회하지 않아요. 그리고 그 비슷한 것도 하지 않아요. 하지만 내가 후회하는 게 뭔지 아세요? 나는 두 양아치가 죽은 줄 알고 그만 자리를 떠났던 게 후회가 돼요." "너하고 오우즈 아타이는 무슨 관계니?" 데르다는 그 질문에 미소를 지었다. "너와 무슨 관계라는 게 무슨 의미지요? 우리는 모두 오우즈 튀르크 족이잖아요!" 이 대답은 경찰의 심문 중 즉각 새로운 관심을 불러 일으켰다. 경찰은 이전에 알지 못했던 테러 조직을 발견해낸 것에 대해 몹시 고무되어 있었다. 경찰이 물었다. "그런데 오우즈 튀르크 족이 누구냐? 이게 조직이름이냐? 너희들 조직원은 얼마나 되냐?" "이 보세요. 나조차 몰라요. 내 말은 뭐냐 하면 오우즈 튀르크 족이 어딘가에 있다는 건 알아요. 그런데 그들이 누구인지, 몇 명이나 되는지는 모른단 말예요. 하지만 그들의 상징이 가는 곳마다 붙어있는 걸 봤어요."

경찰이 "그 상징표시가 어떤 건데?" 라고 묻자 데르다는 종이쪽지에다 O안에 있는 A를 그려보였다. 경찰중의 한 명이 "그런데 그게 혹시."라고 말을 꺼내기 시작하자 다른 한 명이 그의 팔을 잡고 조용히 하라고 하며 물었다. "젊은 사람들은 모두 민속주점에서 내쫓았는데, 왜 그런 거니?" "오우즈 아타이는 1977년에 사망했어요. 그때 그 사람들은 아직 태어나지도 않았을 때였어요. 아니면 어린 아이였을지도 몰라요. 그래서 그들을 모두 바깥으로 나가게 했어요." "무기는 어디서 구한 거냐?" "타야르라고 하는 사람에게서요." "그 사람은 어디 있는데?" "내가 그 사람을 어딘가에 매장했어요. 그런데 정확히 어디냐고 물어본다면. 안 믿을지 모르시겠지만 모르겠어요. 어디다 매장했는지는 아는데 그곳까지 어떻게 가는지 모른단 말입니다." "거기에 대해 말할 수 있는 특이할 만 한 건 없니?" "내가 이스라필이라고 하는 사람도 쏴 죽였어요. 사실 나는 그를 쏠 마음이 없었지만 현장에 그가 있는 바람에… 하지만 정말로 난 그에게 감사한 마음을 가지고 있어요. 나를 보스포루스 다리 위로 데려가 줬으니까요." "넌 또 무슨 짓을 했니?" "모르겠어요. 아버지를 두드려 패기도 했어요. 아버지의 입을 짓이겨 놓고 코를 부러뜨렸어요."

검사는 데르다 사건에 비상한 관심을 가졌다. 그는 경찰의 진술 내용을 검토하고 이 소년이 정신병이 있는지 밝혀내려 했다. 그러나 검사는 혼자서는 밝혀낼 수 없어서 그가 아는 정신병원에다 이 사건을 의뢰했다. 그런데 학식이 높은 전문 교수진도 의견이 갈렸다. 어떤 교수는 데르다가 자기가 창조한 세계에서 사는 유일한 거주자라고 분석을 내린 반면 다른 교수들은 그가 통상적인 살인범에 불과할 뿐이라고 판단했다. 그러나 얼마 후에 그들이 데르다 어머니를 몇 조각으로 토막 냈는지 그리고 몇 살 때 그런 행동을 했는지 알고 난 다음에 정신병원 교수진의 의견은 둘에서 하나로 모아졌다. 정확하게 진단을 내리기는 지나치게 이른 감이 있지만, 데르다의 정신 상태는 뇌가 정상적으로 기능하는 건강한 개인과 같을 수가 없다는 것이었다. 최소한 뇌가 정상적으로 기능하는 정상적인 사람은 난관에 부딪혔을 때 그것을 스스로 해결하거나 누군가를 고소한다. 정상인은 다짜고짜 달려가서 총으로 사람을 쏴죽이지 않는다.

이 사건에 대한 심리는 소년법원에서 열렸다. TV기자들은 소년법원의 모든 심리 내용을 낱낱이 취재해갔다. TV 채널에서는 오우즈 아타이에 관한 다큐멘타리를 방영했고, 『투투나마얀라르』에 대한 토론이 진행되었다. 똑같은 토론이 의견이 분분한 정신과 의료진 사이에서도 활기차게 벌어졌다. 어떤 토론자는 오우즈 아타이 생존 시 그가 정말로 불의로 인해 고통 받았다고 주장했으나, 다른 토론자들은 그것을 그의 죽음과 연관시킨다는 것은 어불성설이며 그의 죽음은 문학과 아무런 관계도 없다고 주장했다. 짤막한 인터벌이 있었지만 오우즈 아타이에 대해 광범위한 토론이 이루어진 관계로 붉은 트럭 운전수조차 라디오로 그 이름을 듣고 자기가 태워줬던 소년이 〈나의 아버지〉라고 불렀던 사람이 누구인지 알게 되었다.

그러나 얼마 후에 방송편성자들은 그와 같은 토론이 시청자들에게 예전처럼 호응을 얻지 못하고 있다는 사실을 알아차리고 데르다에게 초점을 맞추기 시작했다. 그들은 토크쇼에 게스트들을 초청해서 문맹 문제하며, 공동묘지에서 일하는 아이들과 소년범죄에 관해 토론했다. 게다가 직접적 연관은 없어도 약물남용이나 중독에 관해서도 언급했다. 페인트 희석제와 본드 흡입은 어느 방송국 채널이든 시청자를 마비시킬 만큼 해로운 단어들이었다. "어떻게 오우즈 아타이란 이름이 그런 폭력적 행위와 손을 잡고 갈 수 있단 말인가? 믿기조차 어려운 일이다. 우리나라 거리들이 어떤 상태인지 생각해봐라." 이러한 유형의 정서가 들끓다가 식곤 했다. 모두들 데르다의 무시무시한 상상력에 대해 나름대로의 견해를 가지고 있는 듯 했다. 특히 쉬레야와 젤랄이 TV 카메라 앞에서 얘기한 내용을 듣고 난 후에 더욱 그랬다. 데르다의 아버지 젤랄은 눈물을 흘리며 호소를 했다. "그 애가 나를 쐈어요! 내 유일한 아들인데요. 여러 해 동안 보지 못했는데 나를 거의 죽이려고 했어요. 바로 그런 애라고요. 잘못된 거지요. 나는 이 자리에 모인 경험 있는 선생님들에게 말하는 겁니다. 내 아내를 돌려주세요. 나는 제대로 아내 장례식을 치러주고 싶어요. 매일 밤 꿈속에서 아내가 나타나요." 이사만 인터뷰를 거절했다. 그는 신문기자나 TV리포터가 어떤 질문을 던져도 대답하지 않았다. 그들이 이사를 압박하면 할수록 그는 목구멍으로 나오는 말들을 참았다. 어쩌면 그가 어떤 얘기든 전해주고자 하는 유일한 인물이 그의 면전에서 마이크를 들이미는 사람들 뒤에 숨어있었기 때문이었는지 모른다.

병원에서 퇴원할 때 뚱뚱한 남자는 한쪽 눈만 남아있는 상태였고, 안경 낀 사람은 물리적 대칭성을 상실한 상태였다. 그는 죽는 날까지 절뚝거리며 다녀야 했다. 두 사람은 병원에서 나오자마자 급히 서둘렀다. 새로운 책을 쓰기 위해서였다. 그중 하나는『총알 한 방』이었고 다른 하나는『초라크의 삶』이었다. 두 사람 다 서문 위에 '오우즈 아타이를 추모하며'라고 썼다. 왜냐하면 뚱뚱한 사람과 안경 낀 사람은 둘 다 말을 할 수 있게 되자마자 오우즈 아타이에게 깊은 존경심을 가지고 있다고 끊임없이 말해왔기 때문이다. 하지만 그들의 얘기를 듣는 사람들이 충분히 납득하지 못할까봐 걱정이 된 나머지 자신들의 저서를 오우즈 아타이에게 헌정하기에 이른 것이었다. 모두가 그들의 진정성에 확신을 가질 수 있게끔 말이다. 물론 소설『초라크의 삶』은 상까지 받았다. 출판 기념파티는 초라크에서 열렸다. 그런데 뚱뚱한 남자는 자신이 희망하는 만큼 관심을 끌지 못했다. 이러한 사건의 진행과 관계없이, 가장 커다란 관심을 끌었던 행사는 수염을 기른 사람의 장례식이었다. 그의 생애나 글 또는 그의 작품 읽기를 통해 무언가를 알게 된 사람은 누구나 TV 리포터가 마이크를 갖다 대면 눈물 어린 발언을 했다. 그 중 한 사람은 그를 '문학의 순교자'라고 불렀다. 그 말은 수염을 기른 사람의 신문 헤드라인으로 대서특필 되었다. "문학의 순교를 향한 수천 발자국"

헤드라인 바로 밑에는 데르다의 사진이 있었다. 법원에서 두 명의 경찰 사이에 있는 모습이었다. 수갑이 차여진 두 손목을 앞으로 뻗고 있었다. 그의 시선은 오우즈와 아타이라고 쓴 글자 위를 바라보고 있었다. 그의 사진 옆에는 "법원에서의 충격적 사건" 이란 말이 써 있었다. 그 밑에는 "살인자 24년형 선고!"가 제목으로 나와 있었다. 재판 심리 기간 내내 이러한 보도들이 쏟아졌지만, 피고의 정신건강상태에 관한 의료계의 보고서는 그에게 아무런 도움이 되지 않았다. 법원은 데르다를 어떤 보호치료소로 보내는 대신 노도와 같은 여론을 잠재우는 것을 최우선적으로 고려한 나머지 그를 소년원으로 보내는 판결을 내렸다. 18세까지는 소년원이고 그 이후는 일반 교도소에서 형을 살아야 한다. 그러나 24년 형에 만족하는 이는 아무도 없었다. 가석방 없는 종신형을 선고받길 기대했기 때문이다. 하지만 그는 목숨을 건졌다. 즉 24년간 감옥살이를 하면 가석방으로 풀려날 수 있는 것이다. 물론 모범수가 된다는 조건 하에서였다. 이러한 징벌은 집단 히스테리에 대한 즉각적 반응에 불과했다. 히스테리를 일으키게 한 것은 망상이었다. 데르다가 36년 씩 세 번 징역형을 받으면 종신형이 되는데, 그렇게 해야 데르다가 감옥에서 평생 썩어죽을 것이라는 사실에 안도를 하여 사람들이 집에 돌아가 평화롭고 조화롭게 살 수 있다고 믿는 망상이었다. 그러나 집단 히스테리가 한 가지 간과한 사실이 있었다. 데르다가 17세 생일이 되기 일주일 전에 살인을 저질렀기 때문에 그는 행위가 중범죄로 인정되지 않았다는 사실이다. 만약 데르다가 인내심을 발휘해 일주일 후에 사건을 일으켰다면 그의 범죄는 소년계에서 담당하지 않았을 것이며, 법원에서는 데르다를 성인신분으로 재판하지 않을 수 없었을 것이다. 그러나 합법적인 달력이 계산하는 법칙은 달랐으며, 어떤 면에서는 아무에게도 도움이 되지 않는 다른 식으로 작동되었다.

수염을 기른 남자의 흉상제막식이 그의 신문사 건물 앞에서 벌어질 때 연사는 이렇게 말했다. "이 공격은 자유를 거부하겠다는 언사입니다. 24년형을 선고받았다는 것은 그러한 행위를 공식적으로 지지한다는 것과 다름없습니다." 사건이 벌어지고 2년이 지났다. 사람들이 원했다면 이들 희생자를 언론의 순교자로 영구히 기념할 수도 있었다. 사람들은 자신들의 가족 중에서 아이 하나를 잃어버렸다고 생각하고 싶어 하지 않았다. 단지 지하 깊숙한 비밀 조직이 공격을 하여 살해한 사건으로 치부하려 했다. 이러한 설을 뒤집어 보려는 사람은 아무도 없었다. 수염을 기른 사람은 자신의 신념 때문에 살해당했다는 것이다. 그것이 다였다. 어쩌면 그 이유로 그의 흉상이 그가 실제로 살았던 때의 모습보다 더 멋지게 만들어졌는지 모른다. 사람들은 이런 식으로 그를 기억하고 싶어 했다. 하지만 우리가 살아있는 한 우리 모두는 부업으로 일자리를 가지고 있는 것이 아닐까? 과거의 감독과 디자이너는 결국 그와 같은 명예직이다.

데르다는 타야르와 이스라필이 쓰레기 하느프를 살해하라고 그에게 권총을 줬던 내용을 자세하게 설명해줬다. 그러나 법원은 판결문에서 이 두 사람의 죽음을 간과했다. 법원에서는 데르다가 상세히 진술한 것을 그의 죄를 입증하는 자료로만 활용했다. 어쨌든 아무도 자리를 박차고 일어나 TV 앞에서 그들은 생전에 좋은 사람들이었다고 울면서 말하는 일은 없었다. 오직 이스라필의 아들만 법정에서 나오는 데르다에게 달려들려고 했을 뿐이다. 하지만 경찰이 그를 끌어내는 바람에 한때 그의 사진에다 대고 사과했던 데르다에게 끝내 다가갈 수 없었다. 그리고 히크메트 운동원들은 이 사건을 일종의 상징으로 받아들였다. 그들은 타야르의 비운이 조직의 질서를 어긴 인과응보라고 했다. 그들은 그 이후 여러 해 동안 그의 사례를 교훈삼아 얘기하곤 했다. 어쩌면 이 사건을 그들의 아이들에게 보여주는 좋은 사례로 이용했는지 모른다.

당국에서 취한 마지막 조치는 데르다가 도처에 매장한 어머니의 토막 낸 시체였다. 그것은 부검에 넘겨졌다. 어머니의 죽음이 데르다와는 무관한 사건이었음이 결론 나자, 토막 난 시체조각들은 모두 종이상자에 모아서 젤랄에게 넘겨졌다. 그녀의 연로한 남편은 한 손에 상자를 들고 TV 방송취재기자들 사이를 의미심장하게 지나가서 택시를 탔다. 그는 두 블록을 지나 택시에서 내려 처음 마주친 대형 쓰레기 폐기장에다 발걸음조차 머뭇거리지 않고 상자를 던져버렸다.

데르다가 교도소에 갇혀 있는 동안 매년 그는 신기한 소포를 받았다. 교도소 간수들이 그것을 몰래 그에게 밀어넣어 줬다. 가끔 그 안에는 돈과 약품 같은 것이 있었다. 쓰레기 하느프가 그것들을 보내줬다. 그는 이 사건의 내막을 처음부터 끝까지 아주 자세히 추적한 결과, 그가 지금껏 숨을 쉴 수 있는 게 다 데르다 덕분이라는 사실을 깨달았다. 하느프는 자기가 줄 수 있는 모든 것을 다 주고 싶었다. 생명을 지켜준 적지 않은 빚을 졌기 때문이다. 하느프는 자기 별명과 걸맞게 거리에서 살았다. 그는 여러 해 동안 쓰레기통에서 파지를 긁어모아 그가 메고 다니는 자루보다 더 큰 자루에다 쌓아두었다가 그것을 무게로 재서 현금을 받고 팔았다. 데르다와 같은 나이에 그는 사람을 죽인 죄로 난생 처음 마른 지붕 아래서 잠을 잘 수 있었다. 그는 감옥이 어떤 곳인지 너무도 잘 알고 있었다. 그리고 어린 시절부터 쓰레기통을 뒤져 연명해 온 인생의 가치가 어떤 것인지 잘 알았다. 데르다는 그에게 소포를 붙여 오는 사람의 신원을 도무지 파악할 수가 없었다. 처음 몇 해 동안 그는 오우즈 아타이가 직접 보내주는 것이라고 믿었다. 영혼으로부터 그런 생각이 들었다. 그러다 몇 년 후에는 그런 생각을 접었다. 사실상 그는 생각하기를 일체 멈췄다. 그가 소포에서 휴대폰을 꺼내기 전까지 말이다. 그게 19년째 복역하고 있을 때였다.

그가 전화를 걸 만한 사람은 아무도 없었다. 그래서 처음 몇 주 동안 그는 전화기를 만져보는 일이 거의 없었다. 그러다 어느 날 그는 전화기를 손에 쥐고 아무 버튼이나 눌러보기 시작했다. 사용법을 전혀 몰랐기 때문에 자기가 무얼 하고 있는지 조차 이해하지 못했다. 그래서 영화가 시작되는 소리가 화면 위에서 나기 시작했을 때 덜컥 겁이 났다. 전화기를 어떻게 꺼야하는지 알기 전까지 난감했다. 전화기가 거의 부서지다시피 변기 쪽에다 힘껏 던져 버렸다. 제대로 다룰 줄 몰랐던 것이다. 하지만 결국에는 어떤 곳을 누르면 소리가 꺼지는 것을 알아냈다. 그때서야 그는 약간의 흥미가 생겨나 화면을 주의 깊게 살펴보기 시작했다. 동영상이 작동되었다. 평범한 영화였다. 그는 미소를 지었다. 안에서 22년의 세월을 보낸 이래 그는 손바닥으로부터 외부세계를 구경할 수 있게 된 것이다. 그는 그게 너무 재미나서 심지어는 웃고 깔깔 거리기 시작했다. 그러다가 손으로 자기 입을 막고 소리를 죽였다.

쓰레기 하느프는 3년 동안 소포를 보내지 않았던 적이 있었다. 그가 살해당한 후 3년 동안이었다. 가장 예기치 않은 순간에 사고를 당했다. 교통체증 상황에서 말다툼하다 총에 맞은 것이다. 이제 소포를 꾸려주는 것은 그의 아들이었다. 아들은 아버지가 데르다에 관해 들려준 동화 속 영웅 같은 또 다른 시대의 얘기를 들어둔 바가 있었다. 그것도 한두 번 들은 것이 아니었다. 이제 그는 아버지의 유지를 받들고 있는 것이다. 하느프가 "내가 죽으면 네가 소포를 대신 보내 주거라."라고 직접적으로 말한 적은 없었다. 아버지는 죽거나 어떻게 되거나 할 계획이 전혀 없었던 것 같았다. 그러나 아들은 그것이 자기의 사명이라고 생각하고 동화 속 영웅에게 소포를 계속 보내주기 시작했다.

그러나 아들은 19년 동안 감옥 생활하는 35세 남자를 어떻게 하면 즐겁게 해줄 수 있는지 몰랐다. 그의 입장에서 생각해보려 했다. 결국 해답을 찾았다. 4면의 벽속에 갇혀 지내야 하는 살인적 권태에서 빠져나올 수 있는 길은 하드드라이브에 영화와 노래를 잔뜩 내려 받아 휴대폰에 심어 주는 것이다. 그는 직접 영화와 노래를 골랐다. 그것은 데르다가 감옥에서 가져 본 유일한 전자기기였다. 데르다는 그럼에도 흡족했다. 궁극적으로 아들의 해답은 적중했다. 데르다가 휴대폰 사용법을 터득한 후 휴대폰 메모리 속에 수백편의 영화가 저장되었다는 것을 알고 나자 그는 손바닥만한 화면에 있는 환상의 세계 속으로 빠져들어 갔다. 거기에서 여러 시간동안 머물러 있곤 했다. 독방을 환기시키기 위해 그를 교도소마당으로 불러낸 사이에도 그는 다시 영화 속에 빠져 보고 싶은 불타는 충동에 사로잡혀 있었다.

데르다는 바깥 세상과 사람들이 얼마나 많이 변했는지 믿겨지지 않았다. 그는 자신의 눈을 믿을 수가 없었다. 19년 만에 처음으로 그가 석방되는 날이 두려워졌다. 아직 석방에 대한 결정은 없었지만 그는 가석방으로 풀려날 것이 분명하다는 것을 확신했다. 수감생활을 시작한 이래 오점 하나 잡히지 않았기 때문이다. 그는 그 누구도 죽인 적이 없었고, 그 누구와 싸워본 적이 없었으며, 간수에게도 욕 한 번 하지 않았다. 다른 죄수들은 데르다를 뭔가 정신이 돈 사람으로 간주했다. 그들은 데르다가 매우 은밀한 지하조직 요원이란 말을 들은 바가 있었기 때문에 아무도 비위를 건드리지 않았다. 아무도 그에게 시비를 걸지 않았다. 아무도 오우즈 또는 아타이와 싸움을 걸려하지 않았다. 이와 같은 모범 행위로 미루어 24년형을 채우면 출소할 것이라고 본인은 확신했다. 그러나 출소 후에 그가 들어 간 세상이 영화에서와 같다면 거기에 익숙해지는데 24년이 더 걸릴지도 몰랐다.

어느 날 아침 그는 아침을 먹고 독방으로 돌아와 그동안 보았던 수백편의 영화목록 속에서 새로운 영화를 틀었다. 화면에 젊은 여인이 나타났다. 그녀 곁에는 남자가 있었다. 데르다는 이것이 어떤 종류의 영화인지 알았다. 둘 다 벗고 있었기 때문이다. 그러나 사실 데르다는 지금껏 포르노를 본 적도 없었고, 여자를 만져본 적도 없었다. 그가 옷을 벗은 여성을 마지막으로 본 것은 도끼로 토막 낸 어머니의 시체였다. 쉬레야는 여기에 들어가지 않는다. 공동묘지 집의 매트리스에서 그녀가 벌떡 일어났을 때 데르다는 고개를 돌렸기 때문이다. 그는 완전히 뒤돌아서서 문을 바라봤다. 어떤 이유에서인지 그는 열쇠구멍에 시선을 집중시켰다.

데르다는 동영상을 멈추고 목록으로 되돌아갔다. 그는 다음 영화로 들어가는 곳을 터치했다. 두 여인이 서로에게 애무를 하며 키스를 하는 장면이 스크린에 떴다. 그러자 데르다는 이 영화도 건너뛰고, 다음 영화로 넘어갔다. 처음에 그는 삭발한 소녀를 봤고, 그 다음에는 남자를 봤다. 금발의 남자였다. 그리고 또 한 명의 남자가 나타났다. 데르다는 또 건너뛰었다. 보고 싶지 않았다. 그는 다음 영화로 넘어가려 했다. 그러나 그의 마음과는 다르게 손가락 끝이 화면위로 미끄러지면서 소녀의 이미지를 터치하고 있었다. 그는 삭발한 소녀의 눈을 똑바로 바라보고 있었다. 음성 볼륨은 속삭임 상태로 틀어 놨다. 어느 지점에서 소녀는 시야에서 희미해졌고, 그녀의 위에 올라가 있는 남자의 등만 보였다. 그때 데르다는 무슨 소리를 들었다. 카메라맨도 그 소리를 들었음이 틀림없었다. 바로 그때 소리 나는 쪽으로 카메라 렌즈를 잡아당겼기 때문이다. 비명을 지르며 우는 소녀의 얼굴이 프레임 한 가운데에 잡혔다. 데르다는 믿을 수가 없었다. 그는 뒤로 돌려 그 장면을 다시 봤다. 그는 다시 그 소리를 들었다. "Gel buraya! Gel!"(역주: 이리 와! 와!)

소녀가 터키 말을 하고 있는 것이었다. 마치 데르다에게 와 달라고 애원하는 것 같았다. 또 다른 사내는 그녀의 두 다리 사이에서 자세를 취했다. 그러나 소녀는 데르다를 직시하고 있었다. 그녀는 외쳐댔다. 처음엔 그냥 욕설을 내뱉었는데 나중에는 이런 말을 했다. "넌 왜 거기에 서있기만 해? 이리 와줘. 어떻게 좀 해 달라고. 나는 여기 있는데, 너는 어디 있니?" 데르다의 몸에 굳게 배어있는 습관이 단박에 나왔다. 생각할 여지도 없이 그가 외쳤다. "나 여기 있어!" 그는 자신의 목소리에 겁을 먹고 동영상을 일시정지를 시켰다. 동영상에서 바로 이 프레임을 찍은 것은 누구보다도 그를 일깨우기 위해서라는 느낌이 들었다. 그는 일시 정지된 프레임을 눈물을 머금고 바라봤다. 삭발한 소녀의 울음은 오래전에 오우즈 아타이를 추종하게끔 그를 행동으로 이끌었던 부름과 똑같은 것이었다. 그는 그의 흉곽을 때리는 심장의 박동이 그러한 절규를 상기시켜 주기 전까지 새까맣게 잊고 있었다. 그는 손끝으로 심장의 고동을 느꼈다. 그리고 그 소녀의 눈에서 계속 시선을 떼지 않은 채 그 손끝 중 하나로 플레이 버튼을 다시 눌렀다.

거기에는 셀 수 없이 많은 남자들이 있었다. 데르다는 그 소녀와 함께 울며 소녀의 간청을 듣고 있었다. 그때 남자들이 한명씩 오염된 빗방울 쏟아지듯 그녀 위로 덮쳤으며, 데르다는 절망적으로 이 모습을 계속 보고 있었다. 그는 동영상을 일시정지 시키고 뒤로 돌렸다. 그는 소녀가 소리가 외치는 장면을 봤다, "나는 여기 있는데, 너는 어디 있니?" 그는 매번 그녀에게 셀 수 없을 정도로 계속 대답했다. "나 여기 있어!" "나 여기 있어!"

더 이상 그는 다른 영화를 보지 않았다. 단 한 번도. 그는 그 소녀의 목소리에 귀를 기울였다. 울고 있는 소녀의 목소리에, 힘없는 주먹으로 자기 위에 있는 남자들을 때려보는 소녀의 목소리에, 그는 소녀의 찢어지는 듯한 목소리에 귀를 기울였다. 마음이 내키지 않았지만 그녀의 다리 사이로 들어왔다 나간 남자들의 수를 세었다. 52명이었다. 그는 눈을 감고 울음을 억제하려고 조개껍질처럼 귀를 막았다. 그는 그녀의 목소리에서 나오는 진통을 외우고 있었다.

그는 소녀의 입술에서 나온 문자들을 그의 마음속 벽에다 새겨넣었다. 이따금 그는 동공까지 눈물이 그렁그렁한 눈으로 바라보면서 말했다. 그는 소녀에게 말했다. 마치 오우즈 아타이의 비석에다 말을 했듯이. 그가 알고 있는 것은 무엇이든 그녀에게 말해줬다. 그가 무엇을 두려워하고 있는지도 일일이 전해줬다. 그가 상상하고 있는 것은 뭐든지 그녀에게 속삭여 줬다. 그가 망각하고 있는 것이 무엇이었는지도 기억해서 알려줬다. 그가 꾸었던 꿈이 어떤 것이든 그녀에게 다 말해줬다. 그때 그는 간수들에게 요청했다. 글 쓰는 법을 가르쳐 줄 수 있는지를. 이제 글을 써야 할 이유가 생겼기 때문이다. 그는 몇 달 동안 글쓰는 법을 배웠다. 몇 달 사이에 글쓰기 교본을 마쳤다. 마침내 그의 펜에서 종이 위로 떨어진 글자 하나하나가 그림이 되었다. 이 그림 하나하나는 맹세가 되었다. 바로 그런 이유에서 그가 글쓰기를 염원했던 것이다. 자신의 맹세를 글로 써놓으면 그것은 절대로 지워질 수 없으리라고 생각했기 때문이다. 그의 생애에서나 미래에서 절대로 지워지지 않으리라 생각한 것이다. 그가 40세가 되고 출소일까지 40일이 남았다. 오우즈 아타이의 무덤을 깨끗이 청소한지도 감방에 있는 시간만큼 흘렀다. "나는 여기 있는데!"라며 울부짖는 삭발 소녀를 5년 내내 들여다 본 이후에 데르다는 편지를 썼다. 그는 정성을 다해 글을 썼다.

데르다의 편지

너는 어디 있니? 라고 네가 물었지. 그래 나는 여기 있어. 내 이름은 데르다야. 열여섯 살 때 나는 세 사람을 죽이고 두 사람을 평생 불구자로 만들었지. 그중 몇몇 사람에게 그런 행위를 한 것은 오우즈 아타이를 위해서였지. 나머지 사람에게 그런 행위를 한 것은 나를 위해서였어. 아니면 내가 미쳐서 그런 짓을 했는지 몰라. 나중에 깨달았지만 이렇든 저렇든 큰 차이는 없어. 난 지금 마흔 살이야. 독방에서 24년간 지냈지.

너는 나를 모를 거야. 아마 이 세상에 나 같은 사람이 존재한다는 것을 알 수가 없었을 거야. 하지만 난 널 봤어. 나는 네가 얼마나 두드려 맞았는지 봤어. 네가 그 사람들한테 비는 것도 봤지. 난 지난 5년 동안 너를 보았지. 5년 동안 매일 같이 말이야.

이제 40일이 지나면 난 출소해. 네가 어디 있는지 몰라. 네가 살아있는지 조차 몰라. 하지만 40일 후에 나와 이 편지는 여행길에 오를 거야. 나는 너를 찾아 이 편지를 직접 전달할 수 있도록 온 세상을 다 돌아다닐 거야. 이 여행은 너 없이 시작되겠지만 이 여행의 끝은 너와 함께 하게 되겠지. 필요하다면 이 여행에서 죽게 된다해도 마다하지 않을 거야.

나는 너의 이름에 대해 많이 생각해 봤어. 내가 아는 그 어떤 이름도 너에게 적합해보이지 않았어. 너를 만나는 날 그 이름을 너에게 들게 될 거야. 그 전까지 억지로 알려하지 않을 게. 당분간은 너를 "나의 벗"이라고 할게. 그렇게 한다고 화를 내진 않겠지.

난 너에게 맹세를 했지. 네가 그 어디에 있든 너를 찾아내리라고. 만약 네가 죽었다면 나도 곧장 너의 뒤를 따라 갈게. 죽음 뒤에 삶이 없다면 내가 그 삶을 만들 거다. 그래야 너를 찾을 수 있으니까.

왜냐하면 나는 너를 사랑하고 있기 때문이지.

데르다

***

감옥에서 마지막 밤을 보내고 데르다는 잠에서 깨어 눈을 떴다. 천장을 바라봤다. 여러 해 동안 꿈꾸어왔던 그 하루를 시작하기 위해 해야 할 것은 일어나 앉아서 차가운 콘크리트 바닥에 두 발을 누르는 것이었다. 그러나 그렇게 하지 않았다. 그는 기다렸다. 눈에는 눈물이 고여 있었다. 하지만 눈을 깜박이지 않았다. 그의 두 빰이 젖어있을 때 희뿌옇게 보이는 천장에서 사랑하는 벗의 얼굴을 봤다. 손을 가져다 대면 얼굴이 닿을 것만 같았다. 그의 손가락은 마치 산호처럼 대양의 파도에 실려 어른거리고 있었다. 그는 마치 유령을 애무하고 있는 것 같았다. 그의 두 줄기 눈물이 턱까지 도달했을 때 데르다는 "내가 가고 있어."라고 속삭였다. 마치 죽은 자가 살아나는 것처럼 그는 천천히 침대 위로 일어나 앉았다. 그는 일어서서 용수철 매트리스 틈새로 한 손을 집어넣고 전화기를 꺼냈다. "네가 출소한다고 해서 널 찾아오는 사람은 아마 없을게다." 당직 간수가 그에게 말해줬다. "네가 출소하는 건 근무끼리만 알고 있을 정도이니까, 아무 것도 걱정할 건 없다."

데르다는 일주일 전부터 준비해두었던 바지와 셔츠를 입었다. 그는 재킷을 입은 뒤 안주머니에다 전화기를 쑤셔넣었다. 그는 자기가 외견상 어떻게 보일지 개의치 않았다. 머리에 빗질도 하지 않았다. 콧수염은 멋대로 자라나 있었다. 씻는 것 빼고는 몸단장을 위해 아무 것도 하지 않았다. 간수들이 양복을 가져다 줬다. 색깔도 골라줬다. 검은색이었다. 그들에게 법무부에서 지급하는 월급보다 더 많은 돈을 쥐어주는 하느프가 시내를 돌아다니게 될 데르다를 알아볼 수 있게 하기 위함이었다. 쓰레기 하느프가 데르다라는 이름 덕분에 불멸의 길을 걸었다는 걸 간수들은 믿었다. 어쩌면 그들이 옳았을지 모른다. 어쩌면 모든 비밀이 이름들 뒤에 숨겨져 있는 것인지 모른다. 그러나 간수들이 받은 지시는 수정처럼 명료한 것이다. "데르다가 우리의 이름을 알면 안 된다." 때문에 그는 자기가 왜 검은 양복을 입었는지 절대로 알 수 없을 것이다.

그는 두 발을 앞에 있는 검은 구두 속에 하나씩 하나씩 파묻었다. 그러고 나서 용수철 매트리스 아래 숨겨왔던 편지를 꺼냈다. 양복 상의를 열고 휴대폰 옆에다 편지를 밀어넣었다. 그는 네 발자국을 걸어가서 독방 개수대 위에 걸린 거울로 자기 모습을 봤다. 그는 40세였으나 그 어느 때보다 강해 보였다. 두 주먹을 불끈 쥐고 복싱 선수처럼 포즈를 취해봤다. 두 손에 새겨진 OĞUZ와 ATAY를 보면서 미소 지었다. 그러고 나서 그의 미소는 흐려졌고 그는 두 손을 내리지 않은 채 기다렸다. 마치 복싱선수가 포즈를 취하고 있는 것처럼. 마치 링 한 가운데서 홀로 서서 전 세계의 적수들을 무너뜨릴 찬스를 노리고 있는 것 같았다. 마치 거울 뒤의 벽을 무너뜨리려 하는 것 같았으며, 벽들이 무너져 내리면 감옥이 붕괴될 것 같았다. 그는 독방의 문이 열리는 소리가 날 때까지 그러한 포즈를 취하고 있었다.

"나와, 데르다. 석방이다." 두 명의 간수가 그를 교도소 정문으로 데리고 갔다. 그들은 복도를 따라 그가 처음 이곳으로 들어왔던 곳을 향해 걸어갔다. 간수들이 멈춰서서 데르다를 바라봤다. 그중 한 명이 말했다. "자, 이제 모든 게 지나가버렸다." 데르다가 미소 지었다. "다시는 이런 일이 없는 거다. 모든 게 이제부터 시작이다." 그들은 악수를 했다. 데르다는 문 쪽으로 방향을 돌려 죄수로서 마지막 호흡을 했다. 교도소 정문은 높이가 4미터나 되었고 무게는 수 톤이 나갔다. 정문이 마법의 문처럼 오른쪽으로 미끄러졌다. 그의 두 어깨가 지나갈 정도로 문이 열리자 그는 그 사이로 빠져 나왔다. 그것은 그의 인생 여행에서 첫 번째로 내디딘 발자국이었다. 두 번째 발자국을 내디디는 순간 그의 길이 막혔다. 양복을 입은 사내에 의해서였다.

"데르다 선생이 아니신가요?" 데르다는 대답하지 않았다. 그는 눈부신 태양빛을 방어하기 위해 손을 들었다. 그는 이 사내의 얼굴을 파악하려 했다. 사내는 다시 말했다. "잠시만 저에게 시간을 할애해주신다면 아주 고맙겠습니다." 그 사내의 손이 데르다의 상의를 향해 뻗치자 데르다는 사내의 손목을 붙잡았다. 그는 제자리로 거둬들이는 사내의 손에 무엇이 쥐어졌는지 몰랐다. 사내가 말했다, "제 명함을 주려 했던 겁니다." 데르다는 꼭 쥔 손가락을 풀고 그에게 내민 명함을 받았다. 사내가 말했다. "저는 세페르 바일란이라 하고, 변호사 업무를 보고 있지요. 선생을 만나고 싶어 하는 저의 고객이 있습니다." 데르다는 방금 들은 이름과 똑같은 이름이 찍혀진 명함을 다시 그 사내에게 넘겨줬다. "자, 받으세요." 데르다는 그 명함으로 무엇을 해야 좋을지 몰라 그것을 땅에다 떨어트렸다. 그는 명함을 주고받는데 익숙하지 않았다. 변호사는 아무 것도 보지 않은 듯 미소 지었다. "데르다 선생, 내 차가 저기 있습니다. 저랑 같이 가주신다면 아주 감사하겠습니다. 그리 오래 걸리지 않을 겁니다." 데르다는 연인에게 가는 여정에 놓인 장애물을 제거하는데 필요한 만반의 준비가 되어있었다. 그는 싸우고, 상처를 주고, 죽일 준비가 되어있었다. 하지만 그는 변호사를 만나리라곤 전혀 기대하지 않았다. 아니 누군가 자기를 만나러 와서 무슨 오퍼를 한다는 것조차 기대하지 않았다. 그는 무슨 말을 해야 할지 몰랐다. 어찌됐든 그는 말을 하는데 능숙하지 않았기 때문이다. 그가 유일하게 알고 있는 것은 여행을 떠나야 된다는 것이다.

"나는 가야 돼요. 내가 가야 할 곳이 있어요." 데르다는 더 이상 아무 말도 듣고 싶지 않았다. 그가 두 발자국을 떼자 햇빛이 얼굴에 쏟아졌다. 그 다음에 그는 모든 것을 바꿔놓을 말을 들었다. "데르다 선생, 내 말 좀 들어봐요. 이건 오우즈 아타이와 관련된 일입니다. 아주 중대한 일이죠." 데르다는 발길을 휙 돌려 그 사내를 바라봤다. "댁의 차가 어디 있다고 했지요?" 변호사는 그가 떠맡은 난제중이 난제를 해결할 수 있게 되어 날아갈 듯이 기뻐했다. 그는 진심어린 미소를 지었다. "네, 바로 여기 있습니다."

승용차는 한때 데르다가 사이 길들로 달려 들어갔던 큰길들을 굽이치며 나갔다. 그가 시계 판매원한테 체포되었던 육교 밑을 통과할 때 그가 물었다. "그런데 누가 나를 보자고 하는 거지요?" "저의 고객이 직접 설명하시는 게 최선의 대답일 겁니다. 데르다 선생." "내가 오늘 출소한다는 것을 어떻게 알았지요?" "저희들은 선생의 사건을 계속 지켜보았습니다. 한 마디 더 말씀 드리자면 선생이 가석방으로 출소된 것을 저흰 누구보다 기뻐하고 있습니다." "왜지요?" 어떻게 대답해야 좋을지 모르면 누구라도 그렇듯 변호사는 화제를 바꿨다. "차가 막히는 이곳을 빠져나오면 그 다음은 막히는 데가 없습니다." "우린 어디로 가고 있나요?" "이제 얼마 남지 않았습니다, 데르다 선생. 죄송합니다. 헌데 한 가지 깜박했습니다. 혹시 담배를 피우시나요?" 운전수는 기량이 뛰어난 변호사였다. 그는 젊고 경험이 많지 않았지만 고객의 방어를 위해서라면 자신의 희생도 마다하지 않는 변호사였다. 때문에 그는 필요이상의 말을 한 마디도 하지 않았다. 그는 데르다의 질문에 대답하기에 앞서 우선 담배 불을 붙였다. 예전에 담배연기에 전혀 노출되지 않았던 자신의 차를 희생하겠다는 것이다.

데르다는 변호사가 라이터와 함께 건네준 담배에 불을 붙여 물곤, 자동차 천장 커버에다 담배연기를 푸하고 불며 압둘라 생각을 했다. 압둘라가 말하곤 했지. "불 좀 붙여라!" 압둘라가 지금 어디 있는지 누가 알겠는가? 둘만 남아있을 때는 서로 담뱃불을 붙여주며 얘기했었지. 자기가 태어난 걸 후회할 줄 누군들 알았을까? 데르다는 그 시절을 떠올리며 미소를 지었다. 세페르는 고개를 돌려 데르다가 미소 짓는 걸 본 뒤 물었다. "지금 어떤 심정이신지, 물어봐도 될까요?" "뭐라고요?" 데르다가 물었다. "24년이 지나고 다시 자유와 한 몸이 되신 심정 말입니다." 데르다는 손가락 사이에 있는 담배의 절반을 한 모금에 빨아 들인 뒤 말했다. "다른 죄수들에게나 물어보세요. 나는 갈 곳이 없는 몸이요. 만약 댁이 날 여기다 팽개쳐 놓고 간다며 난 다시 돌아가서 24년을 더 살 거요." 그의 대답을 듣고 세페르는 놀랐다. 하지만 그는 데르다가 맨 처음에 한 말을 기억했다. "그런데 선생께서는 가봐야 할 데가 있다고 하지 않으셨나요? 그렇게 말씀하셨던 걸로 기억하는데요." "네, 맞아요, 그런 데가 있어요." 데르다가 말했다. "내가 어딘가 갈 데가 있을 때는 교도소 생활이 힘들지요. 안 그러면 어디에 있던 상관없지요."

70년 인생에서 절반을 산 사람이 그중 24년을 4면의 벽에 갇혀 살아오고서도 앞으로 어디서 살든 상관치 않겠다니, 이렇게 세페르가 생각하는 동안 커다란 도로로 빠져 나왔다. 데르다는 이 대로를 금방 알아챘다. 공동묘지로 통하는 길이었기 때문이다. 아무것도 변한 것이 없었다. 물론 사이길들, 아스팔트 색깔, 담장들, 건물들, 그리고 사람들은 바뀌었다. 그러나 전혀 바뀌지 않은 것이 한 가지 있었다. 그 나머지 것은 바뀌든 말든 중요치 않았다. 이 길이 공동묘지로 통한다는 것이었다. 다른 곳이 아닌 바로 공동묘지로 통하는 길이었다. 그래서 데르다는 서슴없이 물었다. "우린 지금 공동묘지로 가는 건가요?" 대답을 채 듣기도 전에 그는 앞 유리창으로 고개를 내밀어 표지판을 찾아봤다. 그는 왼편에 있는 골목길 쪽을 바라봤다. 그는 다시 한 번 "NAIL"이라 쓴 표지판이 있나 찾아봤다. 하지만 찾을 수가 없었다. 대리석 가공소라든가 술집 따위는 전혀 볼 수 없었다. 데르다는 손가락에 새겨진 문신을 보고 이사를 떠올렸다. '고맙다.' 속으로 말했다. '네가 어디에 있든지, 고맙다.'

이들은 공동묘지 정문을 통과하면서 속도를 늦춰 갔다. 데르다는 야신의 경비실을 찾아봤다. 그러나 그의 눈은 아무 소득 없이 돌아왔다. 경비실은 여러 해 전에 철거되었고, 그 자리에 유리로 전면을 덮은 2층 빌딩이 들어서 있었다. 지금은 쇠막대기들로 되어있는 철문은 없었다. 저녁이 되어 공동묘지는 닫혀 있었다. 자동으로 열리는 장애물이 있었다. 데르다를 보자고 하는 경비원이나 그 비슷한 사람도 없었다. 그는 궁금했다. 이렇게 해놓고 어떻게 아이들을 쫓아냈는지. 저런 장애물로도 충분할까? 그는 어찌해야 할지 몰랐다. 공동묘지 맞은편에 있는 판자 집들이 완전히 철거되었다는 사실을 상상조차 할 수 없었다. 데르다가 판자 집에 살았을 때 그곳은 지옥 같았다. 아무도 그 지옥을 무너트릴 수 없었다. 그렇게 할 만한 사람은 누구 하나 없었다. 어쨌든 주변의 판자 집들은 아무 것도 남아있지 않았으며, 담장을 뛰어넘거나 장애물 아래로 지나다니며 공동묘지에서 푼돈을 벌던 아이들은 남아있지 않았다.지금 그 아이들은 모두 학교에 있었다. 데르다로서는 전혀 갈 수 없었던 학교였다.

한때 분수가 있었던 광장에 도착하자 변호사는 차를 세우고 데르다를 바라봤다. “여기서부터는 어디로 가는지 선생이 잘 아시리라고 생각합니다.” 데르다는 차문을 열고 바깥으로 나와 그의 어린 시절에 속했던 모든 것이 그의 눈앞에서 주마등처럼 스쳐가는 것을 봤다. 숨을 크게 들이마셨다 내쉬는 사이에 공동묘지의 모든 것이 지나갔다. 24년간 감방생활 하는 동안 아무도 손길을 주지 않았던 그곳을 데르다는 바라보고 있었다. 똑같은 무덤, 똑같은 비석, 똑같은 나무들이었다. 아마 세월의 나이는 약간 더 먹었겠지. 데르다처럼. 하지만 그게 다였다. “선생을 만나서 너무 잘 됐습니다!” 변호사가 그의 뒤에서 소리쳤다.

하지만 데르다는 그 말을 듣지 못했다. 그는 낯익은 비석들과 죽은 자들이 있는 공동묘지 안으로 더욱 깊숙이 들어갔다. 그의 발은 지금 어디로 가고 있는지 알고 있었지만, 그럼에도 데르다는 취한 기분이었다. 데르다는 나무 그늘을 통해 가면서 비석들을 어루만졌다. 그러고 나서 그의 발은 마치 땅이 갑자기 가라앉기라도 한 듯 멈춰 버리고 말았다. 오우즈 아타이 무덤 머리맡에 어떤 여인이 손에 흰 봉투를 쥐고 서있었기 때문이다. 하얀 봉투를 들고서 말이다.

데르다는 여러 해 전에 그가 했던 행동을 되풀이 하지 않았다. 그는 숨지 않았다. 그는 나무들 가운데로 숨거나 숨을 죽이지 않았다. 그냥 걸어갔다. 오우즈 아타이와 그 여인이 있는 쪽을 향해서. 그 여인은 데르다의 그림자가 자기에게 떨어지자 몸을 돌렸다. 그리고 데르다에게 물었다. 데르다는 마치 꿈속에 와있는 것 같았다. 아니면 이 두 사람은 지구상에 마치 단 둘이 남아있는 것 같았다. "데르다, 맞지요?" 그녀에게 대답을 하면서 그는 눈을 가늘게 떴다. "맞아요." 그는 망망대해에서 난파당한 선원이 수평선 상에서 육지를 발견한 것과 같은 희망을 가지고 그녀를 바라봤다. 단 두 마디만 들었어도 그 여인의 목소리가 이미 친숙하게 느껴졌다. 그녀가 그의 눈을 들여다보는 시선 역시 마찬가지였다. 데르다는 '이건 불가능한 일이야.'라고 혼잣말을 했다. "미안해요." 여인이 말했다. "여기까지 번거롭게 오라고 해서요." 데르다의 두 눈과 두 귀는 꽉 차있어서 그녀가 무슨 말을 하는지 알아듣지 못했다. 만약 시간이 멈춰 있었다면 무슨 말인지 파악했을 것이다. 특히 이상하리 만큼 서로가 닮은 것을. 그러나 분침과 시침은 데르다에게 아무런 관심을 쏟지 않았다. "난 당신이 그동안 어떻게 살아왔는지 알고 있어요." 여인이 말을 이어갔다. 그러면서 그녀는 데르다의 손을 쥐었다. OĞUZ가 새겨진 손을. 그 손에다 흰 봉투를 쥐어줬다. "이걸 읽으면 모든 걸 이해하실 거예요. 내가 당신에게 쓴 글이에요. 편지랍니다."

데르다는 열한 살 소년처럼 오우즈 아타이의 무덤 밑둥에 무릎을 꿇었다. 도처에서 불어오는 죽음의 먼지에 완전히 눈이 멀어있었다. 그는 지금 발을 딛고 서있을 상태가 아니었다. 이 순간 오우즈 아타이의 무덤이 그가 신뢰할 수 있는 유일한 현실이었다. 무덤에 등을 기대고 있으니 기분이 한결 좋아졌다. 그는 심호흡을 하고 편지를 뜯었다. 속 안에 있는 편지지를 꺼내고 나서 그는 여인을 올려다보며 자기 옆 땅바닥을 가볍게 두드렸다. 여인은 땅바닥에 앉았다. 데르다와 나란히. 그녀 역시 오우즈 아타이에게 등을 기댔다. 그녀는 무릎을 올리고 거기다 턱을 괴었다. 그녀는 멀리 떨어진 나무에 시선을 고정시켰다. 한때 데르다가 그 위 그늘에서 잠을 자며 꿈을 꾸었던 나무였다.

데르다의 편지

데르다에게,

나는 이 편지를 어떻게 시작해야 하는지 알고 있지만 어떻게 끝내야 할지는 모르겠어. 우선 내가 너에게 존댓말 대신 친근하게 반말 하는 것을 양해해줘. 너를 처음 만나게 되면 막상 반말을 못 할지도 몰라. 그래서인데 널 처음 만나게 되면 난 기쁨에 넘쳐 너

의 이름조차 까맣게 잊어버릴 것 같아. 그렇지만 이렇게 용기를 내서 너에게 편지를 쓰는 이유가 있지. 나의 이름이야. 우리의 이름이야. 우리 이름이 똑같기 때문이지. 어쨌거나 우리 둘 다 이름이 데르다야. 어쨌든 말이야.

나는 야트르자라는 조그만 마을에서 태어났어. 열한 살이 되자마자 강제로 결혼해서 런던으로 끌려갔지. 어느 아파트에서 죄수처럼 5년 동안 머물러 있다가 어느 날 밤 탈출했어. 나는 헤로인을 하기 시작했고, 헤로인을 하기 위해 모든 짓을 마다하지 않았지. 심지어는 그러기 위해 한꺼번에 52명의 남자와 잠자리를 하는 지경에까지 이르렀지. 그것은 동영상으로 찍혀 수백만 명이 그런 나를 보고 있다는 것을 알아. 내가 너에게 이 얘기를 하는 것은, 네가 나를 이해해주길 바라는 마음에서야. 아무 것도 남기지 말고 나를 송두리째 알아줘. 오늘 이 순간까지 나는 누구에게도 지금처럼 흉금을 터놓고 이 얘기를 한 적이 없었어. 하지만 지금만큼은 이 모든 얘기를 나 자신한테 하듯 차분한 마음으로 너에게 편지를 쓰는 거야. 아니 더 솔직히 말하자면, 나 자신한테 고백하는 것보다 지금의 내 마음은 더 차분한 상태야. 너한테 편지를 쓰는데 이상하리만큼 마음이 평온해. 어쨌든.

열여섯 살 때 나는 헤로인을 끊게 하는 재활센터에서 앤이라는 부인을 만났어. 그 부인은 은퇴한 간호사였어. 부인은 그날까지 내가 전혀 느껴본 적이 없는 사랑으로 나를 치료해주었고 나를 자기 집으로 데려가줬어. 그렇게 여러 해가 지나고 나는 부인의 딸이 되었지. 앤의 딸인 된 거야. 부인의 이름은 터키어로 어머니를 뜻하는 'anne'와 철자가 똑같았어. 예전에 그렇게 썼었어. 어머니는 2년 전 뇌출혈로 돌아가셨기 때문이지. 어머니를 잃은 나는 모든 것을 다 잃어버린 심정이었어. 내가 다시 살아있다는 느낌을 찾을 수 있었던 것은 무엇보다도 그녀의 일기였지. 그녀는 일기장을 보물처럼 숨겨놓고 있었어. 일기를 보고 알았지만 앤은 한때 윔블던의 앳킨슨 몰리(Atkinson Morley) 병원에서 근무했었어.

1976년 12월 22일 당시 28세였던 앤은 집중치료실 야간 근무 중 어느 환자를 받았지. 방금 뇌종양 수술을 받고 나온 환자였어. 터키인이었지. 그 사람이 누구인지 알겠니? 아마 넌 이미 알고 있을 거야. 그의 이름이 네 손가락에 쓰여 있으니까. 그는 오우즈 아타이였어. 오우즈 아타이는 12월 31일까지 집중치료실에 있었지. 곁에는 항상 앤이 함께 있었어. 오우즈 아타이가 그녀에게 첫 번째로 한 말이야. "당신의 이름을 터키어 식대로 읽으면 '어머니'가 되는 군요."(역주: 터키어의 어머니는 "안네"로 발음 한다) 오우즈 아타이는 무시무시한 머리의 통증 때문에 잠을 이룰 수가 없었어. 그는 자신의 머리를 '아으르 다으'라고 부를 정도였으니까. 물론 농담 삼아 '통증의 산'이라 부른 거였어. 그 말은 또 아라라트 산의 터키 식 이름이지. 물론 앤은 그 말의 의미를 해석해낼 수 없었지만 오우즈 아타이에게 그 말을 종이에 쓸 수 있도록 호의를 베풀었지. 이 때 그녀는 자기가 이해하지 못하는 문장을 통째로 복사해서 일기장에 써넣은 거였어.

둘은 8일 동안 밤마다 새벽이 올 때까지 대화를 했어. 처음에 앤은 듣기만 했지. 그때 앤의 머릿속을 유일하게 채웠던 것은 죽음이었기 때문이지. 자살이었어. 특별한 이유에서 그랬던 것은 아니었어. 이유는 모든 것이었어. 그녀의 모든 인생이었지. 그녀가 살아야 하는 모든 것 때문이었지. 그런 사람들이 있지. 즉 다른 사람들보다 훨씬 민감한 사람들이지. 그들은 등에 백을 메고 다니듯 죽음을 지고 다니다, 과도하게 지쳐버리면 그 백의 무게를 견디지 못해 열어버리고 말지. 어쨌든.

어떻게인지 오우즈 아타이는 앤이 무슨 생각을 하고 있었는지 눈치 챘지. 그걸 느낄 수 있었던 거야. 그래서 오우즈 아타이는 그녀와 오직 인생에 대한 대화를 했지. 생존하고 싶다는 그의 소망에 대해서였지. 이렇게 해서 8일 밤은 그녀에게 커다란 영향을 끼쳐서 결국 그녀는 살아야한다는 확신을 갖게 됐지. 왜냐하면 그녀의 코앞에 살려고 몸부림치는 돈키호테 같은 남자가 있었고 그는 그날까지 자기 가슴 속에 있는 모든 말을 다 털어내어 그녀에게 살아가야하는 방법을 말해줬기 때문이지.

앤은 영어로 그에 관해 말했어. "마치 셰익스피어가 내 면전에 있는 것 같아서, 나는 책을 읽듯이 그의 말에 귀를 기울였다. 나는 그의 말을 여기다 적을 수 없다. 내게 믿음을 주었던 그의 주옥같은 말을 적어놓는 순간 그 말의 의미가 다 망가질 수 있기 때문이다. 그는 나에게 아무런 기회도 주지 않았다. 그를 믿고 그가 한 말을 따라 하는 것 이외에 내가 할 수 있는 것은 아무 것도 없었다." 오우즈 아타이가 병원에서 나온 이후에 그들은 한 번도 다시 본 적이 없어. 궁금하니? 그녀는 오우즈 아타이와 사랑에 빠졌던 거였어. 그러나 일기장 어디에도 이런 말을 적어 놓진 않았어. 단지 이런 문구가 있었을 뿐이야. "그이는 내 평생 사랑에 빠져봤으면 했던 유일한 남자다."

그러다 몇 년 뒤 앤은 터키로 갔어. 네가 이 편지를 읽고 있다면 정확히 네가 지금 서있는 그곳으로 간 거였어. 에디르네카피 세히틀리으이 사키자으지 공동묘지에 있는 오우즈 아타이의 묘지 머리맡으로 갔던 거지. 그녀는 일기에서 편지 한통을 언급했지. 그녀가 오우즈 아타이에게 쓴 편지였어. 그녀가 무얼 썼는지는 아무도 몰라. 앤은 그 편지를 오우즈 아타이의 무덤에 묻어주려고 갔어. 여기 일기에 써놓은 글이 있어. "나는 오늘 그 편지를 그 사람 위에다 묻었다. 아마 세월이 흐르면 편지는 흙과 하나가 되겠지. 아니면 내가 여길 떠나자마자 그의 영혼이 그 편지를 읽지 않을까? 그때 어떤 남자애가 내게 다가왔다. 그 애는 매우 빈곤해 보이고, 세파에 심하게 찌들어있는 것 같았다. 그 애는 공동묘지에서 묘지를 세척해주는 일을 하는 것 같았다. 그 애가 내게 뭐라고 말했다. 물론 나는 그 애가 하는 말을 이해하지 못했다. 나는 그 애한테 비석을 무덤을 깨끗이 해달라는 제스처를 취했다. 그 애한테 돈이라도 조금 주었으면 좋았을 텐데. 하지만 나는 너무 슬픔에 복받쳐 울기 시작했고 그 자리를 뛰쳐나갔다. 나는 뒤조차 바라보지 않았다."

나는 네가 공동묘지에서 일하고 있다는 것을 알아냈지. 그 애가 바로 너였을까? 의심을 해봤지. 하지만 누가 아니, 그게 바로 너일지? 앤의 일기를 다 읽고 나서 나는 깨달았어. 내 생명을 구해준 이가 다만 그녀 하나가 아니란 것을. 오우즈 아타이도 거기에 들어가. 그도 나를 지옥에서 구해준 은인일지 몰라. 오우즈 아타이가 앤의 생명을 구해줬기 때문이지. 내게 앤과 같은 은인이 없었다면 나는 파멸했을지 몰라. 나는 많은 것을 알아냈지만, 오우즈 아타이란 사람이 존재했다는 사실조차 몰랐어. 알고 있었니? 나는 지금 에딘버러 대학교에 문학교수로 있어. 그런데도 그가 누구인지 몰랐다는 게 한심하기도 했어. 여기서 나의 터키어 실력을 반성해야 될 것 같아. 내가 터키어로 편지를 쓰는 것은 난생 처음이야. 그리고 내가 29년 만에 터키로 돌아가 너에게 이 편지를 읽어달라고 하는 것도 처음이야. 어쨌든.

앤의 일기를 다 읽자마자 나는 오우즈 아타이가 쓴 글을 모두 다 읽기 시작하고, 그에 관해 찾아낼 수 있는 자료들을 모두 연구했어. 그러고 나서 네가 내 앞으로 불쑥 튀어나온 거였어. 그리고 너에 관한 모든 뉴스들이 쏟아져 나왔지, 너의 사진들하며, 네가 재판 과정에 말했던 모든 말들이. 나는 믿을 수가 없었지. 무엇보다도 너의 이름을 읽었을 때가 말이야. 지금 나는 이 편지를 처음부터 다시 읽었는데, 내가 얼마나 형편없이 썼는지 알 수 있어. 문단이 끝날 때마다 '어쨌든'이 들어가 있고 말이야. 어쨌든, 어쨌든이 아냐! '어쨌든'을 넣지 않고 계속 문단을 이어간다면 내가 지금 다 쓸 수도 없을 만큼 수천가지 얘기가 나올 거야. 나는 지금 어린 소녀와 같은 느낌이야. 너에게 이런 글을 쓰는 기분이 마치 열한 살 소녀가 되어버린 느낌이야. 어쨌든!!

이 편지 서두에 설명했듯이 우리는 우리의 운명의 실이 어디로 가는지 모를 지점에 도착한 거야. 우리는 종착역에 당도했어. 내가 너에게서 무얼 원하는지 확실치 않기 때문이지. 하지만 너하고 내가 있는 것 같아. 내가 무얼 말하려는지 모르겠어. 네가 여전히 이 글을 읽고 있다면 넌 여전히 내 곁에 있는 거야. 그런데 네가 이 모든 일이 우연의 결과라고 믿는다면 너는 지금 떠나가 버려도 좋아. 우리 각자 자기 삶을 살고 모든 것을 망각해버리는 거야. 하지만, 난 거짓말을 할 수 없어. 나는 나 홀로 살아갈 수도, 그 어떤 것도 망각할 수도 없어. 나 역시 오우즈 아타이를 읽었고 너를 만났기 때문이지. 어쩌면 너는 이렇게 말하겠지. 사진하고 그깟 뉴스 쪼가리를 통해 사람을 알면 얼마나 아니? 맞는 말이야. 어쩌면 거의 맞지 않는 말일 수도 있어. 이런 경우에 난 이렇게 말할 수 있지. 난 너를 아주 조금 a만큼 알고 있다고.

너도 그렇게 생각하지 않니? a는 겨우 시작점이 되는 아주 작은 말일 뿐이지. A와 Z는 두 문자에 불과해. 하지만 그 사이에 전체 알파벳이 있잖아. 그 알파벳으로 너는 수만 단어와 수십만 문장을 사용할 수 있지. 내가 너에게 하고 싶은 말하며 내가 쓸 수 없는 그 모든 것이 이 글자 사이에 있지 않니. 하나는 시작이고, 다른 하나는 끝이지. 하지만 그 두 개는 서로서로에 의해 만들어진 것 같아. 그러니 그 두 개가 함께 하여 하나로 읽혀질 수 있으면 좋겠다. 그 둘이 자기네들 사이에 있는 모든 문자들을 기어 올라가 하나로 만날 수 있으면 좋겠다. 너와 나처럼.

그러니 분명 거기에는 조금보다 훨씬 많이 있는 거야. 어쩌면 삶과 죽음도 az와 같은지 몰라. 어쩌면 내가 너를 조금 안다는 의미가 내가 나 자신을 아는 것보다 너를 더 잘 알고 있다는 말인지 몰라. 어쩌면 "나는 몰라."의 의미가 나는 배우기 위해서 무엇이든 하겠다는 말인지 몰라. 어쩌면 조금이 모든 것을 의미할 수 있어. 어쩌면 그 말이 내가 너에게 해주고 싶은 유일한 말일지 몰라. 나는 모우즈 아타이의 무덤 머리맡보다 너를 만나기에 더 좋은 장소를 생각해낼 수가 없었어. 네가 이 편지를 읽고 뒤도 안 보고 떠나간다면 이 편지를 이 무덤 속에 파묻어버리려 하기 때문이지.

데르다와 데르다

그들은 동시에 눈을 떴다. 몸을 돌려 서로를 바라봤다. 데르다는 그녀의 입술까지 목을 빼어 그녀와 키스를 했다.

그날 이들은 에딘버러 거리를 돌아다녔다. 밤이 되자 그들은 집으로 돌아왔다. 여자 데르다는 거실로 갔다. 남자 데르다는 화장실로 갔다. 그는 손에 있는 스프레이 페인트 깡통을 흔들었다. 화장실의 커다란 벽에다 붉은 색으로 O자를 그렸다. 데르다는 미소를 띠고 그것을 몇 분간 바라봤다. 눈처럼 하얀 벽 위에 붉은 핏빛의 문자 하나가 그려진 것이다. 그런 다음에 그는 O자 안에 A자를 추가했다. 그는 이 표시를 마치 난생 처음 보는 것처럼 바라봤다. 아니면 그것을 바라보며 평생을 보낸 사람처럼 보였다.

그는 침실로 들어가 자신의 몸에서 옷들을 벗겨 내기 시작했다. 옷을 벗은 그는 나체가 되어있었다. 거실에서 음악이 흘러들어왔다. 그는 실룩이는 입술을 다물었다. 그것은 이 집에서 가장 사랑받는 앨범 Altre Follie(1500-1750)이었다.

데르다는 침실에 있는 전면 거울 앞에 서서 그의 주먹을 복싱선수처럼 들어 올렸다. 그는 OĞUZ와 ATAY 위에 있는 자신을 바라봤다. 그때 데르다가 들어와서 그런 포즈를 깨트렸다. 그녀 역시 나체였다. 그녀 역시 미소 짓고 있었다. 데르다는 그녀에게 나이대가 다른 신사처럼 손을 내밀고 화장실로 들어가 보라는 표시를 했다. 상체를 구부려 인사하듯이. 그녀는 안으로 들어가 욕조 곁에 섰다. 그녀는 무릎을 구부리고 물 온도를 알아보기 위해 두 손가락을 물에다 넣었다. 그러다가 그녀는 몸을 똑바로 세우고 한 번에 머리핀을 뽑고 머리를 흔들었다. 그녀의 머리는 강물처럼 어깨위로 떨어졌다. 그녀는 한쪽 발을 먼저 담그곤 나머지 발도 뜨거운 물에 담갔다. 그녀의 벗은 몸은 뜨거운 물속에서 녹아버렸다.

데르다는 두 개의 샴페인 글라스를 욕조 곁에 가져와 체크무늬의 타일 바닥에 내려놓았다. 그러고 나서 그도 뜨거운 물속으로 천천히 들어갔다. 그들은 서로를 바라보며 피어오르는 수증기 속에서 미소를 지었다. 그러면서 눈을 감고 음악에 귀를 기울였다. 음이 점점 느려지자 그들의 눈꺼풀이 열리고 그들은 서로를 바라봤다. 그들은 팔을 뻗어

샴페인 글라스를 들어 올렸다. 서로의 눈에서 사랑의 시선을 떼지 않은 채 둘은 한 모금 마셨다. 마치 숨을 들이 마시듯. 마치 독을 빨아 마시듯.

"난 자기를 조금 사랑해." 여자 데르다가 말했다. "난 자기를 그보다 조금 덜 사랑해." 데르다가 말했다. 그들은 더 이상 말하지 않았다. 그러나 마침 벽에 그려진 상징을 한번 바라보곤 함께 생각했다. 모든 게 오우즈 아타이에서 시작해서 오우즈 아타이로 끝날 것이다. 그리고 끊임없이 흘러나오는 'Follia'의 멜로디를 배경으로 그들은 잠자리에 들어가기 전 마지막으로 서로를 쳐다봤다. 죽음으로 떨어진 것이다. 그들은 80세였다. 두 사람은 함께 하기 위해 40년을 살았고, 함께 죽기 위해 40년을 살았다. 그렇지만 또 다른 40년을 위해서 그들은 더 이상 생존할 수가 없었다.

역자 후기

인간해방을 꿈꾸며

터키라는 나라는 지정학적 위치만큼이나 나라의 정체성에 대해서도 한 마디로 설명하기가 어렵다. 터키는 아시아지만 완전한 아시아가 아니고, 이슬람국가지만 다른 중동국가의 생활 이슬람과는 다르며, 제국주의국가였지만 서구 제국주의와는 판이하게 달랐으며, 유목민이었지만 완전한 정주민으로 바뀌었다는 점 등이 그러하다. 터키만큼 사회통합이 어렵고 복잡한 나라도 지구상에 그리 많지 않을 것이다. 그러나 이토록 다양하고 다른 색채의 사람들을 하나로 묶어줄 수 있고, 그들에게 '터키인'이라는 민족 정체성을 불어넣어 줄 수 있는 가장 분명한 끈은 터키어라 할 수 있다. 인종, 종교, 계층, 세대 간의 격차나 갈등을 하나로 연결시켜 주었던 것은 터키어였다. 그래서 하칸 귄다이는 유년 시절부터 오랫동안 외국생활을 해왔지만 모국어인 터키어를 누구보다 강조하는 작가이다.

하칸 귄다이는 모든 것이 터키어 사전에 있는 한 낱말에서 시작된다고 한다. '태초에 말이 있었다'에서 시작하는 성경구절처럼 그는 맨 처음에 하나의 말을 발견한다. 그런 다음 그 말에다 질문을 곁들인다. 그렇게 되면 작가 나름대로의 담론이 만들어지는 것이다. 그는 이 담론을 가지고 줄거리를 만들고 소설을 쓴다. 그렇기 때문에 그는 소설을 쓰기 전에 하나의 말과 질문으로 만들어진 담론에 천착해있고, 그 담론은 소설 전체를 관장하는 우두머리가 된다. 우리 식으로 해석하자면 그 우두머리는 화두인 셈이다. 그 우두머리 아래서 총괄 매니저 역을 하는 것은 줄거리이다. 인물들이나 장소나 상황들은 줄거리의 노예쯤이라고 생각하면 좋을 것 같다. 때문에 하칸 귄다이는 자신의 말과 질문 사이에 있는 공간을 채우는 것을 소설로 보며, 그 공간 속을 채우는 글을 써왔다. 『데르다』의 원제는 『Az』이다. 사전적 측면에서 Az는 '아주 조금'이라는 뜻의 터키어이다. 그러나 사전 너머의 의미로 해석하자면 알파벳 A와 Z사이에는 놓여있는 무수한 말들과 그 말들이 만들어내는 줄거리를 의미한다. 하칸 귄다이는 A와 Z의 간극에다 자신의 말을 거침없이 쏟아낸다. 물론 그 말은 두 데르다의 이야기이다. 소녀 데르다와 소년 데르다는 A와 Z 만큼 멀어져 보이지만 그들은 둘 사이의 무수한 장애를 뛰어넘어 하나가 된다. 그리고 A와 Z사이에 있는 수많은 작중 인물들은 하나의 끈으로 묶여 있듯 짜임새 있게 모두 유기적 상관관계를 맺고 있다. 그것이 A와 Z가 Az라는 한 단어가 되는 이유이기도 하다.

데르다의 이야기를 쓴 하칸 귄다이는 가장 터키적이지 않으면서, 너무나 터키적인 작가라 할 수 있다. 터키병사들은 한국전쟁 때 용맹스럽게 싸웠던 걸로 유명하다. 특히 그들의 남다른 전우애와 목숨을 두려워하지 않고 적군의 포화 속으로 자신을 던졌던 대담함은 세계 전사에 기록되어 있을 정도이다. 그들은 포로가 되어서도 적군의 회유에 굴하지 않은 것으로 잘 알려져 있다. 만약 적군의 회유에 순응하는 빛이라도 보이면 동료들에게 죽도록 몰매를 맞고 시체가 되어 포로막사에서 나갔다고 한다. 그러한 응집력으로 터키인들은 세계 문명의 보금자리를 점령하고 수백 년 동안 유럽인들의 간담을 서늘하게 해왔다. 『데르다』에서 보여준 하칸 귄다이의 반터키적이고 저돌적이며 대담한 성향 또한 한국전쟁에 참전했던 터키병사들과 다르지 않다. 그는 A와 Z 사이를 오가며 터키인들이 써서는 안 될 금기들을 모두 써버렸다. 그는 토박이 터키인의 관점에서는 극단적인 이단이자 극렬한 배신자로 비쳐질 수 있다. 이미 출가하면 외간 남자와는 눈도 마주치지 못하는 엄격한 환경 속에서 새 색시가 신성한 설교 시간에 의도적으로 자위행위를 하는 것은 율법에 따라 처형당할 행위이다. 금기에 도전하고자 하는 작가 자신의 모습이 여기에 드러난다. 아무리 세속화를 선언한 터키일지라도 그들이 숭배하는 종교에 무수히 "엿을 먹이는" 행위는 반종교적이고 반터키적으로 보이기 십상이다.

그러나 아무리 순수하고 올바른 종교라도 맹목적적으로 신앙을 강조하다보면 인간은 종교의 노예로 전락하게 될뿐더러 종교 자체도 본질에서 너무나 벗어난 사이비가 되어 버린다. 이것은 어느 특정한 종교에 한정된 이야기가 아니다. 어느새 인간보다 종교와 제도에 빠지게 되어 인간이란 존재는 눈에 보이지 않게 되어 "종교 속에 인간은 없는" 경우가 발생한다. 실제로 11살 소녀 데르다의 삶에서도 "인간 데르다" 또한 존재하지 않았다. 이러한 사실을 증명하기 위해 하칸 귄다이는 칼보다 강한 펜을 든 것이다.

그는 우리의 일상에서 벌어질 수 있는 온갖 위선과 끔직한 속물행위에 메스를 대고 있다. 자신의 팔자를 고쳐보겠다고 딸을 파는 엄마, 팔려가는 딸을 방치하고 사적인 욕구를 채우려는 친부, 무자비한 집단 성폭행, 근친상간, 신성한 종교를 빙자한 사이비 범죄 집단 등 상징적으로 말하자면, 모두 마약에 중독되어 있는 상태나 마찬가지이다. 물론 이러한 행위들은 특정 인물인 두 데르다에게만 벌어지는 것이 아니다. 오히려 '데르다'라는 이름만 빌려줬는지 모른다. 작가는 진정한 터키를 알려주기 위해 이런 "사이비"를 털어내려 했던 것이다. 그것은 사이비로 가득 찬 사회로부터 인간들을 해방시키려는 작가의 미학적 버전이라 할 수 있다. 실제로 소녀 데르다는 인간의 장벽으로 둘러싸인 감옥에서 5년이나 빠져나오려고 몸부림친다. 마찬가지로 속물의 벽을 뚫어보고자 저지른 자신의 행동 때문에 소년 데르다 역시 40세가 될 때까지 감옥에 갇힌다. 그러나 이들을 가두어두고 있는 보이지 않는 감옥의 규모는 훨씬 광범위하다. 이들은 마치 의적처럼 투쟁한다. 작가는 이들의 투쟁을 통해 때에 찌들고 찌든 터키 정신을 정화시키고자 했던 것이다.

작가의 이러한 의도는 또 하나의 작가 오우즈 아타이를 등장시키는 데서 읽을 수 있다. 오우즈 아타이는 속물화에 의해 희석된 터키의 정신을 일깨워주는 상징적 인물이며 데르다와 마찬가지로 작가에게 정신적 양분을 공급해준 상징적 인물이다. 따라서 하칸 귄다이에게 오우즈 아타이는 근대 터키의 기틀을 잡아준 국부 아타 튀르크와 같은 존재이다. 터키인들의 선조는 오우즈 튀르크 부족출신이다. 그들은 광활한

중앙아시아에서 서진하고 또 서진하여 오늘의 터키를 세운 민족이다. 때문에 오우즈는 터키인의 뿌리와도 같은 의미이며, 어느 곳에서나 마찬가지겠지만 원조라는 말 속에는 때가 묻지 않은 순수함이 담겨있다. 다시 말하자면 하칸 귄다이의 화두는 세월의 두께로 더렵혀진 순수한 터키정신을 찾는 것이었다. 이 점에서 그는 외견상 매우 친서구적 성향을 띤 작가처럼 보이지만 내면 깊숙한 곳에서는 매우 터키적이다.

그는 분노하고 있다. 그의 분노는 사정없이 복수를 하는 데르다를 통해 표출되고 있다. 마치 명예살인처럼 데르다의 냉혹한 복수는 '오우즈 아타이' 이름으로 정당화되고 있다. 정의와 명분을 위해서는 가혹한 폭력도 정당화 되는 것이다. 여기서 동양적 인본주의사상을 가지고 있는 우리와는 접근방법에서 차이를 보이고 있다. 두 데르다는 모두 11살부터 크나큰 시련을 겪고 있지만 어리다고 타인의 동정을 구하지 않을 뿐더러, 어리고 나약하다는 이유로 울지 않는다. 그들은 성인 못지않은 삶의 치열함을 가지고 뿌리 깊이 박힌 편견과 폭력에 대항하는 대담함을 보여준다. 그들은 어리다고 어머니의 치마폭으로 들어가거나 아버지의 역성을 기대하지 않으며, 오히려 자신들을 버린 부모와 연을 끊는 것을 주저하지 않는다. 그들은 자신들이 당했던 모든 것을 복수하고 난관 속에 살았던 만큼 행복하게 살고, 죽어서도 그렇게 행복하게 살 수 있다는 희망을 보여준다. 이들의 행위 속에는 절대로 물러나지 않는 터키인들 고유의 정신이 그대로 용해 되어있다. 그것은 그들 민족에게 전설 같은 영웅 "쾨르오을루"와 현대의 고전 "메메드"의 전통을 그대로 이어받은 것이다. 그러나 현대라는 의상 속에 가려져 있을 뿐이다.

오은경

한국외국어대학교를 졸업하고, 터키 정부 장학생으로 하제테페 대학교에서 문학박사 학위를, 우즈베키스탄 알리셰르나보이 국립학술원에서 인문학 국가 박사학위를 받았다. 터키 국립 앙카라 대학교 외국인 전임교수와 한국학 중앙 연구원 초빙연구원, 우즈베키스탄 니자미 사범대학교 한국학 교수를 역임했다. 현재는 동덕여자대학교에 재직하고 있다. 터키어로『터키 문학 속의 한국 전쟁』,『20세기 페미니즘 비평: 터키와 한국 소설속의 여성』을, 우즈베키스탄어로『주몽과 알퍼므쉬의 비교연구』를, 우리말로『베일 속의 여성 그리고 이슬람』,『정신분석을 통해 본 이슬람, 전쟁, 테러 그리고 여성: 이슬람에서 여성으로 산다는 것』을 썼으며 다수의 공저가 있다. 우리말로 옮긴 책으로는 야샤르 케말의『독사를 죽여야 했는데』,『바람 부족의 연대기』,『의적 메메드 상,하』, 무라트 툰젤의『 이난나: 사랑의 여신』이 있으며『고은의 만인보』,『고은 시선』을 터키어로 옮겼다. 그 외에 계간『아시아』의 〈터키문학 특별호〉, 〈이스탄불 특별호〉를 공동 기획했다.